LA MAGNIFIQUE

ISAURE DE SAINT PIERRE

La Magnifique

ROMAN

ALBIN MICHEL

« Le destin trop brutal sans merci est tombé,
Et ton superbe chef vers le sol s'est courbé.
De même je voudrais que souffrant mille fins,
Des nuages chagrins de par les cieux défunts
Pleurent quand paraît l'aube annonçant la nouvelle.
Que rose s'effeuille, rossignol renouvelle
Sa plainte de douleur, que l'œillet éperdu
S'arrache de sa tige et meure dans l'air perdu.
Comme senteur aux fleurs, que ton règne grandiose
Rappelle à l'ennemi le musc, l'ambre et la rose.
Que la fleur se referme en ce jour de néant,
Que narcisse, le pur, s'étiole maintenant.
Que la mer submerge de son eau toute plage
Car si parfait mortel fut divinement sage.
Ô cœur dont le soupir répond à mon tourment,
Unissons nos sanglots dans un accord aimant. »

Éloge funèbre de Soliman le Magnifique
par le poète Bâkî.

AVERTISSEMENT

Il était d'usage, dans l'Empire ottoman, de nommer les principaux dignitaires de l'Empire, ainsi que les juges, chefs religieux et militaires par les titres de leurs charges, à tel point que leurs noms véritables se sont souvent perdus. Pour ne pas nuire à la vérité historique en inventant d'autres noms, je respecterai l'usage de la cour en les nommant par ce titre, donné en turc de préférence à la traduction française, forcément moins poétique. Roxelane appelait par exemple le chef des eunuques noirs *kïzlar aghasï*. Si on traduisait dans sa bouche ces termes par « chef des eunuques noirs », l'effet en serait très différent. Pour ceux qui auraient du mal à mémoriser ces termes, un lexique, à la fin du présent ouvrage, aidera à s'y reconnaître. Enfin, dans un souci de poésie, j'ai traduit en rimes les vers turcs ou persans cités. Tous les personnages évoqués sont historiques, sauf celui de Nourisabah, la confidente de Roxelane, les archives ne retenant guère les noms des humbles.

1

Soliman se sentait plutôt sombre en rentrant de la chasse et en trottant vers son palais en bois de Manisa, au nord-est d'Izmir. Il avait semé exprès son escorte, car il en avait assez des flatteries de tous ces jeunes gens riches et oisifs, les fils des principaux dignitaires de cette province reculée du Saroukhan. Il l'administrait sur ordre du sultan son père. Il n'avait que vingt et un ans et sa sagesse était déjà célèbre dans tout l'Empire. Lorsqu'il était gouverneur à Haïfa, en Galilée, puis à Bursa, au sud de Stanboul, il avait bien dirigé ses provinces et rendu la justice avec l'impartialité d'un prince ottoman. Surtout, il avait commencé à rédiger avec l'aide des meilleurs juristes ses célèbres *Kânûnîme*, ces codes de loi que tous vantaient pour leur clarté et leur précision. Tous, sauf son père, le sultan Selîm.

Dans l'Empire, l'on surnommait le sultan Selîm le Cruel. Son père était pourtant un grand guerrier et un conquérant que Soliman admirait tout en regrettant de n'avoir su s'en faire aimer. L'année précédente, après l'éclatante victoire de Çaldiran, une ville située entre Tabriz et le lac de Van, Selîm avait enfin réduit les

Kurdes et les shiites d'Anatolie – les adeptes d'une hérésie dangereuse à laquelle on ne pouvait laisser gagner du terrain. Soliman, très pieux et expert dans l'interprétation des sourates du Coran, comprenait que son père avait dû combattre sans indulgence ces musulmans qui se réclamaient de la descendance d'Ali, le gendre du Prophète. Ils en profitaient pour ne supporter aucune autorité et éviter de payer l'impôt. Le plus étonnant de ses succès, Selîm l'avait remporté contre le sultan du Caire, à Marj Dabik. Après avoir écrasé l'armée égyptienne, il était entré en vainqueur dans la somptueuse ville d'Alep. Là, il s'était fait proclamer « Protecteur des deux Sanctuaires Sacrés », La Mecque et Médine. Autant dire que Selîm devenait ainsi le chef spirituel de l'islâm. Dès lors, ses campagnes avaient pris des allures de guerre sainte.

Si Soliman vénérait son père, il en avait peur également et n'ignorait pas que Selîm avait récemment tenté de l'empoisonner. C'était lors de son dernier séjour à Stanboul. Il y était venu pour remplir sa charge de *kâymakâm* et prendre la tête du gouvernement provisoire pendant que son père matait une révolte familiale. Les espions paternels avaient dû le croire épris du pouvoir, ce qu'il n'était pas. Selîm, toujours si méfiant, en avait pris ombrage. Si sa mère n'était pas intervenue avec sa clairvoyance habituelle en faisant d'abord revêtir à un page la riche chemise brodée de fils d'or que son père lui avait envoyée, Soliman n'aurait pas survécu au funeste cadeau. Avant de mourir empoisonné par la chemise, l'enfant s'était roulé dans la poussière en hurlant de douleur. Personne n'avait osé le secourir. Le poison était trop violent pour que l'on pût seulement toucher le vêtement et il était dangereux de contrarier Selîm.

Ce jour-là, cette mère si aimante qu'il adorait, Hafsa Hatun, lui avait fait présent de la vie une deuxième fois. Hafsa n'était pas de la « chair vendue », comme la plupart des mères des sultans ottomans. La sienne avait été donnée à Selîm par son propre père pour mieux sceller un traité de paix, car elle était fille de chef. Son père n'était autre que Manghe Giray, le Khân des Tartares de Crimée. Dans les veines d'Hafsa Hatun coulait le sang royal du grand Genghis-Khân, puisqu'elle descendait en ligne directe de Djöchi, le fils aîné du valeureux conquérant.

Sa mère... Qu'elle était belle encore, cette grande et blonde Circassienne d'à peine trente-quatre ans au regard bleu-gris, tantôt tendre tantôt glacé. Elle seule avait le pouvoir d'apaiser, parfois, les fièvres sanguinaires de Selîm. Toujours, la succession des sultans ottomans avait été tragique.

C'était comme une malédiction pesant sur le trône des plus puissants souverains du monde. Ils étaient de la lignée des Osmanlis, ces conquérants fougueux venus des déserts de l'Est. S'il était normal, en principe, que le fils aîné succédât à son père, prenait en fait le pouvoir celui qui arrivait le plus vite à Stanboul après le décès du sultan. Se rendre maître de la ville d'or et des redoutables janissaires assurant la garde personnelle du sultan suffisait à asseoir un trône, pourvu toutefois que l'on fût de sang ottoman. Fils, frère ou neveu, tous pouvaient alors s'emparer du royaume ou du moins le tenter. Cette pratique cruelle et trop courante avait été responsable de la mort brutale de lignées entières de princes beaux et doués, parfois même des enfants au berceau, tant et si bien que son aïeul Mehmed II avait fait rédiger la trop fameuse « loi du Fratricide ». Elle stipulait, elle ordonnait, cette loi affreuse : « La plupart des légistes ont déclaré comme une chose permise que quiconque de mes illustres fils et petits-fils arrivera au pouvoir suprême fasse immoler ses frères pour assurer le repos du monde ; ils doivent agir en conséquence. » Depuis lors, la succession au trône et la raison d'État permettaient au sultan de tuer en toute impunité n'importe quel membre de sa famille. Les assassins avaient beau être absous par avance de leurs crimes, les affaires de famille ne s'en trouvaient pas pour autant simplifiées.

Selîm avait nettoyé les marches du trône d'une façon très sanglante. Après avoir déposé son propre père Bâyezîd, puis l'avoir fait empoisonner, Selîm avait préféré user du lacet – le trop fameux lacet des Muets du Vieux Sérail – pour ses frères encore en vie, Korküd et ses quatre fils, puis Ahmed. Korküd, plus poète que guerrier, avait envoyé avant son exécution un exquis poème à Selîm, qui n'avait pu le lire sans pleurer. Le poème n'avait cependant pas arrêté la main des Muets. Ces exécuteurs des basses œuvres du sultan étaient des esclaves auxquels on avait arraché la langue et parfois même crevé les tympans pour être sûr qu'ils ne puissent ni parler, ni crier, ni rien entendre.

Ce que Selîm avait fait pour s'emparer du trône, il s'imaginait à tort que son seul fils survivant, Soliman, le tenterait un jour à son tour. C'était méconnaître l'amour et l'admiration que Soliman lui vouait. Par malheur, Selîm, quant à lui, n'avait jamais osé se laisser aller à aimer, sauf dans les bras de la très belle Hafsa Hatun, qui ne l'avait pas trahi. Pour Soliman, il n'y aurait pas de guerre fratricide, Selîm ayant aussi réglé ce problème-là. Un an plus tôt, le 20 novembre, étaient curieusement morts tous le même jour les trois frères de Soliman, les princes Murâd, Mahmoud et Abdüllâh. Lui seul avait été épargné, puisqu'il fallait garder au moins un successeur au trône. Sinon, une révolte des janissaires était toujours à craindre. Lorsqu'ils renversaient leur marmite en signe de protestation et commençaient à taper dessus avec leurs cuillères, la révolte n'était pas loin. Alors, ils se mettaient en marche vers les plus riches quartiers de la ville, près de l'ancien Hippodrome, pillaient les palais des vizirs avant de s'en prendre aux demeures juives ou arméniennes, où il y avait toujours de l'or ou de l'argent bien cachés.

A présent, Selîm s'était lassé de Soliman, son entourage ayant prétendu le prince impatient de s'emparer du trône. C'était à la tendresse et à la vigilance de sa mère qu'il devait de survivre, Soliman ne le devinait que trop. Pourtant, il avait tout fait pour plaire à son redoutable père. Dès qu'il avait quitté les appartements des femmes, à l'âge de sept ans, il avait eu une « maison », comme ses frères en avaient été pourvus avant lui. Son gouverneur, son *lala*, lui avait donné très tôt le goût des beaux livres, puisque Selîm avait une réputation de lettré. Comme tout jeune prince instruit, Soliman avait d'abord dévoré l'*Histoire des quarante vizirs* et l'*Histoire de Sindbad le Philosophe*, puis le roman de *Kalila et Dimna*, le beau récit des *Mille et Une Nuits* et la geste de *Seyyid Battal*, le héros légendaire. Pour mieux ressembler à son père, Soliman avait appris comme lui l'art de l'orfèvrerie et s'était initié au persan et à l'arabe. Il était même devenu un poète plus que passable. Ses précédents gouvernements lui avaient valu des louanges générales, mais sans doute Selîm n'aimait-il guère que l'on encensât trop son fils.

En passant l'enceinte fortifiée de la cité de Manisa, qui était alors la capitale du Saroukhan, Soliman trouva comme toujours que la ville ne faisait plus guère penser à une place forte. C'était plutôt une succession de belles maisons et de palais en bois, aux balcons ouvragés, nichés parmi des jardins et des vergers qui descendaient en pente douce vers la plaine. Tandis qu'il était en proie à des pensées mélancoliques, il entendit un chant ravissant qui s'accordait bien à sa tristesse. Il arrêta son cheval pour mieux goûter la poésie de l'incantation que soutenaient les accords un peu grêles d'un *saz*, une cithare turque. Sans doute s'agissait-il d'un de ces poètes errants, ces fous de Dieu, ces mystiques et ces éternels amoureux, plus libres et plus osés dans leur art que les très officiels poètes de la cour ottomane. Parce qu'il composait lui-même à ses heures, Soliman prisait cet art. Il hébergeait ces baladins et les payait toujours grassement lorsqu'ils venaient frapper à la porte de son palais. Souvent, il en faisait la surprise à la favorite de son harem, Mahidrem, qu'il avait surnommée Gülbahar, Rose de Printemps, pour son teint éclatant. Circassienne comme sa mère, elle lui ressemblait d'ailleurs un peu et c'était en effet la sultane qui l'avait offerte à son fils. Comme elle, Gülbahar était grande, blonde, avec d'admirables yeux verts et cette mollesse voluptueuse des filles de Circassie. Le poète chantait toujours et Soliman n'avait pas envie de se montrer, de peur de briser tant de beauté. Il disait et sa voix montait vers le ciel, très pure, chargée d'une peine infinie :

Tous ceux dont on a pris la vie
Sont aussi tristes que leur sort.
Pourrais-tu voir sans nostalgie
Un tombeau fleuri par la mort ?
Regarde-les, qu'ils soient des gueux
Réduits à l'extrême indigence,
Des princes, des rois ou des preux
Vêtus avec magnificence
Leurs corps dans la mort sont défaits.
Ils sont devenus la pâture
Des vers de la terre aux méfaits
Offrant l'oubli, la pourriture.
Terni, le diamant d'une dent,
Enfui, le noir d'une prunelle,
Souillé, l'éclat d'un rire ardent,
Éteint, le feu qui étincelle.
Vois tout cela, Yunus, et ris
Car tous les biens de cette terre
Sont beaucoup moins qu'un grain de riz
Où Dieu a placé son mystère.

Sur les derniers mots, la voix sembla expirer. Soliman descendit de cheval et escalada le mur d'un verger pour voir qui chantait avec de tels accents. C'était un tout jeune homme admirablement proportionné, très brun de peau, avec des cheveux sauvages, noirs et bouclés. Tout, en lui, donnait une impression de force en liberté. Par contraste, Soliman semblait trop grand et trop maigre, toujours un peu voûté. Son nez busqué et un front haut l'empêchaient de prétendre à la beauté, il le savait. L'éclat des yeux sombres avait pourtant beaucoup de charme.

– Est-ce un poème de ta composition ?

Le grand turban orné d'une seule plume blanche que portait Soliman, marque de sa dignité de gouverneur, renseigna le jeune poète qui se leva précipitamment et fit un profond salut, embrassant sa propre main avant de la porter en signe de respect à son front, à sa bouche encore et à son cœur. Le garçon ne pouvait dire un mot. Soliman sauta le muret et vint s'asseoir à côté de lui, sur le tronc d'arbre qui lui servait de siège.

– Alors, tu n'oses plus parler ?

– Lumière de ma vie...

– Prince suffira.

– Prince, je ne suis hélas qu'un musicien et je chante sur les poèmes des autres. Celui-ci est une œuvre du grand Yunus Emre, je me suis contenté de le mettre en musique.

– C'est une œuvre déjà ancienne de plus de trois siècles.

– Elle me touche davantage que celles des poètes de cour. Veux-tu entendre la suite ?

– Volontiers.

Et le garçon reprit son chant désespéré, qui s'accordait si bien à l'humeur de Soliman :

Mon pied errant poursuit la mort,
Je vois leurs suaires de lin pâle.
M'attire le tombeau d'abord,

Puis tous ces visages d'opale.
Le sang tache le blanc linceul.
Pourtant, les veines sont vidées,
Dans le caveau, le mort est seul,
Son crâne est creux et sans idées.

Sans raison, le garçon éclata soudain de rire. Ses dents étaient d'une blancheur étonnante, un peu écartées, avec deux incisives coupantes. Son sourire ambigu semblait à la fois très tendre et un peu cruel.

– Pourquoi un prince tel que toi se laisse-t-il aller à la mélancolie ?

– Crois-tu qu'il soit aisé d'être le fils du sultan Selîm et de ne jamais savoir si mon père va me permettre de vivre un jour encore ?

– Crois-tu qu'il soit si facile d'être le fils d'un pauvre pêcheur grec, d'avoir été enlevé par les pirates, puis vendu à une veuve qui réclame de ma personne des services n'ayant rien de bien filial ? Je vais t'apprendre une curieuse coïncidence, mon prince. Nous sommes nés exactement le même jour, du même mois et de la même année, le 6 novembre 1494, comme diraient les Roumis.

– Ah, tu sais cela aussi... Pour moi, c'était sur les bords de la mer Noire, à Trabzon, où mon père était gouverneur. Pour toi, sans doute près d'une mer plus bleue. Comment t'appelle-t-on ?

– Ibrâhîm, mon prince.

– J'ai faim, Ibrâhîm, après cette journée passée à chasser. Accompagne-moi au palais, tu y seras mon hôte. Monte en croupe.

– Je ne suis pas libre d'aller où bon me semble.

– Attends-moi.

La veuve n'aurait su refuser grand-chose à son gouverneur, à l'héritier du trône, même si elle affecta de pleurer beaucoup pour faire monter les enchères. Avec la bourse remplie d'*aspre* que lui lança Soliman, elle pouvait au moins racheter trois esclaves. Elle eut beau prétendre qu'ils ne seraient jamais aussi beaux, aussi doués, aussi fougueux que son Ibrâhîm, il n'y eut pas de deuxième bourse. Sa tristesse tempérée par les largesses de Soliman, elle regarda son « fils adoptif », accroché à la ceinture de son maître, qui se laissait porter par le galop du cheval. Bientôt, il disparut à sa vue.

Si Soliman chérissait Gülbahar, sa Rose de Printemps, même s'il honorait comme il convenait les plus jolies des autres femmes de son harem, il trouvait qu'un prince ne devait pas s'amollir dans l'atmosphère trop sucrée, trop confinée d'un sérail. Ses frères étaient morts, ses habituels compagnons ne songeaient qu'à la guerre ou à user de flatteries pour obtenir de lui charges et honneurs. Il ne les avait pas choisis. Ils faisaient partie de sa « maison », puisqu'ils avaient été élevés avec lui comme pages au Vieux Sérail. Là, ils avaient appris en même temps que lui l'exquise courtoisie en usage à la Porte, le maniement des armes, l'art de la fauconnerie et de la chasse, mais aussi la musique, la poésie, les langues, des rudiments de droit. A l'école des pages, l'on initiait aussi les hommes à la broderie et la tapisserie. On leur disait la meilleure manière de draper un turban, d'assortir joyaux et riches brocarts, de soigner une barbe ou de se couper les ongles ! Soliman n'avait pas confiance en ces compagnons, depuis trop longtemps dressés à lui plaire.

Tout était différent avec Ibrâhîm. Il était fier et sauvage, rebelle mais délicat. Sa voix était splendide et il jouait divinement du *saz*. Son corps de jeune dieu doré était fin, insolent. Sa présence rassérénait Soliman. Déjà, l'exil à Manisa ne lui pesait plus autant et il avait hâte de lui faire visiter son palais, de lui offrir des *hourî* de miel et de nacre et de goûter, peut-être, à leurs charmes avec lui. Si Ibrâhîm le voulait bien, il serait le frère que Soliman n'avait plus. Ensemble, ils connaîtraient tous les plaisirs, même ceux du vin que prohibe l'islâm. Ils écouteraient des poèmes interdits, chantés par les *camîler* itinérants, à la taille et aux genoux ceints de cymbales tintant à chacun de leurs sauts.

– Veux-tu être mon *camî* ? lui demanda-t-il soudain en sautant à bas de son cheval devant l'enceinte du sérail.

– Être ton pèlerin d'amour ne serait pas pour me déplaire, mais notre sultan, ton père, lumière d'Allah sur notre terre, a toujours combattu les hérétiques. Alors, goûtons ensemble le vin, la musique et les poèmes amoureux, mais sans ostentation !

Tant d'érudition comblait Soliman. Ses tristesses s'étaient toujours évanouies dans les livres, surtout les Livres saints. Savoir qu'Ibrâhîm, même né chrétien, ne voulait pas se montrer hérétique emplissait Soliman de bonheur. Il avait enfin trouvé l'ami selon son cœur, celui qu'il avait toujours cherché, son frère. Ibrâhîm n'était pas un flagorneur. Il lui parlait d'égal à égal et cela aussi surprenait et ravissait Soliman.

– Ce soir, je t'offre un spectacle de choix pour fêter

notre rencontre, mais allons d'abord au hammam, j'ai besoin de me laver et de me rafraîchir.

Une brise venue de la mer éventait le vieux palais de bois planté dans un luxuriant jardin où fleurissaient avec prodigalité hibiscus, bougainvillées, jasmins, roses, tulipes et œillets. Ces derniers, fleurs chères à l'islâm parce qu'elles sont le symbole de la fidélité, éclosaient aussi sur les porcelaines et les faïences recouvrant les murs pour offrir un peu de fraîcheur et éviter les parasites du bois. Des kiosques et des fontaines disséminés dans les jardins, d'autres pavillons réservés aux femmes du sérail et celui, plus majestueux, de la favorite, Gülbahar, formaient autant de mondes à part. On voyait aussi le dôme rond de la mosquée et, juste à côté, mais bien plus petits, ceux du hammam. Là se purifie avant la prière tout bon musulman, même si l'on y va aussi par simple plaisir.

Des serviteurs s'occupaient déjà du cheval de Soliman, de son javelot, de son arc et de ses flèches qui n'avaient guère servi ce jour-là. D'autres leur apportaient tout un choix de *cherbet*, décoctions de fruits dans lesquelles on pilait de la glace conservée des mois durant dans les glacières souterraines. Il y avait des mélanges de pruneaux, raisins, figues, poires ou pêches et même des pétales de roses au goût presque trop sucré. Tous deux se déchaussèrent et pénétrèrent à l'intérieur du hammam. Ils abandonnèrent leurs vêtements sur le fourneau de la première salle, l'*apodytaire*, avant d'entrer dans le *tepidaire*, petite pièce voûtée, intime, surchauffée, où l'on s'allonge sur une banquette pour transpirer et évacuer ainsi l'impureté de la journée. Soliman, comme le laissait présager son visage ascétique, avait un corps sec, long et nerveux. Ibrâhîm était plus grand, plus musclé, plus robuste aussi. Ils s'installèrent côte à côte, dans un silence qui n'avait rien de contraint, mais était au contraire très complice, puis Soliman se pencha vers son ami et lapa une goutte de sueur qui tremblait contre la lèvre supérieure du Grec. C'était chaud et un peu salé, comme une larme.

– Tu ne m'as pas demandé quelle surprise je voulais te faire...

– Du moment que c'est une surprise.

– Un spectacle de roi, Ibrâhîm ! Ma mère, qui sait mes goûts, m'a envoyé vingt *guretchï* qui vont ce soir s'affronter à la lutte pour nous plaire. Je donnerai une belle récompense au vainqueur et peut-être le droit de te défier.

– Ce sont des professionnels entraînés depuis l'enfance et qui doivent bien peser le double de mon poids. Je n'ai qu'une chance : celle de me rendre ridicule et de te faire rire à mes dépens. Si tu le souhaites... En revanche, nous sommes tous deux à peu près de même stature et de même corpulence.

Ibrâhîm, sans attendre la réponse de Soliman, fondit soudain sur lui, le releva, agrippa les épaules maigres mais nerveuses et tenta de le déséquilibrer. Tous deux luttaient et tourbillonnaient avec des grâces de jeunes dieux. Leurs corps trempés de sueur glissaient aussi bien que ceux des *guretchï* qui s'oignent d'huile comme les lutteurs antiques. Tous deux étaient de même force, Soliman compensant en nervosité et en souplesse ce qu'Ibrâhîm pouvait avoir de puissance. A la différence des *guretchï*, ils n'usaient pas d'armes déloyales, ni ongles ni dents, car il n'était pas rare de voir ces lutteurs emporter un combat à la force de leurs crocs, comme des fauves. Soliman trébucha tout à coup, entraînant dans sa chute Ibrâhîm qui tomba sur lui. Trempés de sueur, essoufflés, riant, puis graves enfin, ils restèrent ainsi un instant, aussi troublés l'un que l'autre. Ibrâhîm se releva avec gêne, attendant une réprimande qui ne venait pas. En un geste enfantin, il se pencha pour relever le prince et s'appuya encore une fois à lui, pour le plaisir de sentir leurs poitrines, leurs ventres et leurs sexes se toucher.

Quand ils sortirent du *tepidaire*, ils se précipitèrent dans le grand bain d'eau glacée au milieu duquel une fontaine de marbre lançait vers les voûtes vitrées son jet d'eau claire. Deux Noirs aux muscles luisants les allongèrent à plat ventre sur une table et s'affairèrent à pétrir leurs corps, triturant, malaxant leurs muscles à pleines mains, puis marchant sur leurs dos pour faire jouer les vertèbres une à une. Ce fut ensuite le tour des barbiers, qui les rasèrent, aisselles, crâne et barbe et enduisirent leurs ventres de *rusma*, cette pâte odorante qui fait aussitôt tomber les poils. Quand leur peau fut devenue nette et lisse, on les frotta et les étrilla avec une bourse d'étamine, avant de les oindre d'une huile d'amandes et de miel.

Après le spectacle donné par les lutteurs, ils firent venir des danseuses et des chanteuses, du vin d'ambroisie qui mit Ibrâhîm en verve et l'incita à reprendre son *saz* et à essayer d'autres mélodies, cette fois sur des poèmes de Soliman. Ensemble, ils rirent avec les filles, les lutinèrent, s'en lassèrent et les chassèrent, mais dormirent dans la même couche. Ni cette nuit-là ni les suivantes, Soliman ne se soucia beaucoup de Gülbahar.

Deux ans plus tôt, Gülbahar avait donné naissance au fils premier-né de Soliman, que les oracles et devins avaient décidé de prénommer Abdüllâh. Il y avait eu de belles fêtes à Manisa et la sultane était venue embrasser son petit-fils, mais Selîm ne l'avait pas accompagnée. Selon l'usage, Gülbahar avait alors été élevée au rang de *kadïn*. Si elle souffrait de ne pas régner sans partage sur le cœur et les sens de Soliman, elle se soumettait pourtant à la loi du sérail. En tant que *kadïn*, elle n'avait plus à craindre une toujours possible défaveur. Désormais, son avenir était assuré. Si Soliman régnait, peut-être deviendrait-elle un jour *vâlide sultan*, le plus haut degré d'honneur auquel puisse prétendre une femme dans l'Empire ottoman. La *vâlide*, la mère du sultan régnant, est en effet la toute-puissante maîtresse du sérail.

Ce furent, entre Soliman et Ibrâhîm, cinq ans d'un amour profond et sans nuages. Les deux amis ne se quittaient pas, étudiaient, composaient, recevaient ensemble *müfti* et *kâdî* pour sans cesse peaufiner ces *Kânûnîme*, ces codes de loi qui tenaient tellement à cœur à Soliman. Souvent, Kassîm Hodja, le précepteur de Soliman, qui se faisait vieux et marchait avec peine, mais avait toujours toute sa tête et gardait sa prodigieuse mémoire, venait les rejoindre dans la bibliothèque. Soliman l'estimait pour sa rigueur et son esprit si religieux. Ibrâhîm, d'une intelligence brillante et intuitive, se montrait avide de savoir. Même s'il n'avait guère étudié durant ses jeunes années, lorsqu'il n'était que le fils d'un pauvre pêcheur de Parga, sur la côte adriatique, il rattrapait sans effort le temps perdu. De plus en plus souvent, Ibrâhîm secondait son prince et son ami dans l'administration de cette riche province peuplée de paisibles agriculteurs qui n'avaient qu'à se louer de leur gouverneur. Soliman ne voulait pas être appelé un jour « l'Inflexible » ou « le Cruel », comme son père. Le terme de *Kânûnî*, le « Législateur », que l'on commençait d'ailleurs à lui donner, lui plaisait beaucoup plus. S'il succédait à son père, il voulait faire de son règne un hymne à la justice.

Hormis les hommes du guet, tout dormait encore dans les rues de Manisa, en ce petit matin de chewal 926, qui est pour les Roumis le mois de septembre 1520. Le cavalier qui arrivait à plein galop portait haut l'étendard vert – la couleur du Prophète – du sultan Selîm. Il poussait le cri bien connu des *peykler*, les émissaires privés du sultan que l'on appelle aussi plus prosaïquement les « doryphores ». « *Savaloun, savaloun*, dégagez, dégagez », hurlait-il sans ralentir sa course. Les gardes s'écartaient vite car nul ne doit entraver les courriers de l'Empire. On lui ouvrit en grand les portes de la ville. Sans s'arrêter, il continua sa cavalcade vers le vieux palais de bois niché dans ses jardins. Quand il mit pied à terre, le premier chambellan de Soliman l'attendait déjà et l'introduisit aussitôt dans la salle d'audience. Il fit prévenir le prince. Avant de recevoir le messager de son père, Soliman voulut prendre conseil de son vieux maître et de son ami.

– Est-ce un messager de mort ou de paix ? demanda avec inquiétude Kassîm Hodja.

Trop souvent, les *peykler* de Selîm l'Inflexible n'avaient pour mission que de trancher la tête du destinataire du pli qu'ils portaient, un simple arrêt de mort. Ensuite, ils la couvraient d'aromates pour en assurer la bonne conservation, et la jetaient dans un sac de peau avant de la rapporter au sultan. On l'exposait alors à l'entrée du sérail, comme c'était la coutume.

– Quoi que prétende cet émissaire, dit Ibrâhîm, et surtout s'il t'annonce la mort de ton père, n'y crois pas et, même, affecte de te fâcher en affirmant le sultan trop béni d'Allah pour déjà quitter cette terre.

C'était un sage conseil. Selîm, d'une jalousie toujours vigilante pour ce fils qu'il soupçonnait de vouloir s'emparer du trône, pouvait fort bien tester ainsi les sentiments de Soliman. Une hâte maladroite à croire n'importe quelle nouvelle serait aussi dangereuse que mal vue.

Dès que Soliman parut, l'envoyé se jeta à ses pieds et baisa le revers de son caftan en disant :

– Je te salue, ô *Châhzadey*, Soliman, sultan des Ottomans, l'Envoyé d'Allah sur la Terre, seigneur des seigneurs de ce monde, roi des rois, commandeur des croyants et des incroyants, sceau de la victoire, ombre du tout-puissant et dispensateur de la quiétude sur cette terre. Notre bien-aimé sultan Selîm Ier n'est plus. Le *pâdichâh* Selîm-Khân est mort. Ses yeux se sont fermés dans la nuit du 8 chewal. Longue vie au sultan Süleymân Ier.

En même temps, le courrier lui tendait un écrin de satin qu'ouvrit aussitôt Soliman en s'efforçant de ne rien laisser paraître sur son visage. Son front disparaissait à moitié sous le lourd turban. Son nez en bec d'aigle, la fine moustache soulignant une bouche aux lèvres minces, le collier de barbe et l'acuité du regard lui donnaient un aspect presque trop sévère pour ses vingt-six ans. D'ailleurs, il était mis très simplement, pour ne pas déplaire à son redoutable père qui avait ses espions à Manisa et jusque dans son palais, il ne le savait que trop. Soliman reconnut le sceau de Ferhad Pacha, vizir de son père. C'était Ferhad qui lui annonçait la mort du terrible Selîm, survenue à Andrinople. Le sultan était allé là pour se reposer et chercher, dans cette région au climat plus clément que celui de Stanboul, quelque apaisement au mal qui le rongeait : un bubon à l'aine qui s'était rapidement étendu jusqu'à l'épaule et tout le flanc. Dans les derniers temps, même l'opium ne parvenait plus à le calmer.

Soliman pâlit. Si Ferhad Pacha disait vrai, son père était mort de la peste. La terrible peste qui ravageait si souvent Stanboul... Ferhad Pacha étant tout dévoué à son père, le sceau ne prouvait rien. Suivant le conseil d'Ibrâhîm, Soliman congédia le *peyk* en termes sévères, l'assurant qu'il ne croyait pas un mot de ce message qui l'aurait alors désespéré.

Soliman demeura donc terré dans sa province du Saroukhan, ne sachant ni en quoi il avait pu déplaire à son père ni si celui-ci était encore en vie. Il se demandait s'il devait se préparer à mourir ou à régner. Sa mère ou un autre de ses précepteurs resté à Stanboul, Pîrî Pacha, grand vizir de Selîm, le feraient prévenir si la nouvelle s'avérait.

Trois jours plus tard arrivait de Stanboul l'escorte

officielle que lui dépêchait Pîrî Pacha. A sa tête chevauchait Süleymân, *kiaya* des *silâdhdâr*, le chef des porte-sabre. Cette fois, le pli portait le sceau de Pîrî Pacha et les précisions qu'il lui donnait convainquirent Soliman. Son père était mort avant d'atteindre Andrinople, dans la tente impériale que l'on avait dressée en hâte entre les petits villages de Tschorli et d'Ograshkoei. Son valet Hasandjan lui lisait la sourate de Lokmân, « La promesse du Tout-Puissant est la vérité », quand la griffe du vieux lion s'était soudain crispée. Celui que l'on surnommait « tyran », « poète », « mystique » ou « meurtrier », selon le point de vue que l'on adoptait, était donc mort. Châtiment du ciel, peut-être. Selîm s'était éteint là où il avait fait empoisonner son propre père... Après huit ans d'un règne vainqueur, mais sanglant, le conquérant du Kurdistan et de l'Égypte, le protecteur des Villes saintes n'était plus. C'en était fait pour Soliman de trembler en se demandant si son redoutable père avait ou non décidé de le tuer. Pîrî Pacha assurait que la nouvelle du décès était encore tenue secrète, mais qu'il fallait se hâter de quitter Manisa pour se faire reconnaître par les janissaires et devenir maître de Stanboul et de l'Empire. C'était la voix de la sagesse.

Tandis que Soliman, Ibrâhîm et leur escorte armée galopaient à travers la plaine côtière et contournaient la mer de Marmarann, l'on se préparait plus lentement au palais. Gülbahar quittait avec tristesse la ville où elle avait été si heureuse. C'était là qu'étaient nés ses trois fils, Abdüllâh, qui avait sept ans, Mahmoud qui en avait cinq et Mustafâ trois. C'était là que Soliman l'avait aimée. Elle avait craint qu'Ibrâhîm n'éloignât le prince d'elle, mais cet amour de deux hommes l'un pour l'autre lui avait finalement semblé moins redoutable que celui d'une esclave du harem. Une femme aurait voulu la supplanter. Ibrâhîm au contraire n'avait jamais cherché à empêcher Soliman de la voir, ce dont elle lui savait gré. En outre, Ibrâhîm adorait ses fils et surtout l'aîné qu'il emmenait partout avec lui. C'était comme s'ils avaient eu deux pères... Et maintenant, il allait falloir s'arracher à ce paradis pour se rendre dans une ville dure, presque inconnue d'elle. Là, Gülbahar ne serait que la première servante de la *vâlide*. Là, elle avait peur de perdre Soliman. Aussi pleurait-elle en veillant aux apprêts du départ. Les femmes du sérail, la cohorte des innombrables servantes, serviteurs, gardes, secrétaires et ministres constituant la « maison » d'un prince-gouverneur se préparaient aussi au voyage. Il fallait tout emporter avec soi, on ne reviendrait pas à Manisa. Aussi avait-on prévu que la caravane, alourdie par les nombreux chariots et voitures l'accompagnant, mettrait une bonne semaine à parvenir à destination.

Tout en chevauchant dans la campagne ponctuée parfois des feuilles rougissantes de la vigne, de vergers chargés de fruits, Soliman se demandait ce que serait son règne. C'était vers l'Europe surtout qu'allaient ses pensées. L'Europe avait été bouleversée par trois inventions prodigieuses : l'imprimerie, l'aiguille aimantée et la poudre à canon, inventions que l'Empire ottoman avait su faire siennes. La fameuse petite aiguille avait ouvert de nouvelles routes maritimes à Vasco de Gama et à Magellan. La flotte ottomane avait également appris à l'utiliser. En Europe, Charles Quint et son frère Ferdinand d'Autriche, ces Habsbourg si hautains et si sûrs de leurs droits très chrétiens, se partageaient un empire immense. Henry VIII régnait sur l'Angleterre et François Ier sur la France. Tous étaient des rois jeunes et ambitieux, aux richesses immenses. Il y avait encore le pape Léon X, qui tenait Rome et toute la Chrétienté, même si la Réforme de Luther grondait et menaçait. Il ne fallait pas oublier, parmi ces puissants, le doge de Venise Gritti, premier seigneur en Méditerranée, et Sigismond Ier de Pologne. A l'est de son empire immense, dominait Humâyun, le Grand Moghol de l'Inde. Plus près, le *Châh* de Perse Ismâ'îl ne cessait de menacer les frontières orientales de l'Empire ottoman.

Le 16 chewal, le 30 septembre 1520, Soliman, Ibrâhîm et leur suite atteignaient enfin Scutari, sur la rive asiatique du Bosphore. Ils n'étaient pas en retard au rendez-vous. Trois galères glissaient avec élégance sur les eaux jaunes du Bosphore. Elles s'amarrèrent au quai avec cet ordre et cette précision régnant toujours dans l'Empire ottoman. L'*agha* des janissaires, superbe dans sa longue robe frisée d'or, une plume blanche parant son turban – l'on ne prendrait le deuil que le lendemain –, fut le premier à débarquer. Il se prosterna trois fois devant le cheval de Soliman pour le *temenah*. Puis il se tourna vers ses hommes, les *yenitcheri*, les redoutés janissaires reconnaissables à leurs grands bonnets de feutre blanc également garnis de plumes, et leur cria :

– Voici votre sultan !

Une seule acclamation lui répondit :

– Vive le grand sultan Soliman !

Ainsi, les janissaires le reconnaissaient comme leur maître incontesté. Cette fois, Soliman était bien sultan. Ce corps d'élite de l'armée ottomane était constitué d'enfants chrétiens « cueillis » par des rabatteurs dans toute l'Europe, souvent aussi vendus par des parents trop pauvres pour les nourrir, qui espéraient ainsi assurer un bel avenir à leur progéniture. Convertis à l'islâm, instruits dans le métier des armes, ils formaient une armée aguerrie et redoutée. Les plus beaux et les plus doués restaient à Stanboul et constituaient la garde du sultan. Autant dire qu'ils tenaient la ville et donc les destinées de l'Empire.

Rassuré, Soliman, suivi d'Ibrâhîm, sauta à bord de la galère impériale que lui avait fait préparer son fidèle Pîrî Pacha. Il s'assit sous le dais de velours pourpre. Avec précision, les vingt-quatre rameurs aux larges pantalons bouffants noirs et aux vestes blanches plongèrent leurs rames dans l'eau. Là-bas, de l'autre côté du Bosphore, s'élevait l'énorme dôme de la mosquée que Soliman reconnaissait avec émotion. C'était Aya Sofya que l'on nommait autrefois basilique Sainte-Sophie. C'était avant l'entrée dans Constantinople, soixante-sept ans plus tôt, de son aïeul Mehmed le Conquérant. Tout autour, d'élégants et frêles minarets semblaient lancer vers le ciel les prières des fidèles. Au premier plan, sur le promontoire dont se rapprochaient les galères, parmi la profusion des jardins de roses coupés par les pointes bleutées des cyprès se dressait la multitude des palais du sérail, dômes des mosquées, pavillons et kiosques. En arrière-plan, Soliman distinguait le fouillis coloré des différents quartiers de Stanboul, sa ville : maisons rouges et jaunes pour les Turcs, monuments religieux d'un blanc éclatant, gris clair pour les demeures arméniennes, gris foncé pour les grecques et violet pour les juives. Plus loin encore, les murailles de la ville que son père n'avait cessé de fortifier formaient comme un long serpent hérissé de vingt-quatre portes ou poternes. Plus loin encore vers la gauche, à moitié estompés par la brume, se devinaient les sévères et massifs contours du château des Sept Tours. L'on disait de *sa* ville qu'elle était « la Merveille du Monde » et Soliman trouvait que c'était vrai.

Sa première visite au harem impérial fut pour sa mère, Hafsa Hatun. Elle avait déjà revêtu sa tenue de deuil : longue robe de velours noir, coiffe de même teinte, en forme de hennin, ornée d'un voile blanc qui ne retombait plus sur son visage, même en présence du premier chambellan et du grand trésorier. Désormais, elle était la *vâlide sultan*, la mère du sultan régnant et de son peuple, unique femme pouvant se montrer à lui le visage découvert. Elle seule resterait dans le harem impérial qu'elle gouvernerait pour son fils. Les autres femmes, ses anciennes rivales toutes vêtues de blanc, iraient se retirer et pleurer dans un palais voisin du Vieux Sérail, que l'on appelait palais des Larmes. Celles qui n'avaient pas appartenu au défunt sultan pourraient librement quitter le harem pour se marier. Aucune, même la plus ravissante *hourî*, vierge bien sûr, ne resterait au sérail impérial. Une vieille superstition prétendait en effet qu'il portait malheur de reprendre le harem d'un mort.

Tous les salons avaient été dépouillés de leurs meubles, objets précieux ou tentures. Les tapis avaient été retournés en signe de deuil. Des draperies noires tapissaient les murs. Ce jour-là, pour la première et la dernière fois, les quelque trois cents femmes du harem impérial, anciennes favorites, mais aussi musiciennes et danseuses, servantes, brodeuses et chanteuses allaient pouvoir contempler le nouveau sultan, ce jeune homme de vingt-six ans à la belle prestance sévère. Soliman, revêtu d'un manteau de soie noire, entra par la porte d'ébène. Il pénétrait au cœur du sérail.

Hafsa Hatun s'inclina devant son fils et lui baisa la main, puis il la prit dans ses bras et embrassa chacune de ses trois sœurs. L'aînée était l'épouse du troisième vizir Ferhad Pacha, la deuxième du premier vizir Mustafâ, un vieillard de quatre-vingt-quatre ans. Seule la cadette, Hadice, n'était pas encore mariée. Les autres femmes sortirent. Désormais, elles n'avaient plus qu'à pleurer au palais des Larmes.

Le lendemain, 17 chewal an 926 de l'hégire, le 1er octobre 1520, un beau soleil éclairait le dôme de l'Arz Odasi, la salle de réception du Saray Bournou. Là vivrait désormais Soliman, tandis que son harem demeurerait au Vieux Sérail, non loin de la place de l'Hippodrome. Les murs recouverts de faïences bleues représentant des tulipes et des œillets apportaient quelque fraîcheur à la pièce surpeuplée. Il y avait ici tout ce que Stanboul comptait de dignitaires, *müfti* et *ulema* du clergé, grands officiers de la Couronne, chambellans et vizirs, juges et hommes de loi. Derrière le trône s'étaient rangés, selon un ordre défini par un protocole méticuleux, les principaux dignitaires du harem et ceux ayant des charges auprès de la personne du sultan, porte-sabre, grand maître de la Garde-Robe, valet de chambre et le chef des eunuques noirs. Ce dernier, le *kïzlar aghasï*, était un énorme nègre originaire de Numidie aux traits perdus dans la graisse, aux petits yeux intelligents, au turban orné de deux longues tresses postiches. C'était le troisième personnage de l'Empire, après le sultan et le grand vizir.

Responsable du harem, mais aussi des quelque trois mille cinq cents personnes vivant à Saray Bournou, administrateur des Villes saintes, chargé en outre de l'éducation des princes, le *kïzlar aghasï*, tout esclave qu'il fût, jouissait de revenus et de pouvoirs considérables, de terres et d'esclaves. A sa mort, ses richesses reviendraient à l'Empire, même s'il avait adopté un enfant. Il en était de même pour chaque dignitaire de la Porte. Tous tremblaient devant cette « portion d'homme », terme étrange pour qualifier la montagne de graisse qu'était le *kïzlar aghasï*, mais référence à sa castration. Les eunuques blancs, employés comme serviteurs dans le palais à l'exception du harem, n'avaient été que stérilisés. Au contraire, les eunuques noirs et le *kïzlar aghasï* avaient, enfants, été complètement castrés. Cette opération barbare à laquelle la plupart ne survivaient d'ailleurs pas supposait l'ablation pure et simple de tout l'appareil génital. Pour arrêter hémorragie et infection, un seul remède : enfouir l'enfant durant trois jours dans le sable jusqu'à la taille. Ces eunuques noirs, la plupart du temps rendus obèses et monstrueux par la castration, étaient en outre affublés de bizarres noms de fleurs ou de parfums : narcisse, tulipe, rose, jonquille, jasmin, ambre, musc ou benjoin...

Enfin, la porte aux arcades s'ouvrit sur Soliman, mince et élancé dans ses vêtements de deuil. Seul le suivait Pîrî Pacha, le grand vizir et son précepteur bien-aimé. Tous se jetèrent à terre tandis que Soliman gagnait le trône d'or pur enrichi de perles et d'émeraudes. En s'y asseyant, il prenait possession d'un immense empire fort d'une armée de deux cent mille hommes, la plus grande armée du monde.

Alors commença la cérémonie du baisemain. Chacun des dignitaires venait prêter allégeance à son nouveau sultan en lui baisant la main, l'épaule et les pieds. Ce fut d'abord le tour de Pîrî Pacha, puis du grand *müfti*, Ali Cemali, vieillard vénéré à Stanboul. Très digne dans son caftan de damas blanc doublé d'hermine, une longue barbe, blanche aussi, lui balayant la poitrine, Ali Cemali était le maître de la loi civile et religieuse. C'était aussi le seul, avec Pîrî Pacha, à avoir tenté d'endiguer les folies sanguinaires de Selîm. Aussi Soliman inclina-t-il profondément la tête lorsque le *müfti* éleva les bras au-dessus de lui pour appeler la protection du ciel. Ensuite vinrent le deuxième et le troisième vizir, les professeurs et les juges, l'*agha* des janissaires, les dignitaires de l'armée et l'amiral Djâferbeg.

Pendant que se déroulait l'interminable cérémonie, trois hérauts à cheval parcouraient les rues de Stanboul en criant :

– Le *pâdichâh* Selîm-Khân a, par la volonté divine, passé à la béatitude éternelle. Son fils Soliman-Khân, très majestueux et très puissant sultan, notre seigneur, est monté sur le trône. Puisse son règne fortuné étendre sa paix à tout l'univers !

Ainsi, Selîm était mort ! Le petit peuple de Stanboul, les riches marchands de toutes nationalités, les marins et les femmes en noir, éternelles pleureuses, commencèrent de se lamenter bruyamment car il aurait été inconvenant de ne pas accompagner par des pleurs l'âme si tourmentée du défunt sultan. Déjà, une légende circulait, dûment entretenue par les mages et les astrologues : le corps de Selîm portait les sept stigmates, signes de celui qui avait sept fois tué ceux de son sang. Et l'on se répétait tout bas les mots terribles de l'Inflexible : « Rien n'est plus doux que de régner sans crainte ni soupçon concernant vos proches. » Pour Soliman, qui n'avait jamais tué personne durant ses différents gouvernements, l'on n'avait que des paroles de vénération.

A midi, la cérémonie du baisemain terminée, Soliman, à pied, prit la tête du cortège impérial pour suivre le corps de Selîm jusqu'à la sixième colline, où avait été creusé son tombeau. Aussitôt, Soliman ordonna que fût érigée là une mosquée.

Le lendemain, les janissaires, comme c'était la coutume, exigèrent du nouveau sultan une gratification de cinq mille *aspre* par personne. C'était beaucoup, beaucoup trop, mais Soliman, comme les autres sultans ottomans, redoutait une révolte. Il négocia la somme à trois mille *aspre* par tête dans l'immédiat, avec des primes échelonnées sur une année, ce qui l'assurait d'une plus longue fidélité ! Puis, pour montrer qu'il était juste, il libéra les cinq cents prisonniers égyptiens de son père, destitua le commandant des porteurs d'armes, fit juger et pendre l'amiral Djâferbeg, qui s'était montré particulièrement cruel durant la guerre contre les Mameluks. Le dixième *pâdichâh* de la lignée des Osmanlis, né au début du Xe siècle de l'hégire, dix étant le chiffre parfait « qui donne la perfection au Nombre Parfait », dit le Coran, commençait bien son règne. Déjà, plus personne ne regrettait « Yavouz le Superbe », comme ses historiens appelaient Selîm. Pour son peuple, il resterait « l'Inflexible ».

2

Construit en 1472 par Mehmed II, le palais des sultans s'étendait sur la presqu'île en forme de triangle de Saray Bournou, que l'on appelait plus rarement Topkapï. Parmi des jardins embaumés, l'on distinguait un foisonnement de mosquées, de pavillons à deux étages, de tours, de bâtiments réservés aux bains, aux bibliothèques ou aux salles d'audience. L'ensemble de ces constructions était ceint d'une épaisse muraille crénelée. Partout étaient ménagées des terrasses pour que l'on pût jouir de la ravissante vue sur le Bosphore et la langue d'eau plus étroite de la Corne d'Or. C'était davantage le siège du gouvernement que l'habitation habituelle du sultan, même si Selîm et d'autres avant lui y avaient parfois vécu avec leurs favorites pour fuir les mois trop chauds de Stanboul. L'Eski Sérail, le Vieux Sérail, aménagé en plein cœur de la ville, était vétuste et ne jouissait pas d'une vue aussi délicieuse sur l'eau et les îles Scutari. L'on n'avait cessé de rogner sur les jardins pour accroître le nombre des bâtiments et l'on y étouffait. Les femmes du harem de Selîm avaient donc quitté l'Eski Sérail comme le voulait la coutume et étaient à présent reléguées dans le palais des Larmes, du moins celles qui n'avaient pu ou pas voulu se marier à quelque riche marchand ou haut dignitaire de l'Empire. Depuis lors, sans cesse, les *beyerbey*, les gouverneurs des provinces, envoyaient dans la capitale les plus jolies des enfants « cueillies ». Le harem du dixième sultan, celui qui portait le nom prestigieux de « Salomon » puisque telle était la signification de Süleymân, se devait d'être le plus beau et le plus riche qui fût. La *vâlide sultan* y veillait pour la plus grande gloire de son fils bien-aimé.

Soliman n'avait jamais aimé l'Eski Sérail, qui lui rappelait trop le souvenir de son père et le jour où un pauvre enfant avait endossé à sa place une chemise empoisonnée. Aussi chargea-t-il le meilleur ingénieur des armées, le grand Mimar Sinân, de moderniser Saray Bournou, d'y construire des bains plus confortables, une nouvelle mosquée, une salle pour le *Diwân* digne de son règne, qu'il voulait magnifique. Pendant qu'il s'installait dans ce palais, la *vâlide sultan* réorganisait la vie à l'Eski Sérail qu'elle gouvernait désormais. Elle avait assez souffert des mille complots, petitesses et mesquineries qui tissent la trame des jours dans un harem pour les supporter. Afin que toutes ces femmes confinées dans un même palais, seulement occupées à attendre la venue d'un seul homme que la plupart n'apercevraient que de loin, lors des cérémonies officielles, n'en arrivent pas à se haïr jusqu'au délire et parfois même jusqu'au meurtre, il fallait les occuper.

La nature énergique de Hafsa Hatun l'incitait à veiller elle-même à tout. Elle s'assurait de l'efficacité de l'*hasnedâr usta* chargée de s'occuper de ses petits-enfants, trois garçons qui ne quitteraient qu'à l'âge de sept ans les appartements de leur mère et une petite fille délicieuse née à Stanboul. Pour donner une bonne éducation à ces enfants, la *vâlide sultan* ne comptait en effet pas trop sur Gülbahar, qui se morfondait au Vieux Sérail depuis qu'elle était partie de Manisa. Si elle voulait voir son fils venir souvent passer la nuit auprès de la *kadïn* ou de toute autre favorite du moment au lieu d'occuper son temps à festoyer à Saray Bournou avec Ibrâhîm, à se promener interminablement avec lui à bord du caïque impérial, il fallait faire du *haram*, le sanctuaire inviolable des femmes, un endroit de féerie et de raffinement. Il fallait y donner des fêtes brillantes, y servir des mets choisis. Il fallait enfin que tout, à l'Eski Sérail, pût retenir et charmer Soliman. Aussi la *vâlide* surveillait-elle de près le travail de la *bakh kalfa*, l'esclave-chef chargée de l'éducation des nouvelles arrivées. Puisque Gülbahar plaisait moins, c'était à la *vâlide sultan* de présenter à son fils d'autres esclaves qui sauraient se l'attacher. Elle en était désolée pour cette Rose de Printemps qu'elle avait connue enfant et qu'elle avait elle-même choisie pour accompagner son fils à Manisa. La beauté, quand elle ne se fane pas trop vite dans l'attente et l'oisiveté de la vie au sérail, ne suffit pas à retenir un homme. Il faut encore savoir évoluer avec la grâce et la politesse parfaite si prisée à la cour ottomane, dire des vers ou les chanter en s'accompagnant d'un instrument, danser, broder d'exquise façon. Là s'arrêtait en général l'éducation que l'on donnait aux enfants « cueillies ». Certaines, mais elles étaient rares, apprenaient aussi l'art de la calligraphie.

Parmi les trois cents femmes du harem, la plupart ne seraient jamais que des *adjemi* ou mieux des *kalfa*, servantes ayant un peu plus de responsabilités. D'autres encore, qui avaient été distinguées pour une nuit ou deux par son fils, devenaient *gözde*, celles qui ont attiré l'œil du sultan tout en demeurant pour lui des compagnes passagères. D'autres enfin, retenues plus longtemps, avaient droit au nom d'*ikbâl*, de favorites, pour le temps qui plaisait au sultan. Ensuite, elles continuaient à jouir leur vie durant d'un appartement particulier et de servantes, insigne privilège. Les élues enfin, celles qui avaient eu une fille du sultan, devenaient *baskadïn*. Leur fille, élevée au rang de princesse et destinée à devenir l'unique épouse d'un haut dignitaire, pourrait assurer à sa mère une vie facile et heureuse. Cette faveur n'avait rien à voir avec les privilèges attachés à celles qui donnaient un fils au sultan. *Kadïn* leur vie entière, ayant des revenus réguliers et une véritable cour, elles étaient comblées d'honneurs et de richesses. Aussi Hafsa Hatun n'était-elle pas trop inquiète pour Gülbahar. Après ses trois filles et elle-même, l'unique *kadïn*, car Soliman n'avait pas d'autres enfants, était la femme la plus heureuse de l'Empire.

Le *kïbar muderisim*, un vieillard à barbe blanche, à turban blanc et robe verte, car il avait la dignité de *mollâh*, enseignait chaque jour au sérail les plus jolies des enfants « cueillies ». C'était parmi elles que la *vâlide sultan* choisirait celles qu'elle présenterait peut-être un jour à son fils si elle les en jugeait dignes. Elle seule avait la prérogative de ce choix dans le harem, aussi chacune tremblait-elle de lui déplaire. Le *kïbar muderisim* avait remarqué une enfant intelligente et plus douée que les autres, qu'il désirait montrer à la *vâlide*. Or la *bakh kalfa* n'était pas d'accord avec lui. Elle jugeait l'enfant difficile et rebelle à toute forme d'autorité. Pour balancer l'influence grandissante d'Ibrâhîm, qui commençait à beaucoup préoccuper la *vâlide*, il fallait une femme hors du commun, qui sût charmer et retenir Soliman sans toutefois mettre en danger l'influence que sa mère voulait garder sur son fils. Le choix d'une nouvelle favorite était donc pour la *vâlide* aussi hasardeux que périlleux.

Quand la *vâlide sultan* pénétra dans la salle où trente adolescentes ânonnaient sous la direction de leur maître des versets du Coran, les enfants se jetèrent immédiatement à plat ventre par terre, comme on le leur avait appris. La *vâlide sultan* leur permit de se relever, puis de reprendre le cours où il en était. D'un signe de tête, la *bakh kalfa* lui désigna un petit visage rieur fendu de deux grands yeux sombres, en amande. Une kyrielle de boucles rousses dégringolaient sur des épaules encore un peu maigres. Le corps, très menu, restait presque androgyne, mais la petite avait cette grâce mystérieuse d'un être en devenir, ni femme ni enfant. Son grand front respirait l'intelligence et une adorable bouche en forme de fraise donnait envie d'y mordre. En dépit de la sévérité de l'étiquette, l'enfant ne put se retenir de rire et ce rire conquit la *vâlide sultan*.

– Comment se nomme-t-elle ?

– Elle s'appelait Alexandra Lisowsk. C'était la fille d'un pauvre pope de Rohatyn, sur le fleuve Dniestr, en Ruthénie, jadis enlevée à sa famille par des Tartares. Comme nul ne doit garder ici son nom d'origine, je l'ai surnommée Hürrem, la Joyeuse. Parfois, ses compagnes l'appellent Roxelane, la Russe.

– Il n'est pas bon de conserver ici un nom nous rappelant sans cesse un pays que l'on ne reverra pas, dit Hafsa Hatun avec mélancolie. La plupart d'entre nous sommes de la « chair vendue », pourquoi souffrir en s'en souvenant toujours ? Cette petite sera plus heureuse ici que dans son pauvre village si elle continue à faire des progrès. Le *kïbar muderisim* est très satisfait de Hürrem, qui a une soif d'apprendre telle qu'il en a rarement vu chez une femme. Elle connaît déjà de nombreuses sourates du Coran, elle sait lire et écrire notre langue. Je voudrais maintenant qu'on lui enseigne la poésie. Et pour le chant, la musique et la danse ?

– Elle ne fait que ce qu'il lui plaît. Interminablement, elle chante des ballades de son pays et danse comme dans son village. Pour la politesse, ce n'est pas tout à fait cela non plus. Elle adore l'histoire, déteste la broderie et respecte rarement l'étiquette, vous l'avez vu tout à l'heure.

– Charge-toi spécialement de Hürrem. Essaie de policer un peu toute cette fougue, mais laisse-lui lire ce qu'elle veut. Désormais, elle aura accès à la bibliothèque des princes et pourra choisir les professeurs qu'elle souhaite. Une tête bien faite n'est pas chose si courante ici et mérite quelques encouragements. Nous verrons bien. Pense à me la présenter à nouveau dans trois mois.

La *bakh kalfa* salua et se retira tandis que la *vâlide sultan* écoutait encore la leçon.

– Les cinq piliers de l'islâm, disait Hürrem sans une

hésitation, sont la *châhâda*, la récitation de la profession de foi, la *çalâa*, la prière que l'on prononce cinq fois par jour, la *zekâa*, l'acquittement de l'impôt rituel, le *çaron*, le jeûne du mois du ramazan et le *h'âdj*, le pèlerinage à la ville sainte de La Mecque.

Jamais, de mémoire de *bakh kalfa*, l'on n'avait vu si étrange honneur. D'ordinaire, les jeunes filles distinguées par la sultane se voyaient offrir de nouvelles parures, de belles étoffes de Damas pour se faire tailler de riches caftans doublés de fourrure et tout rebrodés d'or, des soies destinées aux larges pantalons bouffants, des ceintures cloutées d'argent ou rehaussées d'or. A elle, cette Hürrem si joyeuse et si rebelle, on donnait des professeurs et des livres. La *bakh kalfa* n'aurait pas aimé être à sa place. Et puis, des professeurs et des livres, était-ce le meilleur moyen de séduire et retenir un homme ? La *vâlide sultan*, depuis son veuvage, avait à coup sûr perdu la tête, ce que la *bakh kalfa* ne se serait risquée à dire pour rien au monde. Elle n'avait aucune envie de se retrouver enfermée vive dans un sac et jetée au fond du Bosphore ou étranglée par le lacet d'un Muet. Combien n'en avait-elle pas vues, de ces femmes, belles encore et soudain portées disparues parce qu'elles avaient cessé de plaire ou qu'elles en savaient trop sur certains secrets familiaux. Parfois aussi, un Muet exécutait à ses risques et périls les ordres d'une femme jalouse de sa rivale. Tant mieux si l'autorité de la *vâlide sultan* pouvait arrêter ces meurtres et ces complots, mais des professeurs et des livres pour conquérir un sultan, c'était du jamais-vu...

Soliman s'était juré de ne pas gouverner son immense empire comme l'avait fait son père, par le fer et par le feu. Même ses propres fils Murâd, Mahmoud et Abdüllâh, l'Inflexible Selîm les avait fait exécuter par ses Muets sous le prétexte qu'ils complotaient contre lui. Le complot n'avait jamais été prouvé, mais ses frères étaient morts et Soliman les pleurait encore, bien qu'il les eût peu connus [1]. La vigilance de sa mère, qui l'avait écarté de Stanboul et protégé de cette tentative d'empoisonnement, l'avait donc sauvé. Lui ne régnerait jamais de façon si sanglante. Pourtant, trop de clémence pouvait faire croire à de la faiblesse.

Dès qu'il eut ceint le sabre d'Osman à la mosquée d'Eyoub – cérémonie hautement symbolique –, Soliman était censé acquérir grâce au sabre du fondateur de sa lignée les vertus sacrées de ses ancêtres, courage, sagesse, équité. Il avait toujours aimé cette petite mosquée située tout au bout de la Corne d'Or, blottie dans la verdure, entourée d'un vaste cimetière s'étendant jusqu'aux collines surplombant la mer. Les stèles funéraires du cimetière étaient ravissantes, ornées de turbans sculptés pour les hommes, symboles de leur charge, et de cornes d'abondance ou de guirlandes de fleurs pour les femmes. Depuis que son aïeul Mehmed II le Conquérant avait pris Constantinople le

1. D'après l'historien Ahmed Tevhid bey, cité par Danismend dans son *Osmanli Tarihi Kronoloji*, Yavuz Sultan Selim aurait fait assassiner ses trois fils dix-huit mois et vingt-quatre jours après le meurtre de son dernier frère. Le fait est également mentionné par A.D. Alderson dans *The Structure of the Ottoman Dynasty* et par R. Mantran dans *La Vie quotidienne à Constantinople sous Soliman le Magnifique*.

29 mai 1453, c'en était fait de l'Empire byzantin, le prestigieux Empire romain d'Orient. Les successeurs d'Osman avaient désormais une fenêtre ouverte sur l'Occident et leur soif de conquête ne s'apaisait pas. Selîm avait ajouté à son empire des provinces perses, la Syrie, l'Égypte et l'Arabie. Soliman se devait tout d'abord d'asseoir son autorité sur cet empire si vaste. Aussi écrivit-il à Hayra bey, gouverneur d'Égypte, province lointaine et soumise depuis peu, pour bien lui faire comprendre qu'il entendait se faire respecter : « Mon ordre sublime, cet ordre qui appelle et saisit comme le destin, est que les riches et les pauvres, les villes et les campagnes, les sujets et les tributaires, tous s'empressent de t'obéir. Si certains tardent un peu dans l'accomplissement de leur devoir, fussent-ils émirs ou fakirs, n'hésite pas à faire tomber sur eux le dernier supplice. » L'on ne pouvait être plus clair.

Le message, pourtant, ne fut pas entendu par tous. Ce fut de Syrie que vint la première rébellion. Il faut dire que Canberli al-Ghazzâli était un spécialiste de la traîtrise, puisqu'il avait déjà trahi le sultan des Mameluks au profit de Selîm, ce qui lui avait valu le gouvernement de la très riche Syrie. Après avoir occupé Damas, Beyrouth et Tripoli, Ghazzâli mit le siège devant Alep avec quinze mille cavaliers et huit mille arquebusiers. L'antique forteresse perchée sur son éperon rocheux que les croisés n'avaient jamais pu prendre lui résista aussi, d'autant plus que les prétendus secours de Hayra bey n'arrivaient pas. Celui-ci avait en fait prévenu Soliman, qui envoya contre le rebelle ses quarante mille cavaliers commandés par son beau-frère Ferhad Pacha. Une seule bataille livrée par ce qui était alors la meilleure armée du monde, la plus disciplinée, la mieux aguerrie eut raison de Ghazzâli. Tandis que le gouvernement de Syrie était confié à Ayaz Pacha, *agha* des janissaires, Ferhad Pacha et son armée faisaient marche vers le lac de Van où la révolte prônée par Ghazzâli avait encouragé le *Châh* de Perse Ismâ'îl à rassembler une armée. La démonstration suffit et Ismâ'îl s'empressa d'envoyer ses félicitations à Soliman.

Avoir offert le gouvernement d'une riche province à l'*agha* des janissaires, c'était bien, mais la meilleure des armées se perd dans l'oisiveté et Soliman savait qu'il était pour ainsi dire condamné à la guerre. Ce fut le jeune roi Louis II de Hongrie qui allait lui en fournir le prétexte. Fort de sa double alliance avec les Habsbourg – sa sœur Anne était mariée à Ferdinand d'Autriche, frère de l'empereur Charles Quint, et lui-même venait d'épouser la sœur de Ferdinand –, Louis eut l'imprudence de refuser de payer le tribut que lui demandait Soliman en échange du renouvellement du traité de paix. La nouvelle, en soi, était déjà extraordinaire.

De la neige alourdissait les jardins de Saray Bournou et un petit vent aigre soufflait du Bosphore. Le ciel était pur et dégagé, d'un bleu à couper le souffle. C'était un temps idéal pour la chasse, mais Soliman avait convoqué en fin de journée le *Diwân* pour régler les affaires de l'Empire. Les galères des chevaliers de Rhodes continuaient régulièrement à arraisonner ses propres navires et l'on n'avait toujours pas de nouvelles de Hongrie. En attendant la séance du *Diwân*, Ibrâhîm, devenu Grand Chambellan et Grand

Fauconnier du *pâdichâh* – les plus hautes charges civiles existantes –, était en train de faire admirer à Soliman la rapidité de son rapace favori.

L'oiseau s'était élevé en plein ciel comme une flèche, merveille de puissance et de liberté. Il avait blessé à mort un pigeon en plein vol. Le pigeon était tombé non loin des deux hommes, petit tas sanglant de plumes chiffonnées. Puis le faucon, admirablement dressé, revint se percher sur le poing ganté d'Ibrâhîm, attendant que son maître lui donnât en récompense un peu de viande crue à dévorer. Quand le rapace eut fini de manger, Ibrâhîm le caressa et recouvrit la fine petite tête d'un capuchon. Un bruit de pas le fit se retourner. C'était l'énorme *kïzlar aghasï* qui arrivait en courant, transpirant beaucoup, suivi d'un *peyk* qui courait aussi, mais c'était sa fonction. La large bedaine du *kïzlar aghasï* tressautait et manquait de faire éclater son caftan. Ibrâhîm, qui ne l'aimait guère, eut un petit sourire qui dévoila ses dents pointues et trop écartées. Le gros eunuque se jeta aux pieds de Soliman, ce qui, étant donné sa corpulence, tenait de l'exploit. Le messager l'imita.

– Ce *peyk* vient de Hongrie, *pâdichâh.*

Sans dire un mot, le *peyk*, toujours prosterné, tendit une bourse à Soliman, qui l'ouvrit avec impatience. Deux bouts de chair sanglants roulèrent dans la paume du sultan.

– J'ai compris, dit Soliman, très pâle.

Puis il se mit à hurler :

– Ainsi, ce chien de Hongrois a torturé mon ambassadeur ? Sans doute l'a-t-il aussi mis à mort ?

Sur un signe affirmatif du *peyk*, Soliman intima aux

deux hommes de se retirer. Resté seul avec Ibrâhîm, il lui dit :

– C'est la guerre, mon ami. Ce petit roi d'Espagne – car Soliman ne donnait jamais le titre d'empereur à Charles Quint – va voir ce qu'il en coûte de me provoquer. Je sais bien qu'il est derrière cette misérable tentative de révolte. Dire que j'offrais la paix à la Hongrie... Fais envoyer des émissaires dans tout l'Empire, Ibrâhîm. Convoque les *sipâhi* des provinces et les contingents des troupes irrégulières. Nous partons pour Belgrade et je veux que des vivres, des convois et des animaux soient dès maintenant acheminés tout le long de notre route. Le Coran dit que le monde est divisé en deux parties : la demeure de l'islâm et celle de la guerre. Eh bien, durant cette campagne, ces demeures seront confondues.

Les yeux d'Ibrâhîm brillaient. Autant que Soliman, il avait soif de sang et de carnage, de gloire et de belles tueries.

Roxelane, de même que les autres femmes du sérail, se pressait aux *moucharabieh* des fenêtres pour voir sans être vue, à l'abri des croisillons de bois, l'extraordinaire spectacle qu'offraient les rues de Stanboul, en ce 6 février 1521. Pour démontrer sa puissance aux ambassadeurs étrangers séjournant dans sa capitale, le sultan faisait défiler son armée. C'était un spectacle magnifique et barbare que celui de ces six mille cavaliers de la garde impériale, les *sipâhi*, qui ouvraient la marche derrière leur étendard rouge, armés d'un arc, d'une courte épée, d'un carquois et d'un bouclier, une masse et un cimeterre accrochés à leur selle. Sans heaume ni armure, vêtus de soie et de velours rehaussés d'or, leurs turbans bleus ornés de plumes noires, ils chevauchaient dans un chatoiement précieux. Puis venaient les janissaires, en caftans bleus et hauts bonnets blancs également emplumés, faisant résonner le sol de leurs chaussures ferrées, portant haut leurs précieuses marmites qu'ils ne pouvaient perdre sans déshonneur. Leurs cuisiniers à tabliers noirs et leurs porteurs d'eau montés sur des chevaux ornés de fleurs occupaient les places d'honneur, leurs colonels ne se nommaient-ils pas « Premiers Distributeurs de la soupe » et leurs capitaines « Premiers Distributeurs de l'eau » ? Ensuite défilaient les hauts dignitaires du palais, les pachas, un mot signifiant littéralement « les pieds du *Châh* ». Le vent faisait claquer leurs fanions de blanches queues de cheval, en souvenir du jour où, le sultan ayant perdu son fanion, il trancha la queue de son cheval pour s'en faire un étendard. Les femmes se montraient en riant le plus jeune et le plus beau d'entre eux, Ibrâhîm, vêtu comme un prince. Suivaient les fantassins de la garde impériale, l'arc à la main. Quand arrivèrent les valets d'écurie tenant de somptueuses bêtes, les femmes se turent. Elles savaient qu'ils précédaient Soliman en personne.

Il était là, elles le voyaient enfin, ce jeune dieu qui n'avait guère visité son sérail depuis quelques mois, tout à ses préparatifs guerriers. Roxelane se haussa sur la pointe des pieds pour mieux observer ce maître qu'elle n'avait jusqu'alors aperçu que de loin et qui lui apparaissait ce jour-là en guerrier de légende. Grand et mince, le teint foncé, impassible et majestueux, vêtu d'une longue robe verte brodée d'or – la couleur du Prophète –, coiffé de ce turban qu'il avait fait rehausser pour mieux le différencier de ceux de ses vizirs, c'était un chef majestueux et splendide. Mais il partait et ne connaissait même pas son existence. S'il était tué à la guerre, Roxelane aurait le choix, comme les femmes de Selîm, entre s'ensevelir vivante dans le palais des Larmes ou être mariée à un dignitaire, sans doute vieux et riche, alors que son sultan était jeune et encore plus riche ! Déjà, Soliman était passé. L'on ne distinguait plus que les plumes de héron parant son turban. Même si elle se sentait un peu mélancolique, Roxelane continuait à regarder avidement la parade. Dans son pauvre village natal, elle n'aurait jamais imaginé contempler un jour pareil spectacle. Trois pages suivaient Soliman, portant symboliquement un flacon d'eau, un manteau de cérémonie et un coffret contenant les joyaux impériaux.

Ensuite venaient les terrifiants combattants de l'armée irrégulière, les *akïndjï* vêtus de peaux de bête et armés de massues, les Tartares du Khân de Crimée, puis les *azâb*, les fantassins chargés de combler brèches et fossés avant le terrible assaut des janissaires, les *delï* ou cerveaux brûlés, cavaliers montagnards à la bravoure légendaire.

Tandis que les troupes continuaient à défiler, acclamées par la foule, les cymbales et les flûtes des musiques militaires ponctuaient leur marche. Des derviches aux énormes coiffes de poils de chameau, vêtus d'un tablier vert frangé de perles d'ébène, s'égosillaient à clamer des versets du Coran dans une cacophonie étourdissante. Quand parurent les juges de

Stanboul aux robes de fourrure, au maintien sévère, puis les descendants du Prophète reconnaissables à leurs immenses turbans verts, le silence se fit. Un silence respectueux. Ils précédaient les chameaux sacrés portant le Coran et un morceau de la Kaaba, la pierre sainte de La Mecque. L'étendard vert de la foi flottait au-dessus d'eux.

Tout avait été admirablement organisé. A mesure que l'armée avançait vers Belgrade, les *sandjakbey*, les commandants des troupes de provinces, rejoignaient le long flot militaire qui progressait sans rencontrer de résistance, la cavalerie lui ayant déjà ouvert la voie. Toujours arrivaient des convois de vivres pour ravitailler cent cinquante mille hommes en marche.

Sans repos, les courriers galopaient entre Belgrade et Stanboul. Roxelane, qui avait maintenant accès à la bibliothèque des princes et s'était plongée dans l'étude de l'histoire ottomane, connaissait par ses professeurs les nouvelles avant les autres femmes du sérail. Presque en même temps que la *vâlide sultan*, elle apprit l'arrivée de Soliman à Belgrade, la ville qui avait osé le défier. Par un autre courrier dont son professeur eut connaissance, elle sut que, devant l'orgueilleuse cité, l'on avait édifié un pont sur la Save. Il fut emporté par la crue, mais on le reconstruisit. Grâce au pont, l'on put amener au pied des murailles les canons, les célèbres canons turcs, qui pilonnèrent les défenses de Belgrade. La plus haute tour, que l'on avait minée, sauta et les quatre cents hommes de la garnison se rendirent.

Pour sa première campagne, Soliman avait remporté une victoire sans conditions. Quant à Ibrâhîm, il fut chargé d'organiser la tutelle de Belgrade et des provinces alentour. Désormais sous la férule ottomane, elles seraient administrées par des gouverneurs nommés par Soliman, sujettes à payer l'impôt et à fournir leur contingent d'esclaves et de soldats. L'extraordinaire rapidité de cette campagne, le peu de résistance que l'on avait opposé aux armées turques jetèrent partout l'effroi. La Chrétienté tremblait devant la puissance ottomane. Et Roxelane se sentait fière d'appartenir au plus puissant État du monde, même si elle le connaissait à peine. Comme les autres femmes, elle ne pensait qu'au retour de Soliman.

Le 19 octobre 1521, après cinq mois d'absence, Soliman et son armée étaient à nouveau devant Stanboul. Le suivait la triste file des prisonniers, de futurs esclaves, de nouvelles recrues pour les janissaires ou les galères. L'on remarquait aussi de nombreux enfants, souvent donnés librement par leurs familles à leurs vainqueurs dans l'espoir qu'ils auraient ainsi un bel avenir, puisque bien des dignitaires de l'Empire étaient esclaves. Trop de mauvaises nouvelles, pourtant, empêchaient le sultan de goûter cette victoire toute fraîche. Un premier *peyk* dépêché par Gülbahar lui avait appris la mort de son fils aîné Abdüllâh, alors âgé de huit ans, puis de sa petite fille, encore un bébé. L'on disait aussi que la même fièvre maligne s'était emparée du prince Mahmoud, qui n'avait que six ans. Les médecins murmuraient tout bas que l'on ne réchappait guère de la variole. Et Mahmoud aussi s'éteignit comme une tremblante petite lampe... Le chagrin de Soliman endeuilla la cérémonie d'accueil que sa mère, la *vâlide sultan*, lui réserva dans le Vieux Sérail. Aussi n'y eut-il ce jour-là ni bouffon, ni danse, ni musique, mais seulement une collation à laquelle furent conviées toutes les femmes du harem et, parmi elles, Roxelane. Elle vit bien que les pleurs de Gülbahar et ses yeux rouges, s'ils avaient d'abord ému Soliman, l'irritaient à la longue. Un fils lui restait, le prince Mustafâ, ravissant enfant de quatre ans, héritier présomptif du trône. Gülbahar était encore la femme la plus puissante du sérail après la *vâlide sultan* et Roxelane se désespérait. A quoi lui servait d'avoir tant étudié, appris le turc et le persan, d'être la meilleure en calligraphie, de savoir les œuvres des poètes anciens si le sultan ne la remarquait pas ? Même la *vâlide* semblait l'avoir oubliée...

Puisque la *vâlide* lui avait trouvé quelque intelligence, Roxelane décida de se servir de ses talents pour se rappeler au souvenir de Hafsa Hatun. Elle prit ses pinceaux les plus fins, son or le plus lumineux et commença à calligraphier avec soin une strophe du poète Fuzûlî qu'elle pensait appropriée à la douleur de la sultane – le harem se devait de pleurer beaucoup, même si bien des femmes pensaient tout bas que toutes ces morts entraîneraient peut-être la disgrâce de Gülbahar. La fièvre pouvait aussi emporter Mustafâ, le dernier enfant vivant de Soliman... Du moins Roxelane le souhaitait-elle car son caractère emporté et dominateur ne tolérait pas les obstacles. Pourtant, elle avait appris à le cacher sous des mines soumises et des sourires éblouissants. Elle traçait avec application les lettres qui s'étiraient en volutes, se peuplaient d'une infinité de fleurs et d'oiseaux. Quand enfin ce fut terminé, après plusieurs jours d'efforts secrets, elle relut la phrase qu'elle avait choisie :

> Si le tourbillon, comme un cyprès, élève sa cime au-dessus de la terre de ma tombe, dans le désert de la souffrance, ô mirage d'un ruisseau, ne refuse pas ton eau à ce cyprès.

Restait maintenant à faire porter son présent à la *vâlide sultan*. Depuis longtemps, Roxelane s'était assuré les bonnes grâces du *kïzlar aghasï* par des sourires, l'éclat de son rire si contagieux, des petits cadeaux. Et le gros eunuque, qui avait le cœur tendre sous des abords repoussants et qui restait sensible au charme des femmes même si sa mutilation ne lui permettait pas d'y goûter, commençait à apprécier la compagnie de cette esclave si différente des autres. Hürrem prisait les livres et l'étude, dédaignait les bavardages oisifs et ne passait pas, comme ses compagnes, sa vie à interroger son miroir. D'ailleurs, il lui plaisait d'apprendre l'histoire ancienne dans les ouvrages qu'elle lui lisait et, souvent, il entrait dans la bibliothèque pour le plaisir de la voir studieusement penchée sur un livre pourtant rébarbatif. Qu'elle était jolie ce jour-là, ses longs cheveux roux tirés en arrière, enserrés par une coiffe qui agrandissait encore son front, ses yeux, roux aussi, étirés vers les tempes, sa petite bouche en forme de cœur mordillant un pinceau. L'*anterï*, le gilet très ajusté aux larges manches, moulait son torse menu. Quand elle se leva en l'apercevant, sa silhouette vive semblait perdue dans le *chalvâr*, le pantalon bouffant. La taille, prise par une ceinture de soie, était incroyablement mince. Elle ne ressemblait plus beaucoup à la petite paysanne hirsute et sale arrivée deux ans plus tôt au palais.

– C'est toi, mon bon *kïzlar aghasï*.

Dans sa bouche, ces deux mots terribles qui définissaient une fonction mais qui étaient devenus son nom – il ne s'en connaissait plus d'autre – prenaient une consonance tendre et affectueuse. Il s'approcha pour regarder ce qu'elle étudiait avec tant de soin et elle lui tendit le parchemin en disant :

– J'ai recopié ce poème en pensant au chagrin de notre *vâlide* – elle se moquait de celui de Gülbahar. S'il pouvait lui être un baume sur sa douleur...

– C'est très beau, Hürrem, tu es en progrès chaque jour. Je vais le lui porter de ta part.

Le *kïzlar aghasï* s'amusait de la manœuvre, assez transparente, mais qui pouvait se révéler efficace. Si Hürrem plaisait à la *vâlide*, peut-être la sultane la présenterait-elle officiellement à son fils. Ensuite, le sultan effectuait son propre choix en « oubliant » son mouchoir sur l'épaule de l'heureuse élue. C'était la coutume depuis des temps immémoriaux et elle n'était pas prête de changer. Conquérir les bonnes grâces de la sultane était donc la voie indispensable pour approcher Soliman. Favoriser les ambitions de Hürrem pouvait servir le *kïzlar aghasï* qui savait qu'Ibrâhîm ne l'aimait pas et que Gülbahar n'avait plus guère d'influence. Et puis, une telle opiniâtreté à l'étude, une telle volonté et une telle intelligence avaient de quoi forcer l'admiration.

La *vâlide* reçut le présent et remercia le *kïzlar aghasï* avec cette courtoisie si prisée de la cour ottomane. Au moment où il se disposait à repartir en se disant que son ambassade n'avait pas eu l'effet souhaité, elle le retint avec un petit rire :

– Dis à ta protégée de venir chez moi à la prochaine *djouma*.

Le *kïzlar aghasï* s'inclina très bas et repartit, en pensant que Hürrem avait au moins gagné la première partie de son pari. Chaque vendredi, à chaque *djouma* ou jour de l'union, la *vâlide* recevait le matin une dizaine d'esclaves, toutes belles, jeunes et vierges. L'on affectait de deviser dans une atmosphère sereine alors que toutes, horriblement tendues, guettaient l'ouverture de la grande porte d'ébène incrustée de nacre et d'ivoire par laquelle passerait Soliman. Il était censé visiter sa mère. En réalité, il venait choisir celle des femmes avec laquelle il aurait envie de passer la prochaine nuit. Quelle torture en attendant qu'il sortît de sa manche le fatidique mouchoir pour le poser sur l'épaule droite de l'élue et annuler du même coup les espoirs des autres esclaves. Si l'on n'avait pas su plaire, l'on était rarement invité une deuxième fois.

Que de craintes et de douleurs en examinant à la dérobée ces rivales, en supputant leurs chances, en cherchant avec frénésie la moindre faille à des beautés si parfaites, en se souvenant de ses propres atouts et en masquant sa peur sous le plus enivrant des sourires ! Le plus souvent, cette unique nuit n'était suivie d'aucune autre. L'on prétendait, mais la chose était dangereuse à dire, que Soliman goûtait plus de plaisir avec Ibrâhîm qu'auprès de ces femmes trop soumises. Peut-être n'étaient-ils à présent que des compagnons de débauche, mais les nuits à Saray Bournou étaient plus animées qu'au Vieux Sérail.

Roxelane ne vécut plus jusqu'à la prochaine *djouma*... Elle aussi passa des heures au bain à se faire masser, épiler, oindre d'essences précieuses. Interminablement, elle essayait une tenue après l'autre, d'autres couleurs, d'autres joyaux. Comment prétendre plaire à un homme blasé, qui avait déjà connu tant de beautés offertes à ses caprices, qui n'avait même pas à séduire, puisqu'il était le maître ? Dédaignant les conseils toujours suspects de ses compagnes, elle décida de s'en remettre au goût du *kïzlar aghasï*, lui qui connaissait si bien les femmes et qui en était privé.

– Si je n'avais qu'un instant pour te séduire avant de passer la nuit avec toi, mon cher *kïzlar aghasï*, comment me voudrais-tu ? Préfères-tu les perles ou les topazes, qui ont la couleur de mes yeux ? Je n'ai pas de diamants...

– Tu m'as déjà séduit, tu le sais. Le *pâdichâh* a vu tellement de joyaux qu'il ne les remarque plus. Les plus belles émeraudes lui servent de coupe pour y boire. Elles forment la garde de ses poignards ou parent les crins de ses chevaux. Surprends-le par un excès de simplicité, aucun bijou, aucune parure. Sois telle que tu es au naturel. Et ris ! C'est ta meilleure arme, la Joyeuse.

– Je vais donc rire. Du moins vais-je essayer...

Même si la *vâlide sultan* avait été surprise de la tenue de Roxelane, elle ne dit rien. Le choix n'était peut-être pas mauvais. L'on ne voyait en effet qu'elle, d'une simplicité ostentatoire parmi toutes ces femmes si parées qu'elles ressemblaient à des châsses à peine humaines. L'excès de leurs joyaux leur enlevait toute spontanéité et toute fraîcheur, même si elles étaient fort belles. Blondes Circassiennes à la fragilité de porcelaine, brunes Méridionales à la peau d'ambre précieux, blancheur d'autres peaux tranchant sur de sombres chevelures, rousseur troublante... Un échantillon parfait des beautés les plus achevées avait été rassemblé chez elle par la *vâlide sultan* pour essayer de distraire l'incurable chagrin de son fils. Mais ces beautés s'étaient comme figées en leur perfection. Il leur manquait un éclair de vie, un éclat de rire. Seule Hürrem semblait vivante, petite djinn des bois ou des montagnes, malicieuse et vive, presque androgyne, deux adorables fossettes trouant son visage espiègle.

– Personne n'ose rire en ces jours de deuil et c'est ce qui lui manque le plus, avait ajouté le *kïzlar aghasï*.

Difficile de rire de bon cœur quand sa vie entière va se jouer en quelques minutes, quand on sait que rien n'est plus niais qu'un rire intempestif. Lorsque la porte s'ouvrit et qu'elle vit paraître Soliman, Roxelane s'efforça de le regarder bien en face alors que toutes les autres plongeaient dans leurs révérences. Avant de les imiter, elle eut un bref petit rire impertinent qui fronça les sourcils de la *vâlide*, mais retint l'attention du sultan. Puis les yeux de Soliman quittèrent Roxelane pour examiner ces beautés. Elle se dit, découragée, qu'elle avait échoué. Cependant, le regard revint sur elle. Soliman sembla interloqué par l'absence totale de joyaux, de broderies d'or et d'argent.

– Qui es-tu, toi qui ne te pares pas pour me plaire ?

– Hürrem, la Joyeuse. Comment s'imaginer plaire à son sultan avec quelques joyaux qui n'égaleront jamais sa munificence, lui qui est le vainqueur de Belgrade et le digne successeur de Salomon ?

– Ma mère m'a dit que tu étais fort savante. Que sais-tu faire encore, la Joyeuse ?

– Rire et faire rire.

Quand le mouchoir de soie vint recouvrir son épaule droite, Hürrem éclata alors de son beau rire si contagieux. Son rire de triomphe. Elle avait dix-sept ans et le sultan l'avait distinguée entre toutes.

La journée se passa pour elle dans une fièvre de chaque instant. Après s'être encore baignée, fait masser et oindre d'autres huiles, avoir lavé ses cheveux et teint ses ongles au henné, elle ne refusa pas l'aide des femmes pour ajuster sa longue robe blanche d'épousée. Ce fut la *vâlide sultan* qui agrafa à sa taille la ceinture de grosses perles, sa ceinture de vierge que seul le sultan pourrait détacher. Même s'il y avait quelque trois cents femmes au harem, même si le sultan pouvait en changer autant de fois qu'il le voulait et si elles n'étaient que des esclaves qui n'avaient pas le droit de se refuser, l'on donnait toujours quelque apparence de cérémonie religieuse à cette union.

Le soleil déclinait et les ombres envahissaient les jardins tandis que les esclaves allumaient des torches.

Commençait pour Roxelane la nuit de l'union. La *vâlide* vint la chercher dans le nouvel appartement que l'on venait de lui attribuer, avec deux servantes qui lui appartiendraient. Roxelane l'attendait sur le seuil de sa porte, prête déjà depuis longtemps. D'un coup d'œil, la *vâlide* apprécia sa tenue, se demandant si cette enfant si frêle et si différente des autres saurait retenir son fils. Elle ouvrit l'exemplaire du Coran qu'on lui tendait et le tint au-dessus de la tête inclinée de Roxelane. Elle prononça alors les paroles rituelles du mariage, même s'il ne pouvait s'agir de vraies épousailles, mais d'une simple parodie, puisque Roxelane était esclave.

– Puisse Allah protéger et bénir cette union, qu'il accorde un fils au sultan et à la dynastie d'Osman.

Comme pour un vrai mariage, douze esclaves tout de blanc vêtues, une pour chacun des mois de l'année, précédèrent Roxelane en chantant et en jetant des pétales de roses sous ses pas. Puis l'on parvint à la bâb üs-Sa'âde, la porte de la Félicité. Le *helvet*, qui signifie solitude, le cri des eunuques précédant le cortège, avait fait le vide car il était interdit à quiconque, même aux femmes, de regarder passer l'élue d'un soir. Le cortège abandonna Roxelane à la bâb üs-Sa'âde, qui marquait la fin du domaine interdit à tout autre homme que le sultan : le harem. Au-delà s'étendait le corridor Altun Yolu, le Chemin d'Or qui menait aux appartements privés du sultan quand il ne résidait pas à Saray Bournou. Au-delà veillaient les eunuques blancs, ses serviteurs. Plus loin encore, Soliman, qui était allé se recueillir comme chaque vendredi à la mosquée Aya Sofya, attendait Roxelane. Soliman auquel la Joyeuse avait tant rêvé, seul amour permis pour elle au sein d'un sérail qu'elle ne quitterait guère, seul espoir de jamais s'élever et de sortir de sa condition d'esclave.

L'entreprise semblait pourtant presque impossible. Tant de beautés s'étaient à jamais flétries dans cet univers clos et dangereux d'un sérail sans que le sultan en connût la présence. Tant d'autres avaient péri par le poison, le lacet des Muets ou la noyade, parce qu'elles étaient précisément trop belles et risquaient de plaire. D'autres encore, favorites d'une ou plusieurs nuits, avaient été ensuite vite oubliées au profit d'une plus jeune, d'une plus belle.

Pour Roxelane, la bâb üs-Sa'âde était la porte s'ouvrant sur Soliman, donc sur le monde. Ce monde auquel les pilleurs tartares l'avaient ravie autrefois, l'arrachant du même coup à sa famille, à sa maison et à son village, à ces immenses étendues de blé jaune qui avaient jadis constitué tout son univers et qu'elle aimait d'amour. Là, elle était libre d'aller et venir sans voile, vaquant à sa guise aux besoins de la maisonnée et de la basse-cour dont elle avait la responsabilité. Mais qu'était-ce que la liberté dans un village sordide ? Quel sort aurait été le sien si elle était restée ? On l'aurait mariée à un paysan brutal et illettré, ivrogne de surcroît. Elle serait déjà mère. Les maternités trop précoces et trop rapprochées auraient eu vite raison de sa beauté et de sa gaieté, sans rien lui apporter d'autre qu'un peu plus de souffrance et de pauvreté. Ici, elle était déjà *gözde*, celle que le sultan a remarquée. Après la nuit, elle serait *ikbâl*, la glorifiée, peut-être un jour enceinte des œuvres du sultan, une perspective inouïe pour la petite paysanne qu'elle avait été.

Roxelane ne se posait pas la question de savoir si

elle aimerait Soliman. Il avait tout pour enflammer l'imagination de ces femmes enfermées sans autre perspective que sa venue et le bonheur de lui plaire, peut-être. Il était jeune et beau, infiniment riche et puissant, l'objet de toutes les rêveries et de tous les désirs de ces trois cents recluses qui ne s'entretenaient que de lui, ne pensaient qu'à lui, ne se paraient que pour lui, ne se jalousaient et ne se haïssaient qu'à cause de lui. Depuis deux ans qu'elle se trouvait enfermée au sérail, cage dorée, mais cage tout de même, Roxelane n'avait pensé qu'à cet instant où elle se tiendrait seule en présence du *pâdichâh*. Elle n'aurait qu'une unique nuit pour le séduire et le retenir. A présent que l'ultime instant était arrivé, elle tremblait de ne pas savoir quels gestes oser, quelles caresses inventer pour lui qui en avait déjà tant eues. Soit, il l'avait remarquée et avait posé son mouchoir sur son épaule. Cependant, tout restait encore à faire. Quelle tristesse et quel échec, quelle humiliation également si, à l'issue de cette nuit, il allait l'oublier et la renvoyer au sérail, ombre anonyme parmi tant d'autres...

Roxelane avait tenté d'arracher à la *bakh kalfa* des révélations sur les goûts secrets du sultan, les caresses qui savaient l'émouvoir, les parfums qui le troublaient le mieux, mais l'intendante n'avait pas parlé. Sans doute ne savait-elle rien. Les autres élues ne divulguaient pas leur savoir. Son impertinence et sa singularité avaient plu à Soliman. Elle serait donc naturelle entre ses bras et s'efforcerait de faire rire cet homme semblant toujours si sérieux et mélancolique. Elle ne lui parlerait pas avec cette distance et cette pompe dont usaient les autres femmes.

La bâb üs-Sa'âde s'ouvrit et se referma. Le cri du *helvet* s'apaisa. Les chants et les tambourins se turent. Elle était seule de l'autre côté de la porte, de l'autre côté du monde. Le chef des eunuques blancs l'attendait. Il la salua et la précéda dans un jardin qu'embaumaient les roses et le jasmin, où s'ébattaient dans de larges volières des perroquets qui la fixaient de leurs petits yeux ronds et durs. Une porte tout incrustée de nacre et d'ivoire béait comme une invite dans un pavillon bas, au toit recourbé en forme de pagode. Là étaient les appartements privés du sultan quand il quittait Saray Bournou pour venir au sérail.

Il y eut un claquement sec. Elle était seule. Comme le lui avait appris la *bakh kalfa*, en signe de respect, elle enleva ses pantoufles brodées de perles comme si elle pénétrait dans un sanctuaire et foula des tapis d'Orient d'une richesse qui l'émerveillait. Les murs étaient décorés de faïences de ce bleu turc pur et profond. Plus haut, des calligraphies coraniques ourlaient la pièce. Au loin, on jouait du *saz*, cette cithare donnant des sons un peu grêles, comme des sanglots inachevés. Roxelane traversa vite la première salle où brûlaient de l'encens et des torches, souleva une tenture et se trouva dans la chambre d'apparat de Soliman.

L'on ne voyait que le lit, vaste cadre en ébène incrusté d'or et de pierres précieuses supportant les trois matelas rituels en soie verte – le premier garni de bourre de coton et les deux autres de plumes. Une couverture de zibeline traînait jusqu'à terre. Là-bas, tout au fond du lit, entre les riches tentures tombant du plafond, sur l'un des trois oreillers de même soie, bordés de pourpre, la couleur impériale, reposait la tête de Soliman. Son crâne était rasé à l'exception de toupets laissés sur le haut de la tête et au-dessus des oreilles. Ces trois toupets servaient à bien asseoir le turban dont le sultan ne cessait d'accroître le volume.

Un eunuque blanc, debout devant une écritoire, attendait sans oser tourner le regard sur elle. Sur un signe de Soliman, il nota l'année, le mois, le jour et l'heure de l'union. Ensuite, si elle était par bonheur enceinte, les astrologues de l'Empire n'en finiraient plus de calculer les horoscopes du nouveau-né en comparant la figuration des astres lors de la conception et lors de la naissance. Lorsqu'il eut achevé son travail, l'eunuque replia le trépied supportant l'écritoire, s'inclina très bas et disparut.

Le protocole voulait que Roxelane se prosternât d'abord trois fois en se jetant à plat ventre par terre, puis qu'elle montât sur le lit, embrassât la couverture de fourrure à trois reprises avant de ramper jusqu'à Soliman. Posture difficile et ridicule, peu propre à la séduction, se disait-elle. Pourtant, c'était ainsi que l'on devait procéder.

Roxelane parvint à bout de ses trois premières salutations et commença de progresser vers Soliman, qui la regardait faire sans songer à l'aider. Il lui semblait très beau, presque ascétique avec son grand front, sa barbe peu fournie et ses longues moustaches plus rousses que brunes. Son œil pétillait, un mince sourire commençait à se deviner sous la moustache. Soudain, elle se redressa et éclata de son rire irrésistible. Elle balbutia de son accent un peu rauque et chantant :

– Je me fais l'effet d'une misérable limace se traînant vers son soleil, *pâdichâh* !

Peut-être serait-il furieux d'une telle franchise et la renverrait-il immédiatement ? Elle releva la tête vers lui avec crainte, mais ne vit que de l'amusement sur le visage de Soliman.

– Viens ici, la Joyeuse.

Il riait et se penchait vers elle, il la hissait à son niveau et elle fut dans ses bras. C'était sa place et son bonheur, son avenir et la fin de ses peurs. S'il la voulait pour plus d'une nuit, lui aussi devrait la conquérir et la séduire. Elle le traiterait comme un homme, comme son amour. Certainement pas comme son maître.

– Hürrem qui ne fais rien comme les autres, qui ne ressembles à aucune autre, que l'on dit si savante et si impertinente, tu es pourtant bien belle, ce soir...

La peau de Roxelane exhala une senteur d'aloès et de très jeune corps lorsqu'il dégrafa la ceinture et la dépouilla de sa robe de soie blanche. Quand les mains de Soliman commencèrent à la parcourir, elle se raidit à peine avant de s'abandonner. Il était tendre et fort, tel qu'elle l'avait rêvé. Elle aussi avait envie d'aimer.

Le lendemain matin, ce fut Soliman qui l'éveilla avec de nouvelles caresses et des ardeurs neuves. Ensuite, elle le quitta à regret, mais une esclave ne pouvait demeurer dans le lit de Soliman quand le Tailleur des Ongles, le Premier Barbier, le Grand Maître de la Garde-Robe, le Grand Maître du Turban, et le Gardien des Ornements du Turban impérial ne guettaient qu'un signe du chef des eunuques blancs pour entrer à leur tour dans la chambre impériale. Là, ils s'acquitteraient avec sérieux de leurs importantes charges avant que Soliman n'allât se purifier au hammam. Il y aurait aussi le page chargé d'attacher à sa ceinture les deux bourses rituelles nécessaires aux menues dépenses de la journée – l'une emplie de mille *aspre* d'argent et l'autre de dix ducats d'or. Poste envié que celui de ce page, autorisé à garder pour lui ce qui n'avait pas été dépensé dans la journée, quoique, aujourd'hui, ce fût à Roxelane que revenaient la robe brochée du sultan, ainsi que les sequins d'or.

Vite, elle remit son vêtement blanc, agrafa sa ceinture et s'approcha du lit pour tendre à son amant le voile de mousseline brodée qu'il devait lui-même attacher et qu'elle rabattrait ensuite sur son visage, signe qu'elle lui avait appartenu. Elle aurait voulu se jeter dans ses bras, embrasser sa main et la couvrir de larmes en le suppliant de ne pas l'oublier. Les autres devaient agir ainsi et Roxelane, affectant une gaieté et une assurance qu'elle n'avait pas, prit congé sans rien demander. Elle salua encore, marcha à reculons jusqu'à la porte, lui offrit un ultime sourire, enfila ses pantoufles et quitta la chambre sans être très sûre de se sentir heureuse.

Elle était torturée par la pensée qu'elle n'était peut-être pour lui qu'un simple caprice et que cette nuit pouvait n'être suivie d'aucune autre. En ce cas, elle vieillirait, oubliée au harem, se racontant sans cesse ce bref et unique triomphe, regardant se succéder les autres favorites, poignardée par la jalousie et un sentiment d'inutilité grandissant. Elle se maudissait d'être de la « chair vendue ». Elle s'en voulait de n'être pas plus belle qu'elle n'était ni mieux douée pour l'amour. Désormais, même si elle était *ikbâl*, enfant du bonheur, même si l'on ne reviendrait pas sur ses privilèges, elle le savait – un appartement particulier, des richesses et des servantes –, elle ne cesserait de se tourmenter en se demandant si Soliman se souvenait de sa Joyeuse et voudrait la rappeler dans sa chambre.

A nouveau, elle franchit la bâb üs-Sa'âde. Roxelane ignorait si elle se rouvrirait un jour pour elle. Derrière, l'attendait l'énorme *kïzlar aghasï*, qui sourit en voyant le voile blanc, et s'inclina en lui disant :

– Souris, la Joyeuse, car il t'a aimée. Tu ne dormiras plus jamais dans la chambre des novices. Tu n'as plus rien à craindre de la grande gouvernante et de son bâton d'argent. Tu es *ikbâl*.

– Comme si cela pouvait me suffire. Je veux beaucoup plus, je veux tout, tu le sais bien, mon *kïzlar aghasï*. Si tu m'aides, je ne serai pas une ingrate, ô gardien de la porte de la Félicité. Si le *pâdichâh* tarde trop à me faire demander, rappelle-moi à son souvenir. Tu sauras trouver les mots, ou alors je te les soufflerai.

Le *kïzlar aghasï* avait au moins deux bonnes raisons d'aider l'ascension de Roxelane : la première était que l'ancienne favorite, Gülbahar, n'aimait guère Stanboul et donnait la préférence à ceux qui avaient fait partie de la cour de Manisa. Or lui-même n'avait jamais quitté le sérail depuis qu'on l'avait ravi, enfant, à sa lointaine Afrique. La seconde tenait à Ibrâhîm, à présent chef de la Chambre Intérieure, poste considérable qui l'attachait encore plus étroitement qu'avant à la personne du sultan. Ibrâhîm était si cher au cœur de Soliman que ce sentiment l'empêchait de rendre visite à ses femmes aussi souvent qu'il aurait été souhaitable. A quoi servait d'être le maître d'un sérail si le sultan préférait un homme à ses esclaves ? Et le *kïzlar aghasï*, pour accepter l'inacceptable : n'être qu'une portion d'homme, un monstre presque difforme, pour se consoler de ne pouvoir caresser ces beautés qui le méprisaient et de ne pouvoir procréer alors qu'il aurait tant voulu des enfants, reportait son affection sur Roxelane. Elle du moins ne l'avait jamais moqué. Elle ne semblait même pas le trouver laid et sa voix avait des inflexions très tendres pour le nommer « mon *kïzlar aghasï* ». Aussi était-il décidé à vanter en effet le charme, l'esprit et l'érudition de la Joyeuse chaque fois qu'il s'entretiendrait avec le sultan.

Le *kïzlar aghasï* tint parole, ne ratant pas une occasion de dénigrer les autres femmes au profit de Roxelane, qui fut rappelée une fois, puis deux, puis trois, puis de plus en plus souvent. Elle amusait Soliman, elle chantait pour lui la douleur joyeuse du poète Fuzûlî :

Je suis si enivré que je ne comprends pas :
Qu'est-ce donc que le monde ? Où tourner chaque pas ?
Mais qui est l'échanson du vin d'éternité ?
Et je supplie l'Aimé, vois mon œil dépité,
Demande-moi plutôt quel est mon seul bonheur.
C'est celui de t'aimer en t'ouvrant tout mon cœur.

Maintenant qu'il était devenu si riche et si puissant, maintenant qu'il avait des charges importantes réclamant beaucoup de son temps, Ibrâhîm ne pouvait plus chanter aussi souvent pour son sultan. Or Soliman prisait plus que tout la musique et la poésie.

Dans tout le Vieux Sérail, l'on ne parlait plus que de l'incroyable faveur dont jouissait à présent Roxelane. Même la *vâlide*, qui savait que la gaieté de Hürrem parvenait à dérider son fils, trouvait cependant cette faveur excessive. Et puis, l'intelligence de Hürrem, qui l'avait tant séduite au début, inquiétait à présent la *vâlide*. Qui savait quels rêves de grandeur et de puissance s'abritaient sous ce joli crâne ? Celle pourtant qui déplorait plus que d'autres le succès de Roxelane était Gülbahar, la *kadïn sultan*. Si Gülbahar n'espérait plus recouvrer l'amour de Soliman depuis qu'Ibrâhîm lui était si cher, elle se consolait en sachant qu'aucune femme du harem n'avait su s'attacher durablement le sultan. Puis il y avait eu Roxelane.

Gülbahar, déstabilisée par la mort de trois de ses petits, s'affolait de sentir sa position moins stable. Soliman ne l'appelait plus que rarement. Il ne lui restait désormais que le prince Mustafâ, charmant enfant qu'adorait le sultan, mais que la mort pouvait prendre également. Aussi Gülbahar commençait-elle à prêter une oreille très attentive aux propos de sa jolie servante Nourisabah, l'Aurore.

– Tu es la *kadïn sultan* et le *pâdichâh* chérit son fils. Tu es toute-puissante au sérail et très aimée de la *vâlide*, fais peur à cette Hürrem pour qu'elle ne soit plus si joyeuse. Ou envoie-lui un Muet !

– Si quelqu'un le surprend et va tout dire au *kïzlar aghasï*, je suis une femme morte... Tu n'y songes pas, Nourisabah. Lui montrer qui est la vraie maîtresse ici, pourquoi pas ? Pare-moi de ma plus belle robe ornée de fourrure et de la traîne la plus longue que tu pourras trouver, mets-moi mes plus beaux bijoux et envoie-la chercher. Elle sera si humiliée de ne porter ni fourrure ni traîne, puisqu'elle n'est pas *kadïn*, qu'elle comprendra. Son assurance m'est insupportable. Quel air ai-je donc ?

– L'air de la plus belle princesse qui soit.

– On ne voit pas que j'ai pleuré ?

– Je vais baigner vos yeux d'eau de rose et l'on ne verra rien. Soyez dure et cassante envers elle pour qu'elle n'ose plus jamais séduire le *pâdichâh.*

Nourisabah apprêta sa maîtresse, la revêtit d'une longue robe à traîne doublée de zibeline, lui mit ses plus beaux bijoux, des émeraudes de la couleur de ses yeux, renouvela les fleurs et jeta des bûches dans le *mangal*, le brasero dont l'argent luisait à la lumière des bougies. C'était un univers féminin et raffiné, où des corans de prix s'alignaient sur les étagères du *kavoulouk*, où les tapis rivalisaient avec les teintes des faïences murales. Par terre était étendue une nappe blanche sur laquelle était posée une grosse lanterne. Des divans bas ornés d'une profusion de coussins de soie, des consoles supportant une écritoire et des candélabres d'or, des *bogtcha* richement ouvragées, armoires où l'on rangeait robes et coiffures, constituaient tout l'ameublement. C'était presque trop riche, propre à impressionner une vulgaire *ikbâl*, pensait Gülbahar.

Nourisabah quitta le pavillon de la *kadïn* pour se rendre dans celui qu'occupait Roxelane avec d'autres femmes du sérail, gouvernantes et grandes maîtresses

– la *vâlide* évitait de faire habiter ensemble plusieurs *ikbâl* afin d'éviter toute scène de violence.

Nourisabah se fit annoncer à Roxelane par un eunuque noir et on l'introduisit aussitôt dans l'appartement composé de quatre pièces moins luxueuses que celles de Gülbahar. Roxelane l'attendait, mise très simplement d'un pantalon bouffant et d'un gilet ajusté, un voile fin, le *yasmâk*, pendant de sa coiffe dénuée de plume ou de bijoux. Elle souriait de son adorable sourire si innocent et si enfantin, qui lui mettait deux fossettes au coin des joues.

– Alors, Nourisabah, est-ce que tu m'as bien servie ?

– Pendant des jours et des jours, j'ai sans cesse attisé la colère, la jalousie et la rancœur de la *kadïn* comme tu me l'as demandé. Je l'ai persuadée de chercher à t'effrayer. Il ne tient qu'à toi, Hürrem, de lui faire perdre toute prudence.

Roxelane éclata de son joli rire et lança une bourse à la servante.

– Chaque fois que tu me serviras, tu en recevras une semblable. Je n'oublie jamais un service rendu. Et je n'oublie jamais non plus une trahison...

Son sourire était doux et caressant, mais son regard impitoyable. Nourisabah avait déjà compris qu'il fallait tout craindre de la colère de Roxelane, qui n'hésiterait pas, si c'était nécessaire, à s'assurer les services des Muets, tout dévoués au *kïzlar aghasï* dont ils dépendaient immédiatement après le sultan. Les mains rentrées dans les manches de son gilet en signe de soumission, le regard baissé, Roxelane se dirigea de son pas vif de danseuse vers le pavillon de Gülbahar. Le pavillon s'élevait près d'un bassin où l'eau avait gelé. Il faisait un froid vif et piquant en ce mois de décembre, mais Roxelane était trop excitée pour en ressentir les effets. Le plan qu'elle avait savamment ourdi pour perdre sa rivale avait de bonnes chances de réussir : Gülbahar était si sotte et si larmoyante, Soliman si naïf, incapable de concevoir la ruse. Et la ruse, précisément, était l'arme préférée de Roxelane.

On la fit attendre longtemps avant de condescendre à la recevoir, mais Roxelane avait une patience infinie lorsqu'il s'agissait de servir ses intérêts. Puis elle entra et fut stupéfaite de la débauche de luxe dans laquelle vivait Gülbahar. Pourtant elle se raidit pour que la *kadïn* ne pût percevoir son admiration. Roxelane mesurait tout le chemin qu'elle avait encore à parcourir avant de devenir son égale. Gülbahar, assise à sa toilette, peignait avec nonchalance sa longue chevelure blonde, son meilleur atout. Les émeraudes resplendissaient à son cou, ses oreilles et ses poignets, jetant des feux glauques et somptueux sur les murs. La *kadïn* feignit de ne pas la savoir là. Le petit jeu aurait pu durer un moment si Roxelane n'avait choisi de rompre le silence en disant de sa voix la plus suave et la plus ironique :

– Ma *kadïn* a fait appeler sa très humble servante que sa splendeur éblouit tant qu'elle ne peut lever les yeux vers elle.

Gülbahar perçut l'ironie et la méchanceté contenues dans cette seule phrase qui l'insultait et lui rappelait que sa beauté n'était plus si sûre, puisque Soliman lui préférait cette esclave. Elle se leva en faisant tomber sa brosse et se précipita vers Roxelane en hurlant :

– Misérable chair vendue, puissent les djinns

t'emporter dans les airs, puissent les esprits infernaux ouvrir pour toi les entrailles de la terre ! Je sais que tu l'as ensorcelé par quelque philtre ou incantation de ta race, sorcière. Chair cueillie...

– Pas plus vendue ou cueillie que toi, ma *kadïn*.

Gülbahar, oubliant toute prudence et la première règle du harem qui interdisait à quiconque de lever la main sur une *ikbâl*, celle que le sultan avait daigné distinguer, fondit sur Roxelane. Elle déchira le fin *yasmâk*, fit chavirer la coiffe puis arracha par poignées la luxuriante chevelure rousse qui tombait jusqu'à la taille si fine et si fragile. Roxelane ne se débattait pas, ne cherchait pas à se protéger. Au contraire, elle s'offrait aux coups, le même insupportable sourire aux lèvres. Ce sourire rendait Gülbahar folle de haine et de douleur. Elle imaginait si bien les lèvres de son amour se posant sur cette petite bouche rose et parfumée, évoquant une fleur. Elle prit sur sa coiffeuse des ciseaux d'or fin, en laboura la joue de Roxelane, voulut lui crever les yeux, mais celle-ci se détourna souplement et se mit à pousser des cris perçants pour alerter le *kïzlar aghasï*, qui se tenait non loin de là, prêt à intervenir. Il fit aussitôt irruption dans la pièce. Sans dire un mot, il repoussa la *kadïn*, entraîna Roxelane dehors. Là, il regarda la blessure d'où le sang ruisselait, tachant chemise et gilet.

– Je t'envoie l'*ebekadïn*, la guérisseuse, il faut nettoyer tout cela. Folle, elle aurait pu te tuer !

– Ainsi, on verra mieux qui de nous deux le *pâdichâh* préfère vraiment.

– Il faut te soigner, il t'a fait demander pour cette nuit.

– Réponds-lui que je n'irai pas.

Le *kïzlar aghasï* la regarda avec stupéfaction. L'on ne pouvait se dérober à un tel ordre à moins d'être à l'article de la mort. Cette Hürrem prenait trop de risques. Un jour, elle allait lasser la patience du sultan et, alors, sa disgrâce rejaillirait aussi sur lui.

– Tu dois y aller.

– Je n'irai pas.

– Que lui dirai-je ?

– Rien. Ce sera lui qui viendra à moi. Pour une fois, il peut bien venir.

– Tais-toi, Hürrem, tu es déraisonnable.

Pourtant, le chef des eunuques noirs la regardait avec admiration. Si elle ne se faisait pas tuer avant, cette femme irait loin. Il y avait en elle une telle détermination, une telle absence de scrupules que tout devait lui être possible. Elle n'était pas comme les autres femmes. Elle allait son chemin sans rien demander à personne, sans rien confier de ses pensées les plus secrètes. Même avec lui, elle ne s'épanchait plus comme avant et, cependant, elle se montrait toujours aussi délicieuse.

Le *kïzlar aghasï* rapporta fidèlement à Soliman le refus de Roxelane sans toutefois en préciser la raison, mais en laissant entendre que quelque chose de grave s'était produit. Au cri du *helvet*, le sultan se rendit dans « le lieu sacré, dans l'enclos béni que rien ne doit profaner ». En entendant retentir le cri qui faisait rentrer tout le monde, femmes et eunuques, à l'intérieur des bâtiments pour laisser le passage libre au maître, Roxelane sut qu'elle avait gagné. Gülbahar, quant à elle, se sentait désespérée. Quand Soliman pénétra dans ses appartements, Roxelane se tenait prostrée sur un sofa. Elle n'avait pas quitté ses vêtements lacérés, qui rendaient sa pose encore plus lascive. Ainsi, elle semblait abandonnée, belle et abîmée. Quand elle aperçut Soliman, Roxelane poussa un petit cri et se cacha le visage dans les mains. Il dut employer la force pour contempler les profondes estafilades zébrant le visage qu'il aimait.

– Qui t'a fait ça ?

– Je ne puis te répondre.

– Tu ne sais pas ?

– Si.

– J'ai compris : Gülbahar ! Pourquoi n'es-tu pas venue quand je t'en ai priée ?

– Pour ne pas affliger ta vue par le spectacle de ma laideur. Et puis...

– Parle.

– Pardonne-moi, *pâdichâh*, mais je suis grosse et je crains... J'ai peur que l'enfant...

– Qu'a dit l'*ebekadïn* ?

– Qu'il fallait espérer.

– Tu seras vengée, Roxelane, je t'en fais le serment sur ma vie.

Soliman, en proie à l'une de ces colères dont la violence était stupéfiante et qu'il ne parvenait pas à endiguer, sortit de la pièce à grands pas pour traverser le jardin en direction du pavillon de Gülbahar. La neige qui venait de tomber voilait le jardin d'un léger écran blanc et crissait sous ses bottes. Que Gülbahar eût ainsi osé contrevenir aux règles du sérail méritait un châtiment exemplaire et il était décidé à l'appliquer, mais il voulait auparavant l'entendre. Elle l'attendait, debout devant le *mangal* qui ne parvenait pas à la réchauffer, muette et tremblante.

– Est-ce bien toi qui as ainsi défiguré Hürrem ?

Il ne servait à rien de nier. Le chef des eunuques noirs avait assisté à la scène. Elle acquiesça sans mot dire.

– Elle porte un enfant. Aussi est-ce à ma propre vie que tu as attenté.

Gülbahar allait donc mourir, même si, désespérément, elle avait encore envie de vivre. Soliman pouvait l'humilier ou la châtier. Pourtant, elle s'interdisait de supplier le sultan, de lui avouer qu'elle avait peur de mourir. Alors, elle se serait crue lâche et abjecte. Elle le connaissait depuis si longtemps, elle avait été son premier amour et sa jeunesse. Pour elle, il serait évidemment le dernier. Autant dire que, même s'il la graciait, sa vie de femme s'arrêtait en cet instant. Pour Mustafâ pourtant, son petit prince si beau et si doué qui incarnait tous ses espoirs, il fallait vivre. Il fallait le protéger et le mener ensuite jusqu'aux marches du trône. Alors elle serait libre, enfin. Elle serait la *vâlide sultan*, celle qui peut sortir du harem à sa guise et se montrer à ses enfants – son peuple – à visage découvert. Elle regarda Soliman avec une tristesse infinie et lui dit seulement, en s'empêchant d'avoir pour lui les gestes de tendresse qui lui étaient si naturels, mais n'auraient paru en cet instant qu'importuns :

– Sur ma tête, j'ignorais qu'elle était enceinte.

– Je te crois, bien que ton geste reste inadmissible. C'est une atteinte à ma personne. Je ne veux plus jamais te voir, plus jamais t'entendre. Retourne sur l'heure à Manisa, tu es bannie de Stanboul.

– Ne m'enlève pas Mustafâ.

Sans répondre, Soliman quitta le pavillon. Gülbahar sut que tout était fini. Elle s'écroula en sanglotant. Par sa faute, elle l'avait perdu et se sentait abandonnée, brisée. A quoi se résoudre ? Valait-il mieux éloigner Mustafâ de cette Roxelane, mais aussi de son père, de la cour, du pouvoir ? Ou devait-elle, dans l'intérêt de son enfant, s'en séparer à jamais en le laissant sans protection dans ce sérail où tout pouvait arriver ?

Elle fit appeler Nourisabah contre laquelle elle n'avait aucun soupçon et qui faillit tout lui avouer en voyant le beau visage bouffi de larmes et tant de désespoir dans ces yeux. Gülbahar la supplia de faire prévenir Ibrâhîm. L'*hasobad hasï*, le chef de la Chambre Intérieure, s'était toujours intéressé à Mustafâ. Il aimait sa beauté, ainsi que sa vive intelligence, sa sensibilité, ses dons pour la musique. De son côté, l'enfant l'adorait. Ibrâhîm saurait ce qu'il fallait faire, ce qui serait le mieux pour le petit prince. Nourisabah partit s'acquitter de sa mission. Par remords de ce qu'elle avait ourdi, elle décida de ne pas prévenir Roxelane. Elle chargea un eunuque qui l'aimait sans espoir, pauvre monstre amputé, d'approcher le favori et de lui demander d'intercéder pour Gülbahar et Mustafâ.

Ibrâhîm méprisait les femmes – il n'avait connu que des créatures de harem, soumises et sans grande personnalité – et plus encore les intrigues de palais. Il lui déplaisait que l'une d'entre elles pût prendre trop d'influence sur Soliman, même s'il n'était pas jaloux. Leur passion de jeunesse s'était transformée en une amitié plus virile, une complicité de chaque instant. Ce n'étaient pas les faiblesses d'une femme qui pourraient longtemps retenir Soliman. Il valait mieux cependant éviter le règne d'une seule favorite. Même s'il se moquait du sort de Gülbahar, si semblable à celui de toutes les créatures enfermées dans les harems impériaux et dans le sien, Ibrâhîm s'inquiétait de l'avenir de Mustafâ. Si l'enfant était exilé avec sa mère, son père oublierait son affection pour lui au profit de ceux que lui donnerait Roxelane. Si Mustafâ restait seul au sérail, il serait vulnérable, en dépit de la protection de sa grand-mère. Un poison est si vite administré. Un Muet peut étouffer si facilement un enfant...

Aussi Ibrâhîm alla-t-il intercéder auprès de Soliman, qui se rendit facilement aux raisons de son ami. Lui non plus n'avait pas envie de se séparer de son fils. Il ordonna seulement que Gülbahar ne reparût pas devant ses yeux. Ibrâhîm savait que la rigueur de cet ordre-là s'estomperait avec le temps. Pourtant, il devinait que Soliman ne la reprendrait pas dans son lit. La victoire de Roxelane n'était donc pas aussi complète qu'elle l'escomptait, même si Soliman, pour la consoler, la fit nommer sultane avant la naissance de son enfant, honneur sans précédent. Désormais, Roxelane aussi pouvait porter traîne et fourrures. Surtout, elle bénéficiait de la pantoufle, c'est-à-dire qu'elle jouissait des revenus d'une province de l'Empire.

Roxelane sut accepter sa semi-défaite d'un air serein et même indifférent. Mais, en elle-même, elle ne décolérait pas. Si Gülbahar était définitivement neutralisée, il lui restait un ennemi déclaré, Ibrâhîm. Il lui fallait aussi combattre l'affection envahissante que Soliman nourrissait pour son fils unique. Cependant, Roxelane subissait, comme tout le harem, le charme de Mustafâ et se sentait attirée par l'enfant. Pour se durcir, elle ne cessait de se répéter :

« Si moi aussi j'ai un fils et suis *kadïn*, que deviendra-t-il à la mort du *pâdichâh* ? Mustafâ m'enverra finir mes jours au palais des Larmes et il fera tuer mon fils, même s'il ne le souhaite pas, même s'il en ressent de la douleur. C'est ainsi depuis toujours dans l'Empire ottoman et la loi du Fratricide l'exige presque. J'ai lu toutes les vies des sultans. C'est toujours ainsi. Même l'amour de Soliman ne saurait me protéger du sort qui m'attend. Et Gülbahar incitera Mustafâ à se venger. Soliman est jeune, en bonne santé et plein d'ardeur, mais il ne pense qu'à la guerre. Il est condamné à faire la guerre, ainsi le veulent les janissaires. Il peut être tué. Ma disgrâce alors arriverait très vite. D'ailleurs, aurai-je seulement mon enfant ? Gülbahar peut fort bien me faire administrer à mon insu des potions abortives. Je ne verrai plus l'*ebekadïn* du sérail... »

Cette sensation de danger permanent forgeait son âme et son courage, sa dureté aussi. A moins de rester une ombre parmi les ombres, l'on ne survivait pas longtemps dans les sérails impériaux si l'on ne se montrait pas très dure et très rusée, si l'on n'employait pas son argent utilement, en se ménageant partout des intelligences. C'était pour cela que Roxelane en avait tant besoin...

Soliman ne pensait en effet qu'à la guerre. Il lui fallait de toute urgence occuper par une campagne victorieuse la première armée du monde. L'oisiveté ne valait rien à ses soldats et pouvait même se montrer dangereuse. Il devait asseoir son autorité par des conquêtes, encore des conquêtes, même si cet immense empire était déjà difficile à contrôler et à gouverner. Il convoqua son *Diwân*. L'on nommait ainsi les sessions du Conseil des ministres. Il avait lieu dans le plus luxueux pavillon de Saray Bournou, pourvu d'un étage et surmonté d'un dôme en or fin (pavillon également appelé *Diwân*). Les murs intérieurs étaient lambrissés d'émaux et de pierres précieuses, d'arabesques d'or reprenant des versets du Coran. Ce terme s'appliquait au Conseil des vizirs depuis qu'un prince persan avait eu ce mot à leur sujet : « *Inan diwân end*. Ce sont des démons », avait-il dit des vizirs occupés à dépecer très proprement son empire. Le mot était resté. Sous le dôme du *Diwân*, il n'y avait qu'une cheminée d'argent et une fontaine de cristal, puis le trône de Soliman, immense et scintillant d'or. Le pavillon comprenait la salle où se réunissaient le sultan avec son grand vizir et ses vizirs, ainsi que les principaux dignitaires de l'Empire, dont Ibrâhîm, le bureau privé du grand vizir et la chancellerie.

C'était aussi dans la salle du *Diwân* que Soliman recevait les ambassadeurs avec un faste qui avait ébloui l'Europe. Après un repas servi par deux cents serviteurs en robes rouges et bonnets d'or faisant la chaîne pour permettre aux plats venus des cuisines de se succéder rapidement sur la table des ambassadeurs, puisque le sultan prenait toujours ses repas seul, le Grand Maître des Cérémonies leur remettait de riches « robes d'honneur » ornées de pierres précieuses. Ensuite les émissaires offraient leurs cadeaux au sultan et exposaient les motifs de leur ambassade. Parfois on signait un traité d'accord ou des alliances commerciales, comme celle que Marco Memmo, l'ambassadeur vénitien, venait de conclure pour la Sérénissime avec la Porte.

Ce matin-là, l'ordre du jour du *Diwân* était d'examiner les diverses possibilités de guerre. Le grand vizir Pîrî Pacha était d'avis de régler de façon plus définitive le problème hongrois. Ibrâhîm penchait pour réduire l'hérésie shiite en combattant Tahmasp, le nouveau *Châh* de Perse. Ce fut pourtant l'avis du *kapudan pacha* Cortug-Ogli, le grand amiral, qui l'emporta. Que lui importaient les accords signés avec Venise si les navires marchands turcs et même ceux de sa flotte continuaient à être régulièrement arraisonnés par ceux des chevaliers Hospitaliers de Saint-Jean-de-Jérusalem ? Établis dans l'île de Rhodes, les chevaliers en avaient fait un redoutable bastion sous l'impulsion de leur grand maître Philippe de Villiers de L'Isle-Adam, magnifique guerrier âgé alors de cinquante-huit ans. Il y avait trop longtemps que les moines soldats aux surcots écarlates ornés de la croix blanche à huit branches faisaient trembler la flotte ottomane de leur minuscule repaire. Exactement depuis que Saladin les avait chassés de Jérusalem en 1187. Soliman poursuivrait l'œuvre sainte en libérant Rhodes de ces Infidèles. Présentée ainsi, l'idée enflamma Soliman, très pieux et très croyant.

Bientôt, tous les chantiers de Stanboul et des principaux ports de l'Empire bourdonnèrent d'une folle activité. Partout, l'on construisait. Afin de respecter la tradition, Soliman envoya le 1er juin 1522 une lettre de sommation au grand maître de Rhodes pour qu'il se rendît sans conditions. Quatre jours plus tard, sans attendre une réponse qui ne pouvait être que négative, le second vizir Mustafâ Pacha et le *kapudan pacha* cinglaient vers Rhodes avec trois cents navires portant à leur bord sept mille hommes. Ainsi que toutes les femmes du harem, Roxelane contemplait des jardins l'étonnant spectacle. Comme toujours dans l'armée ottomane, la manœuvre se déroulait avec une précision mécanique.

En même temps, une armée terrestre de cinquante mille hommes se mettait en marche avec l'habituel cortège de canons et de charrois de ravitaillement. Et Roxelane fut heureuse d'apprendre que Soliman restait dans sa capitale. Il savait par ses espions que Villiers de L'Isle-Adam ne disposait quant à lui que de six cents chevaliers Hospitaliers et de moins de cinq mille soldats. De plus en plus souvent, il confiait ses plus secrètes préoccupations à Roxelane tandis qu'elle reposait contre lui après l'amour.

– Même si le célèbre condottiere Gabriel Martinengo, le meilleur artificier de son temps, a quitté la Crète pour porter secours à Villiers de L'Isle-Adam, les forces en présence restent inégales.

– Ta présence à Rhodes n'était en effet pas indispensable, mon *pâdichâh*... J'ai lu pourtant un ouvrage sur la défense de l'île. Le grand maître a bien choisi le lieu où il a établi sa forteresse, au nord-est de Rhodes, en surplomb de deux passes étroites et traîtresses dominées par les formidables tours Saint-Michel, Saint-Jean et le château Saint-Elme.

– Que tu es savante, ma Joyeuse. Même si les forteresses sont reliées entre elles par un double rempart encore hérissé de treize tours et protégé par des fossés, les Hospitaliers ne pourront éternellement résister au blocus de la flotte ottomane. Nous les aurons par la faim.

Pourtant, les courriers qu'il recevait chaque jour de Rhodes devenaient de plus en plus alarmants. Roxelane voyait Soliman si sombre qu'elle le supplia :

– Je ne suis que la plus humble de tes servantes, mais soulage ton cœur en me disant tes soucis.

– Je crains de t'ennuyer, ma Joyeuse.

– Tout ce qui concerne ta gloire me passionne, tu le sais.

– Tu n'ignores pas que, le 26 juin dernier, comme diraient les Roumis, notre flotte est parvenue devant Rhodes. Même si Cortug-Ogli bloque effectivement les Hospitaliers, l'on n'arrive à rien. A chaque assaut terrestre que lance Mustafâ Pacha, le tir impitoyable et précis de Martinengo fauche nos soldats par centaines. L'armée, découragée, commence à murmurer. Les janissaires menacent de se soulever. La peste et la dysenterie sévissent dans notre camp.

– Seule ta présence saura galvaniser tes troupes, mon *pâdichâh*. Même si ton absence me met au désespoir, si tu n'y vas pas, tu cours au désastre.

Soliman suivit les conseils de Roxelane, dont il commençait à apprécier le sens politique, et arriva donc à Rhodes avec Ibrâhîm et une seconde armée le 28 août. Aussitôt, il parcourut le camp à cheval pour se montrer à son armée. Il adressa à ses hommes un discours d'encouragement qui sut ranimer leur énergie. Puis il ordonna une guerre souterraine. Il fallait creuser des galeries sous les principaux bastions de chacune des huit nations des Hospitaliers pour les faire sauter les uns après les autres. Villiers déjoua pourtant la manœuvre en envoyant lui aussi des « taupes » pour détecter, à l'aide de tambours couverts de sable, l'avance des mineurs. Si le sable tremblait, aussitôt ses hommes cherchaient dans les galeries ceux de Soliman. Cette guerre souterraine, ces actes de boucherie perpétrés dans les ténèbres furent horribles. Le 4 septembre, le bastion de la langue anglaise explosa et les survivants durent chercher refuge chez les autres nations.

Une esclave turque, aidée d'un espion qui n'était autre que l'ancien médecin de Selîm, le père de Soliman, et d'Amaral, le chancelier de l'ordre, s'introduisirent dans la forteresse Hospitalière. Amaral les guidait. Celui-ci, qui avait toujours ambitionné de devenir grand maître, haïssait Villiers de L'Isle-Adam. Tous trois parvinrent à allumer plusieurs foyers d'incendie dans la forteresse. Ils se firent prendre et le châtiment fut impitoyable : ils furent pendus pour haute trahison, puis écartelés. Ce fut alors que Soliman ordonna l'assaut du bastion espagnol par ses cinquante mille janissaires. Villiers de L'Isle-Adam était partout à la fois, encourageant ses hommes. L'on voyait voler d'un rempart à l'autre sa haute silhouette droite et athlétique et tournoyer sa terrible épée tandis que flottait sa barbe blanche, car il combattait visière relevée. Partout, les Turcs furent repoussés. Ils laissèrent sur le terrain plus de vingt mille morts. Villiers, de son côté, avait perdu cinquante chevaliers.

Quand on sonna la retraite dans les rangs ottomans, Soliman, ivre de fureur et de désespoir, convoqua

Mustafâ Pacha, qui avait mené l'attaque. Il le couvrit d'insultes et ordonna son exécution immédiate. Un silence de mort seulement ponctué par les cris des blessés régnait dans le camp. L'on n'avait jamais vu le *pâdichâh* ainsi. Alors s'éleva la voix du grand vizir Pîrî Pacha :

– Si tu condamnes Mustafâ Pacha à mourir, ô commandeur, que ta volonté soit faite, mais je réclame l'honneur de mourir avec lui. Si tu m'épargnes, épargne-le aussi. Il a combattu vaillamment, même si nous sommes aujourd'hui vaincus.

Pîrî Pacha savait l'affection que lui portait le sultan. Il connaissait Soliman depuis qu'il était enfant. C'était lui qui avait aidé la *vâlide* à le faire nommer à Manisa pour le protéger des fureurs paternelles. C'était lui qui l'avait prévenu le plus tôt possible de la mort de Selîm. Soliman lui devait la vie et son trône. Aussi Pîrî fut-il stupéfait d'entendre son sultan dire d'une voix glacée :

– J'exauce ton vœu. Qu'on les exécute tous les deux !

Déjà, les Muets s'avançaient. Les deux vizirs se jetèrent aussitôt aux pieds de Soliman. A ses côtés, Ibrâhîm, sans dire un mot, posa la main sur le bras de son ami. Ibrâhîm s'était battu comme un lion car il aimait les beaux combats, donner la mort et éprouver son courage, jouer sa vie à pile ou face sur un coup de hache ou de cimeterre. L'on ne pouvait certes pas lui reprocher d'être un lâche. C'était au contraire un jeune dieu de la guerre. Vingt fois il avait ranimé le courage des janissaires, mené l'assaut, escaladé les restes fumants du bastion anglais avant les autres. Soliman, qui avait honte de sa colère et qui aimait Pîrî comme un fils, céda au geste d'Ibrâhîm. Il releva Pîrî, l'étreignit puis donna en signe de paix sa main à baiser à Mustafâ, son beau-frère. Sa colère n'était pas totalement apaisée pourtant et il prit la décision de lui enlever son gouvernement d'Égypte pour l'offrir au troisième vizir, Ahmed Pacha, qui s'était mieux battu. Avant de se retirer avec Ibrâhîm sous la tente impériale, il jeta :

– Qu'on ligote sur sa galère Cortug-Ogli, ce lâche qui n'a même pas participé au combat et qui est pourtant l'instigateur de ce malheureux siège, et qu'on lui fasse donner cent coups de fouet.

Pendant trois jours, Soliman demeura cloîtré avec Ibrâhîm. Nul n'osait pénétrer sous sa tente. Soliman voulait abandonner Rhodes, mais Ibrâhîm s'y refusait. Si l'armée turque repartait vaincue, les Hospitaliers, plus que jamais, harcèleraient sur les mers les navires marchands de la Porte. Surtout, l'image de Soliman s'en trouverait amoindrie. Il fallait donc emporter la forteresse avant l'hiver.

Le 23 septembre, un nouvel assaut général se solda par un massacre tout aussi général. Les Turcs perdirent quarante-cinq mille hommes.

Cette fois, en dépit des encouragements d'Ibrâhîm, Soliman aurait renoncé à continuer le siège si, le 30 du même mois, un *peyk* n'avait débarqué d'une galère pour lui annoncer une nouvelle d'importance : Roxelane était accouchée d'un fils. Au Vieux Sérail, les astrologues avaient aussitôt ouvert le Coran au hasard et posé le doigt sur un verset vantant le nom du Prophète. L'on avait donc nommé le nouveau-né Mehmed. La mère et l'enfant se portaient bien. Soliman l'imaginait, sa Joyeuse, pâle encore, mais triomphante, adossée à ses coussins de soie, dans la chambre impériale tendue d'écarlate, recevant avec une apparente modestie les présents et les félicitations de la *vâlide* et des princesses ses filles, puis des hauts dignitaires de l'Empire dont elle demeurait cachée par un paravent. Ensuite, c'était par tradition le *kïzlar aghasï* qui avait l'immense honneur de porter le nouveau-né jusqu'à la salle du Sofa séparant le harem du reste du sérail afin que les grands officiers pussent solennellement dresser l'acte de naissance du petit prince.

Cette heureuse naissance était un signe du ciel. Soliman avait hâte d'être de retour chez lui et d'entendre rire sa Joyeuse qui le fêterait comme un combattant victorieux. Il fallait en finir avec cette désastreuse campagne. Aussi multiplia-t-il les assauts durant l'automne. Ceux du 12 octobre et du 30 novembre furent particulièrement sanglants. L'on perdit encore des milliers d'hommes sans arriver à rien. Gabriel Martinengo reçut une flèche dans l'œil droit et faillit en mourir. Les Hospitaliers, cependant, n'obtenaient aucun secours du reste de la Chrétienté. Bientôt ils n'eurent plus de poudre, puis ce furent les vivres qui commencèrent à manquer. Le 10 décembre, Soliman envoya une députation au grand maître pour lui offrir la vie sauve à lui et à ses chevaliers, ainsi que la liberté pour tous les habitants de l'île s'ils se rendaient. C'était une proposition d'autant plus généreuse que les guerriers de la forteresse mouraient de faim.

Roxelane, grâce à cette naissance, avait à présent de quoi entretenir ses espions, même au sein de l'armée de Soliman. Elle tenait à être informée presque au jour le jour de ce qu'il se passait à Rhodes. Après tout, c'était elle qui avait convaincu Soliman d'y partir. Aussi un sourire de triomphe éclaira-t-il son visage lorsqu'elle reçut d'un de ses envoyés le message suivant :

Quelques jours avant cette fête que les Roumis nomment Noël, on aperçut sur un cheval Philippe de Villiers de L'Isle-Adam, revêtu du grand manteau noir de son ordre, une couleur qui exprimait bien son humeur sombre. Précédé par des hérauts portant l'étendard blanc des parlementaires, il se rendait au camp du *pâdichâh*, dressé sur la colline surplombant sa forteresse à présent bien démolie. Il pleuvait à verse. Un vent glacé balayait l'île de sa hargne. Le grand maître, très droit sur son cheval également noir, son manteau flottant au vent, nu-tête, gelé, trempé, mais imperturbable, attendit tout le jour sous la pluie le bon vouloir de notre *pâdichâh*... Quand on l'introduisit enfin à la nuit tombée sous la tente impériale, il devait, j'imagine, se préparer au pire.

D'un pas ferme, il marcha vers le trône enrichi d'or et de joyaux – celui du *Diwân* que l'on emporte à chaque campagne. Il n'avait pas fait trois pas qu'un page lui jetait sur les épaules un magnifique manteau de fourrure et que deux gardes le saisissaient sous chaque bras et le portaient jusqu'à Soliman. Ainsi, comme tu le sais, le veut l'étiquette depuis une lointaine tentative d'attentat contre un autre sultan. Il s'inclina et notre *pâdichâh* lui offrit sa main à baiser avant de lui donner l'accolade.

– J'admire les guerriers valeureux et malchanceux, lui dit-il. Tu t'es bien battu mais le hasard des armes était contre toi. J'entrerai au château Saint-Elme le jour de ta fête de Noël. Toi et les tiens pouvez quitter Rhodes avec vos armes, vos reliques et vos biens. Je te donne ma parole que les Rhodiens ne seront pas esclaves, mais resteront des hommes libres.

Le grand maître s'inclina derechef. C'était plus qu'il n'avait osé espérer. D'une nouvelle entrevue avec le sultan le vendredi suivant le jour de Noël, il obtint de Soliman de se maintenir dans les lieux jusqu'en juin, le temps d'obtenir du pape qui ne l'avait pas soutenu une nouvelle résidence pour lui, les deux cents chevaliers et les seize cents soldats qui lui restaient.

La mansuétude de notre *pâdichâh* ne s'appliqua cependant pas à tous. Il ne supporte pas la trahison et, quand il apprit que son cousin, le fils du prince Djem, se cachait à Rhodes parmi les chevaliers Hospitaliers et se disposait à fuir avec eux, il le fit arrêter et exécuter. Pourtant, il épargna sa femme et son fils, qui arriveront bientôt à Stanboul. Longue vie et prospérité à toi et à ton fils premier-né, ma *kadïn*...

3

Il tardait à Roxelane d'accueillir Soliman, de retour de Rhodes et auréolé du prestige de sa victoire. Elle voulait le faire avec tout le faste et le luxe que lui permettait son nouveau rang de sultane. Maintenant qu'elle avait un fils et que Gülbahar restait confinée dans son pavillon sans voir personne, la place était enfin libre. Bien sûr, il y avait toujours à craindre qu'une nouvelle venue, plus jeune et plus belle qu'elle, n'allât lui ravir l'amour de Soliman. Roxelane avait cependant bien assis sa position. Grâce aux revenus de la pantoufle et à l'appui du *kïzlar aghasï*, elle s'était ménagé de nombreuses intelligences dans la place. Même si la compagnie des femmes, qu'elle jugeait futiles et peu instruites, l'ennuyait, elle s'efforçait de leur faire bonne figure et de les recevoir, de les combler de prévenances et de menus cadeaux. Si une cabale s'était formée contre elle, sa place au sein du harem serait devenue intenable. A présent qu'elle était mère d'un fils, elle avait le même rang que les princesses royales, les sœurs de Soliman. Elle était régulièrement reçue par la *vâlide sultan*, qu'elle admirait tout en s'en défiant. Hafsa Hatun était de sa trempe, d'autant plus que Selîm avait été moins noble et loyal que Soliman. Combien de complots avait-elle dû déjouer pour parvenir à ce rang de *vâlide sultan*, le plus élevé auquel une femme pût prétendre ? Garder Soliman en vie avec un père aussi vindicatif et jaloux était déjà un prodige. Le hisser jusqu'aux marches du trône tenait de la gageure. Aussi Roxelane voyait-elle beaucoup la *vâlide* pour en tirer d'utiles leçons. En l'observant, elle apprit à maîtriser ses accès de colère, à discipliner son caractère fantasque, à dissimuler ses émotions.

Pour continuer d'occuper la première place dans le cœur de Soliman, il fallait aussi savoir se faire craindre et respecter de toutes ces femmes jalouses de son autorité naissante et de sa maternité, elles qui en étaient pour la plupart cruellement privées. Mehmed était évidemment son plus sûr atout. Roxelane, feignant des sentiments maternels qu'elle n'éprouvait guère, conviait ses nouvelles « amies » à venir s'extasier sur les premiers sourires du bébé. Elle n'oubliait pas de surveiller de près le moindre de leurs gestes. Un enfant est si vulnérable et si facile à tuer. Toutes ces machinations souterraines plaisaient à Roxelane. Elle avait ainsi de quoi s'occuper en attendant la venue de Soliman. Elle n'avait encore que dix-neuf ans et bien des choses à apprendre. Il lui fallait se familiariser avec les coutumes d'un pays qui n'était pas le sien et qu'elle ne voyait que derrière les *moucharabieh* du harem ou les voiles de sa litière, quand la *vâlide* décidait que l'on se rendrait dans un autre jardin pour passer le temps. L'on y restait même parfois plusieurs jours.

Roxelane adorait ces jardins. Il lui tardait que revinssent le printemps et ces visites qui étaient autant d'escapades heureuses. Par chance, la *vâlide*, soucieuse de la paix du harem dont elle avait la responsabilité, savait qu'il fallait distraire ces trois cents femmes cloîtrées. Aussi les emmenait-elle souvent dans un jardin ou un autre. Celui de Davud Pacha, ancien vizir de Bâyezîd, s'étendait sur la rive européenne du Bosphore. La vue était ravissante. Sur l'eau calme évoluaient les caïques marchands. Les chantiers navals bourdonnaient partout d'activité. Il y avait un exquis pavillon de fleurs où l'on prenait ses repas. Des jardins, il y en avait tant à Stanboul. Celui de Harâmî Deresi, dans le quartier de Bakirköy, dont l'architecte Sinân était en train de reconstruire les pavillons, était célèbre pour ses fruitiers. Dans d'immenses vergers, des arbres bien entretenus croulaient sous une débauche de citrons, limettes, cédrats, grenades, pêches et abricots. Les parties de campagne à Deresi ressemblaient à une joyeuse cueillette. L'on rentrait avec des paniers pleins de fruits rendus encore plus succulents par le fait qu'on les avait cueillis soi-même. Le jardin d'Üsküdar, que Soliman aimait tant et que Sinân, encore lui, avait aménagé spécialement pour le sultan, avait un côté secret qui émerveillait Roxelane. De hauts arbres, platanes et eucalyptus aux feuilles argentées bruissant au vent, entouraient chaque pavillon en l'isolant des autres, formant autant de voiles pudiques et charmants. Quant au jardin de Fener, aménagé près du phare, il avait été remarquablement dessiné, par Sinân toujours, qui était aussi paysagiste. Ses vignes étaient célèbres. Ses allées bien tracées, ses pavillons carrés à colonnes, sa profusion de bassins, de canaux et de jets d'eau en faisaient un séjour enchanteur. Celui de Sultâniye, construit sur les anciens marécages de Dolmabahce, était particulièrement fertile. Tout y poussait et surtout de magnifiques peupliers plus vigoureux là que partout ailleurs, mais il restait inondé après chaque averse trop violente. C'était la profusion et la variété de ses jardins qui faisaient la principale beauté de Stanboul.

Les promenades permettaient d'échapper au confinement du Vieux Sérail, mais aussi d'observer la vie de la capitale, la vraie vie. Roxelane aimait plus que tout guetter, en entrouvrant les rideaux de sa litière, le menu peuple se rendant au centre et au cœur de la ville, le Grand Bazar. Que n'aurait-elle donné pour pouvoir pénétrer librement à l'intérieur des deux *bedestân*, ces massives constructions de pierre ornées de petites coupoles ? Là s'entrecroisaient les allées pour former un dédale inextricable et se dressaient une foultitude d'échoppes. Bien sûr, les marchands envoyaient leurs esclaves femmes montrer les marchandises à l'intérieur du sérail, mais ce n'était pas la même chose. Flâner une journée en liberté, dissimulée par un voile mais libre d'aller où bon lui semblait, aurait été la plus précieuse des permissions. Il n'y fallait pourtant pas songer.

Chassant une mélancolie qui l'étreignait quand elle pensait au grouillement de la ville qu'il lui était interdit de connaître, Roxelane s'absorbait alors dans la contemplation des artisans des différentes corporations. Celles-ci se groupaient par ruelles tout autour du Grand Bazar et l'ensemble formait ce qu'on appelait le *carshï*. Des ruelles, il y en avait exactement soixante-sept dans le *carshï*, lui avait-on dit, la rue des teinturiers, des bottiers, des marchands d'étoffes, velours et soieries de Brousse, lin du delta du Nil et du Fayoum, draps d'Édirne, tissus mohair d'Anatolie, si chaud pour l'hiver. Il y avait encore la ruelle des tailleurs, des teinturiers, des peintres qui proposaient de précieux corans et des calligraphies tout ornées d'or, des vendeurs de tapis, des orfèvres, des marchands de verreries – ô, les verreries d'Hébron –, des faïences – celles d'Iznik étaient les plus appréciées –, des parfums où l'on achetait le précieux *mastic* de l'île de Chio, cette pâte parfumée que l'on mâchait pour se laver les dents et se purifier l'haleine. Il y en avait tant... Tout près se trouvaient les plus beaux *khân* de la ville, où logeaient les négociants voyageurs et où ils pouvaient entreposer leurs marchandises. A la nuit tombée, le Grand Bazar fermait ses portes et les gardes des corporations faisaient leurs rondes pour décourager les voleurs.

Soliman lui avait raconté avec fierté que tout était minutieusement organisé dans sa ville, la plus riche du monde. Le *muhtasîb* avait pour charge de contrôler ce qui se vendait à Stanboul, depuis les marchés urbains jusqu'à l'exactitude des poids et mesures, la régularité des transactions, la qualité des fabrications et des produits finis qui devaient porter l'estampille du sultan. C'était cette minutie de l'administration ottomane, la propreté et la salubrité de la capitale qui contribuaient à son renom. Les hammams étaient légion. Gratuits, ils admettaient pour la plupart en alternance les hommes et les femmes et faisaient partie d'une fondation pieuse ou *vakf*. Près des hammams s'élevaient des mosquées aux bulbes blancs et aux minarets élancés. D'autres marchés, un par quartier, fleurissaient partout. Le Tavouk Bazar, le marché aux poules, était le plus bruyant. Près de la Colonne Brûlée, à Diwân Yolu, celui aux esclaves semblait à Roxelane le plus sinistre. Si elle-même n'y avait pas été vendue, puisqu'on l'avait amenée directement au *kïzlar aghasï*, Roxelane ressentait pourtant comme une brûlure la honte de ces femmes exposées là presque nues, tâtées, examinées par des mains brutales, comme du bétail. Certaines, les plus jolies, arrivaient ensuite à l'Eski Sérail, le Vieux Palais, encore terrorisées d'avoir été ainsi bringuebalées comme de la marchandise et vendues aux enchères.

Dans l'attente de Soliman et grâce aux revenus de la pantoufle, Roxelane avait parfait la décoration de son pavillon et dévalisé les artisans du *carshï*. Chez elle arrivaient chaque jour nouveaux tapis, nouvelles tentures, argenterie richement ornementée, objets d'ivoire dont Soliman était friand, calligraphies d'art. Il y avait même une *tughra* du *pâdichâh*, étirant sa signature comme un instrument de musique dont la mélodie se serait envolée vers le ciel. Ainsi, Soliman était toujours avec elle. Roxelane avait également fait exécuter un portrait de lui par le peintre Nigâri, alors le meilleur miniaturiste de l'Empire, avec, toujours, cette perspective faussée et volontairement naïve adoptée par les artistes ottomans pour représenter les objets familiers, seule façon pour eux d'être autorisés à peindre des figures humaines. L'on voyait Soliman de profil, coiffé d'un turban blanc d'un volume de trois fois sa tête, enfoncé jusqu'aux sourcils. Une robe rouge aux boutons de saphir l'habillait et ses épaules étaient couvertes d'une fourrure. Soliman était tel qu'elle l'aimait : magnifique.

Elle-même avait posé pour une artiste femme qui l'avait représentée dans le costume qu'elle préférait, chatoyante robe de la même couleur que celle de Soliman, une fine guimpe plissée entourant son cou comme une collerette. Ses boucles rousses, relevées en nattes haut sur la tête, étaient retenues par une sorte de hennin orné de perles et de rubis. Il en pendait un long voile. La coiffe mettait en valeur son front intelligent et ses yeux d'ambre. Une écharpe enrichie de pierres précieuses, négligemment jetée sur ses épaules, rehaussait sa carnation délicate. Sa bouche, semblable à un bouton de rose à peine éclos, ne souriait pas car son rire, Roxelane voulait que Soliman eût toujours envie de l'entendre éclater près de lui.

Tout était donc prêt pour accueillir Soliman, avec cette perfection dans le détail qui était la marque de Roxelane. Le sultan revint à la mi-janvier. Pour elle, ses nombreuses servantes et ses eunuques noirs, elle jouissait maintenant à l'Eski Sérail d'un vrai petit palais. Tout aurait été tellement plus simple si seulement elle avait pu habiter Saray Bournou...

Enfin, elles furent là, ces voiles de la flotte ottomane faisant sur l'eau du Bosphore un friselis d'écume, prodigieux spectacle dont on ne pouvait se lasser. Sur la plus belle et la plus grande galère, celle de Soliman, flottait l'étendard vert du Prophète. Roxelane revêtit une sinueuse robe de velours émeraude rebrodée d'or et doublée de zibeline. Le vert était la couleur préférée de Soliman et la zibeline la fourrure réservée aux sultanes. La robe soulignait sa taille mince pour prouver à Soliman, s'il en était besoin, que la maternité ne l'avait pas alourdie et qu'elle était toujours le djinn espiègle et fantasque qu'il aimait. Cette teinte seyait à sa carnation de rousse, mettant en valeur ses boucles cuivrées, la couleur de ses yeux et sa peau presque transparente. Son miroir l'assura qu'elle était plus que belle. Être mère l'avait épanouie, lui avait donné une assurance neuve sans rien enlever à ses grâces enfantines. Pour elle seule et pour essayer son pouvoir, elle rit devant son miroir. Le petit prince Mehmed, déjà vigoureux, reposait dans son berceau d'or.

Tout était exquis et raffiné dans le pavillon aux nouvelles ornementations dont elle voulait faire la surprise à Soliman. Sur deux *tepsi*, les grands plateaux de cuivre où l'on disposait la nourriture et qui servaient de table, elle avait fait préparer le *meze* que Soliman préférait, composé de *buerek* aux épinards, à la viande ou au fromage, de *yaprâk dolmasi* ayant gardé leur goût un peu amer de feuilles de vigne, du fromage blanc et une abondance de concombres, cornichons et *tourshou* plus pimenté. Le second offrait les couleurs vives, vrai bouquet de fleurs, de cette profusion de gâteaux et biscuits qui font la richesse de la cuisine turque, *tchurek*, *gurabiye*, *gâvrek*, *simit* et pâtisseries luisantes de miel, ainsi que les *rahât loukoum* onctueux et fondant sous la dent, tout saupoudrés de sucre. C'était chez elle que Roxelane voulait recevoir Soliman pour mieux se l'attacher. Maintenant qu'elle était mère, il viendrait souvent l'y voir pour surveiller la bonne santé de son fils. Ce lieu devait être pour lui un endroit de magie et de délassement, une féerie où il viendrait se reposer et qu'il préférerait bientôt aux orgies de Saray Bournou, aux courtisanes partagées avec Ibrâhîm, l'ange noir de

Soliman... Être sa première *khâsseki* ne suffisait pas à Roxelane, qui voulait encore beaucoup plus.

Quand Soliman entra dans le pavillon, il flottait dans le salon une odeur d'aloès. Deux musiciennes grattaient leur *oute* et leur *canoun*, instruments assez semblables au luth et à la cithare, qui laissaient entendre un son grêle, cristallin et reposant. La semi-pénombre, le feu dans la belle cheminée que Roxelane avait fait aménager, plus agréable que celui dispensé par les *mangal*, la richesse et le raffinement du mobilier, l'atmosphère si paisible et si féminine de cet intérieur séduisirent tout de suite Soliman. Il avait besoin de repos et de confort après sept mois de campagne. Roxelane tenait le petit prince Mehmed dans ses bras. Elle le lui tendit avant de se presser contre lui.

– Lumière de ma vie, parcelle de mon âme, ombre d'Allah sur cette terre, comme tu m'as manqué, lui dit-elle.

Elle aussi lui avait manqué, il s'en rendait compte à cet instant en la contemplant avec une frénésie qui l'étonna lui-même. Elle avait toujours ces mouvements félins, à peine apprivoisés. Sa bouche si rose et si parfaite, à la lèvre inférieure encore renflée comme celle d'un enfant, souriait telle une invite. Ses yeux si écartés l'un de l'autre disaient une envie égale à la sienne. Oui, c'était un petit félin gracieux et sauvage, qu'il fallait toujours reconquérir en dépit des paroles de soumission qu'elle prononçait. Et c'était ce caractère imprévisible et spontané de Roxelane qui faisait son principal charme et séduisait Soliman.

Il regarda son fils avec émotion car il adorait les

enfants. Mehmed avait la carnation pâle de sa mère et ses yeux, mais la forme du visage était celle de son père. Comme tous les Turcs, Soliman considérait comme preuve indispensable de sa virilité d'être un géniteur prolifique, même si des princes trop nombreux avaient toujours causé bien des désordres dans l'Empire. Aussi savait-il gré à Roxelane de lui avoir donné un fils et d'être restée en même temps si mince et si vive.

Il fit signe qu'il voulait demeurer seul avec elle. Les musiciennes se levèrent, s'inclinèrent et disparurent. La nourrice parut et reprit le petit prince. Soliman étreignit cette femme sauvage, qui s'alanguissait soudain dans le plaisir, devenait sienne alors et lui murmurait des mots de passion et d'emportement dans sa fièvre amoureuse. Il voulait de nouveau l'entendre gémir et le supplier de la prendre encore. D'une main impatiente, il dégrafa la lourde ceinture d'or qui emprisonnait la taille étroite. Ses doigts défirent les boutons retenant la robe. Il retrouvait sa peau, douce et odorante, si docile à la sienne.

De plus en plus souvent, Soliman venait chez Roxelane. Il se sentait bien chez elle, dans ce décor raffiné, dans cette atmosphère joyeuse. Lui aussi s'efforçait de lui plaire et de la distraire. Ce que Roxelane préférait, c'étaient les promenades dans le caïque royal, où elle était à présent seule avec le sultan, les rameurs ne comptant pas beaucoup et le dais de soie pourpre les isolant du reste du monde s'ils le désiraient. Elle avait alors l'impression de s'évader du harem, qui était toujours une prison – prison dorée, prison élargie, mais prison tout de même. De l'embarcadère royal, situé un peu au nord d'Aya Sofya, l'on pouvait faire quantité de promenades sur l'eau. Ou bien l'on remontait l'étroite Corne d'Or au-delà du quartier de Galata, veillé par sa tour. Le caïque s'approchait parfois si près des rives que Roxelane avait l'impression de visiter une capitale qu'elle ne connaissait guère. Après le Fener, le quartier grec où se recrutaient les principaux administrateurs des provinces chrétiennes de l'Empire et où vivait très librement le patriarche, l'on apercevait la Selimiye que Soliman avait fait édifier en deux ans pour apaiser, s'il se pouvait, les mânes de son terrible père. Selîm avait son tombeau en haut de la sixième colline. Le caïque glissait lentement sur son aire, dans une paix très douce, dans cette lumière si voluptueuse de la Turquie, toute dorée, disent les poètes. Roxelane faisait éclater son joli rire si le sultan la renversait soudain sur les coussins. Par jeu, elle laissait pendre sa main dans l'eau et l'éclaboussait tout à coup. Lorsque l'on approchait des murailles de Théodose, formidable maillon de pierre hérissé de tours, de fortins et d'échauguettes, elle redevenait grave. Dire qu'elles avaient vu défiler les Perses, les Hongrois et les Francs ! Dire que, de là, le sultan Mehmed II, l'ancêtre de son *pâdichâh*, avait lancé ses janissaires à l'assaut de la capitale byzantine. Depuis lors, l'Empire ottoman régnait sur Constantinople et sur le monde, et c'était son empereur qu'elle tenait entre ses bras, prodigieux destin pour la fille d'un pauvre pope...

Parfois l'on remontait le Bosphore, vrai poumon liquide de la ville, cette ville d'eau que Roxelane se prenait à chérir depuis qu'elle était un peu devenue la sienne. Le Bosphore, *Bous Poros* en grec, le « gué de la vache »... Roxelane, qui connaissait aussi la mythologie, avait lu comment la pauvre Io, l'amante de Zeus transformée en vache pour tenter d'apaiser les fureurs de Héra, mais rendue folle par le taon qui la martyrisait, se creusa dans sa course éperdue un gué entre deux rives. Elle contait les mésaventures de Io et Soliman s'abandonnait au charme de cette voix, se demandant toujours comment Roxelane savait tant de choses et pouvait les dire avec charme, sans paraître savante. Le caïque louvoyait au gré de la fantaisie de Roxelane d'une rive à l'autre. Côté européen, c'était un foisonnement de kiosques impériaux délicats et somptueux, de jardins merveilleux où les femmes du harem venaient parfois se distraire. Côté asiatique s'élevait au contraire une profusion de mosquées car l'on préférait désormais les construire hors les murs pour ne pas encombrer une capitale déjà trop étroite pour ses habitants. A perte de vue, parmi les pins et les cyprès, se dressaient les beaux turbans sculptés du cimetière de Karaca Ahmet Mezarligî. Dans ce lieu aimable et mélancolique, la mort ne semblait plus si effrayante à Roxelane, qui n'avait jamais eu la foi de Soliman, même si elle le cachait avec soin à son amant. Là où le Bosphore se creusait tout à coup avant d'atteindre la mer Noire, là où les courants devenaient si dangereux qu'on les appelait « courants du diable », les rameurs devaient s'arc-bouter sur leurs rames et l'on entendait siffler les lanières du fouet. L'on était parvenu à la hauteur de la formidable forteresse d'Anadoulu Hisan, édifiée à la fin du siècle précédent pour défendre le Bosphore des invasions ennemies.

Roxelane aimait à regarder le travail des pêcheurs rentrant au port, dans la baie de Beykoz, arrimant leurs lourdes barques ventrues, déchargeant le poisson. Sur le port séchaient une multitude de filets bleus que des vieux ravaudaient avec une patience ancestrale tandis que les gamins sautaient dans l'eau en poussant des cris de joie. Quand elle se trouvait là en compagnie de Soliman, son amour, elle avait l'impression d'être soudain immergée au sein de la vie, la vraie vie. Le harem n'était qu'un cadre fictif, régi par une étiquette vieillie et des règles sans doute terribles, mais tout aussi fictives. Alors elle soupirait, puis elle éclatait de rire pour dissimuler sa nostalgie. Triste, il l'aurait moins aimée.

Parfois, de l'embarcadère de Saray Bournou, l'on tournait le dos au Bosphore pour filer vers la mer de Marmara et les îles aux Princes. La mer était partout à Stanboul, d'une beauté éternelle, soit dangereuse et sauvage, soit douce et alanguie, mais toujours porteuse de liberté ! Roxelane aimait d'amour ces neuf îlots perdus dans l'immensité bleue, même si les Byzantins y avaient jadis exilé les princes que l'on désirait éloigner du pouvoir. Les plages y étaient incomparables. Quand le caïque abordait Büyük Ada, la plus grande des îles, celle qui avait les plus belles rives, Roxelane regrettait de n'être encore petite fille et de ne pouvoir marcher pieds nus sur ce sable d'or, si pur, inviolé.

Ces promenades étaient pour elle le moment de relations rares avec son sultan et le fait qu'elles devinssent plus nombreuses lui semblait de bon augure.

Quand au contraire elle était seule, dans le secret de son pavillon, Roxelane s'adonnait avec la même passion qu'autrefois à l'étude. A présent, elle lisait couramment le turc et le persan et n'avait plus besoin qu'on lui en expliquât les termes compliqués. Elle avait décidé de tout apprendre de l'organisation de cet empire immense sur lequel régnait son amour. C'était la seule façon d'avoir quelque influence sur Soliman, car elle se refusait à n'être pour lui que la femme de la nuit, celle que l'on va retrouver pour oublier ses soucis et avec laquelle l'on ne s'entretient que de choses aimables et futiles. Si elle voulait jouer un jour un rôle politique dans cet empire si bien structuré, il était indispensable de parfaitement connaître la hiérarchie du pouvoir. Tout de suite après le *pâdichâh* venait le grand vizir, qui avait le pouvoir absolu, hormis celui de la loi tant religieuse que civile et des sciences, appartenant au *müfti*. Sous les ordres immédiats du grand vizir, chef suprême des employés de la plume et de ceux du sabre – les gouverneurs des provinces –, venaient les différents vizirs, dont le nombre était variable. Ils avaient la préséance sur le *kiayabey* régnant sur l'Intérieur, le *re'îs-effendi* gouvernant l'Extérieur et le *chaouch bachï* qui tenait le pouvoir exécutif. Il y avait ensuite les six sous-secrétaires d'État. Il ne fallait pas oublier l'armée, la grande force de l'Empire ottoman. Le premier dignitaire en était l'*agha* des janissaires, puis les *agha* des *sipâhi* et des autres corps de cavalerie. Roxelane ne se contentait pas de connaître leur pouvoir en théorie. Elle voulait aussi tout savoir d'eux, leurs points forts et leurs faiblesses, leurs faiblesses surtout.

Le *kïzlar aghasï* la mettait fidèlement au courant de chaque nouvelle nomination, des disgrâces et même des exécutions. Une fois pour toutes, il avait misé sur Roxelane et ne se contentait pas de veiller discrètement sur elle et son fils, dans l'atmosphère si dangereuse du harem, où les sourires dissimulent surtout des jalousies féroces, où les Muets servent aussi à assouvir les rancunes les plus secrètes de ces femmes cloîtrées et souvent aigries. Tant de volonté dans l'effort, une telle intelligence politique, un tel goût du pouvoir le surprenaient encore et l'émerveillaient.

Le grand vizir Pîrî Pacha et le premier vizir Ahmet Pacha ne s'entendaient pas et leurs éternelles querelles empoisonnaient les séances du *Diwân*. Soliman, qui trouvait que Pîrî devenait vieux, lui fit une retraite dorée. Pîrî se retira de la scène politique, riche à millions et comblé d'honneurs. Quant à Ahmet Pacha, qui avait décidément trop mauvais caractère et se querellait avec chacun, Soliman lui offrit le gouvernement du plus riche pays de l'Empire : l'Égypte, poste fabuleux, équivalant à une royauté. Le 13 châban 929 de l'hégire, le 27 juin 1523, ce fut Ibrâhîm qui devint grand vizir. Le *kïzlar aghasï*, encore tout agité par la nouvelle, vint conter la mémorable séance à Roxelane.

– Dans le Koubbe Alti, « sous la Coupole », comme l'on nomme cette salle où se tient le *Diwân*, il faisait une chaleur effroyable. Je me tenais comme à l'accoutumée derrière le trône du *pâdichâh* en compagnie du porte-sabre et du Grand Maître de la Garde-Robe. Devant le trône, l'on voyait tous les vizirs, assis en demi-cercle sur leurs talons, reconnaissables à leurs caftans d'un vert clair. Derrière eux se trouvaient les *ulema* à barbes blanches et aux caftans violets, puis les grands chambellans, les pages et les Muets, debout de part et d'autre de la porte, prêts à exécuter sur l'heure une sentence de mort, si le *pâdichâh* avait résolu, dans sa sagesse, de mettre un terme à une vie. Tout le monde était là, signe qu'un événement exceptionnel se préparait. Il y eut d'abord la destitution solennelle de Pîrî Pacha, mais la nouvelle était déjà connue. Il s'était opposé à la campagne de Rhodes et avait donc donné un mauvais conseil au *pâdichâh*. Même s'il tremblait un peu en déposant aux pieds de Soliman le sceau d'or, insigne de sa charge et de son pouvoir, il n'avait pas à se plaindre. Il partait avec la vie sauve, richesses et honneurs, chose assez rare dans cette charge. D'ailleurs, le sultan lui donna l'accolade et fit publiquement son éloge...

– Raconte donc, dit Roxelane avec impatience.

– C'est que la suite ne te fera guère plaisir... Le *pâdichâh* se tourna vers Ibrâhîm Pacha, appela aux marches du trône le *khas odabachï* et lui remit solennellement le sceau dont venait de se défaire Pîrî Pacha. A vingt-huit ans, le Grand Maître de la Chambre Intérieure devenait ainsi celui de l'Empire...

– L'Empire n'a qu'un seul maître, mon *kïzlar aghasï*, ne l'oublie pas. Et ce maître, c'est le *pâdichâh*, et seulement lui.

Elle souriait de son immuable sourire enfantin et innocent. Lui qui la connaissait bien, et savait combien elle en voulait à Ibrâhîm d'avoir empêché le bannissement de Gülbahar et de tant chérir le petit prince

Mustafâ, admirait sa parfaite maîtrise d'elle-même. Ils étaient seuls tous les deux et elle aurait pu laisser éclater sa colère. Or elle souriait et affirmait :

– Je me réjouis de ce choix, puisque c'est celui de mon seigneur, même s'il est inhabituel de nommer à cette charge suprême quelqu'un qui ne soit pas passé par les emplois de l'État et de l'armée. Ibrâhîm, que je sache, n'a jamais été que Grand Fauconnier, Maître des pages et Maître de la Chambre Intérieure.

– C'est déjà beaucoup, mais cette nomination est inhabituelle, c'est exact. Je vois que tu te familiarises sans cesse un peu plus avec les usages de l'Empire. C'est bien d'être intelligente en plus que belle.

– Parle-moi donc d'Ibrâhîm. Quelle sorte d'homme est-il, ce nouveau grand vizir qui devient chef du gouvernement, de l'administration et de l'armée ? Quelles tâches écrasantes pour un si jeune homme...

– Ibrâhîm est en effet chef de toutes les armées, hormis les janissaires, qui n'obéissent qu'à leur *agha*. Bien que fils d'un pauvre pêcheur de Parga, sur la côte adriatique, il est valeureux au combat comme un prince et instruit comme un *ulema*. Il parle parfaitement le grec, l'italien, le turc et le persan. C'est un poète et un musicien exceptionnels, l'ami personnel de l'ambassadeur vénitien Aloisi Gritti, le fils du Doge. Que t'en dire encore, la Joyeuse ? Il ne souhaitait pas cette charge et voulut la récuser, mais le *pâdichâh* n'a pas cédé. Ibrâhîm est beau, grand, mince et parfaitement proportionné, avec ce sourire curieux et vorace révélant des dents très pointues et fort écartées les unes des autres.

– Est-il toujours autant dans l'intimité de Soliman ?

On raconte qu'ils font ensemble de longues promenades en caïque, seuls sur la Corne d'Or, qu'ils chassent ensemble et se disent mutuellement leurs *gazali* ou n'importe quels autres poèmes de leur composition. On dit même qu'ils soupent chaque soir ensemble, dérogeant ainsi à la règle du *Kânûnîme* imaginée par Mehmed II et qui stipule : « Ce n'est pas ma volonté que quiconque partage un repas avec Ma Majesté impériale ! Mes prestigieux ancêtres avaient jadis l'habitude de manger avec leurs vizirs, mais je l'ai abolie. »

– Tu es savante, Roxelane, c'est vrai qu'ils soupent ensemble.

– Ce n'est pas tout. On dit même qu'ils dorment souvent ensemble, est-ce vrai, mon *kïzlar aghasï* ?

– Si tu écoutes maintenant les potins du harem...

– Réponds-moi.

– C'est vrai.

– Comment pourrais-je lutter contre tant de grâce et de qualités viriles, moi qui ne suis que de la « chair vendue » ?

– Ibrâhîm l'est aussi, ne l'oublie pas.

– Oui, mais il n'est pas enfermé comme moi dans un sérail. Oh, je hais cet enfermement et je hais d'être femme. Et maintenant, Ibrâhîm est grand vizir...

Enfin, elle flanchait, cette petite fille de dix-neuf ans déjà si femme et d'ordinaire si forte. Le *kïzlar* lui prit la main avec la timidité qu'il éprouvait chaque fois qu'il s'approchait d'elle, conscient alors jusqu'au désespoir de n'être à jamais pour elle et toutes les autres qu'une « portion d'homme ». En outre, il se savait fort laid, d'une laideur sans doute imposante et monumentale, mais laideur tout de même. Dans sa grosse main noire et boudinée, où seule la paume restait claire, la petite main de Roxelane semblait toute perdue. Pourtant, sans répulsion, elle serra très fort cette main qui s'offrait à elle. Le *kïzlar* lui sourit avant de murmurer :

– N'oublie pas tes armes de femme. Il est une chose qu'Ibrâhîm, si parfait et si puissant soit-il, ne pourra jamais donner au *pâdichâh*, ce sont des enfants. Il faut que, le plus vite possible, tu sois bientôt grosse d'un autre fils.

Roxelane soupira. Le conseil était sage, même si la maternité l'ennuyait et lui apparaissait plutôt comme une faiblesse et un danger pour sa beauté. Enfin, le chef des eunuques noirs avait raison. Il fallait à nouveau en passer par là.

A la fin de l'été, elle sut qu'elle était enceinte pour la seconde fois et, à l'automne, Roxelane promenait avec majesté dans les jardins du Vieux Palais une taille alourdie, qui faisait déjà l'envie des autres esclaves. C'était un de ces automnes si doux de Stanboul, où le soleil chauffait encore de ses rayons une terre rendue exsangue par la chaleur de l'été. Le vent venu de la mer rafraîchissait pourtant l'atmosphère. Comme souvent en cette saison, Soliman s'installa au palais des Eaux Douces d'Asie et il fit venir Roxelane près de lui. Ce palais, édifié près du Bosphore, quoique un peu en dehors de la ville, avait lui aussi été rénové par Sinân. Il devait son nom à la charmante rivière de Göksu qui partageait ses jardins et les rendait si fertiles. L'on pouvait s'y promener en barque, nouveau plaisir. C'était un lieu de villégiature charmant et paisible, succession d'immenses pelouses toujours vertes descendant en pente douce jusqu'aux eaux du Bosphore. Plus loin, on devinait les *yali*, les palais de bois des autres dignitaires de l'Empire ou des riches commerçants. L'ensemble des jardins impériaux n'était pas fermé au public, sauf la partie expressément réservée au sultan et à ses femmes. Le *bostândjï bachï*, le chef de la garde du sultan, et ses hommes veillaient jalousement à ce que nul n'y fût surpris en état d'ivresse ou en galante compagnie. L'imprudent se serait vu infliger une forte amende ou même une peine de prison. Au palais des Eaux Douces, loin des intrigues et de l'ennui du Vieux Palais et si près de Soliman, le bonheur de Roxelane aurait été complet s'il n'y avait eu Ibrâhîm. Le grand vizir Ibrâhîm avec qui Soliman continuait de souper chaque soir, qu'il rejoignait presque chaque nuit, en la quittant. Puisqu'elle se sentait impuissante à contrer un si puissant personnage, la Joyeuse voulut du moins le connaître.

Son état lui conférait quelque privauté et excusait son caprice. Soliman, amusé par cette insolite demande, y accéda, même si la règle restait très stricte. Les femmes du sérail ne devaient voir aucun homme hormis le sultan, les princes lors des cérémonies religieuses, le médecin qui les examinait à travers un voile en cas d'extrême urgence et les eunuques noirs. Même avec les eunuques blancs, que l'on n'avait pas amputés de leur pénis comme les Noirs, les contacts restaient limités. Ce n'étaient, pour les femmes élues, que de vagues silhouettes entr'aperçues lorsqu'on les introduisait chez le sultan.

Il plaisait assez à Soliman de voir face à face ces

deux êtres qu'il aimait tant, son grand vizir et sa sultane. Pour lui, ils étaient les deux visages de l'amour, homme et femme. Aussi laissa-t-il Roxelane mener à bien ses préparatifs comme elle l'entendait. Désirant les étonner tous les deux, elle fit venir en grand secret ces graines brunes et odorantes que l'on torréfiait, puis ébouillantait pour obtenir un breuvage noir et délectable, aphrodisiaque, disait-on.

Soliman et Ibrâhîm arrivèrent en même temps. Du même âge et de même stature, ils allaient si bien ensemble qu'elle en eut le cœur serré. Soliman était plus maigre, plus ascétique, déjà un peu voûté. Elle dut convenir qu'Ibrâhîm était magnifique, avec ce sourire inquiétant découvrant ses dents trop pointues. C'était un splendide animal, plus beau même que Soliman, somptueux dans une ample robe rouge rebrodée d'argent. Elle-même portait un vêtement d'or pâle, pantalon, corsage et *anterï* aux larges manches cachant sa grossesse. Comme elle était en présence d'un étranger, de son *tarpou*, grand bonnet d'or à huit pans, tombait une mousseline qui lui voilait le bas du visage. Ses yeux si expressifs, ourlés de khôl, brillaient encore plus au-dessus du voile. Après les compliments d'usage, Roxelane frappa dans ses mains. Un eunuque vint leur porter un *tepsi*, non pas chargé des habituels composants d'un *meze* ou de sucreries, mais de ravissantes tasses d'un céladon tendre, presque gris, et d'un ustensile en argent.

– Dans la lointaine Arabie, l'on appelle ce breuvage *kawa*, dit-elle, et café en Perse, où il est arrivé depuis peu. Il existe même là-bas de vrais établissements que l'on nomme *kahvehane* où les hommes peuvent se réunir pour le déguster. On dit que ce breuvage des dieux peut réveiller un mort et rendre valeureux le plus faible eunuque !

Après avoir renvoyé le serviteur, avec précaution elle versa le breuvage brûlant dans les tasses et tint à servir elle-même ses invités. Des bâtons de sucre glace, que l'on abandonnait un instant dans la tasse, adoucissaient si l'on voulait le breuvage. C'était fort et à peine amer, tonique et noir comme l'enfer. Soliman la regarda avec amusement. Cette femme était une vraie magicienne qui le surprenait toujours autant. Il essaya de voir si Ibrâhîm était aussi sous le charme, mais son ami ne souriait pas à Roxelane, lui opposant un masque froid et impénétrable. Il n'était venu qu'avec réticence, à la demande du sultan et pour lui complaire, sans lui cacher qu'il n'aimait guère voir sortir les femmes du harem. Il soupçonnait Roxelane de vouloir se mêler de politique. Sinon, pourquoi aurait-elle à toute force souhaité le rencontrer ? Le reste de l'entrevue se passa en assauts de compliments aussi faux qu'exagérés, en félicitations diverses et protestations d'indéfectibles dévouement et amitié. Soliman, mal à l'aise et navré de constater que les deux êtres qu'il chérissait le plus ne parvenaient pas à s'entendre, écourta la visite d'Ibrâhîm et repartit avec lui.

Quand elle fut seule, Roxelane, la rage au cœur, humiliée par la froideur du grand vizir, son dédain à peine dissimulé sous l'immuable courtoisie, furieuse de la gêne de Soliman et de son brusque départ, fracassa contre le mur le beau service de céladon, ravie de voir le café ruisseler en traces sombres. Puisque Ibrâhîm avait refusé son amitié, puisqu'il la traitait en femme de peu d'envergure et de piètre intérêt, dès lors, entre eux, ce serait la guerre.

Pourtant, l'influence et la puissance du favori ne cessaient de croître. Comme si le titre de grand vizir n'était pas suffisant, Soliman fit Ibrâhîm gouverneur de la Roumélie, c'est-à-dire de toute la Turquie d'Europe à l'exception de la Bosnie, de la Hongrie, de l'Albanie, de la Morée et des îles grecques. C'était un cumul de faveurs jamais vu. Roxelane, accablée, imaginait mal de quel nouvel honneur Soliman pouvait encore combler son favori. Maître de la Roumélie, Ibrâhîm avait désormais le pas sur tous les gouverneurs des provinces turques d'Europe. De plus, il touchait les revenus de sa province. En temps de guerre, il en commandait les troupes. Désormais, il jouissait de richesses considérables. Il se fit construire, près du Vieux Sérail, en bordure de l'ancien Hippodrome de Constantinople, le palais le plus somptueux que l'on eût jamais vu dans la capitale de l'Empire. Nouvel affront pour Roxelane, même si, désormais, Soliman résidait plus souvent au Vieux Palais, où il ne venait plus uniquement pour la voir. Elle savait, comme chacun au sérail, qu'un souterrain secret reliait les appartements du Seigneur des Seigneurs à ceux de son grand vizir. Il semblait que rien ne pût entamer la passion de Soliman pour son favori. Roxelane était bien prête de s'abandonner au désespoir. Que valaient ses pauvres armes de femme contre un tel amour ?

Pour elle, il y eut pire, pourtant. Le 18 redjep 930, le 22 mai 1524, l'on couvrit l'immense Hippodrome de fleurs et de feuillages. L'on dressa au fond un vaste trône pour le sultan, entouré de tentes gaiement bariolées et de nombreux arcs de triomphe de verdure. Le petit peuple de Stanboul apprit avec stupéfaction que le grand vizir *beyerbey* de Roumélie épousait la dernière sœur de son sultan, Hadice Hanim. L'invitation fut portée en grande pompe à Saray Bournou par Ayaz Pacha, le second vizir, et Bolucha Baffa, le héros de Rhodes, le nouvel *agha* des janissaires jouissant dans tout l'Empire d'un prestige extraordinaire. La démarche, pure formalité voulue par l'étiquette compliquée régissant le cérémonial de la Porte, était pour Ibrâhîm une consécration.

Avec cérémonie, Soliman vint prendre place sur son trône. Devant le peuple et les dignitaires de l'Empire, il formula le plus dithyrambique éloge jamais prononcé. C'était à la fois une déclaration d'amour, d'amitié et de confiance. C'était presque excessif et embarrassant et, pourtant, nul ne dit mot. La moindre critique lancée contre Ibrâhîm était trop dangereuse à formuler et personne ne s'y risquait.

Roxelane, immobilisée dans sa chambre par l'imminence de ses couches, envoyait chaque jour son *kïzlar aghasï* aux nouvelles et ce qu'elle apprenait la mettait à la torture, même si son sourire demeurait immuable.

– Quand le *pâdichâh* fut assis, raconta-t-il, commença, dans le même ordre éternel, la marche des corporations de la ville venues saluer leur sultan et honorer leur grand vizir. A leur tête allaient les huissiers et prévôts, les *chaushe* aux longues robes, les pages, les balayeurs, les mineurs, les policiers, les bourreaux, masqués pour que l'on ne pût les reconnaître, puis l'honorable corporation des voleurs, les ouvriers de l'arsenal, les gardiens de nuit appelés aussi *pasbân a' bekdjï*, les *khatib* chargés de réciter la prière du vendredi, les *kâdî*, *mollâh* et *muezzîn* qui devaient avoir du souffle et de bonnes jambes pour grimper en haut des minarets, les libraires, astrologues, étudiants et derviches, les médecins précédés de leur chef, le *hekim bachï*, les hommes de science, oculistes, apothicaires et parfumeurs, les gardiens des fous, les boulangers et les *sakka* porteurs d'eau, les meuniers et les couvreurs du palais, les responsables des galères de toutes nationalités qui avaient pour saint patron Noé, les géographes et les plongeurs que l'on pouvait recruter sous les ponts de Galata et de Kassim Pacha et qui étaient presque tous natifs de l'île de Symi, en mer Égée. Il y avait encore les bouchers et les bergers marchant au son de leurs flûtes, les laitiers, les gardiens des lions impériaux, les cuisiniers et les vendeurs de saumure, les marchands de tripes dont les échoppes restaient ouvertes toute la nuit tellement les Turcs en étaient friands, les trois mille vendeurs de sorbets, les confiseurs et les poissonniers portant haut l'emblème de leur patron, Jonas dans sa baleine ! Défilaient aussi les vendeurs de tissus et les vendeurs d'esclaves, poussant devant eux les plus belles de leurs filles. Il y avait encore les armuriers et les charbonniers venus de Thrace, les orfèvres qu'aime tant le *pâdichâh*, car il est lui-même expert en cet art.

– Oui, il l'a appris d'un Grec, à Manisa. Que j'aurais aimé voir tout cela ! Continue donc !

– Il y avait encore les graveurs, les tanneurs et cordonniers, les *taife i devshirme* chargés du recrutement des Chrétiens, les marchands de chaussures, relieurs, enlumineurs, peintres et devins, bateliers, mimes et musiciens, cabaretiers et aubergistes. Chaque corporation brandissait les insignes et bannières de son métier, jetait des fleurs à la foule en formant de vrais tableaux vivants. C'était un spectacle délicieux et toujours nouveau. Après les corporations venaient l'amiral en chef et ses brillants officiers. Marchait ensuite le reste de l'armée en grands uniformes. Les trois jours suivants se succédèrent les banquets, spectacles, joutes, concerts, exhibitions d'animaux, d'acrobates, de lutteurs, manifestations habituelles en de semblables circonstances, quoique plus nombreuses et plus luxueuses que d'ordinaire. Une corde raide avait été tendue au-dessus de l'Hippodrome, juste à l'aplomb des cages aux fauves pour corser l'affaire. Un acrobate s'y jucha. Il courait sur le fil, sautait, jonglait, se riant du vide et des ours, lions, tigres et panthères rugissant derrière leurs barreaux, impatients de le voir enfin tomber pour le dévorer. Les spectateurs retenaient leur souffle, criaient des « oh » et des « ah » après une culbute plus périlleuse que les autres, mais le vide ne voulait pas du baladin. Toujours, il retombait miraculeusement sur la corde. « C'est Mehmed Çelebi », criait-on. « Le prince des acrobates venu d'Üsküdar. » Ses sauts étaient si gracieux et si audacieux que le *pâdichâh*, désireux de le récompenser lui-même, lui donna une grosse bourse bien garnie et le nomma chef des bateleurs de la ville. Désormais, ce serait lui qui organiserait ce genre de spectacles.

– Nous le ferons venir au Vieux Sérail. Dis encore...

Le sixième jour des noces, le 24 redjeb, jour anniversaire de la prise de Constantinople par l'aïeul de

Soliman, Roxelane mit au monde son second fils, que l'on nomma Selîm. A nouveau on l'avait couchée dans le lit pourpre destiné aux naissances impériales. A nouveau défilèrent dans sa chambre les femmes des dignitaires de l'Empire, la *vâlide* et ses filles et même Hadice Hanim, la sœur préférée de Soliman qui allait bientôt devenir l'épouse de l'exécré Ibrâhîm. Cette princesse était ravissante et d'un an plus jeune qu'elle. Roxelane lui sourit avec amitié tout en la plaignant un peu de se marier avec un homme qui méprisait tant les femmes. Il était vrai que Hadice Hanim, en tant que princesse impériale, resterait maîtresse chez elle et garderait la préséance sur son époux, tout-puissant qu'il fût. D'ailleurs, elle porterait constamment à sa ceinture le petit poignard à la garde de diamants, symbole du pouvoir qu'elle conservait envers son époux. Devenu beau-frère du sultan, Ibrâhîm faisait désormais partie de la famille impériale.

Comme pour leur premier fils, Soliman n'était pas auprès de Roxelane au moment de la naissance. Cette fois, il n'avait pas l'excuse de la guerre. Il préférait festoyer avec son cher Ibrâhîm et lutiner les courtisanes en sa compagnie. Roxelane en conçut un intense dépit qu'elle cacha sous les habituels sourires. Quand il vint enfin la féliciter à la nuit tombée et lui offrir une somptueuse parure de diamants, elle n'était que douceur et bonheur. Avec deux fils, son pouvoir semblait bien assis même si, pour son malheur, il y avait plus que jamais Ibrâhîm.

Le neuvième jour, Soliman se rendit au palais d'Ibrâhîm, honneur sans précédent. Encore une fois,

Roxelane, qui voulait tout savoir de la fête, envoya son *kïzlar aghasï* aux nouvelles.

– Le *pâdichâh*, lui conta-t-il, marchait entre deux rangs de draps d'or qui pendaient des fenêtres. Le magnifique palais est fait de marbres rares et de bois de cèdre richement travaillé, orné à chaque entourage de portes ou de fenêtres de sculptures délicates ornementées d'éclatantes pâtes de couleur. Soliman pénétra dans la plus vaste salle et prit place sur le trône qui lui était réservé. A sa droite, il y avait le *müfti* Ali Cemali, homme de grand savoir et de grande sagesse, tout de blanc vêtu, et à sa gauche le gouverneur des princes, Sems Effendi.

– On pourrait s'étonner de le voir occuper ce poste pour la bonne raison qu'il ne sait rien, fit remarquer Roxelane en riant.

– Pendant deux heures, dit-il encore, se succédèrent les meilleurs orateurs de l'Empire, qui disputèrent, en ces joutes que notre sultan prise plus que tout, des points compliqués de science, de littérature, d'histoire ou de religion.

– J'imagine que mon *pâdichâh* finit par remarquer le mince sourire du *müfti*, qui devait s'amuser à voir Sems Effendi applaudir toujours à contretemps. Il ferait bien d'en changer ! Mais je t'interromps...

– Ibrâhîm avait réservé à son sultan, qui lui faisait l'honneur de lui rendre visite en son palais, un autre spectacle de choix auquel, il le savait, le *pâdichâh* serait sensible, lui qui est si pieux. L'on avait dressé une sorte de tente du désert formée de broderies précieuses au centre du plus grand salon. La tente faisait face aux divans sur lesquels Soliman et sa suite avaient pris place. Quand les musiciens vinrent s'asseoir sur les tapis, sous le dais, le sultan crut qu'Ibrâhîm, en souvenir de leurs fêtes de jadis, avait convié les meilleures danseuses de Stanboul, mais quand il entendit les paumes agiles frapper les premiers tambours, il comprit et sourit à son ami. « Ainsi, tu y as pensé... Rien ne pouvait me faire plus grand plaisir, Ibrâhîm. » A présent, le *bitâna*, le chœur masculin, chantait l'unité de Dieu et commençait d'énumérer, dans une longue mélopée scandée par les percussions, ses quatre-vingt-dix-neuf qualificatifs. Les récitants entonnèrent alors le poème de la Nativité du Prophète, le *mawlid*. Cette alternance de vers très courts, puis plus longs, le rythme qui s'intensifiait, devenait violent, avant de s'apaiser en une merveilleuse sérénité, qui disait les bonheurs de l'au-delà, tout était d'une pureté irréelle. Le *pâdichâh* souriait sans plus rien voir d'autre que ce dais où des musiciens et des chanteurs religieux incarnaient pour lui la beauté du monde, de celui-ci et de l'autre. Il était transfiguré par l'émotion sainte. Soudain, la musique retomba comme une vague exténuée et ce fut le silence. Un prodigieux silence, qui faisait presque mal, tant il était chargé d'émotion. Alors, ils entrèrent sous le dais, les six derviches vêtus de robes blanches couvertes de capes noires. Sur leurs crânes, de hautes toques de feutre les faisaient paraître plus grands, plus hiératiques. C'étaient des *soufi*, du nom de ce tissu de laine blanche, symbole de pureté, dont ils se revêtent. Depuis des lustres, depuis sa fondation, deux siècles plus tôt, par le poète persan Jalâl al-Dîn al-Rûmî, le rituel des *mevlesi*, les derviches tourneurs, n'a pas varié. Leur danse est sainte, ce qui en fait la qualité.

Roxelane soupira. Elle imaginait si bien le rituel auquel elle avait déjà assisté. Décidément, Ibrâhîm était habile...

Flûtes obliques, cithares, luths, vielles et cymbales accompagnaient les tambours. Les derviches s'avançaient et s'inclinaient devant le *pâdichâh*, ombre d'Allah sur cette terre et Commandeur des Croyants, puis ils s'asseyaient, enveloppés dans leurs capes sombres. Le *cheykh*, leur chef, entonnait une mélopée syncopée, la *muwashshah*, disant sur des rythmes alternés le mystère de la grandeur de Dieu. Quand sa voix expirait dans une dernière et poignante mélodie, les derviches se levaient et venaient à tour de rôle embrasser la bague qu'il portait à l'index droit. Alors seulement ils avaient le droit de s'abîmer dans la danse, la danse extatique où l'on trouve Dieu. Lentement, par trois fois, ils faisaient le tour de la salle, le nombre trois représentant les trois étapes permettant d'accéder à la splendeur divine : la voie de la Science, la voie de l'Intuition et la troisième, la plus rare, la voie de l'Amour. Laissant enfin tomber leurs capes noires figurant la mort, ils apparaissaient dans l'éclat irréel de leur parfaite blancheur, âmes immaculées perdues dans la contemplation de Dieu. Lentement, yeux mi-clos, paume droite tournée vers le ciel pour accueillir la grâce de Dieu, paume gauche basculée vers la terre pour l'offrir au monde, ils se mettaient à tournoyer sur eux-mêmes sans jamais se toucher, sans jamais changer de place. Les corolles blanches de leurs jupes si amples se soulevaient, s'épanouissaient avec une grâce parfaite. C'étaient de folles toupies lancées vers le ciel, des fleurs sacrées ouvertes pour s'offrir à Dieu. Le temps comme l'espace n'existaient plus. Quand le *cheykh* les rejoignit dans la danse, la vitesse s'accrut encore. Il était l'astre autour duquel rayonnaient les étoiles, la science personnifiée. Les danseurs flottaient en apesanteur, comme désincarnés. Puis le rythme apaisa ses fièvres, le tournoiement se calma. A nouveau, l'on distinguait les traits noyés d'extase des danseurs, que la vitesse avait rendus flous. Les jupes blanches s'abaissaient, corolles qui se ferment à l'orée du jour – à l'orée de la prière.

– *Lâ Ilâha illâ Llâh*, chantait le *cheykh*, qui avait retrouvé, devant les musiciens, son immobilité de statue.

– Il n'y a d'autre divinité que Dieu, reprenait le chœur des chanteurs.

Roxelane croyait voir son amour, immobile, les larmes aux yeux, continuant de savourer en silence ce moment de pur bonheur, quand il se sentait si près de Dieu et si loin des hommes. Enfin, il dut se lever et serrer son ami dans ses bras sans dire un mot, avant de retourner à Saray Bournou. Un sultan ne saurait en effet manger en public. Dans le palais de l'Hippodrome, l'écuyer tranchant avait mis un couvert pour le seul Ibrâhîm. Quand ce dernier eut fini de souper, l'on dressa la table pour les *ulema*, qui repartirent ensuite chez eux, croulant sous les présents de sucreries et de confitures.

Roxelane ne put non plus voir les processions des « palmes de noces » se promener deux jours plus tard de par la ville. Ces palmes, faites de monceaux de sucreries représentant des animaux fabuleux et formant autant de merveilleux tableaux, représentaient la force virile du marié. Toujours, on les applaudissait très fort. Au soir du neuvième jour, Roxelane vit à peine Soliman, venu chercher lui-même à cheval au Vieux Sérail la litière de sa sœur pour la mener à son futur époux, au palais de l'Hippodrome. Sans doute y eut-il encore des danses, des concours de tirs à l'arc, des jongleurs et des acrobates. La foule des courtisans devait se presser pour admirer dans les salons le monceau de cadeaux venus des quatre coins de l'Empire et exposés à l'admiration de tous. L'on n'avait probablement jamais rien vu de si somptueux, pièces d'orfèvrerie d'or ou d'argent, incrustées de pierres précieuses et exquisément ciselées, débauche de soieries, brocarts venus de Damas, tapis d'Orient, armes d'apparat, robes de cérémonie, joyaux, vaisselle, meubles incrustés de nacre et même des chevaux que l'on avait laissés dans la cour d'honneur pour que tout le monde pût les regarder. L'on avait dû aussi composer bien des épithalames en l'honneur d'Ibrâhîm et de son épouse.

– Le *pâdichâh*, raconta encore le *kïzlar aghasï*, embrassa son grand vizir et le serra dans ses bras. Ibrâhîm lui offrit alors à boire un *cherbet* dans une coupe cerclée d'or et faite d'une seule turquoise. Tandis que Soliman accompagnait Ibrâhîm jusqu'à la chambre nuptiale, l'assistance se retirait... L'on va parler longtemps de cet extraordinaire mariage, de l'ascension fulgurante de ce bel esclave promu à tous les honneurs.

– J'espère, murmura Roxelane, que l'on n'évoque

pas aussi à voix plus basse cette passion hors du commun que lui voue mon seigneur.

Deux jours plus tard, Soliman, qui ne pouvait longtemps se passer de son favori, revint au palais de l'Hippodrome. Il embrassa sa sœur, puis Ibrâhîm l'invita à souper. Ensemble, ils retrouvaient l'intimité dénuée de protocole, qui était la leur depuis Manisa. Tandis qu'un invisible exécutant, le *hayalî*, maniait derrière un rideau les baguettes au bout desquelles des figurines articulées, les *karagheuz*, se saluaient, s'affrontaient ou s'aimaient pour former des ombres chinoises sur l'étoffe bien tendue, les deux amis buvaient ensemble force vin de Tokay. Tous deux se sentaient un peu gris et riaient beaucoup.

– L'on n'a jamais vu et l'on ne verra jamais plus un mariage comparable au mien ! s'écria Ibrâhîm.

– Que veux-tu dire ? demanda très froidement Soliman, tout à coup dégrisé.

Ibrâhîm perçut fort bien le changement de ton de Soliman et il poursuivit d'un ton enjoué, comme s'il n'avait rien remarqué :

– Oui, même le *pâdichâh* de Stanboul, le souverain des villes saintes de Médine, La Mecque et Jérusalem, l'ombre d'Allah sur la terre, le vainqueur de Belgrade et de Rhodes n'aura jamais de noces comparables aux miennes...

Ibrâhîm laissa exprès planer un petit silence malicieux avant d'ajouter dans un éclat de rire :

– ... puisque le nouveau Salomon d'aujourd'hui a daigné entrer dans ma demeure et s'asseoir à ma table !

D'une bourrade, Soliman le renversa sur les coussins et l'étreignit brutalement. Il avait craint que l'excès d'honneurs qui pleuvaient sur lui n'eût tourné la tête d'Ibrâhîm et ne l'eût poussé à prononcer des paroles malheureuses. Mais non, Ibrâhîm était toujours tel qu'il l'aimait, intelligent et spirituel, jouant avec le feu et sachant exactement jusqu'où il pouvait aller trop loin. Avec lui, Ibrâhîm se permettait d'ailleurs presque tout. Soliman le recouvrit et l'aima avec un emportement furieux, car il avait craint de le perdre. Quand ils se séparèrent enfin, épuisés l'un et l'autre, Soliman fit tomber de sa manche un petit coran qui ne le quittait jamais. Il se rajusta, regarda pensivement le coran puis son favori qui reposait sur les coussins, nu, offert à ses regards, avec cette peau d'or bruni dont il ne parvenait pas à se rassasier et il lui dit :

– Le pouvoir est chose dangereuse et terrible, Ibrâhîm. Toi aussi tu connaîtras la solitude du pouvoir, mon ami. Puisses-tu ne pas me maudire de te l'avoir offert. Je jure, sur ce texte saint, que jamais, quels que puissent être nos différends dans le futur, jamais tu ne seras en disgrâce, jamais je ne te prendrai la vie.

C'était un serment terrible que lui faisait Soliman cette nuit-là, une assurance telle que nul homme de l'Empire n'en avait jamais eu. Ibrâhîm, les larmes aux yeux, lui baisa la main.

– Ton amour me suffisait, mon *pâdichâh*, le ciel m'est témoin que je ne t'avais pas demandé tant d'honneurs. Moi aussi, je te jure quelque chose : toujours, je te servirai fidèlement et la trahison me demeurera inconnue.

A quelque temps de là, Roxelane crut avoir enfin trouvé le moyen de nuire à Ibrâhîm. Elle avait plusieurs fois envoyé Nourisabah, qu'elle avait à présent prise à son service, porter de menus cadeaux à Hadice Hanim, un bracelet, un nouveau *tarpou* orné de perles, une belle pièce de soie brodée. Elle éprouvait de la sympathie pour la jeune femme et devinait que son mariage ne serait pas heureux. Aussi ne fut-elle guère surprise d'apprendre que Hadice avait souvent les yeux rouges et qu'elle se plaignait du peu d'assiduité de son nouvel époux. Savoir qu'Ibrâhîm continuait à entretenir des concubines en son palais était plus intéressant. Il enfreignait ainsi la loi religieuse qui interdisait à l'époux d'une princesse d'avoir encore un harem. Peut-être Roxelane avait-elle enfin un moyen d'attiser la colère de Soliman contre son grand vizir ?

Toute contente, elle garda pour elle seule sa découverte en interdisant à Nourisabah d'ébruiter la nouvelle. Mieux valait conserver l'effet de surprise.

Un soir où Soliman s'était montré un amant particulièrement tendre et fougueux, tandis qu'il reposait encore entre ses bras et ne paraissait pour une fois pas pressé d'aller rejoindre son cher Ibrâhîm, Roxelane éclata de son rire si frais et lui dit :

– Je suis la plus heureuse des femmes, lumière de ma vie, parcelle de mon âme, mais je crains que ma chère sœur Hadice ne partage pas mon bonheur.

– Elle est riche, elle a plus de quinze cents esclaves, le plus beau palais de la ville, son époux est l'homme le plus puissant de l'Empire, que pourrait-elle souhaiter d'autre ?

– L'amour de son époux, peut-être ?

Soliman la regarda avec attention, soudain mécontent. Si Roxelane se mêlait de lui reprocher ses relations avec Ibrâhîm et son amour pour lui, elle avait tort, grand tort. Même s'il lui était de plus en plus attaché, même s'il commençait vraiment à l'aimer et ne prenait de temps à autre d'autres concubines, sans réelle envie, que pour plaire à sa mère ou pour se distraire avec Ibrâhîm, il la sacrifierait à son amant. La passion qu'il vouait à Ibrâhîm était d'une autre sorte que son amour pour Roxelane. Avec Ibrâhîm, tout était plus fort, plus intense, plus désespéré peut-être, comme une tension vers une fusion totale, impossible à obtenir, quoique toujours attendue. Ibrâhîm était un autre lui-même, son frère et son amant, son amour et sa jeunesse. Soliman sous-estimait Roxelane, qui n'avait pas la moindre intention de s'aventurer sur ce terrain glissant. Elle s'étira avec une coquetterie consommée, eut à nouveau son joli rire de jolie femme avant d'ajouter :

– Ibrâhîm entretient un harem chez lui, ce qui peine Hadice et, chose plus grave, c'est contraire à la loi. C'est donc un affront pour toi et ta famille. Je sais bien qu'Ibrâhîm est jeune et qu'il doit avoir besoin de se distraire parfois de ses terribles responsabilités, qu'il n'a pas dû penser à mal. Pourtant, si le fait venait à être connu, cela risquerait de te nuire, mon *pâdichâh*.

– Tu as raison. Ce n'est pas grave, mais je demanderai à Ibrâhîm d'être plus discret à l'avenir. Dis à ma sœur, ma Joyeuse, de ne pas s'attrister pour si peu. Un homme normal ne peut se contenter d'une seule femme, même s'il l'aime, et je sais qu'Ibrâhîm est épris, car Hadice est merveilleusement belle.

Il ajouta avec un petit rire :

– Dans son immense sagesse, le Prophète n'a-t-il

pas accordé quatre épouses légitimes à chaque croyant, sans compter ses concubines ?

C'était vrai que Hadice était belle, avec ses cheveux sombres et ses grands yeux noirs, sa peau très blanche et la haute taille de sa mère. Roxelane était pourtant furieuse du peu d'effet que ses paroles avaient eu sur Soliman. Et ces mots : « Un homme normal ne peut se contenter d'une seule femme » la fustigeaient, mais, bien sûr, puisque le Prophète l'avait permis... Elle-même n'était pas une épouse légitime, juste une esclave, de la « chair vendue ». Comparé au sien, le sort de Hadice restait enviable.

Soliman avait d'autres préoccupations que le bonheur de sa sœur ou le harem d'Ibrâhîm. Son autre beau-frère, Ahmed Pacha, qu'il avait nommé gouverneur d'Égypte, s'agitait beaucoup, lui rapportaient ses espions. Tant qu'il s'était contenté d'acheter les dignitaires mameluks ou d'entrer en contact avec le Pape, puis avec Villiers de L'Isle-Adam auquel il avait promis de renverser la garnison turque mise en place à Rhodes, Soliman avait attendu et laissé faire. Toutes ses manœuvres n'étaient que des promesses jamais tenues et elles occupaient le trop remuant Ahmed Pacha. Ce fut autre chose lorsqu'un *peyk* affolé, tout juste arrivé d'Égypte, vint raconter à Soliman que les cinq cents janissaires en poste au Caire avaient été massacrés par Ahmed. Lui-même n'avait pas survécu longtemps à ses exactions. A peine s'était-il proclamé sultan et avait-il battu monnaie à son nom que les Mameluks s'étaient à leur tour révoltés et l'avaient exécuté. A la main, le *peyk* avait l'habituel sac rempli d'aromates. Il en sortit la tête d'Ahmed Pacha qu'il jeta aux pieds de Soliman. Celui-ci ne sourcilla pas. C'était une bonne chose, cette exécution. Les Mameluks avaient fait le travail à sa place en lui évitant les regards chargés de larmes et de reproches de sa mère et de sa sœur. Une autre rébellion avait eu lieu dans le Delta, conduite par un Mameluk, un certain Canim Kasifi. Elle aussi avait été matée, mais il devenait urgent de réformer l'Égypte. Or Soliman ne voyait qu'un homme assez ferme, assez intelligent et assez capable pour s'acquitter de cette mission, Ibrâhîm. Il le fit appeler.

– Je te donne, lui dit-il, cinq cents janissaires et deux mille hommes pour pacifier, puis réorganiser l'Égypte. En route, passe par Damas et Alep pour voir si tout est resté calme depuis la dernière révolte. Tu as mon sceau et les pleins pouvoirs. Tout ce que tu feras en mon nom sera bien fait, mais reviens-moi vite.

Une semaine plus tard, Roxelane regardait avec soulagement partir Ibrâhîm dans l'habituel décorum d'une armée ottomane en campagne. Fait inhabituel, Soliman, qui voyait avec regret s'en aller son ami, l'escorta jusqu'aux îles des Princes et lui offrit en présent son propre cheval, tout harnaché d'or, puis il le serra sur son cœur en le suppliant de revenir aussi vite que possible. Or il y avait quantité de problèmes à régler, en Syrie comme en Égypte, où bien des choses pouvaient arriver...

On fêta à Stanboul les six mois du petit prince Selîm, second fils de Roxelane et Soliman. A la fin de zilkade, le mois d'octobre, Soliman, qui trouvait sa capitale bien vide en l'absence d'Ibrâhîm, décida de partir avec la cour et son harem à Andrinople pour y profiter de l'été finissant. Roxelane était impatiente de connaître cette ancienne capitale de l'Empire située en Thrace. L'on y jouissait d'un climat tempéré, d'une végétation luxuriante dans cette large plaine arrosée par trois rivières. Les roses y étaient célèbres, les palais anciens d'une architecture raffinée. Roxelane comptait beaucoup sur ce séjour pour s'attacher Soliman et y mener avec lui une vie presque familiale. Andrinople serait plus intime que Stanboul. Surtout, elle ne resterait pas confinée au Vieux Sérail tandis qu'il habitait Saray Bournou et y faisait venir son favori. Pour elle, l'absence d'Ibrâhîm était une bénédiction.

Le départ pour Andrinople eut lieu de grand matin, seule façon d'espérer circuler dans une capitale toujours surencombrée, où les rues étroites et tortueuses ne permettaient guère d'avancer qu'au pas des chevaux. Les femmes du harem, marchant vite entre une double haie d'eunuques noirs portant à bout de bras de grandes bâches destinées à les cacher aux yeux de curieux pouvant toujours s'embusquer sur la terrasse d'une maison, se précipitèrent avec des rires et des petits cris de peur vers les voitures fermées qui les attendaient. Les esclaves ployaient sous le poids des baluchons de linge ou d'effets que leurs maîtresses avaient cru bon d'ajouter au dernier moment aux innombrables bagages. Nourisabah donnait la main au petit Mehmed et la nourrice tenait dans ses bras le bébé qui pleurait parce qu'on l'avait réveillé. Roxelane, toujours un peu à l'écart des autres femmes car elle ne leur ressemblait guère, ne se pressait pas. Au contraire, elle regardait autour d'elle avec avidité. Comme elle supportait mal l'enfermement, chaque occasion de sortir du Vieux Palais était savourée tel un plaisir rare.

Dans la première voiture avaient pris place la *vâlide sultan* et les princesses, ainsi que le prince Mustafâ, dont la mère resterait comme toujours confinée dans son pavillon où nul ne venait plus la visiter. Tout de suite après venait la litière de Roxelane, qui n'avait par malheur pas la préséance sur les trois sœurs de Soliman. Le long cortège s'ébranla enfin, escorté par une double haie de *bostândjï* aux coiffures pointues, retenant leurs chevaux pour ne pas devancer les voitures lourdement chargées. Les premières lueurs de l'aube rosissaient les rues de Stanboul. Le spectacle des maisons encore endormies, d'une mosquée sortant de l'obscurité, d'un minaret semblant jaillir vers le ciel empourpré ravissait Roxelane.

L'installation dans l'ancienne capitale fut un enchantement. Même si les vizirs et grands dignitaires de l'Empire s'étaient transportés avec Soliman à Andrinople, le *Diwân* ne se réunissait plus qu'une fois par semaine, l'étiquette ne régnait plus aussi durement. Surtout, Soliman avait choisi ses appartements tout proches de ceux de Roxelane et elle l'avait enfin à elle. L'on murmurait d'ailleurs, dans le harem, que l'on n'avait jamais vu un sultan s'attacher ainsi à une seule sultane, au point de négliger les autres femmes. Roxelane savait que la *vâlide*, très contrariée, ne cessait de présenter de nouvelles jeunes filles à son fils, mais c'était en vain. Ibrâhîm parti dans sa lointaine Égypte, Soliman avait besoin d'une présence auprès de lui et il la trouvait en Roxelane. Cette femme n'était décidément pas comme les autres. Soliman la jugeait intelligente et instruite, capable de se passionner pour les choses politiques qui faisaient bâiller d'ennui sa propre mère. Elle l'écoutait même avec attention quand il lui disait que les troupes que levait aux confins de l'Empire Tahmasp, le nouveau *Châh* de Perse, ne laissaient pas de l'inquiéter. S'il lui racontait les affrontements sans réelle gravité qui avaient eu lieu en Valachie, en Croatie ou en Dalmatie, elle applaudissait aux victoires de l'armée. Surtout, elle savait comme personne épingler un ridicule, relever une faute et se montrer toujours soucieuse de la gloire de son sultan.

– Ayaz Pacha, ton deuxième vizir, est sans doute un lion sur un champ de bataille, mon *pâdichâh*, mais ton ministre, pour te servir, pourrait au moins apprendre à lire et à écrire. Sinon, n'importe quel scribe serait capable de le tromper. Si moi-même, qui ne suis qu'une femme, ai pu me mettre à l'étude...

Puis elle éclatait de son rire délicieux et Soliman se disait qu'elle n'avait pas tort. Il était exact qu'Ayaz était un puits d'ignorance et qu'un vizir illettré ne pouvait bien servir son sultan. Elle ajoutait d'un air soucieux :

– L'on m'a rapporté que ton beau-frère, le puissant Ferhad Pacha, loin de comprendre la leçon quand tu l'as rappelé, dans ta sagesse, de son gouvernement d'Asie Mineure pour le nommer à Semendra et pouvoir le surveiller de plus près, vient de faire exécuter cinq cents habitants, parmi les plus riches de sa ville. Il espère ainsi s'approprier leurs biens en toute impunité. La révolte gronde à Semendra, mon *pâdichâh*. Même si Ferhad est l'époux de ta sœur, la justice ne doit-elle pas s'exercer ?

Soliman soupirait. Sa Joyeuse était admirablement renseignée et sa remarque était juste. Pourtant, ce n'était pas elle qui devrait ensuite affronter les larmes de la *vâlide* et de l'épouse de Ferhad. Il comptait encore donner une dernière chance à Ferhad, mais pas davantage. Roxelane avait raison, la justice devait être la même pour tous. Si Ferhad continuait à se conduire en tyran sanguinaire, il devrait répondre de ses actes. Roxelane n'insistait jamais, se contentant de faire ses remarques avec cette liberté de ton qui n'était qu'à elle, puis de lui offrir une collation raffinée, le spectacle de jongleurs habiles ou l'aubade de musiciens. Surtout, c'était une amante experte et passionnée, qui osait l'aimer avec ses gestes et ses caresses, ses mots d'amante. Elle ne tremblait pas devant lui. Cette femme, il devait la séduire et la reconquérir chaque jour, ce qui lui plaisait.

– J'ai envie de t'aimer, murmura-t-elle d'une voix basse et précipitée, sa voix d'amoureuse.

L'entraînant vers la couche jonchée de coussins, elle voulut avec lui être seulement une femme aimante, avide de ses caresses et soucieuse de leur plaisir. Plus tard, elle lui dit comme sans y penser vraiment, entre deux rires :

– Même si Ibrâhîm est un jeune homme remarquable et s'il a rétabli la paix en Syrie et en Égypte, même s'il a soumis les tribus arabes et promulgué de nouvelles lois fixant impôts, justice, régime des fonctionnaires, maintien de l'ordre et prix des denrées alimentaires, il se montre bien fier de son titre de *beyerbey*. Les uniformes de sa garde, tout rutilants d'or fin, sont aussi beaux que ceux de la tienne. N'est-ce pas un peu excessif, parcelle de mon âme ?

– Son luxe me sert et fait respecter ainsi la personne du sultan.

A l'évidence, Soliman n'était pas prêt à entendre critiquer Ibrâhîm et Roxelane ne commit pas l'erreur de parler plus longtemps du grand vizir. Pourtant, ses arguments contre Ferhad Pacha avaient porté. Quand Soliman apprit que son beau-frère continuait à semer la terreur à Semendra, que les exécutions se multipliaient et que la révolte grondait, il se résigna à lui envoyer le *kapïdjï bachï*, le bourreau impérial.

Ferhad Pacha n'était pas un lâche. Après s'être purifié pour la mort et prosterné trois fois en direction de La Mecque, il confia son cou au lacet du bourreau et mourut sans une plainte. Son épouse prit le deuil et le sérail résonna des pleurs de la *vâlide* et de ses filles. Désormais, l'on regarda avec crainte Roxelane, elle qui avait conseillé la justice à Soliman... Elle pour qui Soliman avait écrit ces vers que tout le sérail se répétait :

Mon intime compagne, mon amour, ma lune brillante,
Ma très proche, ma confidente, mon amie, mon tout, ô reine de beauté, mon maître
Ma vie, la raison de ma vie, la divine qui donne la vie éternelle
Mon heure de printemps, source de toute joie, mon jour, mon idole, ma rose souriante
Mon bonheur, ma compagne d'ivresse, la source de toute lumière, mon étoile brillante, la lumière de ma nuit...

Soliman était poète comme la plupart des sultans ottomans avant lui. Selîm lui-même, Selîm le Cruel, avait composé de ravissants poèmes. Célébrer une femme aimée en vers était une chose, mais l'appeler « mon maître » en était une autre... La cour et la *vâlide*, depuis l'exécution de Ferhad Pacha, regardaient avec inquiétude monter l'astre de Roxelane.

4

Il y avait cinq mois que Soliman, enivré par l'amour de Roxelane, n'avait pas quitté Andrinople. Les janissaires, en l'absence de leur sultan, du grand vizir et du gouvernement, s'ennuyaient ferme dans leurs casernes de Saray Bournou. Eux qui étaient voués au célibat et menaient une existence des plus spartiate, eux qui étaient soumis à une discipline de fer, ne vivaient que par et pour la guerre. En temps de paix, ils n'avaient plus de raison d'être et s'étiolaient.

Enfants chrétiens vendus comme esclaves, offerts ou raflés dans les Balkans, sur la côte dalmate ou dans les îles, Albanais, Croates, Grecs ou Bosniaques pour la plupart, ces enfants étaient convertis à l'islâm, élevés et formés pour la guerre. Les plus beaux et les plus vigoureux d'entre eux, les meilleurs éléments, étaient envoyés dans la capitale de l'Empire. Dès le début du XIVe siècle, Orchan, le second sultan ottoman, les avait enrôlés dans sa garde personnelle à l'initiative du chef de ses armées Kara-Khalil. Puis Murâd Ier en avait fait un corps privilégié que l'on avait nommé *yenitcheri*, les nouveaux soldats. La déformation populaire avait transformé le nom en « janissaires ».

Troupe d'élite d'une folle bravoure sur laquelle se fondait la puissance de l'armée ottomane, ces janissaires étaient à présent quinze mille. Les *'adjemi oghlan*, les novices, étaient enseignés par des *h'âdjî*, des maîtres d'école particuliers, qui les formaient au métier des armes. Puis on les groupait dans les *ocak*, sorte de foyers ressemblant à des casernes. Ils avaient leurs propres cuisines gouvernées par des officiers cuisiniers, leurs cuillères de bois attachées à leurs bonnets. Dans les grandes occasions, c'était autour de leurs gigantesques marmites, les *kazân*, où mijotait toute la journée une soupe de riz et de légumes que l'on ne servait qu'une fois par vingt-quatre heures, à la nuit tombée pour empêcher toute idée de favoritisme, qu'ils se réunissaient. C'était parmi eux que l'on recrutait les plus importants fonctionnaires attachés à la personne même de Soliman, chef de la Chambre Intérieure – Ibrâhîm avait occupé ce poste sans être jamais janissaire, mais c'était une exception –, chef de la Garde-Robe, coiffeur ou porte-sabre. Leur *agha* était le troisième personnage de l'Empire. C'était sous la double haie de leurs sabres que devait passer le nouveau sultan après avoir ceint l'arme d'Osman, signe qu'il tenait d'eux son pouvoir.

Le 21 mars 1525, dans la première cour du palais où ils étaient casernés, les janissaires s'assemblèrent autour des *kazân*, qu'ils commencèrent à frapper de leurs cuillères. Cela produisait un vacarme infernal, qui fit accourir les *sipâhi*. Ils se joignirent aussitôt au rassemblement et se mirent à hurler avec les janissaires :

– Nous exigeons notre sultan dans notre capitale.

– Nous voulons la guerre. Le *pâdichâh* s'amollit en la compagnie des femmes et ne gouverne plus.

Leur *agha*, Bolucha Baffa, magnifique colosse qui s'était illustré à Rhodes, s'il n'encourageait pas directement le début de rébellion, ne l'arrêtait pas non plus. Lui aussi en avait assez de l'inutile vie de caserne et s'ennuyait ferme loin du fracas des champs de bataille, sans odeurs de sang et de poudre à canon à respirer. Le lendemain, l'agitation des janissaires et *sipâhi* était à son comble. Les plus turbulents commencèrent à se répandre dans la ville, pillant au passage les quartiers juif et grec. Dans le sérail, Gülbahar et les femmes qui n'avaient pas suivi l'exode à Andrinople étaient terrifiées en écoutant les premières rumeurs de l'émeute. Quand les janissaires commençaient à se révolter, rien ne pouvait les arrêter. Ils tuaient, brûlaient, pillaient tout ce qu'ils trouvaient. L'on envoya à Soliman un *peyk* qui galopa sans s'arrêter jusqu'à Andrinople.

Le 25 au matin, la révolte grondait toujours. Bolucha Baffa, exaspéré par l'incompréhensible silence de Soliman, s'approcha du groupe des meneurs, qui se turent aussitôt, s'attendant à un châtiment terrible, mais leur *agha*, silhouette formidable à la taille encore accrue par le long caftan rouge et or qui lui descendait jusqu'aux pieds, donna un coup de botte dans l'énorme chaudron, qui se renversa. C'était le signal de la révolte. Aussitôt, on l'imita. Le contenu des *kazân* gisait sur le sol. Les soldats, que plus rien ne retenait, s'égayèrent dans les rues de Stanboul. La population se terrait dans les maisons aux volets clos. Les commerçants fermaient vite leurs échoppes. Même les *mollâh* se barricadaient dans leurs mosquées ou leurs palais.

La ville, silencieuse et déserte, ne bougeait plus, ne respirait plus tandis que les terribles janissaires se ruaient dans les plus riches demeures, incendiaient et pillaient le palais d'Ibrâhîm, le plus beau de la ville, dont Hadice venait à peine de s'enfuir. Elle se réfugia avec ses gens et ses esclaves dans le Vieux Sérail tout proche. Quand on eut bien pillé le magnifique palais de l'Hippodrome, emporté tapis, tentures, objets d'art, précieux candélabres d'or et d'argent, l'on s'en prit à celui d'Ayaz Pacha, qui le jouxtait. Ensuite, l'on se dirigea vers le quartier de la Guideca, où il restait encore quelques maisons juives à piller, puis vers celui du Fener, où l'on espérait trouver des boutiques grecques oubliées les jours précédents.

A bride abattue, Soliman et ses cinquante mille soldats approchaient de la capitale où l'émeute faisait rage, où des incendies avaient été allumés çà et là. Tandis que ses troupes ramenaient le calme dans la ville, à la tête d'une seule petite escorte le *pâdichâh*, animé d'une de ces colères dévastatrices qui l'habitaient parfois, sans penser à se protéger pénétra à plein galop dans l'enceinte de Saray Bournou. Sans ralentir le train, il tourna autour des *kazân* renversés. Un grand diable se dressa devant lui, Soliman sortit son sabre et le décapita d'un seul coup, envoyant la tête rouler entre les jambes de son cheval. Aussitôt, cent arcs furent bandés en direction du sultan, qui chargea. S'il y avait une chose que prisaient par-dessus tout les janissaires, c'était bien le courage. Cet homme presque seul – il n'était entré qu'avec sa faible escorte et chargeait devant ses hommes – qui les défiait aussi follement était magnifique de bravoure. Les arcs se baissèrent, les épées furent rengainées. Une véritable ovation fit place aux cris de colère :

– Vive notre *pâdichâh* !

– Longue vie à l'ombre d'Allah sur cette terre !

La révolte était matée, mais Soliman avait failli y laisser la vie.

De retour dans ses appartements, Soliman fit appeler le *kïzlar aghasï* et le *bostândjï bachï* pour leur dicter ses sentences de mort. Il voulait les têtes des *agha* des janissaires et des *sipâhi*. Il voulait aussi faire revenir Ibrâhîm d'Égypte et rappeler à Stanboul la cour et le sérail d'Andrinople.

Dès le lendemain matin, les têtes des deux *agha* et celles des principaux meneurs étaient exposées, comme le voulait la coutume, sur la « pierre de l'exemple », dans la première cour du palais, près de la fontaine où le *bostândjï bachï* lavait les têtes coupées. Les mouches bourdonnaient sur les yeux vitreux de Bolucha Baffa, le vainqueur de Rhodes, qui avait eu le grand tort de se révolter contre son sultan.

Soliman avait su mater la rébellion. Cependant, quelque chose avait changé en lui. Désormais méfiant et soupçonneux, il ne dormit jamais deux soirs de suite dans la même chambre et ne présida plus les séances du *Diwân*. Il fit construire un balcon au-dessus de la salle de la Coupole. De là, il était capable de tout voir et entendre sans être aperçu. Il perdait pourtant le contact avec son peuple. C'en était fini de ces suppliants qui pouvaient librement venir à lui revêtus d'un symbolique caftan en papier, disant ainsi que leurs suppliques ne sauraient exprimer ce qu'ils avaient souffert, une bougie allumée sur la tête – leurs soupirs montant vers le ciel.

Quel que fût le désir de Soliman de le revoir en ces heures sombres que venait de connaître l'Empire, le grand vizir ne voulait revenir que son œuvre de pacification achevée, en laissant derrière lui un pays réorganisé et maté. Enfin, il arriva à Stanboul aux premiers jours de septembre. Pour lui faire oublier son palais pillé et dévasté, sa jeune épouse obligée de s'enfuir, Soliman lui offrit des fêtes splendides. Roxelane cachait sous un front serein sa fureur d'assister, impuissante, au retour de son vieil ennemi. Ibrâhîm apparaissait à tous comme encore plus puissant, encore plus cher à Soliman. Roxelane venait de donner un troisième fils à Soliman, le petit Bâyezîd. Pourtant, c'en était fini de leur intimité d'Andrinople et de son début d'influence politique. A nouveau, Soliman se réfugiait à Saray Bournou avec Ibrâhîm et ne venait plus aussi souvent au Vieux Sérail. A nouveau, pour lui, elle n'était qu'une femme, la mère de ses trois fils, certes...

Au mois de décembre, tandis que tombait sur Stanboul une petite neige froide et mouillée, qui disparaissait vite en laissant une boue décourageante, arriva le comte Jean Frangipani, messager du roi de France François Ier, qui avait été fait prisonnier à Pavie. Le roi de France offrait son alliance contre Charles Quint au « Grand Maître du Siècle », comme il l'appelait. Quoique flatté et compatissant aux malheurs du captif,

Soliman ne s'engagea pas et ne lui offrit que de belles paroles. Pourtant la guerre était nécessaire, ne serait-ce que pour occuper les terribles janissaires. Les préparatifs commencèrent et se poursuivirent durant tout l'hiver 1525-1526, même si le secret était bien gardé et que nul ne savait contre qui l'on allait se battre. Roxelane, en dépit de ses efforts pour se renseigner, n'était elle non plus sûre de rien. Fin mars, l'on dressa les queues de cheval dans la cour des janissaires. C'était l'appel aux armes.

Le 11 redjeb 932, le 23 avril 1526, un lundi, jour faste parce que c'était un lundi qu'était né le Prophète, Soliman, le prince Mustafâ qui n'avait que neuf ans chevauchant à ses côtés, accompagné de son grand vizir Ibrâhîm, de ses deux vizirs Mustafâ et Ayaz, du *drogmân* de la porte Yunis et de ses grands dignitaires, quittait Stanboul et prenait la direction de Belgrade. C'était une idée de Roxelane que ce départ de Mustafâ avec son père.

La veille, alors que Soliman venait prendre congé d'elle, la Joyeuse lui avait dit impétueusement :

– Je ne veux pas m'affliger de ton départ, mon *pâdichâh*, puisque je sais que tu me reviendras vainqueur et encore plus grand qu'avant, s'il se peut.

Les autres femmes du sérail ne savaient que pleurer et se désoler, pas elle. Puis elle avait ajouté en l'embrassant :

– Si nos fils étaient plus âgés, je t'aurais prié de leur apprendre la guerre. Ce sera pour plus tard. Le prince Mustafâ, en revanche... Tu sais combien je suis attachée à cet enfant, mais il serait temps de l'aguerrir. Il passe sa vie à visiter sa mère et les voiles des femmes n'incitent pas les hommes à la vaillance.

– Il n'a que neuf ans.

– Sous ta protection, que risque-t-il ?

Le prince Mustafâ était parti à la guerre et Roxelane se disait que bien des accidents pouvaient arriver en campagne à un si jeune enfant. Elle ne détestait pas Mustafâ, qui était beau et intelligent, d'un naturel tendre et affectueux, et qui ressemblait tant à son père que c'en était troublant, mais enfin, le petit prince restait une constante menace pour elle. S'il régnait un jour, elle n'aurait plus qu'à se retirer au palais des Larmes et ses fils seraient sans doute étranglés. Elle ne serait jamais *vâlide sultan*, une fonction qu'elle aurait su occuper mieux que la mère de Soliman, qui ne se souciait pas de politique, ce que Roxelane comprenait mal. Qu'y avait-il de plus grisant que le pouvoir ? A son habitude, elle avait envoyé des émissaires, qui la renseignaient très ponctuellement sur l'avance des armées.

L'entreprise se révéla vite difficile. Des averses torrentielles avaient gonflé les rivières et détruit les ponts, mais on les reconstruisit. Les troupes, toujours en impeccable ordre de marche, passèrent. Puis Soliman divisa son armée en deux corps. Le premier, commandé par Ibrâhîm, se porterait à Petrovaradin et en entreprendrait le siège. Le second, sous les ordres de Soliman, continuerait le long du Danube pour prendre Buda. Ibrâhîm fit miner la forteresse et l'emporta en quelques jours. Ses messagers, porteurs de cinq cents têtes coupées annonçant cette belle victoire à Soliman, le précédaient. Ibrâhîm rejoignit son sultan dans la plaine de Mohács, non loin du confluent de la Drave et du Danube. C'était là que l'armée hongroise, commandée par le jeune roi Louis II qui venait d'épouser Marie, la propre sœur de l'empereur Charles Quint, attendait les armées ottomanes pour leur couper la route de Buda.

– Les forces étaient tragiquement inégales, racontait l'envoyé de Roxelane, les Hongrois n'alignant que trente mille hommes contre les cent mille de notre *pâdichâh*. Charles Quint et son frère Ferdinand avaient réagi beaucoup trop tard. Leur armée de vingt-quatre mille hommes était en marche, mais toujours pas arrivée. La noblesse hongroise, comme d'habitude très divisée, imposa au roi Louis de livrer combat sans attendre les contingents de Jean Zapolya et les Croates de Frangipani. C'était une folie...

La veille de la bataille, à midi, Soliman, le petit prince à ses côtés, réunit son conseil et décida de suivre la stratégie imaginée par le chef des *akïndjï*. L'on ne se heurterait pas de front à la cavalerie des chevaliers hongrois, revêtus de lourdes armures semblables à celles des premiers croisés, aux immenses chevaux caparaçonnés de métal. L'on s'écarterait pour la laisser passer librement, puis l'on se refermerait sur elle en coupant les jarrets des chevaux. Ibrâhîm harangua l'armée en lui promettant un riche butin et se plaça à la tête de ses troupes de Roumélie, en première ligne. Derrière lui venaient celles d'Anatolie, dirigées par Soliman, puis l'artillerie. Le petit prince, resté sous bonne garde dans la tente impériale, ne participa pas au combat et s'en désola.

La bataille commença le 29 août à trois heures de

l'après-midi. La cavalerie hongroise, avec à sa tête l'évêque Pereniyi et le moine Paul Tömöri, évêque de Kalocsa, chargea. Ils n'espéraient pas la victoire, mais cherchaient le martyre. Les chevaliers hongrois, eux, ne pensaient qu'à s'emparer du sultan. Les *akïndjï*, magnifiquement disciplinés, ouvrirent leurs rangs sous la charge, puis les refermèrent pour encercler les chevaliers. Pourtant trente-deux chevaliers hongrois, ferraillant avec rage, se rapprochaient dangereusement de Soliman. Les janissaires firent cercle autour de leur sultan et repoussèrent les assaillants.

Les trois cents canons turcs, liés entre eux par des chaînes en fer, entrèrent en action, fauchant sans pitié la seconde vague de la cavalerie. Jusqu'au soir, les deux armées, intimement mêlées au corps-à-corps, se battirent pied à pied. Cependant les forces étaient trop inégales et le roi Louis reculait. Enfin il se trouva avec ses dernières troupes acculé dans les marais. Là, les pesantes armures hongroises firent se noyer par milliers les débris de son armée. L'on vit Louis s'enfoncer lentement dans la vase sur son grand destrier, puis il disparut avec un bruit de succion immonde. Roxelane avait frissonné en comprenant le danger couru par Soliman et applaudi à la mort du roi Louis.

– Dans l'armée ottomane, disait encore l'émissaire, retentissaient les fanfares de la victoire. Tandis que l'on comptait les morts du camp adverse – trente mille dont quatre mille chevaliers, la fleur de la chevalerie hongroise –, Soliman félicitait son grand vizir en lui donnant l'accolade devant l'armée entière. Ensuite, il accrocha lui-même une plume de héron au turban d'Ibrâhîm et tous deux se retirèrent sous la tente impériale, couleur d'écarlate. J'ai vu, sous une tente plus modeste, l'*imâm* Kemalpasazade tremper sa plume dans l'encre pour relater dans son style si imagé cette grande victoire de Mohács qui va pour longtemps terrifier l'Occident chrétien. Il te fait porter ce message, ô ma *kadïn*.

Il lui tendit un étui de soie que Roxelane ouvrit avec impatience.

> Lorsque les *akïndjï* se précipitèrent en flots impétueux, une mer de sang commença à agiter ses vagues bouillonnantes. Les coiffures rouges qui couvraient leurs têtes firent du champ de bataille un parterre de tulipes. Les boucliers se fendaient comme le sein de la rose. Les vapeurs de sang, s'élevant en nuage jusqu'à la surface du ciel, formaient un dais empourpré au-dessus du champ de bataille. Le succès de cette victoire éclatante, funeste aux Infidèles et l'une des plus glorieuses de l'islâm, fut dû à l'émir belliqueux, au vizir plein de prudence Ibrâhîm Pacha, dont la lance évoquait le bec du faucon et le glaive altéré de sang était semblable à la griffe du lion.

Roxelane avait envie de lacérer le message, mais elle n'en fit rien. Elle jeta une bourse à son espion et le pria de continuer son récit.

– Le sultan fut si content du compte rendu que fit Kemalpasazade de cette bataille qu'il le nomma grand *müfti* à la place d'Ali Cemali, qui venait de mourir. Notre *pâdichâh*, infatigable, était le 10 septembre devant Buda qui ne pouvait guère lui résister. Il s'installa dans le palais royal sans pouvoir empêcher incendie et pillage. Pour lui-même, il prit le trésor royal, la bibliothèque si fameuse du précédent roi Mathias Corvin et trois statues antiques représentant Diane, Apollon et Hercule. Puis il écrivit à sa mère, à toi aussi, ma sultane, et aux gouverneurs des provinces pour leur annoncer cette belle victoire. Ensuite, il nomma roi Jean Zapolya et se disposa à franchir à nouveau le Danube. Aux portes de la ville, sur des gradins de bois, ses soldats avaient disposé par dérision les têtes des sept prélats tués en même temps que l'évêque Pereniyi et le moine Paul Tömöri. Le *pâdichâh* les salua et leur adressa la parole avec courtoisie : « Puisse Allah vous être miséricordieux, et puisse-t-il châtier ceux qui vous ont si mal conseillés.

Au mois de safer, en novembre, Soliman rentrait en triomphateur à Stanboul. Hélas, Ibrâhîm et le petit Mustafâ caracolaient à ses côtés et, une fois encore, la Joyeuse sut cacher son dépit sous des paroles de bienvenue. Après sept mois d'absence, Soliman se montrait à nouveau un amant empressé, impatient de retrouver leurs emportements et leurs fièvres. Roxelane mesurait ainsi la place qu'elle occupait dans le cœur et la vie du sultan. La *vâlide sultan* vieillissait et se souciait moins de l'organisation du harem. Les princesses vivaient en leurs palais respectifs. Dans l'univers confiné de l'Eski Sérail, Roxelane commençait son règne. Bien sûr, elle devait se méfier de tous et elle était loin d'avoir les pleins pouvoirs. Pourtant, lentement, elle avançait ses pions. Jusqu'à présent, le sort ne lui avait jamais été contraire. Avec une patience inlassable, elle poursuivait son but : s'approcher du pouvoir en contrecarrant l'influence grandissante d'Ibrâhîm et en endiguant l'affection que Soliman nourrissait pour son fils aîné. Les siens étaient encore si jeunes...

Un soir qu'elle revenait dans une voiture fermée d'une promenade faite avec Soliman aux Eaux Douces – elle aimait tellement s'évader du Vieux Sérail –, elle vit se dresser sur la place de l'Hippodrome, en bordure des somptueux jardins enserrant comme un écrin le palais d'Ibrâhîm, les trois statues rapportées du palais royal de Buda. Elle savait fort bien que les statues s'y trouvaient, car le *kïzlar aghasï* le lui avait longuement raconté. C'était à dessein qu'elle avait demandé de passer par là. Elle eut comme un sursaut de surprise en apercevant les superbes statues de Diane, d'Apollon et d'Hercule.

– Allah ne permet pas de si impudiques représentations du corps humain. Ces statues sont tellement... tellement réalistes. Et ces nudités ainsi montrées... A quoi Ibrâhîm a-t-il donc songé en les faisant ériger ici ? Je crains que la colère divine n'aille un jour le poursuivre. Je t'en conjure, mon *pâdichâh*, ombre d'Allah sur cette terre, fais-les enlever ! Plus un fidèle n'osera traverser cette place sans redouter le courroux du ciel.

– C'est moi qui les lui ai offertes, dit Soliman avec hésitation, car il était très pieux et craignait plus que tout le courroux du ciel. Ibrâhîm m'a d'ailleurs demandé la permission de les installer là pour rappeler à chaque instant au peuple notre victoire de Mohács.

– « Notre » victoire... Ibrâhîm ose en effet parler de « notre » victoire. N'est-ce pas plutôt la tienne ? Bientôt, il dira « ma », si tu le laisses faire.

– Ibrâhîm est mon grand vizir et un combattant comme il en existe peu. Mohács est aussi sa victoire.

La conversation était close. Le visage de Soliman, à nouveau, se fermait. Roxelane détourna habilement la discussion sur Aloisi Gritti, le fils du doge Andrea, un homme habile et cruel à l'ambition inquiétante, qui s'était fait construire un palais dans les vignes de Pera. Elle ne crut pas utile de souligner que Gritti était un intime d'Ibrâhîm, car Soliman le savait fort bien. Toutefois, elle avait noté que c'étaient ses critiques religieuses qui avaient le plus de poids et elle ajouta sans paraître y attacher trop d'importance :

– Je ne crois pas qu'Ibrâhîm soit aussi croyant que toi, mon *pâdichâh*. Parfois, je me demande même s'il a réellement abjuré sa foi et s'il ne se contente pas de faire semblant d'avoir adhéré à l'islâm. Regarde son indulgence envers Kabiz, cet hérétique.

Elle avait touché le point sensible en Soliman. Kabiz, un *müfti* savant, un juge religieux écouté, ne venait-il pas de proclamer dans ses écrits que Jésus de Nazareth était un prophète plus grand que Mahomet puisqu'il avait annoncé avant lui le royaume du Tout-Puissant ? Kabiz avait eu droit à un procès public devant les juges de l'armée, qui s'étaient trouvés incapables de réfuter ses arguments. Il était difficile de nier que l'enseignement de Mahomet, et par conséquent le Coran, puisait largement dans l'Ancien Testament. D'ailleurs Mahomet, à Bosra, alors qu'il n'était encore qu'un jeune caravanier parti de La Mecque pour faire du commerce avec la Syrie, n'avait-il pas suivi les enseignements d'un moine nestorien ? C'était là qu'il avait connu l'illumination et rédigé le Coran. Incapables de disputer avec Kabiz, les juges avaient condamné à mort l'hérétique. Ibrâhîm avait cassé le jugement. A présent, l'affaire allait être portée devant le *Diwân*.

Les accusations de Roxelane, cette fois, avaient porté. Soliman voulut entendre le procès. Kabiz se défendit encore une fois avec courage et, encore une fois, les *müfti*, incapables de le contrer car c'était un grand érudit, se taisaient, atterrés. Ce fut alors que des coups furieux se firent entendre dans la cloison de la salle de la Coupole. C'était Soliman qui avait écouté les débats et qui hurlait :

– Il est hérétique de prétendre que Jésus est plus grand que notre Prophète. Ce sera au *cheykh ül-islâm* de trancher.

Le *cheykh ül-islâm*, le juge religieux de la ville, était ce même Kemalpasazade, qui était en campagne le chroniqueur de Soliman et qui était devenu grand *müfti*. Il trancha comme le lui avait ordonné Soliman, c'est-à-dire qu'il ordonna au bourreau de couper la tête de Kabiz. Cette fois, Ibrâhîm n'osa prendre sa défense. Quand on apprit la nouvelle de la prochaine exécution, ce fut l'effervescence dans les quartiers chrétiens de la ville. Un musulman fut assassiné et le crime imputé à un Albanais, mais personne n'avoua. Selon la loi, la communauté entière fut jugée coupable. Tous les Albanais de Stanboul suivirent Kabiz sur l'estrade du bourreau.

Lorsque, le 10 mai 1529, l'armée de Soliman quitta la capitale avec l'apparat habituel pour aller de nouveau combattre, Ibrâhîm était au faîte de la gloire. L'on se demandait ce qu'il pourrait avoir de plus. Soliman venait de le nommer *serasker* de ses troupes, c'est-à-dire commandant suprême de l'armée. Il lui avait offert trois pelisses d'honneur, huit chevaux richement harnachés et un neuvième, chargé d'armes splendides. Ibrâhîm avait à présent six queues de cheval à son oriflamme – une de moins que Soliman. Sept étendards, un blanc, un vert, un jaune, deux rouges et deux rayés, le précédaient, symboles de l'heureuse influence que devaient lui dispenser les sept planètes. L'on n'avait jamais vu pareil honneur. Roxelane, tout en regardant le spectacle toujours magnifique d'une armée partant en campagne, tout en se forçant à sourire se disait qu'Ibrâhîm, encore une fois, triomphait et qu'elle n'y pouvait rien. Il défaisait si vite ce qu'elle avait patiemment tramé pendant des jours...

En Hongrie, Jean Zapolya n'avait pas longtemps joui de la couronne imméritée offerte par Soliman. Ferdinand, archiduc d'Autriche et frère de Charles Quint, voulait pour lui cette couronne sous le prétexte qu'Anne, son épouse, était la sœur du défunt roi Louis. Ses forces, commandées par Nicolas, comte de Salm, avaient battu à Tokay Jean Zapolya, qui n'était décidément pas un guerrier. Jean s'était alors réfugié chez le comte palatin Lasczky. Ce dernier lui avait conseillé d'en appeler à Soliman lui-même et lui avait offert d'aller plaider sa cause à Constantinople. Lasczky avait su convaincre Soliman, qui avait de toute façon envie de réduire la morgue des Habsbourg. C'était la raison de cette quatrième campagne.

L'entrevue entre Jean Zapolya et Soliman eut lieu à Mohács, car il était de bon augure de rappeler une si éclatante victoire. Ibrâhîm, suivi de cinq cents janissaires et de cinq cents *sipâhi*, s'avança vers le roi qui était accompagné de six mille cavaliers. Zapolya entra dans la tente impériale où Soliman se tenait assis sur son trône et lui baisa la main. Soliman le revêtit d'une pelisse d'honneur et le coiffa de la couronne de Saint-Étienne, puis il lui offrit encore trois chevaux et quatre pelisses de drap d'or.

– Ce royaume m'appartient, expliqua ensuite Soliman à Ibrâhîm. J'ai installé là mon serviteur. Je lui ai donné ce royaume que je peux reprendre quand je le veux, car j'en dispose selon mon bon droit, ainsi que de tous ses sujets.

Trois jours plus tard, l'armée ottomane assiégeait à nouveau Buda et prenait la ville. Jean Zapolya fut solennellement installé sur le trône de Hongrie en présence du commandant en second des janissaires. Ni Soliman ni Ibrâhîm n'assistèrent à la cérémonie pour ne pas sembler y accorder trop d'importance. Soliman avait un projet plus ambitieux : s'emparer de Vienne avant l'hiver. Vienne était pour lui une fenêtre large ouverte sur l'Europe.

Le 27 septembre, les cent vingt mille hommes et les vingt-huit mille chameaux de l'armée ottomane, précédés par les terribles *akïndjï* de Michel Oghlou, qui avait, prétendait-il, du sang royal de Byzance dans les veines, arrivaient devant les remparts de la ville. Ils avaient été retardés par les pluies, ces éternelles ennemies. Bien des canons s'étaient enlisés dans la boue. Le Magnifique fit établir son camp près de la bourgade de Semmering. Au beau milieu des douze mille janissaires constituant sa garde, l'on planta la tente impériale, plus somptueuse que jamais avec ses colonnes sculptées et le drap d'or en garnissant l'intérieur, même si la pluie ruisselait toujours.

Dans la ville, il n'y avait que les vingt mille hommes et les soixante-douze canons commandés par Philippe de Bavière, Nicolas de Salm et le baron de Roggendorf, qui avait pris la tête de la cavalerie. Cette fois, l'Europe tremblait en regardant Vienne. Même les protestants d'Allemagne se mobilisèrent à la demande de Luther pour envoyer troupes et armes à la ville assiégée. Le retard de l'armée ottomane permit aux Viennois de doubler les défenses, de prévoir un peu partout des réserves d'eau contre l'incendie et de murer toutes les portes, sauf une.

Huit cents Impériaux tentèrent une sortie qui se révéla un désastre. Presque tous furent massacrés et cinq cents têtes ornèrent bientôt le camp turc. Suivirent trois jours de bombardements qui ouvrirent une large brèche dans la muraille, près de la porte de Carinthie. Trois colonnes de janissaires se lancèrent à l'assaut des murailles, mais Nicolas de Salm, magnifique guerrier de soixante-dix ans qui avait croisé le fer contre François Ier à Pavie et l'avait blessé, était partout à la fois, ranimant les courages défaillants. Il neigeait, à présent. Les convois de vivres et de munitions ne parvenaient plus à passer. Les janissaires murmuraient et Soliman crut plus sage d'ordonner la retraite, clamant bien haut qu'il n'avait jamais eu l'intention de prendre Vienne et qu'il ne faisait la guerre qu'aux Habsbourg. C'était la première défaite de Soliman, même si tous, dans son armée, feignaient de parler de victoire.

Et le 14 octobre 1529, l'on prit la route du retour sous la neige. L'armée ottomane avait perdu quarante mille hommes, ce qui était un désastre. Pour Soliman, qui ne décolérait pas, une lettre de Roxelane adoucit pourtant un peu cette défaite. Contrairement à la plupart des femmes du harem, Roxelane écrivait elle-même. Elle savait l'art de la difficile calligraphie turque et ses lettres étaient toujours un petit chef-d'œuvre de goût et d'habileté.

> Mon empereur, parcelle de mon âme, mon *pâdichâh* bienheureux, lumière de mes yeux, bonheur de mon cœur, désir ardent de mon univers, ma richesse, mon Roi, Dieu seul connaîtra mon bonheur si tu t'inquiètes de ta servante, toute brûlante de l'ardent désir de te revoir. Mes yeux sont devenus des torrents de pleurs en ton absence. Je passe mon temps misérablement et tout mon corps souffre de ton éloignement [1]...

Lui aussi brûlait de la revoir, sa Joyeuse, et de l'entendre rire. Elle seule saurait lui offrir de belles fêtes pour lui faire oublier cette misérable défaite. L'Empire avait d'ailleurs besoin de s'étourdir dans les réjouissances pour ne pas rester sur l'impression terrible d'avoir échoué devant les murailles mal défendues de Vienne. Soliman avait beau se dire que ce n'étaient pas les hommes qui l'avaient vaincu, mais les

1. A Topkapï, huit lettres nous restent de Roxelane, dont trois sont écrites de sa main et cinq par des secrétaires.

éléments, les pluies torrentielles puis la neige qui avaient empêché les canons et les vivres de passer, il gardait de cet échec une intense amertume. Certes, l'on ne pouvait se battre quand on avait froid et le ventre vide, pourtant la pilule était amère. Aussi Soliman, sur la route du retour, chargea-t-il Ibrâhîm d'envoyer des émissaires aux vassaux et alliés de la Porte pour les convier à passer à Stanboul dix-huit jours de festivités telles que l'on n'en avait jamais vu. Il pria Roxelane de tout organiser, lui recommandant de ne pas regarder à la dépense. Il fallait éblouir le monde entier par le spectacle de sa force et de ses richesses.

Le prétexte serait les *sünnet*, les noces comme on disait en turc, ou circoncisions de ses trois aînés, le prince Mustafâ, qui avait douze ans, le fils de Gülbahar et l'héritier présumé du trône, puis les deux aînés de Roxelane, Mehmed et Selîm, âgés de sept et six ans. Bâyezîd n'avait que trois ans et était encore trop petit pour être circoncis, sans parler du pauvre Djihângîr, si drôle et si tendre, mais par malheur contrefait. C'était un tout petit enfant que l'on nommait déjà le Bossu, ce qui désolait Soliman. La seule fille de Soliman était une adorable poupée de quatre ans qui avait déjà la grâce, la coquetterie et le grand front bombé de sa mère. Elle se nommait Mihrimah et faisait ce qu'elle voulait de son père.

Soliman, qui était un père aimant et attentionné, avait hâte de se retrouver en famille, au sein de cet univers raffiné que Roxelane avait su créer pour lui et leurs enfants. Par bonheur, elle chérissait aussi Mustafâ, qui venait souvent chez elle et était très lié avec ses frères et sœur. L'on éviterait ainsi ces luttes fratricides qui n'avaient que trop souvent déchiré l'Empire. Roxelane, toujours si inventive, saurait offrir à ces fêtes l'éclat qu'il fallait pour éblouir le monde et faire à nouveau trembler la Chrétienté. Soliman lui donnait carte blanche pour tout organiser à sa guise et dépenser l'or qu'elle voudrait, le seul impératif étant que ce fût splendide.

En décembre, Soliman était de retour à Stanboul, où l'on commença par fêter cette campagne prétendue victorieuse. Cependant cela n'abusait personne. Tous attendaient les réjouissances promises pour les circoncisions. Il fallut sept mois à Roxelane pour tout préparer comme Soliman le souhaitait. Cette mission l'amusait et la comblait. Enfin, elle avait quelque chose à faire. Enfin, elle pouvait sortir du Vieux Sérail comme bon lui semblait pour tout ordonner.

La première fois qu'elle quitta le Vieux Sérail, accompagnée de la seule Nourisabah, comme n'importe quelle femme turque allant au marché, toutes deux enveloppées de simples voiles noirs pour ne pas se faire reconnaître, elle fut stupéfaite de ce grouillement de vie, de ces odeurs, de cette bousculade insensée du vieux Stanboul. Vue du caïque royal, la ville n'avait pas la même apparence. Même si elle était pressée, enveloppée par cette foule bruyante et affairée, même si on lui marchait sur les pieds, Roxelane se sentait heureuse comme elle ne l'avait pas été depuis longtemps. C'était sa ville, c'était à présent son peuple. Elle raconterait cette escapade à Soliman, elle le persuaderait de l'imiter et de se promener parfois incognito dans sa capitale. Relégués dans leurs palais d'or quand ils n'étaient pas en expédition guerrière, les sultans ottomans ne connaissaient plus ni leur ville ni leur peuple. Ils étaient trop loin des simples réalités, Roxelane en était sûre. Elle se tourna vers Nourisabah, qui semblait moins à l'aise qu'elle, et qui, pour tout dire, mourait de peur, loin du cocon douillet du harem.

– C'est prodigieux, ne trouves-tu pas ?

– C'est sale à faire peur. A chaque pas, nous sommes éclaboussées par les eaux usées que l'on jette n'importe où, par les ordures ménagères et les rebuts du marché que l'on abandonne en pleine rue. Et l'on s'étonne qu'il y ait la peste chaque été...

– La ville est nettoyée tous les soirs, Nourisabah, et c'est l'une des plus propres du monde. Pourtant, oui, l'on pourrait élargir ces ruelles. Ce serait plus facile à entretenir.

Cet enchevêtrement fantastique de maisons bâti sur sept collines et cerné de trois côtés par la mer faisait l'admiration du monde. Là se trouvaient concentrées des richesses inouïes, une abondance de palais, de jardins de féerie, de forteresses, de murailles, de bibliothèques, de mosquées ou de fondations religieuses, de hammams et d'écoles comme l'on n'en avait jamais vu. Là était tout le savoir du monde, depuis que la grande bibliothèque d'Alexandrie avait été par malheur réduite en cendres. Un peuple bigarré s'y côtoyait dans une cacophonie aimable et tous ces gens si pressés semblaient à Roxelane bien différents de ceux des corporations qui allaient à nouveau défiler pour les *sünnet*. Ce matin-là, ils n'étaient pas en représentation. Il y avait de simples paysans d'Anatolie poussant leurs moutons ou leurs chameaux, des Kurdes en *salvar*, des portefaix et des vendeurs d'eau ou de sorbets, des artisans arméniens et des marchands, des colporteurs partout ! Roxelane n'avait pas assez d'yeux pour tout voir et tout entendre. Elle s'arrêtait à chaque échoppe, demandait les prix pour le plaisir de discuter et de se sentir, le temps de l'escapade, une femme comme les autres. Elle achetait tout et n'importe quoi comme une enfant émerveillée. Son rire clair et communicatif qui avait tant séduit Soliman éclatait à tout propos. Déjà, Nourisabah ployait sous le poids des achats de pacotille, bien inutiles, mais qui emplissaient sa maîtresse d'une joie sauvage. Sous le soleil automnal, une saison souvent privilégiée ici, l'on aurait dit que le ciel s'arrondissait pour ressembler aux dômes des mosquées. Partout jaillissaient les fins minarets si durs aux jambes des pauvres *muezzîn*. Ils ressemblaient à des cierges de l'au-delà.

Le Grand Bazar, qui avait remplacé l'ancien Bedesten à ciel ouvert et qui était l'une des curiosités de Stanboul, attirait Roxelane comme un mirage. Soliman lui en avait tant parlé. Le sultan était si fier de sa parfaite organisation, des prix si bien étudiés, de la quasi-absence de voleurs. Roxelane doutait pourtant qu'il y fût lui-même allé, même s'il connaissait le détail des problèmes des différentes corporations. Aussi se sentait-elle un peu l'âme d'une pionnière en pénétrant par la belle porte jouxtant le caravansérail au sein même du *carshï*. Dans cet espace couvert de jolies voûtes, l'on marchait de ruelle en ruelle, allant de découverte en découverte, chacune étant réservée à une nouvelle corporation. De multiples torches étaient fichées dans les murs et l'on y voyait presque comme en plein jour. Cet espace clos et protégé, gorgé de marchandises, était véritablement prodigieux.

– On va se perdre, murmura Nourisabah que l'aventure épouvantait.

– Eh bien, perdons-nous ! s'écria Roxelane. Nous nous laisserons guider par nos yeux... Et nos narines, ajouta-t-elle en écarquillant son petit nez sensuel.

Tout à coup, une irrésistible odeur de menthe et de thym l'attirait comme un vertige. Puis c'étaient les confitures de roses et leur transparence gélatineuse qui lui faisaient pousser des cris d'envie. Il y avait aussi quantité de fromages proposés dans leurs peaux de chèvre sentant fort, de la *pastisma*, cette viande que l'on séchait dans les montagnes, et des herbes, toutes ces herbes. Et des montagnes odorantes et colorées de ces épices que les marchands allaient chercher au bout du monde, au Yémen, dans les Indes et en Chine, où régnait aussi un empereur. Un peu plus loin, c'était la rue des parfumeurs et les senteurs que Roxelane aimait tant se mêlaient si bien qu'elle avait du mal à les distinguer les unes des autres, rose, iris, mais aussi cardamome et benjoin, musc et ambre gris, cet or venu du fond des mers. Pourtant, si l'on vendait encore quelques denrées alimentaires au Grand Bazar de Stanboul, Soliman lui avait expliqué que c'était plutôt en face des chantiers navals et de Galata que les marchands génois ou vénitiens venaient offrir herbes médicinales et précieuses épices. Au Grand Bazar régnaient les artisans. Dans la ruelle des lainiers, ce n'était qu'un foisonnement d'énormes écheveaux proposés dans des paniers ou pendant du plafond en grappes de couleurs.

Ils sentaient encore le suif et exhibaient toutes les teintes de l'arc-en-ciel. Il y avait la ruelle des étoffes venues du monde entier, qu'on lui présentait au Vieux Sérail, mais qu'il était tellement plus amusant de soupeser, de dérouler, de draper, de marchander ici, comme n'importe quelle ménagère de la ville. Roxelane voulait tout voir, tout sentir, tout examiner, les vêtements, les peintures, les faïences, les verres d'Hébron parés d'arabesques d'or ou d'argent, les bijoux, les tapis qu'elle n'en finissait plus de palper, de caresser avec des gestes amoureux. Ils gardaient comme un parfum de désert et d'aventure. Jamais elle ne s'était tant amusée, ne sentant plus la fatigue, courant d'une échoppe à l'autre avec un enthousiasme délirant tandis que Nourisabah s'essoufflait à la suivre. Le plus souvent possible, elle reviendrait errer dans sa ville, ombre anonyme parmi les femmes voilées.

Dès le lendemain, portée par l'excitation de ses découvertes, elle convoqua Mimar Sinân, le meilleur architecte du royaume. Elle le reçut cachée derrière un paravent pour respecter les lois de l'islâm, mais elle s'amusa à l'étonner en lui parlant avec force détails de cette ville qu'elle ne faisait que découvrir. Pourtant, elle en avait senti battre le cœur. Il fut abasourdi par sa liberté de langage, l'étendue de ses connaissances et son goût très sûr. Il revint chaque jour et ils discutaient ensemble comme des amis. Roxelane se passionnait pour les plans et les dessins de ce visionnaire génial. Elle voulut tout savoir de sa vie.

– Je suis né en Cappadoce il y a trente-neuf ans, lui expliqua-t-il, puis j'ai été élevé à l'école des pages du palais où j'ai bénéficié des leçons des meilleurs maîtres. J'ai eu la chance d'être remarqué du grand architecte persan Acem Ali, l'architecte du sultan Selîm. Acem Ali m'a fait l'immense honneur de me choisir comme son disciple préféré. Il m'apprit à admirer la pureté et la majesté d'Aya Sofya, le chef-d'œuvre de l'art byzantin édifié au VIe siècle par les grands maîtres grecs Anthémius de Tralles et Isidore de Millet.

– Quel serait ton rêve le plus fou, ô Sinân ? Confie-le-moi. Peut-être pourrais-je t'aider à le réaliser.

– Je rêve d'édifier une mosquée à la gloire du Très-Haut. C'est présomptueux à mon âge de prétendre œuvrer pour l'éternité.

– Nous verrons. En attendant, contente-toi de tâches plus prosaïques. Après avoir suivi le *pâdichâh* en campagne, avoir reconstruit les ponts détruits, placé des mines dans une citadelle assiégée, après avoir participé à l'expédition de Rhodes, à la campagne de Belgrade, à la bataille de Mohács au cours de laquelle tu fus nommé « commandant des machines de guerre », tu sais mieux que quiconque l'enjeu de ces fêtes.

– C'est un honneur pour moi que de travailler sous tes ordres, ma sultane.

– Il faut, dit-elle, que le *pâdichâh* chevauche avec sa suite jusqu'à l'Hippodrome dans un faste jamais vu jusqu'alors. Les rues sont tortueuses et étroites, ce qui ne convient pas à la majesté du maître de l'Empire.

– La *kadïn* a mille fois raison. Abattons les maisons et traçons de belles artères bien droites où la suite du sultan et la cavalerie pourront donner toute leur mesure. L'on reconstruira ensuite de plus beaux édifices que l'on pourra pavoiser à loisir.

– Je voudrais aussi que tu inventes pour mon seigneur des jeux et spectacles nautiques tels qu'il s'en déroule dans la Sérénissime.

Sinân avait entendu parler de ces spectacles. Il promit de se renseigner plus en détail auprès du seigneur Aloisi Gritti, le fils naturel du doge Andrea Gritti et d'une belle Grecque. Aloisi, ami intime du grand vizir Ibrâhîm, avait été, grâce à sa protection, chargé par Soliman de diriger les douanes de Gallipolis et d'Ankara. Aussi bon administrateur qu'habile commerçant, il s'était vite enrichi. Il venait de se faire construire un superbe palais sur les hauteurs de Pera, où il recevait avec un faste digne d'un pacha de la Porte, vêtu à l'orientale, ayant sa cour, une garde de mille hommes, son harem et une écurie de six cents chevaux. Dernièrement, Soliman venait d'ajouter à cette fortune déjà conséquente les revenus de l'archevêché d'Agria, en Hongrie. Les jeux aquatiques demanderaient d'importants travaux et la réfection du principal aqueduc de la ville, car il fallait pouvoir faire venir l'eau des collines, mais qu'importait, les désirs de la sultane étaient des ordres pour Sinân.

– Je veux encore pour mon seigneur, Sinân, le plus beau des trônes, tout en or, placé sur une grande estrade, encadré de hautes colonnes en lapis-lazuli, surmonté d'un dais magnifique, avec de précieuses tapisseries claquant au vent.

– Et l'on pourrait déployer en toile de fond les tentes prises à l'ennemi afin de commémorer les victoires du sultan.

– Même les tentes autrichiennes ?

– Surtout les tentes autrichiennes, ce ne sont pas les

Habsbourg qui nous ont vaincus, mais la neige et les intempéries ! Il y a encore beaucoup à faire... Quand doivent commencer ces fêtes ?

– Les astrologues ont arrêté le 27 juin, jour favorable aux destinées du *pâdichâh* et de ses trois fils bien-aimés.

Roxelane avait surtout choisi ce jour, après avoir consulté devins, mages et magiciens, parce que la fin de juin serait néfaste au prince Mustafâ. Or chacun sait que le jour de sa circoncision est une date primordiale pour un adolescent musulman. Alors seulement il quitte l'univers des femmes pour entrer dans l'âge d'homme. Être circoncis un mauvais jour altère à jamais les chances d'une vie adulte heureuse. Roxelane n'avait rien contre Mustafâ, qui faisait déjà très homme, était grand, beau, svelte et élancé, qui lui rappelait singulièrement Soliman tel qu'elle l'avait connu dix ans plus tôt et tel qu'il l'avait tant émue. D'un caractère égal, travailleur et doué, Mustafâ avait tout pour plaire, mais Roxelane ne serait jamais pour lui qu'une belle-mère. Même s'il venait souvent la voir dans son pavillon, même s'il avait une prédilection marquée pour son pauvre demi-frère Djihângîr, contrefait et si intelligent, même s'il faisait rire aux éclats la petite Mihrimah, Roxelane devait se défendre de l'attirance qu'elle ressentait pour lui. Mustafâ restait pour son malheur le fils de Gülbahar, l'ancienne *kadïn* qu'elle était parvenue à supplanter au prix de tant d'efforts. Quand il serait adulte, Mustafâ ne pourrait que la haïr pour avoir brisé la vie de sa mère. Il la reléguerait dans le palais des Larmes et elle ne serait jamais *vâlide sultan*. Puis, oubliant sa tendresse pour ses quatre demi-frères, il les ferait l'un après l'autre assassiner par le fer ou par le terrible lacet des Muets. Pour ses fils, Roxelane ne devait pas se laisser aller à chérir Mustafâ. Si elle voulait vivre, il fallait l'éliminer. Jusque-là, ses charmes et ses amulettes n'avaient guère agi... Sans deviner les terribles pensées qui s'agitaient sous le joli crâne de la Joyeuse, Sinân, tout à son sujet, lui faisait passer des esquisses qu'il griffonnait avec un enthousiasme communicatif.

– Tout sera prêt, ma sultane.

– Va, Sinân, et surpasse-toi. Que ce jour soit aussi un peu notre victoire à tous deux.

Sinân et sa cohorte d'ouvriers n'avaient pas ménagé leur peine et tout fut prêt à la date prévue. La cavalcade du sultan, à la tête de ses janissaires et de ses *sipâhi*, était impressionnante. Tout ce luxe, toute cette pompe et tout cet or si généreusement dépensés enchantèrent les Turcs qui applaudirent leur sultan comme jamais. Et, puisque l'on avait dit que la dernière campagne était une belle victoire, l'on ne demandait qu'à le croire. Ces réjouissances allaient durer dix-huit jours. Dix-huit jours de joutes et de tournois, de luttes et de combats simulés, tant sur terre que sur les immenses bassins creusés par Sinân. Dix-huit jours de fanfares et de musique, de danses et de défilés, de banquets capables de rassasier toutes les faims et de distributions de nourriture à foison, viandes rôties, fruits, gâteaux et *cherbet* servis dans des verres remplis des neiges de l'Ouloudag, le mont Olympe. Dix-huit jours de courses de chevaux et de chameaux sur l'hippodrome, de feux d'artifice et d'interminables défilés des offrandes exposées par les émissaires et ambassadeurs venus du monde entier pour honorer le *pâdichâh*, premier souverain de l'univers et ombre d'Allah sur cette terre. Chacun était fier d'être turc ou, à défaut, de vivre dans la plus belle des villes et de respirer cette atmosphère de féerie.

La sixième nuit, les cinq cents mosquées de la ville furent brillamment illuminées et les feux d'artifice encore plus nourris que les précédents. L'on fit flamber les faux châteaux forts ennemis en carton que l'on avait élevés autour de l'Hippodrome. Tout Stanboul semblait s'illuminer des flammes d'un gigantesque incendie. C'était magnifique et personne n'avait sommeil. Abritée derrière les *moucharabieh* de la tribune des princesses, Roxelane recevait des compliments unanimes. L'on n'avait jamais assisté à pareille fête.

Le septième jour eut lieu le plus grand défilé que l'on eût vu. Les *agha* des janissaires et des *sipâhi* ouvraient le cortège en portant, en signe de paix, des palmes ornées de bougies allumées. Les suivaient six cents hommes, l'élite de leurs troupes, magnifiquement vêtus, soutenant des corbeilles ornées de fleurs, de fruits et de sucreries montés en pyramides audacieuses et représentant les animaux fantastiques d'un éden oublié. Il y eut encore d'autres tournois et d'autres combats, un sanglier qui fut follement acclamé pour avoir victorieusement tenu tête à trois lions, des acrobates juchés en haut de la grande colonne de bronze aux trois têtes de serpent fichée au milieu de l'Hippodrome et, spectacle particulièrement apprécié de Soliman, mais moins prisé du petit peuple qui n'y entendait rien, des concours d'éloquence disputés par les plus doctes des *ulema*.

Enfin, le dix-huitième jour, ce furent les trois princes, Mustafâ, Mehmed et Selîm, qui caracolèrent dans les rues de la ville – les belles rues bien droites retracées par Sinân. Tous trois, précédés par l'*imâm* Kemalpasazade et escortés par des centaines d'adolescents qui allaient être circoncis le même jour, resplendissaient dans leurs vêtements blanc et or et leurs turbans empanachés. Il sembla à Roxelane que le peuple applaudissait surtout Mustafâ. Qu'il était beau et triomphant, cet adolescent lumineux. Elle en fut éblouie...

Soliman n'avait pas été avare de compliments à son sujet. Même si elle était fière de sa réussite et se savait belle dans ses vêtements chamarrés d'or qui en faisaient un étonnant soleil, Roxelane ne se sentait ni heureuse ni apaisée à l'issue de la fête. Ce n'était pas tellement la popularité de Mustafâ qui la désolait que le dernier caprice de Soliman. Pour honorer davantage, s'il était possible, son grand vizir Ibrâhîm qui avait déjà été comblé d'honneurs, il décida que la cérémonie proprement dite de la circoncision des princes aurait lieu dans le palais de l'Hippodrome. Prenant Ibrâhîm à ses côtés pour marcher jusqu'au palais, il le plaça à sa gauche, la place de confiance, la place de l'épée. Contre cette amitié absolue que le sultan vouait à son ministre, contre cet amour profond et indestructible qui les unissait, Roxelane ne pouvait rien.

Aussi changea-t-elle de stratégie. Puisqu'elle était incapable de contrecarrer l'influence grandissante d'Ibrâhîm et ses pouvoirs toujours accrus, elle travaillerait à sa propre gloire. Alors que la femme turque était une femme libre, elle, Roxelane, la favorite du sultan, la quasi-maîtresse du sérail, restait de la « chair vendue » selon une tradition établie dans l'Empire ottoman. Pour cette raison, les sultans régnants étaient souvent surnommés en secret « fils d'esclaves » alors que la plupart des hauts dignitaires de l'Empire étaient nés de femmes libres. Toujours, ces épuisantes contradictions et ces traditions immuables pesaient sur l'organisation de la Porte... Depuis que Tamerlan avait triomphé en 1402 du sultan Bâyezîd et avait humilié son épouse légitime, une princesse serbe, en l'obligeant à le servir nue, les sultans n'épousaient plus leurs favorites afin de ne plus connaître pareil outrage. Esclaves elles étaient et esclaves elles restaient. Le cas de Hafsa Hatun, la mère de Soliman, demeurait une exception mais la *vâlide* était de sang royal...

Si Roxelane osait laisser entendre à Soliman qu'elle souhaitait le mariage, il éclaterait d'une de ces terribles colères que rien ne parvenait à endiguer. Peut-être même serait-ce la fin de cette extraordinaire faveur dont elle jouissait ? Il fallait procéder de façon plus subtile, en se servant de la ferveur religieuse de Soliman. A nouveau, Roxelane se plongea dans l'étude des livres et du Coran avec cette opiniâtreté et cette intelligence qui faisaient sa force. Enfin, elle trouva ce qu'elle cherchait et chargea Nourisabah de faire appeler l'*imâm* Kemalpasazade, historien et savant, le plus docte et le plus écouté des religieux de Stanboul. Pour respecter les lois de l'islâm et se montrer respectueuse des enseignements de Mahomet, elle le reçut cachée derrière son éternel paravent.

– Grand maître vénéré, je t'ai prié de venir pour t'exposer un problème qui me préoccupe. Je voudrais faire édifier une mosquée et un *medrese* qui seraient dédiés aux pauvres pèlerins partant pour la ville sainte de La Mecque. Ainsi, mon cœur, prisonnier en ces lieux, pourrait un peu les accompagner. Ainsi, j'aurais l'illusion de participer à leur pèlerinage en les aidant.

– C'est une louable entreprise que j'approuve sans réserve.

– Hélas, saint *h'âdjî*, tu sais aussi que je ne suis que de la « chair vendue ». En outre, le Coran stipule qu'un bienfait commis par un serviteur ne lui revient pas, mais appartient au maître.

– Tu es savante, sultane, et ce que tu dis est vrai.

– Mon maître est le *pâdichâh*, l'ombre d'Allah sur cette terre. Son âme n'est pas en danger, puisqu'il est aussi commandeur des croyants. Mais la mienne, ma pauvre âme d'esclave, qui intercédera pour son salut si mes actions charitables ne me sont pas comptées dans l'au-delà ?

Le problème était crucial, Roxelane le savait fort bien. C'était un de ces points épineux de théologie que pose l'islâm et pour lequel Soliman avait coutume de se passionner. Roxelane voulait entendre la réponse de l'*imâm* avant de poser la même question au sultan. Kemalpasazade ne put que lui dire :

– Si tu désires édifier cette mosquée et ce *medrese* et être certaine que le mérite t'en reviendra, je ne vois qu'une solution, sultane : te faire affranchir par ton maître.

– Hélas, c'était ce que je craignais. Merci pour ta peine, saint homme, et voici pour faire le bien autour de toi.

Roxelane lui jeta une bourse d'or que l'*imâm* ne refusa pas. Il avait beau être saint et savant, il ne détestait pas l'argent.

Forte des paroles de Kemalpasazade, Roxelane arbora désormais un air sombre chaque fois qu'elle voyait Soliman, essuyant ses larmes à la dérobée en prenant garde qu'il les eût bien remarquées. Or Soliman avait éperdument besoin des sourires et des éclats de rire de sa Joyeuse. Aussi lui demanda-t-il un soir avec une tendresse inquiète :

– Qu'est-ce qui t'afflige ainsi, Hürrem qui n'es plus si Joyeuse ? Parle sans crainte, tu sais combien ton bonheur m'importe.

D'une voix entrecoupée par les pleurs et les soupirs, Roxelane lui conta alors son projet et les réserves qu'avait exprimées l'*imâm* quant au salut de son âme.

– Que m'importe le bonheur présent si je ne peux assurer mon repos éternel, lumière de mes yeux. Ainsi, la mort nous séparera, puisque je ne pourrai te suivre dans le royaume de la félicité.

L'argument semblait de poids. Soliman voulut consulter à son tour Kemalpasazade, qui répéta fidèlement ce qu'il avait déjà expliqué à la sultane. Soliman, toujours si religieux, fut bouleversé par cet élan de foi de Roxelane. Il lui parut inconcevable de la priver plus longtemps de la possibilité de racheter ses péchés par un acte de piété. Aussi signa-t-il dès le lendemain de son entrevue avec le savant l'acte d'affranchissement de son amour. Roxelane, si elle n'était pas encore son épouse, était du moins une femme libre, ce qui, dans les faits, ne changeait rien à son existence. Son plan avait été longuement mûri et l'affranchissement n'en était que la première étape. Il lui restait un chantage plus difficile à tenter, chantage qui risquait de provoquer le courroux de Soliman. A nouveau, elle fit venir l'*imâm*.

– J'ai suivi tes sages conseils, *h'âdjî*. Mon maître m'a affranchie, qu'Allah l'ait toujours en sa sainte garde, et la construction de la mosquée et du *medrese* est à présent chose acquise. Vois, Sinân en a déjà dressé les plans.

Elle lui tendit un rouleau sur lequel se pencha le religieux.

– Tous les mérites de cette belle action te reviendront, sultane. Es-tu satisfaite ?

– Hélas, non, saint homme. J'ai pour mon malheur lu un autre passage du Coran où il est clairement expliqué qu'une femme libre ne peut sans péché se donner à un homme. Quel que soit mon amour pour le *pâdichâh*, je dois donc me refuser à lui.

L'*imâm* fit entendre un petit rire admiratif. Cette femme était décidément d'une intelligence diabolique, mais, à jouer ainsi avec les sentiments du sultan, elle risquait gros. Elle pouvait le lasser ou provoquer sa colère s'il comprenait qu'elle l'avait abusé. Dans ce cas, elle avait tout à craindre du lacet des Muets, à moins qu'elle ne finît son existence noyée, jetée vivante dans un sac cousu que l'on confierait au courant du Bosphore.

– Et tu veux, sultane, que j'aille encore une fois expliquer les subtilités de la loi coranique au *pâdichâh*.

– Exactement, *h'âdjî*, et voici pour ta peine.

La seconde bourse pesait le double de la précédente. Aussi Kemalpasazade promit-il de se charger de cette nouvelle mission. Il s'en alla trouver le sultan en se demandant avec appréhension comment Soliman prendrait sa démarche. Son autorité était si bien assise, il était si aimé à Stanboul que le *pâdichâh* n'osa s'emporter contre lui, même s'il n'était plus si sûr de la sincérité de ses conseils et encore moins de celle de Roxelane.

5

Pendant trois jours, Soliman demeura prostré dans son palais sans vouloir parler à personne. Il n'avait donné aucune réponse à Kemalpasazade. Il ne parla de son dilemme ni à Ibrâhîm ni à sa mère, encore moins au *kïzlar aghasï*, qui aimait tant Roxelane. Il n'alla pas une seule fois au Vieux Sérail.

Seule en ses appartements, Roxelane se désolait. A tout vouloir, elle avait sans doute tout perdu. Ne valait-il pas mieux trouver Soliman quand il en était encore temps, le supplier de lui pardonner et regagner ses faveurs ? Elle avait encore du pouvoir sur lui. Pourtant, elle se raidit dans sa résolution. Elle ne supportait pas l'idée qu'Ibrâhîm ou la *vâlide sultan* pussent connaître son échec et s'en moquer. Surtout, il lui semblait périlleux de s'avouer déjà vaincue. Elle avait joué une carte dangereuse, certes, mais elle irait jusqu'au bout de cette tentative désespérée pour se faire épouser. Elle n'en pouvait plus d'être esclave, même dans une belle cage dorée.

Au matin du troisième jour, Soliman avait enfin pris une décision, même s'il savait qu'il cédait à un chantage. Il fit appeler Kemalpasazade et lui jeta sèchement, comme si l'ordre avait émané de sa seule volonté :

– Que m'importent les règles dynastiques des Osmanlis, mes devoirs de souverain ou les murmures des janissaires, j'ai décidé d'épouser Hürrem Sultan. Je te laisse le soin de préparer le contrat de mariage.

Kemalpasazade s'inclina très bas sans mot dire et son prudent silence lui valut une autre jolie bourse. Décidément, ce mariage impérial était pour lui une aubaine ! Soliman vint en personne annoncer sa résolution à Roxelane :

– J'ai fait établir un contrat de mariage en bonne et due forme, ma Joyeuse, afin de ne plus jamais voir de larmes dans ces jolis yeux. La cérémonie aura lieu dans la salle de fête de l'Eski Sérail. Tout le harem y sera convié. Je n'aurais pas supporté de te perdre, mais toi, tu en as pris le risque...

Il y avait dans la voix de Soliman une tristesse que perçut Roxelane en cette heure où elle triomphait. Elle s'inclina et se serra contre lui avec emportement.

– Je saurai mieux t'aimer libre qu'esclave.

Elle avait cependant compris que la cérémonie resterait presque secrète. Il n'y aurait pas de défilés à l'Hippodrome, de banquets, de jongleurs et de musiciens, mais Soliman avait raison, c'était mieux ainsi. Pour elle, il transgressait l'une des lois les mieux établies de l'Empire. Dans le harem, au palais du Prince, à la cour, dans les gouvernements de chaque province de l'Empire, dans les ambassades et les cours étrangères, l'incroyable nouvelle se saurait bientôt : Soliman épousait Roxelane, l'ancienne esclave russe, bafouant ainsi une coutume séculaire. Ibrâhîm s'étoufferait de colère, la *vâlide* aurait un regard désapprobateur et garderait un silence hautain, les sœurs de Soliman seraient stupéfaites, les janissaires furieux. Pour elle, Soliman les bravait tous publiquement. Cette fois, elle avait vraiment gagné une partie qu'elle avait souvent crue impossible à remporter !

La cérémonie eut donc lieu à l'Eski Sérail et Roxelane, triomphante, embellie par sa superbe victoire, était cette fois la vraie maîtresse du harem. La *vâlide sultan* et les princesses impériales, ses nouvelles belles-sœurs, rivalisaient d'amabilité envers elle. Les gouvernantes et les *usta* venaient lui faire leur cour. Comme l'on savait que Soliman s'était montré plus que généreux dans le contrat de mariage, la dotant d'un revenu annuel de cinq mille ducats d'or, une somme considérable, tous cherchaient à entrer dans ses faveurs. Les présents de noces affluaient des quatre coins de l'Empire et, bientôt, Roxelane ne sut plus qu'en faire. Enfin, elle avait atteint son but le plus cher. Enfin, elle était l'épouse de Soliman... Elle pouvait désormais savourer cette paix si durement acquise et aimer davantage celui qui n'était plus son maître, mais son époux. Elle s'apaisait, devenait plus douce et moins inquiète, presque heureuse...

Deux ans plus tard, le 25 avril 1532, l'on sonnait une nouvelle fois l'appel aux armes. Ferdinand de Habsbourg, toujours lui, avait recommencé à lancer ses troupes contre Buda dans l'espoir de surprendre Soliman et de reprendre la ville. C'était toujours la même vieille querelle. A nouveau, Soliman, à la tête de son armée, partit combattre. A nouveau, il s'arrachait à sa famille et à Roxelane qui le regarda s'en aller avec appréhension. Elle savait combien la virile atmosphère des armées rapprochait Ibrâhîm et Soliman. Tous deux aimaient la guerre pour la guerre et les faits d'armes pour le plaisir de s'éblouir mutuellement et de s'y montrer follement braves. L'excitation de sentir la mort si proche les grisait et ils en jouissaient ensemble avec un désir impatient. Roxelane devinait cette connivence entre eux, et cette ivresse guerrière qu'elle ne pouvait empêcher. La guerre n'avait pas pris Mustafâ, mais peut-être la mort voudrait-elle d'Ibrâhîm ? Elle fit jeter des sorts pour diriger glaives et flèches vers le cœur du grand vizir. Ses émissaires l'informèrent de la progression des armées presque jour par jour. Elle apprit que la seule rumeur des préparatifs de guerre de Soliman avait suffi à faire lever le siège de Buda, mais que son époux avait décidé de donner une magistrale leçon à Ferdinand. Sur la route de Buda, dix-sept places fortes tombèrent les unes après les autres sous les coups des terribles canons turcs. Il n'en restait plus qu'une, l'insignifiante petite forteresse de Güns, dont la prise fut confiée à Ibrâhîm. Le grand vizir comptait n'en faire qu'une bouchée. Ce fut presque avec dédain et nonchalance qu'il lança ses troupes à l'assaut de la ville. Contre toute attente, les vagues successives de combattants furent repoussées. Quand Soliman parvint devant Güns, elle résistait toujours.

– Tout autre qu'Ibrâhîm y aurait laissé sa tête, sultane, dit son espion en sachant que ce qui pouvait ternir la réputation du grand vizir réjouissait sa maîtresse et lui vaudrait une bourse bien garnie. Très dépité, le grand vizir fit alors appeler Sinân et lui ordonna avec fureur d'inventer quelque chose pour venir à bout de cette forteresse. Or Güns était commandée par un valeureux guerrier croate du nom de Nicolas Jurechitz, dont les janissaires avaient éprouvé le courage à leur détriment. Sinân imagina de dresser de grosses tours construites de terre et de fagots, qu'on édifia plus haut que les bastions de Güns. On les fit rouler jusqu'aux remparts. De ces tours, nos troupes fondirent sur la ville et les janissaires reprirent courage. Onze fois, ils tentèrent d'investir la cité qui osait leur résister. Onze fois, ils furent repoussés. Les derviches parcouraient les flancs des troupes pour ranimer les ardeurs, les assurant que, s'ils mouraient au combat, ils entreraient au paradis d'Allah. Ils boiraient à la source sacrée, plus douce que le vin le plus voluptueux et qui désaltère à jamais. Ils seraient accueillis par les chants des anges et invités à pénétrer dans les kiosques d'or pur où ruissellent les plus belles perles d'Orient que l'on puisse voir. Des *hourî* délicieuses, aux corps de musc pur, les prendraient entre leurs bras pour leur apprendre les plaisirs dus aux guerriers valeureux.

– Abrège, je connais les paroles des derviches. Viens-en plutôt aux faits, dit Roxelane qui s'impatientait.

– Les derviches eurent beau s'égosiller, les hommes de Jurechitz combattaient vaillamment et les janissaires n'en pouvaient plus. Quand, au douzième assaut, Ibrâhîm reçut une flèche en pleine poitrine et qu'il s'abattit sanglant, les janissaires reculèrent sous le prétexte de secourir leur général. Rien ne put les déterminer à lancer une treizième attaque. A la nouvelle de la blessure de son ami, Soliman accourut sous la tente où l'on avait porté Ibrâhîm. Un chirurgien avait déjà retiré la flèche et sondait la blessure.

– Est-il mort ? demanda-t-elle, soudain très pâle, espérant que ses charmes avaient enfin agi.

– Le chirurgien assura le *pâdichâh* que son grand vizir ne mourrait pas, mais Ibrâhîm était si dépité de son échec qu'il supplia votre époux de l'abandonner à la mort.

– On ne doit pas contrecarrer un tel vœu, dit Roxelane avec sécheresse.

– J'étais dans la tente à ce moment-là, ô ma sultane, et je vis le *pâdichâh* agenouillé près d'Ibrâhîm, le soutenant de son bras en l'aidant à boire. Ce fut alors que le grand vizir eut une idée capable de ménager à la fois l'honneur du sultan et le sien. Il savait que Jurechitz n'avait plus qu'une centaine d'hommes vaillants et guère de poudre. Il proposa au *pâdichâh* de lui laisser la ville si, pour rassurer l'armée, il leur permettait d'occuper un bastion.

– Quelle honte...

– La ruse n'est guère dans la nature du sultan, mais il ne pouvait renouveler l'échec de Vienne, surtout pour une forteresse aussi dérisoire que Güns. On procéda comme l'avait suggéré Ibrâhîm. Nicolas Jurechitz, trop content de s'en tirer à si bon compte, dégarnit l'un de ses bastions et permit aux janissaires d'y planter leurs étendards, tandis que les fanfares saluaient cette victoire. Pour se dédommager de ce malheureux siège qui avait duré vingt-huit jours, Soliman laissa les *akïndjï*, les terribles Écorcheurs de Michel Oghlou, ravager la campagne autrichienne. Ferdinand, pourtant, était cette fois sur ses gardes. Surgissant avec ses chevaliers hongrois et autrichiens, il surprit les *akïndjï* au fond d'une passe et les encercla. Ils furent impitoyablement massacrés. Michel Oghlou tué, son casque à aile de vautour si redouté des Autrichiens gisant dans la boue sanglante du champ de bataille, son lieutenant Osman tenta de fuir avec la dernière colonne de survivants. Épuisés, traqués, ils furent bientôt acculés au bord d'un précipice où ils préférèrent sauter. Ce jour-là, dans les plaines d'Autriche, mille huit cents *akïndjï* trouvèrent la mort. C'était la fin de ces Faucheurs qui avaient fait trembler l'Europe.

– Cette catastrophe est donc indirectement l'œuvre d'Ibrâhîm, murmura Roxelane, accablée. Je saurai le rappeler à mon époux. Va, tu m'as bien servie.

Lui jetant une bourse, elle signifiait ainsi que l'entretien était terminé.

Après cette campagne au goût d'amertume, Soliman retrouva avec joie Stanboul, ses enfants et Hürrem, sa Joyeuse. Pour faire plaisir à Roxelane, toujours si généreuse envers Mustafâ et si soucieuse de son avenir, il décida de nommer son fils aîné, comme son père l'avait fait pour lui, gouverneur d'une province.

– C'est en gouvernant qu'un prince apprend son devoir, ne cessait-elle de répéter à Soliman. Sa mère l'accompagnera. Ainsi, il se sentira moins seul. Même si mon cœur saigne à l'idée de me séparer de celui que je considère comme un fils et chéris comme tel, pour son bien il faut qu'il apprenne à commander.

Le cœur de Roxelane saignait en effet et il fallait de toute urgence faire partir Mustafâ. Le voir lui était insupportable et ne plus le voir tout autant. Il était aussi beau que le Soliman triomphant qu'elle avait connu autrefois. Il l'émouvait plus qu'un fils, même si elle avait longtemps refusé d'admettre le sentiment trouble qu'elle éprouvait toujours en sa présence. Soliman, décidément aveugle, laissait son aîné entrer librement dans les appartements de sa belle-mère sous prétexte de renforcer ses liens avec ses demi-frères et sa demi-sœur Mihrimah. Mustafâ, aussi aveugle que son père, ne comprenait rien à ce mélange de tendresse et d'exaspération que Roxelane avait pour lui. Quand elle l'apercevait, elle se trouvait laide et vieille, et se croyait méprisée. Sans cesse elle tremblait que son misérable secret ne fût découvert. Elle refusait de s'abandonner mais rêvait de le faire. Un sourire de Mustafâ la faisait frémir, un baiser sur sa main la mettait en transe. Pendant des heures, elle aurait pu le regarder marcher, élégant et souple, et jeune, tellement jeune. Dire qu'il lui fallait de toutes ses forces étouffer cet amour, s'efforcer de haïr Mustafâ et le perdre dans l'esprit de son père alors qu'elle aurait seulement voulu l'adorer et le supplier de lui permettre de l'aimer... Souvent, Roxelane n'avait plus le courage de sa haine – car elle haïssait aussi Mustafâ pour tant de sereine beauté, tant d'innocence hors d'atteinte. Elle ne voyait que la mort pour la libérer d'un tel poids d'amour. Il fallait que l'un d'eux disparût, Mustafâ ou elle, mais s'il mourait, que serait sa vie ? Une longue succession de jours sans joie et sans soleil, sans espoir. Son existence était devenue un enfer. Sans Mustafâ, plus rien ne valait la peine. Quand il était là, tellement gai et séduisant, elle avait peur de se trahir et ne respirait librement qu'après son départ.

Roxelane assista à la séance du haut du balcon grillagé que Soliman avait fait installer au-dessus de la salle du *Diwân* pour elle et parfois pour lui. De là, elle pouvait tout voir en secret.

La nomination eut lieu lors du *Diwân* du 4 mars 1533. Mustafâ venait d'avoir seize ans et rayonnait comme un jeune dieu. Tous l'adoraient, la cour et le sérail, les hauts dignitaires de l'Empire et les chefs de l'armée. Tous voyaient en lui le digne successeur de Soliman, car c'était un prince aimable et instruit, brave et savant. A ses vizirs assemblés sous la haute coupole en verre du *Diwân*, Soliman annonça solennellement la nomination de Mustafâ comme gouverneur du Saroukhan. Puis le nouveau gouverneur arriva, précédé par le Grand Maître des Cérémonies, encadré par les vizirs. Mustafâ marchait lentement, très digne dans son étincelante *kapanidja*, sa robe de cérémonie tissée d'argent et bordée de zibeline noire. Un turban de mousseline blanche dénué du moindre ornement le coiffait et le faisait paraître plus grand encore.

– Quel bel aspect a le prince, dit l'ambassadeur de Venise à son compatriote Aloisi. Il est plein de grâce, sa peau est blanche, son cou aussi long et fin que celui de son père. C'est un fort beau jeune homme, d'un abord très agréable [1].

– Le prince est jeune et follement populaire, répondit le fils du Doge. Les janissaires l'adorent.

Soliman entendit cette remarque et une ombre passa sur son grand front. Cette phrase ne lui rappelait que trop les éternels soupçons de son père. C'était vrai qu'il fallait compter avec la possible ambition d'un jeune prince qui s'initierait bientôt au pouvoir. Aussi sa main tremblait-elle lorsqu'il attacha au turban de son fils l'aigrette de plumes blanches qui le désignait comme le prince héritier. Il dit d'une voix plus sèche qu'il ne l'aurait voulu :

– Je te nomme, Mustafâ-Khân, mon fils bien-aimé, *sandjakbey* de Saroukhan.

Déjà, le ministre de la Chambre Intérieure, le *re'îs-effendi*, remettait au prince le tambour et le drapeau, emblèmes de son nouveau pouvoir. Mustafâ s'inclina profondément devant son père et quitta la salle du *Diwân* à reculons. Devant la deuxième porte de Saray Bournou l'attendaient son cheval, son escorte de trois mille janissaires, la litière et la suite de sa mère, ainsi que le grand vizir, son ami le plus cher. Ibrâhîm avait toujours été son protecteur et avait jadis empêché Soliman de chasser Gülbahar du sérail.

– Je crains d'avoir déplu à mon père, murmura Mustafâ, malheureux, en sautant en selle pendant qu'Ibrâhîm lui tenait l'étrier.

– Il est triste de te voir partir, voilà tout.

---

1. Rapport du 4 mars 1533 fait par l'ambassadeur au doge de Venise.

Ibrâhîm avait, comme tout le monde, remarqué la soudaine froideur du sultan, mais il ne voulait pas inquiéter Mustafâ et se faisait fort d'arranger les choses avec Soliman. Il n'est jamais facile pour un père de voir son fils devenir tout à coup l'homme qu'il a été.

Quand tous eurent quitté le *Diwân*, Roxelane se laissa aller à sangloter éperdument. Elle pleurait sans savoir pourquoi. C'était elle qui avait voulu cette nomination et voilà qu'elle se désolait de la froideur de Soliman envers son fils, froideur qui aurait pourtant dû la combler. Ainsi, il s'en allait, ce beau-fils qu'elle avait toujours redouté et qu'à présent elle aimait ! Elle tenta de se convaincre que, Mustafâ parti, elle redeviendrait enfin elle-même, la Joyeuse, la maîtresse du Vieux Sérail et l'épouse de Soliman. Avec ce double départ, Roxelane se débarrassait aussi d'une rivale malheureuse dont la présence au sérail continuait de la déranger et d'un prince auquel elle se défendait de vouloir du bien. Mustafâ loin de son père, elle pourrait favoriser ses propres fils. La *vâlide* avait beaucoup vieilli et Roxelane régentait à présent le harem. Ses sortilèges avaient failli avoir raison d'Ibrâhîm. L'on aurait pu croire que tout lui souriait, mais ce n'était pas le cas. La santé de son aîné, Mehmed, toujours chétif et pâle, qui toussait douloureusement chaque hiver, la préoccupait. Roxelane, sans être une mère très affectueuse ou très patiente, aimait ses enfants à sa manière. Elle se souciait de leur santé et surveillait leur éducation. N'étaient-ils pas son plus sûr atout auprès de Soliman ? Elle avait le plus urgent besoin d'eux pour l'aider à traverser une crise terrible. Il y avait

Mustafâ et cet amour impossible qui n'aurait jamais dû exister. Il y avait aussi une autre rivale...

La *vâlide sultan*, même si elle était diminuée et ne quittait plus guère sa chambre, lui avait joué un vilain tour. N'avait-elle pas présenté à Soliman une trop jolie esclave, adorable petit djinn souple et gracile, presque une enfant, avec une chevelure comme les blés de son Ukraine natale, des yeux d'un étonnant bleu coupant ? Roxelane, jalouse et terrifiée à l'idée de perdre son ascendant sur Soliman, haïssait jusqu'au délire ses boucles rousses et ses yeux d'ambre, sa taille alourdie depuis ses cinq maternités. Avec une mélancolie grandissante, elle regrettait ses seize ans – elle en avait à présent vingt-neuf, et Soliman dix de plus. Or cette rivale détestée, cette petite Gülfem, Bouche de Rose, n'avait pas quinze ans... Plusieurs fois, Roxelane avait craint de perdre l'amour de Soliman. Toujours, elle se hâtait d'éloigner du harem de trop jolies filles avec qui il avait déjà passé plusieurs nuits. Et, pour ne pas perdre le rire de sa Joyeuse, Soliman cédait. Cette fois, elle comprenait, avec son intuition de femme, qu'il était épris et qu'elle ne pourrait rien contre cette passion dévastatrice qui s'était emparée de lui.

Les campagnes avaient prématurément usé Soliman. Grand, plus sec, plus décharné que jamais, vieilli enfin, il s'était laissé séduire par la grâce et le parfum d'enfance de cette petite. Roxelane, plutôt que de le contrer de front en risquant de le détacher d'elle, décida ce jour-là d'essayer une autre arme : la satiété. Puisque le sultan s'était entiché de cette enfant, autant tout lui offrir tout de suite jusqu'à ce qu'il fût las de son nouveau jouet, car elle n'était qu'un jouet délicat et délicieux, cette petite fille ignorante, émerveillée de l'honneur qu'on lui faisait, incapable de réfléchir et de prévoir l'avenir, incapable surtout de deviner les signes avant-coureurs d'une lassitude qui surviendrait fatalement. Il suffisait à Roxelane de se montrer patiente, même si elle souffrait dans sa vanité de femme, même si elle ne pouvait supporter les mines faussement contrites – en réalité ravies – des autres femmes du harem. C'était une torture et une humiliation de chaque instant que de voir Gülfem sourire et Soliman s'émerveiller au moindre de ses gestes. Les hommes sont si prévisibles...

Jouant à la perfection son nouveau rôle de complice, Roxelane, magnanime et superbe, comblait Gülfem de cadeaux et de caresses, l'invitait à toutes ses fêtes, la conviait chez elle chaque fois que Soliman devait venir, même et surtout s'il désirait être seul avec elle ou jouer avec ses enfants. Plusieurs fois, elle crut voir une lueur d'impatience dans les yeux si sombres de Soliman quand Gülfem, qu'elle avait envoyé chercher, paraissait sur le seuil de sa porte. Soliman, qui se sentait coupable envers Roxelane de lui préférer cette jeune chair, commençait à trouver Gülfem envahissante, croyant qu'elle s'imposait d'elle-même alors qu'elle ne faisait qu'obéir aux ordres de la redoutée sultane. Il n'était qu'un guerrier ignorant des ruses et des feintes féminines. Il ne pouvait comprendre le caractère souple et tortueux de Roxelane, son infinie patience pour atteindre le but qu'elle s'était fixé : conquérir le pouvoir absolu en régnant sans partage sur son cœur. Ce qu'il prenait pour de la grandeur d'âme n'était que savant calcul et ambition démesurée, pauvres substituts faisant du moins oublier quelque temps à Roxelane son amour maudit pour Mustafâ. Puis la passion revenait, douloureuse comme la mort, et avec elle de nouvelles et infinies tortures.

Les caresses de Gülfem et les intrigues du harem n'empêchaient pas Soliman de se préparer à ce qu'il considérait comme un devoir religieux : réprimer le schisme shiite en Perse – et accessoirement conquérir Bagdad et ses richesses de légende ! Aussi reçut-il avec une patience inhabituelle le nouvel ambassadeur envoyé par Ferdinand, Jérôme de Zara. Guère plus diplomate que ses prédécesseurs, Zara réclama pour la énième fois que l'on rendît la Hongrie à son maître, prélude obligatoire, lui semblait-il, à la signature de tout traité de paix. Soliman, excédé, chargea Ibrâhîm de répondre à sa place. Roxelane, tapie dans l'ombre de son balcon, ne perdait pas un mot de l'entretien. Elle remarqua tout de suite le diamant de la taille d'un œuf de caille et le rubis encore plus gros ornant son turban, ainsi qu'une merveilleuse perle en forme de poire piquée sur sa poitrine. Ibrâhîm avait toujours adoré les beaux joyaux... Aussitôt que Jérôme de Zara parut et se fut incliné devant lui, le grand vizir se lança dans un discours aussi brillant que peu aimable.

– Comment ton maître ose-t-il s'intituler roi de Jérusalem ? demanda-t-il à Zara, terrifié par cette explosion de colère. Ne sait-il pas que le Grand Seigneur est le seul maître de Jérusalem ? Prétend-il arracher à mon maître ses États ou lui manquer de respect ?

Passant de la colère à un autre registre, il continua avec une ironie cinglante :

– Ton maître a parlé de nous faire la guerre et il a

voulu obliger les luthériens à se convertir. En vain. Tout est resté lettre morte. Il n'est point digne d'un empereur d'entreprendre et de ne point accomplir, de dire et de ne rien faire.

Le pauvre Zara eut beau assurer le grand vizir de ses intentions pacifiques, il fut impuissant à endiguer le flot des paroles d'Ibrâhîm. Se laissant emporter par son éloquence, le grand vizir eut même quelques phrases malheureuses qui dépassèrent probablement sa pensée, mais que Roxelane enregistra. Le soir même, elle les rapportait à Soliman.

– Je n'ignore pas combien tu aimes Ibrâhîm, lui dit-elle, et tu sais combien ce que tu chéris m'est sacré – quelques larmes pudiques évoquèrent Gülfem sans qu'il fût besoin d'en parler. Pourtant Ibrâhîm, dans sa fièvre de bien te servir, évidemment, semble parfois se prendre pour le sultan et ses mots sont alors pleins d'orgueil. Peut-être devrais-tu lui rappeler qui est le seul maître ici ?

– Qu'a-t-il donc dit de si terrible ?

– Il a affirmé à Jérôme de Zara : « D'un palefrenier, je puis faire un sultan. Je puis donner des domaines à qui je veux sans que mon maître fasse là-dessus la moindre observation. Et s'il ordonne quelque chose qui ne me convient pas, rien n'est exécuté. C'est ma seule volonté qui s'accomplit. » De même que je l'étais autrefois, Ibrâhîm n'est que de la « chair vendue ». Oserait-il vraiment se mesurer à toi ou, pire encore, s'opposer à toi ? Ce sont là des paroles dangereuses qui pourraient miner ton pouvoir, mon *pâdichâh*.

– Jamais Ibrâhîm ne m'a manqué. Il a toujours été soucieux de ma puissance et de ma gloire, et j'ai pleine confiance en lui. Que pourrait-il vouloir encore ? Ne lui ai-je pas tout donné ?

Un soupir seul lui répondit. Cette fois encore, Soliman ne voulait entendre dire aucun mal de son grand vizir. C'était à désespérer.

Ibrâhîm savait aussi bien que Roxelane jouer des sentiments si religieux de son ami pour parvenir à ses fins. Les deux dernières campagnes lui avaient laissé l'amer goût de la défaite, même si, pour l'opinion turque, les Ottomans étaient comme toujours vainqueurs. Lui savait que c'était faux et il avait hâte de se racheter à ses yeux et à ceux de Soliman. Durant une chasse au faucon, Ibrâhîm marchait à côté du sultan dans les collines entourant la capitale. Ils avaient abandonné leurs chevaux pour les laisser paître librement. Ibrâhîm lança le rapace dans les airs et le regarda s'élever rapidement, droit et pur comme la flèche apportant la mort. En voyant bientôt tomber à ses pieds un ramier tout sanglant, il dit d'une voix pensive :

– Je voudrais que ce fût la dépouille de Seref-Khân, le bey de Bitlis. Il était ton vassal et il a juré allégeance au *Châh* de Perse.

– Je sais que tu veux la guerre, Ibrâhîm, mais le prétexte est trop faible. Trouve autre chose.

Ibrâhîm se mit à rire et le rire découvrit ses dents si écartées qu'elles lui donnaient encore l'air d'un enfant. Ses incisives pointues semblaient un peu cruelles. Il aimait Soliman, qui le devinait et le comprenait tellement bien. Mais il avait une autre nouvelle plus importante à lui communiquer. Il reçut le faucon sur son poing ganté, plaça, pour le remercier, entre ses lèvres un morceau de viande crue que l'oiseau vint becqueter sur sa bouche. Ibrâhîm le caressa en ébouriffant les plumes si douces et lui remit son capuchon, qui l'aveuglait et le privait de sa brève royauté.

– On m'a appris que ce gouverneur safavide qui t'avait envoyé les clefs de Bagdad vient d'être assassiné. *Châh* Tahmasp occupe à nouveau la cité qui devrait donc être tienne, puisque tu en possèdes les clefs.

Ibrâhîm rit à nouveau en contemplant son ami de son œil malin, puis il lui demanda avec une inflexion bien trop tendre :

– Alors, cette fois, est-ce que je l'ai, ma guerre ?

– Tu l'as. Tu partiras en qualité de *serasker*, fais tes préparatifs, Ibrâhîm.

Le grand vizir baisa la main de son sultan, puis ses lèvres. Le baiser devint plus violent et tumultueux.

Soliman avait espéré que les beaux jours apporteraient quelque répit à la maladie de sa mère. Les médecins ne comprenaient rien à son mal et ne parvenaient pas à le traiter. La chaleur déjà accablante suffoquait la *vâlide sultan*, qui s'affaiblissait de plus en plus. Le 4 ramadan, quelques semaines après le départ de Gülbahar et Mustafâ, elle n'était plus. Combien elle lui manquerait, cette belle et aimante Hafsa Hatun qui avait su le protéger de son père et à laquelle il devait la vie et son trône ! Il l'ensevelit avec douleur auprès de celui qui l'avait lui aussi aimée à sa manière, son père, Selîm l'Inflexible.

Après la disparition de la *vâlide*, Roxelane, déjà sultane *khâsseki*, devint en outre la seule maîtresse du harem. Même si elle n'avait pas le titre de *vâlide*, elle gouvernait désormais le sérail à sa guise. Outre les revenus de la pantoufle dont elle jouissait, elle disposait pour son usage personnel de cinq cents bourses d'or par an, autant dire qu'elle pouvait acheter les consciences qu'elle voulait. Elle, qui avait la passion de tout savoir et désirait être informée de tout, put alors parfaire son extraordinaire réseau d'espions. Même à l'étranger, l'on n'ignorait pas qu'une esclave russe avait pris un grand ascendant sur Soliman et que, en ce qui concernait la politique ottomane, il fallait compter avec elle. Aussi les ambassadeurs étrangers ne manquaient-ils pas de lui adresser de somptueux cadeaux et de lui demander conseil. Peu à peu, son rêve de puissance devenait réalité.

Pourtant, jamais elle ne s'était sentie si nerveuse et si inquiète. Cette passion pour Mustafâ qu'elle ne pouvait plus nier l'occupait des heures entières. Même si elle avait pensé avec naïveté que son absence la délivrerait du poids d'un amour trop lourd pour elle, car dangereux et interdit, même si elle avait tout fait pour hâter ce départ, elle devait reconnaître que l'absence l'exacerbait. Elle ne cessait de tressaillir au bruit soudain d'un pas qui lui rappelait celui du prince, à une odeur ambrée qui était la sienne, à un rire qui lui ressemblait, s'imaginant qu'il était revenu sous le prétexte de voir son père, en réalité parce que lui non plus ne pouvait se passer d'elle. Puis elle maudissait cette pensée funeste, ne sachant que trop que le prince héritier du plus puissant empire du monde, le nouveau gouverneur de Saroukhan, avait à présent un nombreux harem composé avec le plus grand soin par cette Gülbahar qu'elle exécrait toujours avec la même fièvre, comme si leur dispute avait eu lieu la veille. Sans doute, alors qu'elle errait dans ses appartements, anxieuse et insatisfaite, essayant un vêtement puis un autre, une coiffe, un bijou, puis rejetant ces apprêts inutiles avec une tristesse exaspérée, Mustafâ, avec l'ardeur d'un très jeune homme, était-il en train de s'éprendre de l'une de ses belles esclaves ? C'était absurde d'aimer et d'espérer ou plutôt d'aimer et de désespérer.

Elle avait tout imaginé seule et Mustafâ ne l'avait jamais chérie que d'un amour filial. S'il préférait sa compagnie à celle de sa mère, c'était parce que ses appartements bourdonnaient toujours des murmures des visites et des fêtes, des chants des musiciennes et des accords des *oute* et des *canoun*. Chez Gülbahar, ce n'était que tristesse et regrets d'un passé disparu. Mustafâ l'avait-il jamais trouvée belle et séduisante ? Roxelane se sentait tellement plus vieille que lui et les maternités lui avaient enlevé cette vivacité qui faisait beaucoup de son charme. A présent, ses appas étaient devenus plus opulents, ses mouvements plus étudiés. Elle préférait se montrer à la lueur des bougies ou du feu ronflant dans les *mangal*. Même en plein jour, des mousselines des Indes venaient adoucir, devant ses fenêtres, la lumière trop crue du jour.

Mais toucher la peau de Mustafâ, mais se presser contre ce torse puissant, à moitié homme et à moitié enfant, mais baiser ces belles lèvres qui auraient pu être chaudes et fondantes sous les siennes et se sentir si faible et molle devant tant de force à l'affût ! Et ne plus rien vouloir que vaciller et s'abandonner entre ces bras-là pour le plus délicieux des viols ! Promener ses lèvres au long de ce corps si neuf et si beau, tiédi par son haleine, s'attarder pour des caresses-sacrilèges dans chaque recoin de peau à visiter et à profaner ! Ne plus exister que dans l'instant magique de la fusion avec un autre corps devenu son dieu et son adoration, ses délices et son tourment !

Soliman, qui avait remarqué l'émoi nouveau de Roxelane et l'attribuait à un regain de passion, s'émerveillait devant ces rougeurs et ces timidités de jeune fille, ces coquetteries soudaines, ces refus puis ces abandons. En fermant les yeux, en oubliant les outrages du temps qui avaient marqué précocement le sultan, elle croyait revoir le très jeune homme qui avait été son amour. Alors elle confondait en une même passion Soliman jeune et son fils. Il lui semblait ne plus être si coupable et elle pouvait répondre aux ardeurs du sultan avec une impatience égale à la sienne. Lui se méprenait, délaissait Gülfem et se sentait amoureux de sa Joyeuse comme aux premiers jours. Roxelane se perdait dans la passion de Soliman – ou de Mustafâ – et ne savait plus qui elle caressait avec cette frénésie douloureuse.

Pour s'obliger à oublier le prince Mustafâ et cette ressemblance avec Soliman, si troublante qu'elle l'égarait, Roxelane s'efforça de retrouver la paix des sens en s'immergeant à nouveau dans le jeu politique. Toujours elle avait aimé pousser ses pions avec une sûreté d'appréciation que Soliman appréciait, même s'il ignorait les véritables motifs de ses actes. Puisque Ibrâhîm avait été nommé *serasker*, chef suprême de l'armée ottomane, et qu'elle n'y pouvait rien – il commandait cette fois quelque deux cent mille hommes –, il fallait trouver un homme capable de contrebalancer ce pouvoir exorbitant.

Elle pensa à Iskender Çelebi, le *defterdâr*, le ministre des Finances qu'appréciait Soliman. Iskender administrait l'Empire avec sagesse et faisait rentrer l'impôt en ne prélevant pour sa part personnelle que le pourcentage autorisé. C'était en outre un guerrier valeureux qui pouvait rivaliser en bravoure avec Ibrâhîm. Elle le convia en grand secret et le reçut dans ses appartements, dissimulée à son habitude derrière son paravent. Après les salutations d'usage, elle dévoila ses cartes. Elle connaissait la rivalité qui opposait Iskender à Ibrâhîm, et qu'ignorait Soliman. Le sultan était placé trop haut pour se soucier des intrigues de cour. Il ne voulait jamais voir les jalousies, les médisances, les luttes intestines faisant rage autour de lui, d'autant plus terribles qu'elles demeuraient sourdes et voilées. Iskender voulait la place d'Ibrâhîm, à la fois au sein du gouvernement et à la tête des armées. Comme il pouvait être celui qui abattrait un jour la toute-puissance de l'exécré grand vizir, Roxelane résolut d'avancer ce pion aussi loin qu'elle le pourrait.

– Mon *pâdichâh* est un guerrier glorieux et généreux. Il ne voit pas l'intrigue là où elle se trouve, dit-elle en guise de préambule. Ibrâhîm a été élevé si haut et si vite qu'il se prend à présent pour l'égal de son sultan, ce qui ne saurait être.

Iskender observait un silence prudent. Si la grande *kadïn*, si la maîtresse du sérail depuis la mort de la *vâlide sultan* le protégeait et lui donnait les moyens d'abattre cet Ibrâhîm qu'il exécrait avec passion, toutes les portes s'ouvriraient devant lui. Toutes les ambitions lui étaient permises. Roxelane n'était pourtant qu'une femme. Sa faveur pouvait tomber brutalement. Il risquait sa tête avec cette alliance et il l'écoutait parler sans encore intervenir, les yeux tournés du côté opposé au paravent qui les séparait pour que l'on ne pût lui reprocher d'avoir observé ce qui n'appartenait qu'au sultan.

– Le pouvoir a grisé Ibrâhîm dont je connais, hélas, l'ambition démesurée. En aucun cas il ne doit entrer avant le *pâdichâh* à Bagdad. La gloire lui en reviendrait et Allah seul sait ce que la vanité peut inciter un ambitieux à faire.

Le plan de Roxelane était ingénieux et il séduisit Iskender : il fallait empêcher Ibrâhîm de se poser en conquérant de Bagdad. Même si l'antique cité des califes n'avait plus l'éclat et la renommée que lui avait donnés, à la fin du VIIIe siècle, du temps de la plus grande splendeur des Abbassides, le valeureux Haroun al-Rachid, elle restait le phare de l'Orient. Comme tout le monde, Iskender avait entendu dire que de nombreux palais et mosquées s'écroulaient et n'étaient pas reconstruits. C'était pourtant une étape encore importante sur la route des Indes, un florissant carrefour commercial, la cité des lettres et des sciences, la patrie des plus délicats poètes, la ville aux mille jardins.

– Comment l'en empêcherai-je ?

– Par tous les moyens possibles, *defterdâr*, la persuasion si tu le peux, le sabotage autrement. Je te ferai nommer général en second et tu auras la charge du ravitaillement des armées. Tu pourras ainsi retarder l'avance d'Ibrâhîm autant que tu le souhaiteras et acheter bien des consciences grâce à cet or. Si tu me sers fidèlement, ta fortune est faite. Demain, tu recevras ta nomination.

Elle lui tendit une grosse bourse et, brièvement, Iskender effleura cette petite main nerveuse et parfumée qui savait, disait-on, dispenser de si grisantes caresses à Soliman qu'il ne visitait même plus la pauvre Gülfem. On disait aussi que Gülfem avait beaucoup perdu de sa beauté à force de pleurer son amour perdu et de se morfondre dans sa nouvelle solitude. On vieillit vite, quand on est oubliée trop longtemps dans l'ombre d'un sérail.

A l'automne 1533, après avoir personnellement veillé au moindre préparatif d'une campagne qu'il voulait victorieuse, Ibrâhîm partait pour Bitlis et l'Azerbaïdjan. La route à travers l'Anatolie était épuisante. Il faisait encore chaud et l'on souffrait de la soif, mais l'armée aimait Ibrâhîm, qui ne se ménageait guère au combat, et les hommes le suivaient sans murmurer. Il n'avait pas atteint Bitlis que lui parvenaient la tête du rebelle et la nouvelle de la soumission des places fortes safavides de la région du lac de Van. Alors il se détourna pour prendre ses quartiers d'hiver avec son armée à Alep, l'une des plus anciennes et des plus riches villes de Syrie après Damas. Ce qui enrageait Ibrâhîm était le curieux choix de Soliman, qui lui avait donné pour général en second des armées Iskender Çelebi, ce *defterdâr* qui le détestait. En dépit de son influence sur Soliman, Ibrâhîm n'avait pu le faire revenir sur cette nomination.

De nombreux incidents dont Roxelane était minutieusement informée par les envoyés d'Iskender ne cessaient de retarder l'avance de l'armée d'Ibrâhîm. Les convois de ravitaillement n'arrivaient pas au jour dit, les canons ne pouvaient être transportés faute de chevaux frais. Il y eut une troublante attaque du trésor royal. Les serviteurs, torturés comme il se devait sur les ordres d'Ibrâhîm, avouèrent avoir agi pour le *defterdâr*. Tout cela ressemblait fort à du sabotage. Ibrâhîm, prudent, garda ses informations secrètes et fit bonne figure au ministre des Finances. Cependant il n'oubliait rien et notait tout.

L'incroyable énergie d'Ibrâhîm vint à bout de chaque obstacle. Roxelane, qui ne cessait de guetter anxieusement les courriers que lui faisait parvenir Iskender, apprit avec dépit, ainsi que la cour, l'arrivée triomphale d'Ibrâhîm à Tabriz le 1er moharrem 941, le 13 juillet 1534. Cette capitale de l'Empire safavide que Tahmasp venait d'abandonner n'était certes pas aussi prestigieuse que Bagdad, se disait-elle pour se consoler, mais c'était la plus riche cité d'Arménie. Une nouvelle la combla de joie : Ibrâhîm, à Tabriz, avait eu l'imprudence – l'impudence – de se faire proclamer *Seraskier Sultan*, un titre qui n'appartenait qu'à Soliman.

Pour célébrer avec faste la prise de Tabriz, Roxelane convia Soliman et les princesses royales, ainsi que la cour, à une belle fête qu'elle donna en l'honneur du grand vizir. Elle n'avait pas oublié les douceurs habituelles servies sur de grands plateaux de vermeil, *bok lava, ekmed kadaïf* et une multitude de ces sorbets qu'aimait tant Soliman. Il y eut une profusion de danses et de chants. Très haut Roxelane salua en l'embrassant l'épouse d'Ibrâhîm du titre de *Seraskier Sultan*. Voyant que Soliman pâlissait et lui jetait un regard courroucé, elle éclata de son joli rire qui avait tant de pouvoir sur lui et se hâta de dire qu'elle plaisantait, mais il voulut en savoir plus et resta près d'elle lorsque la fête fut terminée.

– Que signifiait ce titre donné à ma sœur ?

– C'était une plaisanterie de mauvais goût, mon sultan, pardonne-moi, mais la nouvelle m'avait tant fait rire que je n'ai pu m'empêcher d'en plaisanter. Rassure-toi, ta chère sœur n'y est pour rien et moi, pauvre femme, je n'ai pas réfléchi avant de parler, comme d'habitude.

L'on pouvait reprocher beaucoup de choses à Roxelane, sauf d'être irréfléchie. Elle savait ce qu'elle faisait, connaissant l'attachement de Soliman à l'étiquette. Le sultan avait en effet horreur que l'on usurpât un peu de sa gloire. Il voulait bien tout donner à son cher Ibrâhîm, des richesses immenses, le sceau du pouvoir suprême, sa propre sœur, des palais comme l'on n'en avait jamais vu à Stanboul, le commandement de ses armées, mais certainement pas un titre qui ne revenait qu'à lui. Devenu très pâle, comme chaque fois que grondait en lui l'une de ses terribles colères, il pressa sa Joyeuse de nouvelles questions :

– Tu es sûre de ce que tu avances ? Ibrâhîm s'est réellement fait nommer *Seraskier Sultan* ?

– J'en suis sûre, parcelle de mon âme, mais ton grand vizir n'aura pas cru mal faire. Il jouit d'une telle autorité depuis qu'il est pour ses hommes le vainqueur de Tabriz qu'il a pensé pouvoir se donner aussi ce titre-là. Tu devrais rejoindre tes armées et pénétrer en conquérant dans Bagdad. Il n'est pas bon qu'un autre que le *pâdichâh* revendique la gloire d'avoir soumis la cité sainte, la patrie de Habu Hanifa. A toi, mon sultan, reviendra le mérite de retrouver et de relever le tombeau du père de notre religion. Tu sais qu'Ibrâhîm ne se soucie guère de ces choses-là. Son cœur est hélas resté chrétien.

Toujours, la sagesse et le savoir de Roxelane émerveillaient Soliman. Il était vrai qu'Ibrâhîm n'était pas aussi empressé que lui à servir l'islâm et ses saints prophètes. Et puis, se proclamer *Seraskier Sultan* était un outrage qu'il convenait de châtier.

Cette fois Roxelane avait su jeter le trouble dans l'esprit de Soliman, qui hâta ses préparatifs de départ et rejoignit le reste de son armée deux mois plus tard. Ibrâhîm lui avait préparé une entrée triomphale dans Tabriz. Sous les vivats des janissaires, Soliman oubliait ses humeurs sombres, ses soupçons et le venin soigneusement distillé par Roxelane. Avec Ibrâhîm, à nouveau, la merveilleuse connivence jouait. Il retrouvait son ami, son amant et son amour, son compagnon d'armes, le souvenir de sa jeunesse à Manisa, quand il n'était encore que gouverneur. Il vit pourtant que les relations étaient tendues entre son grand vizir et son *defterdâr*, mais ne voulut pas s'y arrêter. Il fallait infliger une défaite décisive au *Châh* d'Iran, ce Tahmasp insaisissable qui lui échappait toujours et se refusait au combat. Il fallait surtout entrer dans Bagdad.

Avant de parvenir dans la riche plaine de Mésopotamie où s'étendaient la ville aux mille jardins, ses fontaines et son oasis, ses vergers et ses célèbres dattiers, l'on devait traverser les monts Zagros. L'on était déjà en octobre. Un vent froid venu du nord annonçait un hiver précoce. Des nuages lourds s'accumulaient dans un ciel bas. Si l'on voulait passer sans dommage les défilés si escarpés de Hamadan, l'on devait se hâter. Et l'on prit la route du sud. Cette traversée fut un cauchemar, comme Soliman l'écrivit à sa Joyeuse :

Ma sultane et mon amour,

Loin de toi, il me semble que tout devient vite très difficile. Bientôt, les conditions de marche furent impossibles. La neige se mit à tomber, isolant les deux armées dans un cauchemar blanc. Les vivres n'arrivaient plus. On avançait péniblement, le ventre vide et les membres raidis de froid, dans un paysage de fin du monde, hauts sommets déchiquetés, rafales de neige masquant les précipices et crucifiant les hommes. On franchit enfin les gorges de Hamadan, mais on perdit cent pièces d'artillerie sur les trois cents que l'on traînait sur ces chemins glissants où les chariots s'enlisaient dans les congères, où les hommes et les bêtes basculaient soudain dans un ravin que l'on n'avait pas vu. La neige tombait et la nuit n'était pas loin. Il fallait absolument trouver un endroit sûr pour bivouaquer, faire du feu et absorber quelque chose de chaud. Soudain, une bourrasque plus forte que les autres manqua de me jeter à bas de ma selle. Cette fois, c'était du grésil, un grésil meurtrier et coupant, qui affolait les bêtes. Continuer aurait été une folie. L'*agha* des janissaires vint me rejoindre pour me supplier de faire monter les tentes et de camper là pour la nuit. C'était en effet la seule solution. Dans la tourmente, les serviteurs s'affairaient, dépliaient les toiles qui claquaient au vent et menaçaient de s'envoler, les arrimaient du mieux possible, puis couraient d'une tente à l'autre et tentaient d'enfoncer plus profondément les pieux qui les retenaient. Il y eut un immense grondement, comme si la montagne tout entière mugissait et voulait rejeter ces hommes et ces animaux qui la bravaient. Du sommet déferlait une avalanche qui emportait tout sur son passage, arbres et quartiers de rocs. Elle continuait à dévaler la pente dans un jaillissement écumeux, puis elle fut là, noyant de neige les tentes, les chameaux et les chevaux entravés, les hommes qui n'avaient pu se sauver et même les canons. Un à un, les feux s'éteignirent comme des chandelles que l'on mouche. La mort blanche ensevelissait des escadrons entiers. Partout, ce n'étaient que hurlements de terreur et hennissements d'agonie, plaintes horribles dominées par le rugissement du vent. La neige recouvrait tout. Ma tente, protégée du déluge blanc par un petit promontoire naturel, résista. Le dernier feu s'était éteint, je n'y voyais rien. Mes serviteurs étaient morts ou enfuis. Je ne pouvais rien pour tous ceux que j'entendais hurler. Il ne me restait d'autre choix que de me terrer sous ma tente pour attendre la fin de la tourmente et de cette nuit d'angoisse.

La neige tombait de plus belle. Je m'attendais à chaque instant à voir s'affaisser le fragile rempart qui me protégeait encore des démons extérieurs, puis je compris enfin pourquoi ces murailles de toile ne vacillaient pas sous la terrible charge : elles étaient entièrement recouvertes de neige et de glace. Elles faisaient corps avec la montagne et devenaient mon linceul. Il me semblait que jamais plus je ne reviendrais et que je ne te reverrais pas, ma Joyeuse. Durant cette nuit d'épouvante, grelottant dans mon caftan fourré et sous mes couvertures de zibeline, pour la première fois, je maudis Ibrâhîm. C'était lui qui m'avait entraîné dans cette funeste campagne de Perse qui serait mon tombeau. C'était lui ou Iskender, qu'importait, qui s'était montré incapable d'assurer à l'armée le ravitaillement nécessaire. J'allais mourir d'une mort sans gloire dans les défilés de Hamadan et Ibrâhîm entrerait en vainqueur dans Bagdad. Toi, ma Joyeuse, tu avais mille fois raison de me supplier de me défier d'un homme qui se disait *Seraskier Sultan* à ma place, mais je n'avais pas voulu t'entendre...

Roxelane savait déjà, par l'émissaire qui lui apportait la lettre de son époux, que Soliman n'avait pas trouvé la mort dans les défilés de Hamadan. Qu'il se laissât enfin aller à critiquer ouvertement son grand vizir était un baume sur son cœur douloureux et elle commençait à croire que, peut-être, le règne d'Ibrâhîm se terminait alors que le sien ne faisait que commencer... Elle continua sa lecture, mais sa main tremblait tant que la calligraphie se brouillait devant ses yeux et qu'elle dut respirer profondément pour se calmer.

Je m'endormis enfin. La tempête s'apaisa et je fus réveillé par mes serviteurs qui dégageaient ma tente. Le soleil brillait, faisant étinceler la neige, et toute cette magnifique blancheur blessait un peu. Les *agha* exhortaient leur troupe à se réorganiser et comptaient les morts. On distribuait les rations de soupe qui avaient chauffé dans les marmites. On rechargeait les chevaux et les chameaux survivants. On enterrait le reste des canons que l'on ne pourrait jamais traîner à travers les défilés avec ces effectifs réduits. Et je donnai enfin l'ordre de marche, m'attendant à tout instant à voir surgir les troupes de Tahmasp. Ainsi affaiblis, nous formions en effet une cible parfaite. Chaque défilé pouvait cacher une embuscade. Pourtant, l'armée du *Châh* ne se montra jamais. Elle avait fui plus loin, renonçant à défendre Bagdad dans cette plaine immense où il aurait fallu livrer bataille. Tahmasp savait que ses forces étaient trop restreintes pour affronter mon armée, mais il ignorait encore combien elle avait été décimée...

Dans la plaine se trouvaient les troupes d'Ibrâhîm, qui avaient également subi de lourdes pertes. J'avais eu grand tort de le soupçonner, car Ibrâhîm m'avait attendu pour entrer dans Bagdad. Tu vois, ma Joyeuse, il m'est toujours fidèle, même si moi aussi, durant cette affreuse nuit, je n'ai pas craint de t'avouer avoir douté de sa loyauté.

Tu ne peux imaginer la splendeur menacée de Bagdad. Ses remparts d'ocre pâle abritent plus de palais et de mosquées que de fortins et de bastions. Il y a partout des palmiers bruissants, des jardins et des fontaines en quantité. Enfin, nous entrions dans la ville sainte de Haroun al-Rachid. Les plus folles ovations nous accueillirent. Tahmasp avait fui. Les Persans, désireux de conserver ce qu'il restait encore de leur antique splendeur, étaient prêts à acclamer un nouveau *Châh*. A présent, je vais m'occuper de respecter ton vœu, ô ma Joyeuse si pieuse et si soucieuse de la grandeur de l'islâm.

Dès le lendemain, 5 décembre 1534, l'on commença en effet les fouilles afin de retrouver les restes de Habu Hanifa, l'*imâm* fondateur des vrais rites martyrisé par les shiites impies. Il restait à Soliman à régler le problème de la rivalité entre son grand vizir et son *defterdâr*. Ibrâhîm avait accumulé les preuves et les témoignages tandis qu'Iskender ne pouvait expliquer les vraies raisons du détestable approvisionnement de l'armée sans trahir Roxelane. Se mettre du même coup deux ennemis aussi puissants à dos, le grand vizir et la *kadïn*, c'était trop pour Iskender. Aussi se résigna-t-il à implorer la clémence de Soliman. Le sultan aurait aimé épargner son *defterdâr* qui l'avait jusqu'alors bien servi. C'était impossible. L'armée avait trop souffert et exigeait un exemple. Les janissaires menaçaient à nouveau de se soulever. Une révolte en campagne pouvait se révéler catastrophique. Soliman sacrifia son ministre, qui se balança bientôt à la poterne du marché.

Par bonheur, l'on retrouva la tombe de Habu Hanifa et Soliman décida de faire élever près du tombeau une mosquée et un *medrese*. On l'appela mosquée de Kasimayn. Ce fut la marque pacifique apposée par le sultan sur la ville sainte, cette cité blanche parfaitement ronde qui abritait tant de sanctuaires sacrés, Sunna et Chia, que le sultan prenait tous sous sa protection. Ainsi, il s'affirmait comme le protecteur de l'islâm dans sa globalité. Il fallait bien cela pour éloigner l'affreux cauchemar qui venait l'assaillir chaque nuit comme un remords, depuis la pendaison d'Iskender Çelebi.

Soliman s'éveillait trempé de sueur et terrifié, croyant encore voir son malheureux ministre se pencher douloureusement sur sa couche en lui reprochant de l'avoir sacrifié à la dévorante ambition d'Ibrâhîm. Puis la colère faisait place à la douleur. Iskender fondait sur lui en cherchant à l'étrangler.

Depuis ces cauchemars répétitifs, Soliman regardait Ibrâhîm avec défiance. Même les lettres si tendres de

Roxelane ne parvenaient plus à l'apaiser. Pourtant, ses mots clamaient sa passion :

> Je brûle du désir de te revoir et passe mon temps misérablement. Eh ! Vent du nord, souffle et va-t'en murmurer à mon *pâdichâh* toute ma peine. Je suis comme la rose et le rossignol qui versent des pleurs aussitôt que l'un se trouve séparé de l'autre [1].

Il était temps de rentrer. Le 2 avril 1535, Ibrâhîm cheminant à ses côtés, Soliman prit la route du retour en passant à nouveau par Tabriz. Il ignorait encore la terrible défaite que Tahmasp avait fait subir à son arrière-garde qu'Ibrâhîm n'était plus là pour protéger comme durant les campagnes hongroises. Tahmasp et ses tribus montagnardes avaient attiré l'armée dans une embuscade et massacré les huit cents janissaires qui s'étaient pourtant rendus. Cette malheureuse campagne avait coûté des sommes folles. Trente mille hommes y étaient morts, ainsi que vingt-deux mille chevaux et chameaux. On n'avait pu prendre les villes de Ray, Qom et Kachan comme l'avait rêvé Ibrâhîm. Même si l'on tenait Bagdad et sa région, Soliman pressentait que la campagne persane avait été un désastre. Seule bonne nouvelle, Jean de La Forest, chevalier de Saint-Jean et envoyé extraordinaire de François Ier, attendait Soliman au camp de Honar. Il était porteur de propositions d'alliance qui allaient enfin briser la puissance des Habsbourg. Soliman lui offrit banquet, pelisses

---

1. Cagatay Uluçay, *Lettres d'amour des sultans ottomans*, Istanbul, 1950.

d'honneur et riches cadeaux. Puis il dicta sa réponse à son secrétaire. La missive commençait ainsi :

Au nom du Dieu clément et miséricordieux, par la grâce du Très-Haut – louée et glorifiée soit sa puissance, exaltée soit sa divine parole !

Par les miracles abondants que répand sur cette terre l'astre solaire, par le pouvoir des prophéties et des saintes constellations, par les bénédictions des prophètes, de tous les saints et de Mahomet le Très Pur – que le salut de Dieu soit sur lui !

Sous la protection de mes valeureux ancêtres Abu Bakr, Omar, Othman et Ali – que la bénédiction de Dieu soit sur eux tous !

Moi, *Châh* sultan Süleymân-Khân, fils de Selîm-Khân, toujours victorieux ;

Moi, sultan des sultans, roi des rois, distributeur des couronnes du monde, ombre de Dieu sur la terre, empereur et seigneur souverain de la mer Blanche et de la mer Noire, de la Roumélie et de l'Anatolie, des provinces de Sildakr, Djarbekir, Kurdistan, Azerbaïdjan, Adjem, Chem, Haleb, souverain de l'Égypte et des trois villes saintes de La Mecque, Médine et Jérusalem, de la totalité des contrées d'Arabie et du Yémen et encore de tant d'autres nombreux États conquis par mes glorieux prédécesseurs et augustes ancêtres – que Dieu les environne de lumière pour la pureté de leur foi ! –, aussi bien que de nombreux pays soumis à mon épée flamboyante et à mon glaive triomphant ; moi, fils du sultan Selîm, fils du sultan Bâyezîd, *Châh* sultan, Süleymân-Khân.

A toi François,
Qui es roi du royaume de France...

Comme toujours lorsqu'il n'était pas très sûr de ses succès, de son épée flamboyante et de son glaive triomphant, et parce qu'il fallait impressionner l'envoyé du Roi, Soliman voulut rentrer en triomphateur dans sa capitale.

Sur la rive asiatique du Bosphore l'attendait la galère royale. Ibrâhîm, soucieux de reconquérir les faveurs de son ami qu'il sentait entamées depuis la pendaison d'Iskender, avait fait recouvrir la grève de soieries persanes que Soliman foula d'un pas vainqueur sous les acclamations des janissaires. D'innombrables embarcations avec à leur bord janissaires et *sipâhi* suivaient le caïque royal. Les oriflammes et les drapeaux enlevés à l'ennemi flottaient au vent, même si l'on n'avait guère combattu. Le canon tonnait de chaque fortin des remparts et du château des Sept Tours. De l'embarcation royale, on pouvait déjà distinguer la massive silhouette d'Aya Sofya et les coupoles de Saray Bournou, les minarets des mosquées. On se dirigeait vers la porte du Canon, à la pointe du Sérail où les marches de marbre de l'embarcadère disparaissaient dans les eaux du Bosphore. Derrière les *moucharabieh*, Roxelane et les femmes du harem regardaient les vizirs, les pachas, les ministres et les hauts dignitaires de l'Empire, en caftans chamarrés d'or, les aigrettes coiffant leurs volumineux turbans agitées par la brise, les mains rentrées dans leurs manches en signe de soumission, attendre humblement leur souverain.

Puis elle aperçut Soliman, qui sauta à terre, immédiatement suivi d'Ibrâhîm. Aussitôt, les salves d'artillerie éclatèrent. Les sonneries des trompettes et les battements de tambour de la garde de Soliman ne couvraient pas les vivats des soldats.

– *Pâdichâh im tchok yacha !* criaient-ils. Longue vie et prospérité à notre bien-aimé sultan !

Aussitôt que débarqua Soliman, tous se prosternèrent dans la poussière. Les plus proches baisaient la manche de son caftan. Soliman avait retrouvé sa ville, mais il avait surtout hâte de revoir Hürrem et leurs enfants.

Le 18 février suivant, Ibrâhîm concluait avec Jean de La Forest, au nom du sultan, l'accord de paix voulu par François Ier pour briser l'étau dans lequel le tenait Charles Quint, traité qui allait tant choquer Rome et la Chrétienté. Pour Soliman et pour Ibrâhîm, son ministre tout-puissant qui signait à sa place les plus importants traités et qui avait le double du sceau impérial, c'était une grande victoire.

On aurait pu croire Ibrâhîm au sommet de sa gloire, indétrônable, assuré qu'il était d'occuper cette charge de grand vizir sa vie durant. De plus, il avait la parole de Soliman qu'il ne le ferait jamais exécuter. C'était pourtant un mort qui allait abattre cette formidable puissance. Les cauchemars continuaient de hanter Soliman. Même entre les bras de Roxelane, il ne parvenait pas à trouver l'apaisement. Il ne dormait plus, ne mangeait plus et buvait encore moins. Il maigrissait et sa longue silhouette semblait flotter dans ses vêtements trop lourds. Chaque nuit, Iskender ou son fantôme revenait l'accabler de reproches. Iskender, environné d'un halo de lumière, signe qu'il était bienheureux, qui se lamentait près du lit du sultan, pleurait et réclamait vengeance. Ou bien, furieux et inquiétant, il essayait à nouveau de l'étrangler comme l'un de ces terribles Muets, les exécuteurs des basses œuvres. Roxelane, qui avait compris qu'elle détenait là une arme terrible, entretenait la terreur de Soliman tout en feignant de l'apaiser :

– Tu n'es coupable de rien, mon *pâdichâh*, mais le sang réclame réparation et Iskender a été injustement accusé et exécuté. N'était-ce pas plutôt Ibrâhîm le responsable du vol de ton trésor et du retard de ces convois de vivres qui n'arrivaient pas jusqu'à ton armée ? Souviens-toi comme il t'a poussé à entreprendre cette funeste campagne de Perse qui a failli te coûter la vie. Souviens-toi qu'il s'est fait appeler *Serasker Sultan*, un titre que tu es le seul digne de porter.

– J'ai appris depuis lors que ce titre se donnait aussi bien au sultan qu'à son représentant. Ibrâhîm ne m'a pas trahi.

– Il ne lui aurait peut-être pas déplu de devenir *Châh* de Perse si tu avais péri lors de cette affreuse tourmente.

– Il ne commande pas aux éléments, Hürrem !

– Certes, mais il a interdit tout pillage à Bagdad et en Perse. Il a même fait fermer les portes derrière vous pour que les janissaires ne puissent entrer. Son ambition démesurée lui a tourné la tête. Être ton égal, pour lui, n'est pas encore assez. Il veut la couronne pour son front. Le roi de Hongrie l'appelait son « frère » et Charles Quint son « cousin ». Toi-même le dis ton frère. N'oublie pas qu'il ne fit même pas asseoir les ambassadeurs autrichiens, Jérôme et Schepper. Jounisberg, l'interprète de la Porte, a rapporté un peu partout ces paroles d'une incommensurable vanité : « Mon

Maître a deux sceaux dont l'un reste entre ses mains et l'autre m'est confié, car il ne veut pas qu'il y ait de différence entre lui et moi. S'il fait tailler des vêtements pour lui, il me commande aussitôt les mêmes. Il me comble de présents, c'est lui qui a édifié pour moi la salle d'audience de mon palais. »

– Tu vois bien qu'il m'appelle son « maître » et qu'il n'est pas un ingrat.

– Étaient-ce des paroles à prononcer devant Aloisi Gritti et des ambassadeurs étrangers ? Je sais ta tendresse pour Ibrâhîm, mon *pâdichâh*. Je ne suis qu'une femme et la dernière de tes servantes. Aussi n'y trouverais-je rien à redire si je ne te voyais te consumer d'angoisse et de remords. Ton médecin, Rabi Salomon Nathan Eskenazi, m'a rapporté ses inquiétudes à ton sujet. Le chagrin te ronge, lumière de mes yeux.

– Tu m'espionnes, Hürrem !

– Par amour, mon *pâdichâh* ! Si tu n'as pitié de toi, aie pitié de nos enfants et de moi-même. Si Ibrâhîm pense à la trahison comme sa vanité ne va pas manquer de l'y pousser, si ce n'est déjà fait, qu'arrivera-t-il à tes enfants ? Ce pauvre spectre qui ne cesse de te visiter me prouve d'ailleurs qu'Ibrâhîm a déjà trahi et qu'il t'a incité à exécuter ton ami Iskender pour cacher sa forfaiture.

De son propre rôle dans cette sinistre affaire, Roxelane ne disait évidemment mot. Ibrâhîm, qui avait eu vent de cette atmosphère de complots agitant le Vieux Sérail et qui devinait d'où venaient les coups, aurait pu facilement se disculper auprès de Soliman. Ce dernier ne demandait qu'à le croire, mais Ibrâhîm était trop fier pour se mesurer à une femme. Il méprisait

Roxelane et en voulait à son ami de se laisser ainsi ébranler. Il y avait si longtemps que Roxelane s'efforçait de lui nuire sans y parvenir qu'Ibrâhîm n'y prêtait guère attention. Il la subissait comme un mal nécessaire, sans s'alarmer, connaissant le poids qu'avait pour Soliman un serment. Il était trop croyant pour se parjurer. Or il avait promis de ne jamais lui faire de mal.

Ce fut encore une fois la religion qu'utilisa Roxelane pour parvenir à ses fins. Elle fit à nouveau venir au palais le fidèle Kemalpasazade, qui était à présent grand *müfti*, suprême autorité religieuse à Stanboul. Elle lui conta les songes et les alarmes de Soliman et lui demanda quelle interprétation en tirer. Le religieux en voulait surtout à Ibrâhîm des trois fameuses statues toujours érigées à l'entrée de son palais, sur la place de l'Hippodrome, l'endroit le plus fréquenté de la ville. Il n'avait pas oublié non plus la protection qu'avait étendue Ibrâhîm sur cet impie qui prétendait le Christ plus grand que le Prophète, ni les fêtes auxquelles le conviait trop souvent Aloisi Gritti, le fils du doge de Venise. Durant ces fêtes, l'on buvait beaucoup de vin. S'il ne croyait pas à la trahison d'Ibrâhîm, le grand *müfti* le trouvait trop peu respectueux de l'islâm et ce fut ce qui le décida.

– Vénérée *kadïn*, lui dit-il, le songe est clair. C'est, à n'en pas douter, un message d'Allah. Le halo de lumière explique qu'Iskender était un juste et que sa pauvre âme se tourmente et crie vengeance. Cet avertissement du ciel est destiné à prévenir des malheurs pires encore. Le grand vizir est trop puissant. Il faut abattre cette puissance.

C'était l'avis de Roxelane, mais cette action restait

difficile à réaliser. Soliman avait promis de maintenir Ibrâhîm sa vie durant à son poste et de ne jamais le tuer. Même si elle devinait que la morgue, l'étalage des richesses et les succès guerriers d'Ibrâhîm commençaient d'exaspérer Soliman, elle savait aussi qu'il ne se parjurerait pas.

– Es-tu prêt à répéter exactement au *pâdichâh* ce que tu viens de me dire ?

– Bien sûr.

– Trouve-moi un texte du Coran capable de délivrer le *pâdichâh* de son serment et je ferai édifier dans la ville une nouvelle mosquée, un autre *medrese* et un hôpital pour les pauvres. Tout ce que tu peux souhaiter pour ton saint ministère, de moi tu l'obtiendras.

Le religieux passa toute la nuit à éplucher les textes saints. A l'aube, enfin, il avait découvert ce que réclamait Roxelanc. Un passage du Coran stipulait : « Celui qui dort n'est pas en vie, car le sommeil ressemble à la mort, et l'âme est alors libérée d'une promesse qui la liait pendant la vie. »

Il revint auprès de Roxelane, lui montra le texte. Un sourire cruel étirait sa jolie bouche tandis qu'elle disait à Kemalpasazade :

– C'est toi, très saint homme, qui dois expliquer au *pâdichâh* la signification de ses rêves, la nécessité de châtier Ibrâhîm pour prévenir de grands malheurs et la façon de se délier de son serment. Puis tu diras à mon maître que je me chargerai du reste, pourvu qu'il invite le grand vizir à souper au Vieux Sérail, disons... le 21 ramadan...

Roxelane avait déjà interrogé ses astrologues à ce sujet et savait que cette nuit lui serait bénéfique.

Comme Roxelane s'y attendait, l'autorité du grand *müfti* suffit à balayer les derniers doutes de Soliman. Le compagnon de sa jeunesse avait beaucoup changé. Même s'il était toujours aussi beau, à quarante et un ans, Ibrâhîm n'avait plus, envers lui, les charmantes hésitations du début de leur amour, lorsqu'il était comblé de la moindre attention de Soliman et s'émerveillait du cadeau que lui avait fait le destin en le plaçant sur sa route. A présent, Ibrâhîm croyait un peu trop à ses propres mérites. Il était tout gonflé d'une insupportable suffisance. Sa morgue déplaisait à Soliman, qui voyait qu'il l'avait élevé trop haut. L'on ne reprend pas une telle confiance. Roxelane avait raison, seule la mort le délivrerait d'Ibrâhîm, même si cette perspective le désolait. Son ami n'était pas homme à s'accommoder d'un exil doré. Gülbahar était partie, sa mère était morte, Ibrâhîm allait mourir aussi. Qui se souviendrait alors du jeune homme qu'avait été Soliman, insouciant et heureux, à Manisa ? Pourtant il fallait exécuter ce que Roxelane avait décidé, puisque le grand *müfti* le voulait aussi.

6

L'âme torturée, Soliman convia son ami pour un dîner intime au Vieux Sérail. Un souterrain reliant les deux palais, l'arrivée d'Ibrâhîm serait discrète. Sa sœur Hadice n'en saurait rien, ce qui valait mieux, car Hadice aimait toujours Ibrâhîm, même si tout le monde savait, à Stanboul, que le grand vizir avait pris une seconde épouse qu'il couvrait d'or et de joyaux, au mépris de la loi interdisant de tromper, sous peine de mort, une princesse royale. De cette infidélité, Soliman ne pouvait lui en vouloir. L'usage ottoman d'avoir un harem était si répandu en Turquie, et lui-même...

Pour ce souper intime avec Ibrâhîm, qui lui rappelait les temps heureux d'autrefois lorsqu'il passait plus d'heures avec son ami qu'avec ses femmes, Soliman avait exigé des danses, des chants et du vin, beaucoup de vin. Il voulait s'étourdir et s'empêcher de penser. Il voulait s'enivrer et avaler ensuite des pilules d'opium pour ne rien voir et ne rien entendre. Ibrâhîm avait fait tuer Iskender. C'était à présent son tour de mourir. C'était absurde, mais c'était ainsi...

Soliman était déjà très ivre lorsque Ibrâhîm parut et vint s'asseoir à ses côtés. Dieu, qu'il était beau, mince et athlétique dans son vêtement d'argent brodé de grands oiseaux sauvages. Il leur ressemblait, car il était encore merveilleusement libre et triomphant. Soliman n'aurait pas supporté de le savoir déchu et en exil. Mieux valait pour lui la mort que la disgrâce.

Ibrâhîm ne s'alarma pas de l'humeur taciturne de son ami, Soliman était souvent triste et muet. Ils mangèrent des mets délicats et burent des vins lourds. Ibrâhîm avait faim, mais Soliman se contenta de picorer dans les plats qui se succédaient. Il n'avait jamais eu un gros appétit. Il ne parvenait pas à regarder en face son ami. Ibrâhîm mit son malaise sur le compte du vin, renvoya chanteuses et danseuses, prit son luth et chanta pour lui comme autrefois, dans les jardins de Manisa. C'était le même chant si clair et si désespéré. Un instant, Soliman crut qu'Ibrâhîm savait, qu'il avait tout deviné. Or c'était juste un appel à la magie de leur jeunesse et de leur amour. Ce chant inhumain torturait Soliman qui crut se trouver mal.

– Il me semble que j'ai trop bu, mon ami. Je vais me coucher mais, je t'en prie, reste dormir ici comme avant. J'ai fait dresser un lit pour toi dans la chambre contiguë à la mienne.

Ibrâhîm s'inclina et se retira en même temps que le sultan. Dans sa chambre, Soliman se fit vite déshabiller, prit ses pilules, se tourna contre le mur et s'endormit. Au milieu de la nuit, un grand cri le réveilla. C'était Ibrâhîm qui hurlait, il reconnaissait sa voix. Il entendit un bruit de lutte, des râles, puis ce fut le silence. Dire que Roxelane lui avait promis qu'il ne saurait rien...

Dans la chambre d'Ibrâhîm, sept Muets étaient

entrés sur l'ordre de Roxelane sitôt qu'elle avait vu le grand vizir assoupi. Elle les avait armés de poignards, armes qu'elle jugeait plus sûres que les lacets, Ibrâhîm étant un guerrier qui ne se laisserait pas étrangler sans lutter. Le premier coup de poignard lui trancha la gorge. Un flot de sang jaillit sur les murs et sur les draps de soie, mais le coup n'était pas mortel. La gorge déchiquetée, perdant son sang en abondance, Ibrâhîm criait, appelait son ami à l'aide, puis il se tut. Le sang l'étouffait et il avait compris que Soliman ne viendrait pas parce qu'il avait lui-même tout arrangé pour sa mort. Alors Ibrâhîm se défendit avec l'énergie du désespoir. Il parvint à arracher son poignard à l'un des Muets et le retourna contre son agresseur qu'il abattit. Il en blessa un deuxième, mais ne put rien contre les autres, qui le perçaient de coups. Ils s'acharnaient toujours quand Ibrâhîm n'était plus qu'un corps sanglant privé de vie.

Il faisait encore nuit, en ce 15 mars 1536, lorsque l'on enterra en grand secret, dans un humble couvent de derviches de Galata, celui qui avait été presque aussi puissant qu'un sultan. Ni stèle ni inscription sur sa tombe, un pauvre monticule de terre battue. Nulle autre justification à sa mort que ce mot de « traître » que des crieurs publics répandirent dans les rues de Stanboul, en même temps que la nouvelle de sa mort. Nulle explication à Hadice ou au fils qu'elle avait donné à Ibrâhîm. Roxelane fit murer la porte de la chambre où avait eu lieu le meurtre, où tout fut laissé intact, où les taches de sang ne furent même pas lavées. Plus jamais l'on ne prononça devant Soliman le nom d'Ibrâhîm. C'était comme s'il n'avait jamais existé.

Soliman, d'un caractère déjà sombre et taciturne, parla désormais encore moins... Dans le palais de l'Hippodrome, l'on installa l'école des pages. Les jardins de Sütlüce, qui appartenaient au grand vizir et qui étaient situés sur la Corne d'Or, devinrent un lieu de promenade populaire. Avec Ibrâhîm, c'était toute la jeunesse de Soliman qui s'était enfuie. Plus jamais il n'eut de compagnon ou de confident.

Pour oublier ses remords d'avoir fait exécuter son unique ami, pour s'occuper et chasser ses tristesses, Soliman passa ce printemps sur les docks de Galata. Si l'on ne comptait que ceux qui étaient couverts, il y en avait plus de cent, chacun pouvant accueillir deux navires de guerre. Partout l'on dégrossissait les troncs d'arbres abattus dans les forêts de Bithynie, de la mer Noire, de Crimée ou de Bulgarie. L'on sciait, l'on ajustait. Les charpentiers faisaient résonner le quartier du fracas de leurs marteaux. Lentement, les belles coques galbées des galères s'arrondissaient, les mâts se dressaient. Cela sentait bon l'air du large, la résine et la sciure. Dans les ateliers, l'on tissait le chanvre et la filasse venus de Thrace et d'Izmit pour en faire des cordages. L'on entreposait l'étoupe servant à calfater les bateaux, la poix d'Albanie, la suif de Bulgarie.

Chaque jour Soliman rendait visite à son grand amiral, qui résidait à l'arsenal ou, s'il n'était pas là, il exigeait au moins de voir le *kethüda*, son amiral en second, ou l'*emïn*, l'administrateur chargé de veiller au bon financement de l'énorme tâche. Grâce à cet objectif qu'il s'était donné, Soliman oubliait dans l'action la mort d'Ibrâhîm. Tout Galata bourdonnait d'un immense labeur. L'on avait ouvert d'autres chantiers à Gallipoli, à l'entrée des Dardanelles, à Izmit et à Sinope, sur la mer Noire. Soliman voulait rassembler cent trente galères pour rejoindre la flotte française de François Ier, son nouvel allié.

Il espérait briser la suprématie maritime des cités italiennes, Naples et Gênes, mais surtout Venise, l'orgueilleuse capitale des mers. Souvent, Jean de La Forest l'accompagnait et s'émerveillait de l'efficacité ottomane. Souvent aussi, il regardait avec admiration le grand amiral, Khayreddîn, dit Barberousse, même si sa célèbre barbe avait beaucoup blanchi. Barberousse surveillait avec le sultan les préparatifs de la flotte, houspillant son monde et remarquant la moindre erreur.

Khayreddîn avait eu trois frères : Oruc, Élias et Ishak. Ils n'étaient pas restés longtemps à Mytilène, où leur père n'était qu'un modeste potier. Leur passion, c'était la mer. Aussi bons marins qu'habiles guerriers, ils avaient ensemble écumé les mers, puis ils s'étaient tous quatre convertis à l'islâm. Depuis lors, ils avaient guerroyé pour la gloire de l'Empire ottoman, razziant et pillant tant et plus les navires chrétiens. On les avait redoutés dans toute la Méditerranée, sur les rivages grecs et italiens, mais aussi sur la côte du Maghreb, jusqu'à Tunis. Ses trois frères morts, Khayreddîn reprit le flambeau et combattit sous le nom, synonyme de terreur, de Barberousse. En plus de son savoir de marin, de son courage et de son audace, il avait de réelles qualités de grand capitaine et de stratège qu'avait reconnues Selîm, le père de Soliman. C'était à la fin de l'année 1533 que Khayreddîn était arrivé à Stanboul, à la tête de dix-huit galères lui appartenant pour prendre son poste de *kapudan pacha*, grand amiral.

Roxelane ne l'aimait pas beaucoup depuis qu'elle avait appris que l'exécré Ibrâhîm, toujours lui, l'avait chargé d'enlever à Fondi la très belle et très vertueuse Giulia de Gonzague, veuve de Vespasiano Colonna. La beauté et la culture de Giulia étaient célèbres dans l'Italie entière. Ibrâhîm avait espéré qu'elle saurait conquérir Soliman et supplanter Roxelane, mais Giulia était parvenue à s'enfuir en pleine nuit avec un mystérieux cavalier qu'elle s'était d'ailleurs hâtée de faire poignarder ensuite. L'expédition avait donc échoué. Pourtant, Roxelane ne pouvait pardonner à Barberousse de s'être prêté à ce bizarre projet et d'avoir accepté d'aider Ibrâhîm à offrir une nouvelle favorite à Soliman. Enfin, Soliman tenait à sa flotte et à son Barberousse.

Roxelane comprenait qu'il avait l'urgent besoin d'un dérivatif à sa peine. Même si elle pensait toujours à Mustafâ avec la même fièvre, elle savait profiter des avantages qui s'offraient. Cette campagne maritime pouvait être l'occasion de rapprocher encore Soliman de ses fils. Et ce fut elle qui insista pour qu'il prît avec lui les princes Mehmed et Selîm. Il était essentiel que ces jeunes garçons puissent apprendre tôt l'art de la guerre et trouver peut-être l'occasion de s'illustrer au combat sous les yeux de leur père.

A chaque départ de Soliman, Roxelane mesurait avec épouvante combien sa situation demeurait précaire. Certes, elle n'avait plus à craindre les manœuvres et l'influence d'Ibrâhîm qui ne l'avait jamais aimée et avait toujours voulu combattre sa puissance grandissante. Depuis sa mort, elle avait souvent eu peur de la rancœur de Soliman.

Chaque fois que la petite flamme dure qu'elle connaissait passait dans l'œil du sultan, elle se disait avec crainte qu'il lui en voulait de ce meurtre. C'était elle qui l'avait poussé à sacrifier Ibrâhîm à sa gloire. L'on ne pouvait reprocher à l'ancien grand vizir qu'une fierté démesurée. Pour le reste, il avait toujours fidèlement servi son sultan. Les prétendus complots n'avaient jamais existé. Après toutes les enquêtes que l'on avait faites, Soliman le savait mieux que quiconque. Quand le *pâdichâh* se montrait trop sombre et taciturne, Roxelane se disait qu'Ibrâhîm lui manquait. C'en était fini pour lui des réceptions au palais de l'Hippodrome, des nuits passées à jouer ensemble de la musique en composant de nouveaux poèmes, des beuveries en compagnie des danseuses, de leurs plaisirs amoureux sans doute si différents de ceux que l'on goûte avec une femme.

Roxelane tremblait d'entendre un jour de terribles reproches qui sonneraient le glas des faveurs dont elle jouissait. Soliman, pourtant, ne disait rien. Il était triste et secret, mais épris, venant presque chaque nuit la rejoindre au Vieux Sérail, comme s'il ne supportait plus la solitude nouvelle à laquelle l'avait condamné la mort d'Ibrâhîm. Il prenait plaisir à voir grandir ses enfants, emmenait ses fils à la chasse, disputait avec eux des parties de *zagaye*, ce jeu qui se pratique à neuf cavaliers tournant en rond à plein galop dans une lice et au cours duquel l'on frappe ses adversaires d'une longue lance en bois pour les désarçonner.

A sa petite Mihrimah, sa seule fille dont il était fou,

qui avait les yeux d'ambre de sa mère et sa bouche en forme de fleur, Soliman enseignait l'art de la calligraphie avec une patience que Roxelane n'avait guère quand il s'agissait de ses enfants. Il fallait le voir, agenouillé devant son écritoire, tailler avec soin les plumes de roseau sous des angles divers grâce à sa plaquette d'os, puis lui apprendre les six calligraphies traditionnelles turques, subtiles variantes dans les courbes et les inclinaisons des caractères. Parfois Roxelane se joignait à eux. Sa main sûre traçait pour l'enfant, émerveillée, les grands entrelacs nerveux et mêlés formant à présent le haut des lettres. C'était la nouvelle mode mise à l'honneur par le célèbre Ahmet Karahisarî, qui dirigeait l'atelier le plus prisé de Stanboul. C'était lui qui avait inventé pour son sultan la belle et fière signature évoquant une galère ou un mystérieux instrument de musique, avec son renflement sensuel, ses trois barres verticales dardées vers le ciel et sa traîne d'or prolongeant loin la calligraphie sur la gauche. Plus qu'une signature, c'était devenu le sceau et la marque de Soliman, le symbole de sa toute-puissance et de son extrême raffinement.

Soliman était un père aimant et le plus tendre des amants. Maintenant, Roxelane ne doutait plus de son amour. Pourtant elle commençait à vieillir, devait combattre les premiers cheveux blancs apparus à ses tempes, les premières rides griffant sa peau. Sa taille était devenue moins souple et moins fine, même si son miroir l'assurait qu'elle ne paraissait pas ses trente-trois ans.

A quarante-trois ans, Soliman, en revanche, semblait presque un vieillard. Il avait beaucoup maigri depuis la mort d'Ibrâhîm. Sa haute stature s'était voûtée. Ses épaules tombaient. Son visage s'était creusé, faisant paraître le nez plus grand et les yeux plus vifs. Pourtant, n'importe quelle fille du harem, même une fillette de treize ans, aurait fait des folies pour que le *pâdichâh* levât les yeux sur elle. Or Soliman ne semblait plus les voir. En tant que maîtresse du sérail, c'était à Roxelane d'orchestrer fêtes, spectacles, danses, musiques et banquets. Elle choisissait toujours avec soin les plus belles esclaves, les parait à ravir en organisant de subtiles harmonies de couleurs qui enchantaient Soliman, mais elle leur interdisait sous peine d'encourir sa colère de tenter de capter l'attention du sultan.

Cependant, tout risquait à nouveau d'arriver. Une jeune esclave pouvait encore le retenir et, surtout, la guerre, cette éternelle ennemie, risquait de le lui prendre. Alors ce serait Mustafâ, et non l'un de ses fils, qui monterait sur le trône. Gülbahar serait *vâlide sultan*. Elle-même finirait au palais des Larmes. Mustafâ aimait ses frères et sa sœur, il ne les ferait sans doute pas tuer dans les premiers temps mais, ensuite, qu'arriverait-il ? Une parole vénéneuse distillée à propos, de mauvais conseils souvent répétés empoisonneraient peu à peu leurs relations, Roxelane ne le savait que trop.

Devins et astrologues avaient consulté les astres, étudié les vents et demandé les avis de Barberousse. Le 17 mai 1537 était le grand jour tant attendu. De bonne heure, Mehmed et Selîm vinrent prendre congé de leur mère. Roxelane les bénit et leur recommanda d'être braves en toute occasion. C'étaient ses aînés. Bien qu'elle n'eût pas le cœur très maternel, elle était émue de les voir partir. Une campagne maritime était tellement plus risquée. Le galion portant le maître de l'Empire et ses fils pouvait à chaque instant être isolé du reste de la flotte, envoyé par le fond par des boulets tirés sous la ligne de flottaison, pris à l'abordage ou malmené et coulé par une tempête. Même si Roxelane était plutôt avare de ses larmes, elle étreignit ses garçons avec plus de tendresse que d'habitude et pleura en les quittant.

– Que Dieu vous garde, mes guerriers, que le sort des armes vous soit favorable. Veillez sur votre père et revenez-moi indemnes, couverts de gloire et de louanges.

Ils s'inclinèrent, lui baisèrent la main et s'en furent. Les adieux avec Soliman furent plus déchirants. Mustafâ occupait toutes les pensées de Roxelane, mais il s'agissait de passion plutôt que d'amour. Une passion furieuse, mêlée d'exaspération et de haine parfois, une passion à laquelle Roxelane se défendait toujours de se laisser aller, un sentiment torturant qu'elle refusait de toutes ses forces, dont elle croyait triompher parfois, auquel elle s'abandonnait rarement. Roxelane savait que cet amour sans espoir n'était et ne serait jamais payé de retour. Elle n'avait rien à espérer de Mustafâ et tout à redouter de lui.

Elle avait les yeux pleins de larmes en recevant Soliman dans son salon aux porcelaines rouges. Les premières roses embaumaient la pièce. Elle s'était parée pour être belle dans son regard et lui laisser un souvenir ébloui. Ses paupières ombrées de *sürmé* lui faisaient un regard profond. Ses ongles teints de carmin jetaient des éclats nacrés. Elle avait natté ses longs cheveux passés au henné pour en chasser les premiers fils blancs. Un simple bandeau de soie les retenait. Elle ne portait sur son ample pantalon et sa camisole qu'une guipure de velours cramoisi qui pinçait sa taille et faisait bouffer sa chemise. Ainsi apprêtée, elle ressemblait à la Joyeuse qui l'avait autrefois séduit. Quant à lui, il méritait son surnom de Magnifique, si mince dans son *ferace* chamarré d'or qui lui descendait aux pieds et laissait voir les manches de sa chemise. Un *kandjâr* à la longue lame courbe damasquinée, à la garde ornée de trois énormes émeraudes, était passé à sa ceinture. Elle s'inclina avant de l'étreindre.

– Tu es superbe, mon *pâdichâh*. L'on dirait le dieu de la guerre ou de la mer. Reviens-moi en bonne santé et encore plus couvert de gloire, s'il se peut. Je veux que ton nom soit craint à l'autre bout des mers par toute la Chrétienté et que tu fasses enfin mordre la poussière à la Sérénissime pour avoir rompu ses engagements envers toi et trahi les Capitulations que tu lui avais si généreusement accordées. La route de Rome te sera alors ouverte, mon sultan !

Il lui sourit et la pressa contre lui. Elle savait toujours si bien le deviner. Même si elle avait pleuré, il le voyait à ses yeux, devant lui elle cachait ses larmes sans l'accabler de vains regrets ou de ces plaintes stériles qui affaiblissent un guerrier et retiennent son bras à l'heure du combat. Elle lui parut très belle, en simples vêtements d'intérieur, toujours si vive et si jeune d'allure, si semblable à la petite esclave qu'il avait aimée. Sa Joyeuse !

– Je regarderai ton départ et te suivrai des yeux, ainsi que nos deux fils, tant que je le pourrai, parcelle de mon âme, ombre d'Allah sur cette terre. Ta flotte est la plus belle du monde et toi le roi des rois.

Son visage, levé vers lui, rayonnait de fierté heureuse. Elle savait toujours les mots exacts qu'il fallait prononcer et l'exaltait dans ses fièvres de conquête au lieu de le freiner. Il l'embrassa en murmurant :

– Sois remerciée pour tout, pour ton amour, mon Hürrem, ma Joyeuse.

Elle le vit partir, enfin pacifiée. Cette guerre était aussi un peu son œuvre, puisque c'était elle qui avait incité Soliman à rompre son traité de paix avec la Sérénissime sous un prétexte futile : une galère corsaire arraisonnée par un capitaine vénitien. Ibrâhîm avait été l'ami intime d'Aloisi Gritti, donc de la Sérénissime. Lui vivant, cette campagne n'aurait jamais pu avoir lieu. En combattant Venise, c'était un peu de son souvenir que Roxelane continuait de dissiper. Elle parachevait ainsi son travail de destruction. Il fallait que plus rien ne subsistât du grand vizir qui l'avait tant humiliée, quand il retenait Soliman auprès de lui et de ses courtisanes, nuit après nuit, quand il offrait à Soliman des jeunes esclaves dont la beauté l'avait fait trembler.

La flotte ottomane gagnait lentement la mer de Marmara, où elle pourrait se déployer. C'était un incomparable spectacle que celui de ces cent cinquante galères, basses sur l'eau, effilées comme des épées, tout à coup propulsées par les longues rames sur lesquelles peinait la chiourme, qui s'abattaient ensemble dans un jaillissement d'écume et frappaient la mer. Les galères, tellement plus vives et agiles que les hauts navires ronds des Roumis, semblaient glisser sans effort. Les gabions déployaient les voiles, qui prenaient presque toute la longueur de la coque. Les étendards du sultan et des deux grands amiraux, Lütfi Pacha, beau-frère de Soliman, et le légendaire Barberousse, claquaient joyeusement au vent. Le petit peuple de Stanboul, massé sur les deux rives de la Corne d'Or, du côté de Galata, des chantiers navals et le long de la cité, courait sur les quais pour suivre l'avance de la flotte. Certains s'étaient déjà postés près du Bosphore ou même dans le port de Konstokalion. Il y avait une foule très dense de curieux jusqu'à Yedikule, le château des Sept Tours. Quand on reconnaissait la bannière du sultan ou de ses amiraux retentissaient de folles ovations :

– Longue vie au *pâdichâh* !

– Que chaque année lui soit mille ans !

Tous, de près ou de loin, avaient le sentiment d'avoir un peu contribué au prodigieux effort de guerre qui avait abouti à la création, en quelques mois à peine, de cette flotte allant semer la terreur dans l'Occident chrétien. L'on se sentait fier d'appartenir à cette puissante nation partout victorieuse sur terre, qui prendrait bientôt le contrôle de la Méditerranée.

Debout près de leur père sous la tente pourpre brodée d'or occupant l'avant de la galère royale, les deux princes Mehmed et Selîm regardaient avec excitation s'éloigner la ville. L'on voyait encore bien le puissant dôme de la mosquée du sultan Bâyezîd, flanquée de ses deux minarets, mais, à sa droite, l'on ne devinait plus qu'à peine les toits plus bas du magasin aux vivres. A gauche s'élevait la bizarre pyramide de

Çandarlï Ibrâhîm Pacha, édifiée par le défunt grand vizir pour commémorer ses victoires en Égypte.

Le grand vizir n'était plus et l'on ne devait plus prononcer son nom. Pourtant, Mehmed ne parvenait pas à oublier son rire et les parties de chasse auxquelles Ibrâhîm le conviait. Ibrâhîm avait été le plus adroit aux jeux que l'on disputait à cheval, soit en abattant une cible à la lance à plein galop, soit en tirant à l'arc sur le trophée exhibé en haut d'un mât. Pour corser le jeu, l'on ne pouvait tirer qu'en se retournant, presque ployé sur sa selle. C'était Ibrâhîm qui lui avait offert son premier arc. Sa mère affirmait qu'il avait trahi le sultan, or Mehmed en doutait. Près de l'orgueilleuse pyramide s'élevait le tombeau plus modeste du sultan Bâyezîd, puis la tour byzantine, et, plongeant ses pierres grises dans l'eau, la tour de l'impératrice prisonnière, encore une obscure histoire de guerre et de vengeance...

Mehmed avait vu trop souvent, disposées sur des étals de bois, à gauche et à droite de la seconde porte du palais de son père, l'Ortakapi, la porte du milieu que l'on appelait aussi la bâb üs-Selâm, la porte du Salut, les têtes coupées des hauts dignitaires de l'Empire accusés d'avoir comploté contre leur sultan. Le spectacle ne l'épouvantait plus comme lorsqu'il était enfant. Bien sûr, cela sentait mauvais et attirait les mouches. Mehmed préférait alors marcher vite pour pénétrer dans la seconde cour. Souvent, il avait craint d'y voir exposée la tête d'Ibrâhîm. Par chance, elle n'avait jamais été montrée devant la porte du Salut. Enfin, l'on allait conquérir Brindisi, lui avait expliqué Jean de La Forest, l'ambassadeur du roi de France. Pendant ce temps, le roi François, lui, s'emparerait de

Gênes et Milan. Ce serait une belle guerre. Son père et François Ier, son ami, seraient les nouveaux maîtres du monde.

Rien ne se passa pourtant comme le prévoyaient les accords conclus entre la France et la Porte. Quand il arriva à Valona, Soliman n'y trouva pas l'escadre française qui aurait dû l'y attendre. L'on débarqua plusieurs unités avec mission de se renseigner auprès des habitants sans trop piller, mais nul n'avait vu ou entendu parler de la flotte française. Furieux, Soliman donna l'ordre de rembarquer. Une fois de plus, le roi de France ne tenait pas ses engagements. Soliman, fort de ses cent cinquante galères, se sentait de taille à s'attaquer seul à la Sérénissime.

Comme Roxelane l'y avait incité, La Forest avait travaillé à exciter le ressentiment de Soliman. Il affirmait que c'était à l'instigation de Venise que Charles Quint avait investi Tunis et chassé le *bey*, vassal et allié de la Porte. Puis il y avait eu ces galères turques prises par un capitaine vénitien. Ayaz Pacha, qui avait succédé à Ibrâhîm dans la charge aussi redoutée que convoitée de grand vizir, avait tenté le plus longtemps possible de freiner la guerre. Il y avait de la place pour tous au soleil. Le commerce avec la Sérénissime enrichissait les galions turcs et remplissait les caisses de l'État. Barberousse, au contraire, poussait au conflit. L'on n'avait tout de même pas fait ces préparatifs pour rien. Il voulait en découdre avec la Sérénissime afin d'affirmer ses qualités d'amiral et la suprématie de la nouvelle flotte ottomane. Pour affaiblir Venise, il fallait réduire encore son empire, déjà considérablement amoindri depuis deux siècles. Après avoir consulté son amiral, Soliman choisit de porter ses efforts sur Corfou.

Depuis deux cent cinquante ans, l'île appartenait aux Vénitiens qui en avaient fait une redoutable forteresse. Soliman, sachant que la prise de Corfou ne serait pas chose facile, fit débarquer vingt-cinq mille Turcs flanqués de cinquante canons. Les janissaires eurent beau dévaster l'île et en massacrer les habitants, le château fort de San Angelo résistait à la canonnade. L'on ne parvenait pas à bout de ses puissantes murailles. Les canons tonnaient de toutes parts dans un fracas de fin du monde. Du vaisseau du sultan, les deux princes regardaient avec surprise cette citadelle qui osait résister à leur père. Près du rivage, les boulets tirés de la citadelle atteignirent successivement deux galères. Les grands mâts vacillèrent, puis s'abattirent dans l'eau en entraînant voiles et cordages. Des hommes hurlaient en tombant à la mer et les boulets pleuvaient toujours. Un caïque s'approchait à toutes voiles de la grande galère de Soliman. A la proue, l'on reconnaissait la massive silhouette de Barberousse et sa barbe rouge striée de blanc. Le caïque aborda et Barberousse monta à bord. Le corsaire se prosterna devant le sultan qui lui demanda :

– Dans ces deux galères dématées, il y a eu des morts ?

– Seulement quatre, *pâdichâh*. Laisse-moi un peu de temps et je prendrai San Angelo, foi de Barberousse.

– Mille châteaux semblables ne valent pas la vie d'un seul de tes braves. Le roi François n'a pas tenu sa parole, je rentre dans ma capitale en te laissant soixante-dix galères pour me nettoyer ces îles vénitiennes, Syros, Patmos, Ios, Égine, Paros et Antiparos, Naxos et toutes celles que tu pourras, d'Andros à Skyros. Soumets-moi ces îles et rapporte-moi de l'or et des esclaves en quantité. Ainsi, tu m'auras bien servi. Je veux faire trembler l'Europe.

– Je t'obéirai en tout.

Tandis que le sultan et ses fils, déçus de cette campagne sans victoire, cinglaient avec la moitié de l'escadre vers Stanboul, Barberousse faisait tomber les unes après les autres les possessions vénitiennes. Il s'empara ainsi de plus de vingt-cinq îles, emmena vingt mille habitants en esclavage, récolta cinq cent mille pièces d'or en rançonnant les riches domaines appartenant aux plus grandes familles vénitiennes, les Pisani, Quirini, Venier ou Grispo.

Roxelane retrouva Soliman et ses fils. Chaque jour arrivaient à Stanboul de nouvelles galères chargées de l'or et des esclaves des îles vénitiennes, hommage de Barberousse à son maître. Un peu de ces succès rejaillissait sur Roxelane, avec qui Soliman passait à présent toutes ses nuits. Sa position semblait bien affermie.

– L'Europe, disait Soliman à Roxelane qui se passionnait toujours autant pour la politique, a pensé un peu tard à s'unir. Le Pape a eu beau former contre moi la Sainte Ligue pour rassembler Rome, Gênes, Venise et Charles Quint, cette alliance me semble fragile...

– Ils ont tout de même, mon *pâdichâh*, affrété deux cents galères et une centaine d'embarcations de moindre importance. L'on raconte aussi qu'ils ont recruté cinquante mille soldats, tant allemands qu'espagnols et italiens. Le commandement de cette flotte serait confié à trois hommes, l'amiral Doria, l'éternel adversaire de Barberousse, le patriarche d'Aquilée et le Vénitien Capello.

Comme toujours, elle savait tout et il la regarda avec admiration, tout en lui rétorquant :

– Charles Quint n'a guère confiance en cette alliance et s'engage avec tiédeur. Il n'a pas grande envie d'accroître ainsi la puissance de Venise, qui pourrait ensuite menacer ses propres États. Je sais qu'il ne cesse d'envoyer à Barberousse émissaire sur émissaire pour le convaincre de rejoindre son camp...

Cette nouvelle, qu'elle ignorait encore, prit Roxelane au dépourvu.

– Tu ne crains donc pas sa trahison ? Barberousse aime l'or plus que tout.

Soliman éclata de rire et c'était un peu le rire d'autrefois.

– Tu as raison comme toujours, ma Joyeuse, mais Barberousse est précisément beaucoup trop cher pour ce petit roi Charles !

Roxelane joignit son rire au sien. Maintenant que Mustafâ était loin, relégué dans sa province de Saroukhan qu'il gouvernait, disait-on, sagement, sa passion malheureuse pour lui devenait moins douloureuse et elle trouvait le calme dont elle avait tant besoin.

Le lendemain arriva une lettre de Mustafâ que Soliman lui lut avec candeur. Son fils aîné venait de fêter ses vingt ans dans sa province et priait son père de lui accorder une audience à cette occasion. Il désirait le revoir et se prosterner à ses pieds, embrasser celle qu'il considérait comme une seconde mère et serrer dans ses bras ses frères et sa jeune sœur. Soliman s'attendrissait.

– Qu'en penses-tu, ma Joyeuse, toute la famille réunie ? Nous pourrions célébrer ici son anniversaire.

Et il lui montra une miniature que lui envoyait son fils. Le visage de Mustafâ s'était affermi. La longue moustache noire rendait ses traits plus virils, mais c'était toujours le même regard rêveur, la même bouche si tendre et voluptueuse. Roxelane aurait voulu n'avoir jamais vu le portrait sur lequel le peintre avait fait exprès d'ignorer les effets de la perspective, afin de ne pas trop donner l'illusion de la réalité, ce qui aurait blessé Allah. Elle ne put pourtant se retenir d'y jeter un coup d'œil et crut qu'elle allait se trahir. Il était si beau... Mustafâ était le portrait de son père avec, peut-être, encore plus de charme et surtout cette gaieté et ce rayonnement qui avaient toujours manqué à Soliman. Si Mustafâ revenait à Stanboul, elle ne pourrait contenir cette passion qu'elle avait espérée morte et qui n'était qu'endormie, attendant le plus léger prétexte pour se manifester avec plus de force et de furie. Mustafâ ne devait pas venir. Elle prit le premier prétexte pour détourner Soliman de ce projet.

– On m'a raconté que Mustafâ, que son nom soit béni, avait donné de très belles fêtes pour célébrer sa majorité et que ses janissaires l'avaient acclamé avec enthousiasme.

– Quel mal y vois-tu ?

– Aucun, s'ils ne l'avaient aussi salué du nom de sultan, mon *pâdichâh*. Tu sais que Mustafâ est follement populaire dans l'armée. De tout temps, les janissaires n'ont jamais demandé qu'une seule chose :

plus de guerre, plus de pillage, donc plus de butin. On murmure que tu es las de la guerre et qu'un jeune prince saurait mieux que toi les mener au combat. Alors, si les acclamations se répétaient dans ta capitale, même si ton fils n'y est pour rien, tout serait à craindre. Une marmite est si vite renversée et une révolution en marche !

– La sagesse parle comme toujours par ta bouche, ma Joyeuse. Je n'ai pas seulement la plus délicieuse des femmes, mais encore un conseiller plus avisé que bien des hommes.

– Crois que mon cœur saigne en te donnant ce conseil.

Cette dernière phrase n'était pas fausse. Si Roxelane craignait plus que tout de revoir Mustafâ, elle ne supportait pas non plus d'en être éloignée. Pourtant, elle tint bon dans sa résolution.

– Je connais ton amour maternel pour Mustafâ, Hürrem. Nous devons oublier nos sentiments pour ne penser qu'au bien de l'Empire. Je vais lui écrire que je ne pourrai pour l'instant le recevoir comme je le souhaiterais, pris comme je suis par les préparatifs de ma flotte. Comme tu le sais, j'ai fait rouvrir les chantiers. Un affrontement avec Doria me semble à présent inévitable et je veux être prêt pour le plus beau combat naval jamais vu.

Un nuage passa sur le grand front de Soliman, presque caché par le bonnet de velours qu'il portait sans turban quand il était « chez lui ». Roxelane lui glissa un coussin sous la tête, lui massa les tempes comme il aimait, puis elle frappa dans ses mains pour ordonner qu'on lui apportât ce breuvage brûlant que le

Coran réprouvait toujours, mais qu'elle lui avait appris à apprécier, le *kawa*.

– Qu'est-ce qui t'affecte ainsi ?

– Crois-tu, Hürrem, que Mustafâ veuille me parler de la mort d'Ibrâhîm et m'en demander les raisons ? Ils étaient tous deux si liés...

– Mustafâ questionner son père... Il n'oserait. Il est vrai qu'il adorait Ibrâhîm.

– Je ne l'ignore pas, répondit Soliman, plus sombre que jamais. Pourtant, je n'ai pas à me justifier auprès de mon fils.

– Bien sûr que non.

L'orage était passé. Soliman se détendait sous les doigts de Roxelane qui continuait à le masser. Cependant, elle comprit ce soir-là que son pouvoir restait bien chancelant. Il lui fallait de toute urgence avoir un allié dans la place. Elle voulait un homme plus libre qu'elle d'aller où bon lui semblait, qui serait tout à elle et la renseignerait à la fois sur ce qu'il se passait dans l'entourage de Mustafâ et lors des séances du *Diwân* ou des réceptions des ambassadeurs. Seul l'exercice du pouvoir saurait être un dérivatif à sa peine.

Roxelane s'ouvrit donc dès le lendemain de ses préoccupations au *kïzlar aghasï*. Depuis près de dix-huit ans qu'ils vivaient pour ainsi dire côte à côte dans ce petit monde fermé du Vieux Sérail, elle avait appris à respecter cet homme prodigieusement laid, qui s'était toujours montré son allié et l'avait toujours bien conseillée. Sa fortune était depuis si longtemps attachée à la sienne qu'il ne la trahirait pas. C'était lui qui l'avait aidée à discréditer Gülbahar dans l'esprit de Soliman, lui qui avait toujours présenté ses fils au

Diwân. C'était lui qui avait trouvé les sept Muets pour assassiner Ibrâhîm. S'il connaissait son secret au sujet de Mustafâ, il n'en dirait jamais rien et feindrait toujours de l'ignorer, même avec elle.

Bien que cela risquât de sentir un peu la friture, elle fit apporter dans son appartement une immense soupière d'*imâm bayildï*, qui signifie littéralement « l'*imâm* qui s'est évanoui de joie ». C'était le plat de prédilection du *kïzlar aghasï*, qui raffolait de ce mélange d'aubergines frites, d'oignons, de tomates et de persil. Pour le mettre à l'aise, Roxelane ordonna de poser la soupière sur la traditionnelle nappe de cuir. Un simple flacon d'eau de rose accompagnait ces préparatifs. Quand il fut là, elle l'invita à s'installer en face d'elle. Assise en tailleur non loin du chef des eunuques noirs avec cette familiarité dont elle avait toujours usé envers lui, elle-même puisait dans la marmite quelques bouchées à l'aide de cette longue cuillère en bois qui permet de ne pas avoir à trop se baisser pour prendre la nourriture dans le récipient placé directement sur la nappe, sans prévoir d'assiette.

– Merci de me rendre si cordialement visite, mon *kïzlar aghasï*.

Quand elle l'appelait ainsi, toujours il se sentait fondre. Tout en dégustant le savoureux mélange, il se demandait ce qu'elle allait lui confier comme mission impossible, mais cela lui était égal. Il ne voulait que le bonheur de pouvoir encore longtemps la servir, car cette femme l'impressionnait. Elle alliait si bien beauté et intelligence, féminité exquise et goût du pouvoir implacable. Auprès d'elle, il oubliait parfois qu'il était laid. Il oubliait même l'amputation qu'on lui avait infligée et qui en faisait pour toujours « une portion d'homme ».

– Je suis à jamais ton serviteur, ma sultane, tu le sais.

– Le *pâdichâh*, depuis la mort du traître Ibrâhîm, est bien seul pour exercer le pouvoir. Je voudrais qu'il puisse parfois s'appuyer sur un homme de confiance. Un homme qui me serait avant tout fidèle et m'informerait de tout ce qui t'échapperait. Ainsi, je conseillerai le sultan de façon plus utile, puisqu'il me fait parfois l'honneur de m'écouter. As-tu quelqu'un à me recommander ?

Au Vieux Sérail, mais aussi dans le palais du Prince et même dans la plupart des cours étrangères, l'on savait qu'une favorite régnait sans partage sur le cœur de Soliman, qu'il la consultait sur tout et qu'il valait mieux compter avec elle si l'on voulait être efficace. Le *kïzlar aghasï* réfléchit un instant, passant vite en revue ceux qui entouraient le sultan et pourraient leur être utiles, à la sultane et à lui-même. Il fallait un homme avisé et courageux, instruit et capable, ambitieux aussi, mais pas trop haut placé pour qu'il eût encore beaucoup à leur devoir, assez proche du sultan pour connaître la cour et les dignitaires de l'Empire. Il fallait un homme vénal, qui se laisserait acheter une fois pour toutes et ne trahirait pas ensuite pour une autre offre. Plus il réfléchissait, plus il lui semblait que le grand écuyer, Rüstem Pacha, un jeune homme de vingt-six ans qui avait été auparavant *silâdhdâr* ou porte-sabre, correspondait à ce que souhaitait la sultane. Il lui dit brièvement ce qu'il en savait, lui vanta son ambition, son opiniâtreté et son sérieux, ses meilleurs atouts.

– Je le recevrai demain, ici même, à la tombée de la nuit. Le sultan m'a prévenue qu'il resterait ce soir-là à Galata. Veille à ce que nul ne le voie ou ne nous surprenne. Pour lui, ce serait la mort assurée.

La situation ne vaudrait guère mieux pour elle-même, ce qu'elle savait très bien et que l'eunuque ne jugea pas utile de lui rappeler. En sa qualité de chef du sérail, il ne serait guère difficile au *kïzlar aghasï* d'aplanir les obstacles et de poster quelques Muets aux endroits stratégiques pour prévenir toute surprise.

Rüstem Pacha, Grand Écuyer de Soliman, était un homme énergique et capable, à l'ambition démesurée. C'était pour cette raison que le *kïzlar aghasï* l'avait choisi. Son service l'appelait presque chaque jour auprès du sultan et celui-ci l'avait déjà plusieurs fois remarqué. Rüstem se croyait donc promis à de grandes destinées, mais il n'aurait jamais cru ou espéré que l'épouse du sultan pût s'intéresser à lui et le convoquer au Vieux Sérail. Son visage brun, à la mâchoire carrée ornée d'une courte barbe très noire, riait rarement ou même pas du tout. C'était la raison de son surnom : « Celui qui ne rit jamais ». Aussi faisait-il nettement plus vieux que son âge. Comme tout le monde, il était curieux de connaître cette esclave russe qui, depuis si longtemps, avait la préférence. On la disait d'une redoutable intelligence et encore d'une grande beauté.

Pour toutes ces raisons, il se sentait ému en suivant le *kïzlar aghasï* dans le dédale de cours et de corridors, de kiosques et de jardins, d'escaliers secrets et de portes dérobées qu'empruntait le chef des eunuques noirs. Même s'il se trouvait sous sa protection, Rüstem savait que rien ne pourrait le sauver s'il venait à être découvert. Il n'y avait qu'un verdict pour ceux qui osaient enfreindre les interdictions du sérail, fût-il prince ou muletier : la mort. Une mort discrète et vite expédiée, donnée par le lacet des Muets ou le poignard des eunuques.

Comme la plupart des hommes de Stanboul, Rüstem se demandait à quoi pouvait ressembler le harem du plus grand sultan du monde. Alors qu'il s'était attendu à de lourdes constructions hérissées de sculptures et rehaussées d'or, il fut agréablement surpris par le charme des petits kiosques essaimés dans les jardins, par le léger retroussis d'un toit en forme de pagode, la grâce d'un palais d'un seul étage donnant de plain-pied sur les jets d'eau des bassins. Les bruits de la ville étaient amortis par l'écran des hauts murs et la masse des arbres, mais on percevait cependant une lointaine rumeur, comme la respiration de la cité. Parfois il entendait éclater un rire ou vibrer les cordes d'un *canoun*. Alors il imitait aussitôt le gros eunuque noir et se fondait dans la pénombre d'une porte avant de repartir à sa suite. Ils n'étaient tous deux que des ombres dans un jardin d'ombres.

A la suite du *kïzlar aghasï*, il entra dans une vaste bibliothèque au plafond décoré de versets du Coran, aux murs tapissés de livres aux reliures d'or. L'eunuque appuya sur une aspérité de la bibliothèque. Aussitôt, un pan de bois tourna sur lui-même, révélant l'entrée d'un petit corridor chichement éclairé. Rüstem devina que l'on approchait des appartements de la sultane. Il savait comme chacun au palais qu'à présent

Roxelane ne restait plus confinée au Vieux Sérail, mais s'en évadait souvent pour rôder dans la capitale à l'abri de ses voiles et se renseigner ainsi discrètement sur ce que l'on racontait en ville. Elle prenait le pouls de la cité. Parfois aussi elle se contentait de rendre visite à un marchand ou seulement d'errer entre les échoppes des bazars – un plaisir dont elle avait été longtemps privée.

Le corridor débouchait sur une porte close à laquelle on ne voyait nulle serrure mais, là aussi, le *kïzlar aghasï* actionna un mécanisme secret sans que Rüstem pût voir où il avait posé le doigt pour déclencher l'ouverture. S'il déplaisait à Roxelane, probablement ne reverrait-il jamais le jour. Pourtant, Rüstem ne ressentait aucune peur. Le jeu valait d'être joué. Surtout il voulait *la* voir. L'eunuque s'effaça pour le laisser passer, revint sur ses pas et fit se refermer la porte. Sans doute veillait-il près de là, afin d'accourir au moindre cri de sa maîtresse ?

Rüstem se trouvait dans un vaste salon au milieu duquel glougloutait une fontaine de porphyre. Une cheminée occupait la plus grande partie de l'un des murs. Du feu flambait, jetant des lueurs vives sur les mosaïques rouges – une curiosité dont on lui avait parlé, mais qu'il n'avait encore jamais vue. Comme partout en Turquie, des banquettes recouvertes de soieries précieuses, jonchées de coussins, couraient sur les trois autres côtés. Des jades ou des ivoires, des vases d'or ou d'argent étaient posés sur des guéridons ou dans des niches ménagées dans l'épaisseur des cloisons. D'immenses candélabres garnis de bougies odorantes et richement ornementés se dressaient à même le sol.

Les roses, rassemblées en gros bouquets, répandaient avec générosité des senteurs enivrantes. Il était tard, la nuit était déjà tombée. Les odeurs du jardin montaient dans l'air du soir et pénétraient dans la pièce, mêlées à celles des roses. Rüstem ne vit le décor qu'à travers une sorte de brouillard, car il n'avait d'yeux que pour *elle*.

Roxelane le guettait en souriant et le rire mettait deux fossettes au coin de ses joues. Elle était mollement alanguie contre les coussins, plus couchée qu'assise. Cette pose mettait en valeur un corps dans toute la plénitude de la trentaine. Elle portait, par-dessus un pantalon de mousseline verte, une longue robe d'argent un peu échancrée sur la poitrine, laissant passer des manches aussi légères que son pantalon. Une petite coiffe conique prolongeait son fin visage. Elle portait un voile transparent qui ne laissait libres que ses grands yeux ambrés, mais l'on devinait sous le voile les traits très purs et une petite bouche rendue brillante par les fards.

Rüstem se prosterna aussitôt à ses pieds et baisa le bas de sa robe :

– Qu'Allah t'accorde mille ans bienheureux, sultane !

– A toi aussi, Rüstem Pacha. Le *kïzlar aghasï* m'a dit le plus grand bien de toi, de ton sérieux et de ton application à servir le *pâdichâh*.

– Le *kïzlar aghasï* est trop indulgent. Ce qui est certain, c'est que je donnerais ma vie pour mon sultan et ma sultane.

D'un mouvement vif, elle se leva pour se diriger vers une table d'ébène supportant une cafetière et deux tasses d'argent, ainsi que des loukoums poudrés de sucre. Elle le servit, l'invita à s'asseoir près d'elle, dégusta son café à gorgées voluptueuses avant de lancer :

– La traîtrise de l'ancien grand vizir Ibrâhîm, que le *pâdichâh*, dans son immense sagesse, fit exécuter, continue de me tracasser, Rüstem. Une pareille trahison peut se reproduire à chaque instant. Souvent, mon sultan voyage au loin, appelé par les guerres. Que se passerait-il si pareille révolte devait recommencer en son absence ? J'ai besoin d'un homme sûr et capable, avisé et de bon conseil, d'un ami enfin dans l'entourage du sultan, quelqu'un qui pourrait à la fois veiller sur lui, sur moi et sur mes enfants si quelque chose devait arriver. J'ai pensé que cet homme de confiance pouvait être toi, Rüstem Pacha. Qu'en dis-tu ?

– Que tu me fais trop d'honneur, mais que je saurai être digne d'une pareille confiance. Ordonne et ton serviteur t'obéira aussi exactement qu'il le pourra.

– Une femme a de la peine à se renseigner sur les affaires de l'État. Le *pâdichâh* me fait la grâce de me consulter, mais je crains parfois de ne pas savoir répondre à son attente. Tu me diras tout, Rüstem, et sache que mes amis n'ont jamais eu à se plaindre de moi. Mon sultan ne me refuse rien et je puis beaucoup pour toi si tu me sers fidèlement. Je te donnerai de l'or, tout l'or que tu peux souhaiter, ainsi que des terres et des charges. J'ai ici un blanc-seing du sultan. Le poste de gouverneur de Soulka est vacant, Rüstem. S'il t'agrée, il est pour toi !

Un poste de gouverneur, c'était plus que généreux.

Même s'il l'éloignait de Stanboul, il le rapprochait des honneurs et donc du trône. Il se jeta derechef à genoux et Roxelane le congédia avec un sourire :

– Ce n'est qu'un début, Rüstem, n'oublie pas que je désire tout savoir de toi parce que je m'intéresse à ton sort. Fais-moi parvenir des nouvelles régulièrement. Si tu me sers bien, aucun espoir ne t'est interdit.

Roxelane ne mentait pas. Rüstem administra sagement sa province, comme ses espions l'en assurèrent. Un an plus tard, elle le faisait nommer *beyerbey* de Karamanie, un poste sensiblement plus important, offrant des revenus plus considérables. La guerre sévissait toujours dans cet empire immense où l'on ne pouvait cesser de conquérir sans courir le risque de ne plus exister. D'ailleurs, cette armée considérable, payée surtout avec ce qu'elle prélevait à l'ennemi, avait soif de se battre. La garder trop longtemps inoccupée était risqué, la révolte des janissaires l'avait assez montré. Une rapide expédition, terrestre cette fois, mena Soliman en Moldavie, où il destitua le prince Raresh, qui refusait de payer tribut, pour le remplacer par son frère.

Six mois plus tard, en septembre 1538, les cent vingt-deux galères ottomanes dirigées par le *kapudan pacha* Khayreddîn Barberousse affrontaient enfin, à Prevesa, les cent soixante-dix vaisseaux chrétiens, plus lourds, plus hauts sur la mer, donc moins souples et moins rapides que les embarcations turques, mais forts de leurs deux cent cinquante canons et de leurs soixante mille hommes. Cette fois, c'était toute la flotte réunie du Pape, de Venise et de Charles Quint qui défiait le vieux lion des mers. Barberousse avait auprès de lui, commandant des galères encadrant le vaisseau amiral, ses fidèles lieutenants, Sinân le Juif, l'intrépide défenseur de Tunis, Murâd et Salih-re'îs, d'origine chrétienne comme lui-même, et Dragut. Jusqu'à Prevesa, la flotte turque avait été guidée par un banc de poissons volants. Chacun y vit un heureux présage, le signe que la main d'Allah la dirigeait. Ce fut dans le golfe d'Arta, sur la côte albanaise que dominait l'antique forteresse turque de Prevesa, que Barberousse jeta l'ancre, attendant l'ennemi et son vieil adversaire, l'amiral Doria.

Enfin, le premier vaisseau apparut, véritable forteresse flottante, si haut sur l'eau qu'il ressemblait davantage à une tour qu'à un bateau, hérissé de voiles carrées difficiles à manier. Puis il y en eut dix, puis cent et plus encore. L'entrée du golfe était barrée par cette forêt de quilles rondes se balançant lourdement sur l'eau. Barberousse n'avait pas choisi à la légère son mouillage. Des hauts-fonds sablonneux barraient la rade. Les galères turques glissaient sans dommage au-dessus des bancs de sable, mais les vaisseaux chrétiens s'y seraient sûrement enlisés, ce que Doria comprit d'un seul coup d'œil. Dépité et prudent, l'amiral italien fit virer sa flotte et reprit le large. Il y avait si longtemps que les deux chefs ennemis, à présent tous deux âgés de plus de soixante-dix ans, se traquaient sur mer sans jamais parvenir à un affrontement décisif que Barberousse ne put prévenir la fougue de ses lieutenants. Les galères de Dragut, de Sinân le Juif, puis celle de Mûrad et de Salih-re'îs effectuèrent un rapide demi-tour et se lancèrent à la poursuite de l'escadre chrétienne.

– C'est un piège, hurla Barberousse. Doria va vous encercler, revenez !

Dans le concert des ordres aboyés par chaque commandant de galère, des coups de fouet pleuvant sur les dos de la chiourme, du vacarme de toutes ces rames fendant la mer, nul ne l'entendit, sauf Ambre. Ce Noir obèse, un eunuque représentant le *pâdichâh*, rappelait à l'amiral par sa seule présence qu'il n'était lui-même que l'esclave de son maître. Ambre le regardait avec une ironie méchante et Barberousse savait que le moindre de ses gestes serait bientôt répété à Roxelane et Soliman. S'il ne suivait pas le flot des galères qui s'élançaient vers la haute mer, même s'il pensait qu'il s'agissait d'un piège, l'eunuque irait dire qu'il avait laissé sa flotte combattre sans lui. S'adressant à son second, il lui jeta :

– Autant que j'en puisse juger, capitaine, il nous faut à présent nous plonger dans cette bataille, même avec des chances aussi réduites. Autrement, Dieu sait ce qu'irait raconter cette glapissante moitié d'homme...

Le *re'îs*, qui n'aimait pas plus l'eunuque que lui, l'écarta rudement pour donner ses ordres. L'on navigua toute la nuit. Enfin, au petit matin, les guetteurs hurlèrent à la voile. L'escadre de Doria se trouvait là au complet, réfugiée dans une autre anse, à trente milles plus au sud de Prevesa. Avec Dragut à sa droite et Salih-re'îs à sa gauche, Barberousse commanda l'attaque. Les vents lui étaient cette fois favorables. Il avait toute la place pour manœuvrer alors que l'escadre chrétienne se trouvait resserrée dans la rade. Les galions espagnols se gênaient les uns les autres. Cette bataille faisait plutôt songer à une charge de cavalerie, quand les chevaux, lancés à plein galop, viennent bousculer la piétaille immobile et empêtrée dans ses armes. Les galères, vives et agiles, tiraient leurs bordées, virevoltaient autour des galions et repartaient aussi vite qu'elles étaient venues. Deux vaisseaux flambaient déjà. Un troisième, démâté, tournait à la dérive, percutant d'autres galions dans sa course aveugle. Partout résonnaient les hurlements des blessés. Des hommes d'équipage, espagnols ou italiens, sautaient par-dessus bord pour échapper aux flammes. Soudain, profitant d'une percée dans la flotte ottomane, Doria se faufila vers le large, suivi des restes de son escadre. Barberousse tenait enfin cette grande victoire dont il avait si souvent rêvé. Il ramenait à Soliman sept galions capturés – immenses châteaux forts vaincus. Ambre, l'exécrée portion d'homme, n'aurait rien à dire...

Cette belle victoire de Prevesa valut au *kapudan pacha* une nouvelle pension annuelle de cent mille *aspre* s'ajoutant à des revenus déjà considérables. Surtout, elle incita Soliman à étendre sa suprématie maritime. Tandis que Barberousse restait avec sa flotte à surveiller cette Méditerranée toujours prompte à s'enflammer contre la puissance ottomane, le sultan confiait une impossible mission à un eunuque de quatre-vingts ans, un obèse qui ne pouvait plus bouger seul. Soliman Pacha, qui avait été dix ans un sage gouverneur en Égypte, devait faire acheminer une nouvelle flotte d'Alexandrie jusqu'à la mer Rouge. Pour tout autre que lui, la tâche aurait été impossible, mais

Soliman Pacha était énergique et ses hommes l'adoraient.

Roxelane aurait voulu voir le prodigieux spectacle de ces caravanes de chameaux traînant à travers le désert égyptien des pans entiers de galères que des charpentiers assemblaient ensuite. Quand les soixante-dix galères furent prêtes, l'escadre navigua jusqu'au Yémen, prit le port d'Aden, continua vers le golfe Persique et l'Indus. Chaque fois que possible, l'on arraisonnait les galions portugais ou espagnols. Soliman Pacha se rendit ainsi maître du commerce maritime dans cette partie du monde également.

Alors que tout semblait sourire à Soliman, un incendie éclata soudain à l'arsenal. Il se répandit aussitôt comme une traînée de poudre par les ruelles de Stanboul. Les *yali*, les belles maisons de bois à encorbellements, se touchaient presque dès le premier étage et le feu se propageait à une vitesse désastreuse. L'on fit appel aux janissaires, que l'on chargea de déblayer le terrain devant le feu, mais ils profitèrent de l'incendie pour voler copieusement les maisons sinistrées. Dans leur fièvre de pillage, ils en abattirent plus d'une que l'on aurait pu sauver.

Dès que les premières flammes se mirent à rougeoyer, d'abord à l'arsenal puis au centre de la ville, Soliman se précipita au Vieux Sérail pour veiller sur sa famille. L'on cherchait à sauver ce qui pouvait encore l'être, l'on emballait des étoffes précieuses, des meubles, de la vaisselle. L'on faisait la chaîne pour porter de pleins seaux d'eau qui ne parvenaient pas à avoir raison des flammes. L'on ne put par malheur empêcher que la bibliothèque du roi Mathias Corvin de Hongrie, que Soliman avait rapportée de ses campagnes, ne fût brûlée en son entier. C'était une bonne partie du savoir grec et romain et des milliers d'incunables datant des premiers temps de la Chrétienté qui partirent en fumée. Soliman en fut désespéré. Partout, les femmes, éperdues, en pleurs, se lamentaient en tentant de sauver leurs biens, tandis que Roxelane, impassible, interdisait à ses enfants la moindre larme et houspillait ses servantes pour leur faire emballer le plus vite possible ce que l'on pouvait encore emporter.

Quand arriva Soliman, éperdu, affolé par le risque couru par sa famille, Roxelane se tenait très droite devant le seuil de son palais en flammes, entourée de ses quatre fils et de la princesse Mihrimah, qui était devenue une ravissante jeune fille de quatorze ans ressemblant en tout point à sa mère. Elle étreignit son époux en lui disant :

– Lumière de mon âme, tu n'as rien ?

– C'est pour toi que je tremblais, ma Joyeuse. Une calèche vous attend et va vous mener au palais du Prince, à la pointe de Saray Bournou. Et ne crains rien pour le reste des femmes et des esclaves du Vieux Sérail, d'autres voitures vont arriver.

Roxelane et ses enfants prirent place dans la calèche et l'on s'installa vaille que vaille dans le palais du sultan. L'on avait attribué à Roxelane et à ses enfants les appartements situés juste contre ceux de Soliman. Pour faire oublier à sa Joyeuse le chagrin d'avoir perdu sa propre demeure, Soliman passa toute la nuit avec elle. Elle le troublait toujours autant et il avait pour elle cette ardeur timide qui plaisait plus à Roxelane que s'il s'était cru en terrain conquis. Le souvenir de

Mustafâ s'estompait doucement. Elle reposait entre les bras du sultan, le maître du monde, et elle se sentait enfin heureuse, pacifiée en tout cas, même si elle venait de voir brûler sa ville.

– Je te ferai reconstruire au Vieux Sérail un palais encore plus beau que celui que tu occupais, promit Soliman en l'embrassant.

Elle s'étira, lui sourit et répondit avec ce rire qui faisait son principal charme :

– Je vois dans cet incendie un présent du ciel, mon *pâdichâh*. Il ne veut plus que nous soyons séparés. Je t'en prie, ne me renvoie pas au Vieux Sérail. Je serais si heureuse ici avec nos enfants. L'air y est plus sain et la vue ravissante, le jardin plus grand et mieux planté.

– Tu n'y aurais pas tes aises.

– Je demanderai à Sinân d'aménager des pièces confortables près de tes appartements. Ainsi, tu verras plus facilement tes enfants.

– Et le reste du sérail ?

– Les femmes pourront s'installer ici si l'on organise de nouveaux bâtiments, des cuisines plus vastes, d'autres hammams. Le Vieux Sérail était si poussiéreux. Surtout, l'on y étouffait en été. Ici, la vue porte vers le large, c'est tellement plus vivifiant.

– Si cela doit te rendre heureuse.

Ce fut ainsi que Roxelane, ses enfants, ses serviteurs et l'ensemble du harem de l'Empire quittèrent définitivement le Vieux Sérail pour résider dorénavant dans l'enceinte du palais du sultan. Désormais, politique et harem se trouvaient confondus, ce qui servait les intérêts de Roxelane. Même si elle avait tout ce qu'elle pouvait souhaiter, même si son ascendant sur Soliman était absolu et s'il la consultait de plus en plus souvent sur la bonne marche des affaires de la Porte, elle voulait davantage. Depuis longtemps, elle s'était passionnée pour le pouvoir et elle entendait l'exercer.

L'incendie de Stanboul fit de nombreuses victimes que l'on se hâta d'enterrer aux portes de la ville, dans d'immenses fosses vite recouvertes de chaux vive pour enrayer l'infection. Quelque hâte que l'on eût mise à envoyer partout des équipes de fossoyeurs, la chaleur de ce début de juillet propageait aux quatre coins de la capitale des odeurs pestilentielles. Les vautours, ces immenses oiseaux au cou déplumé que l'on voit toujours tournoyer dans le ciel dès que s'annonce un malheur, s'abattirent sur les corps traînés par des charrettes. L'on ne parvenait plus à les chasser. Neuf jours après le terrible incendie qui avait laissé dans toute la ville des moignons de bois calcinés, des pans entiers de maisons ou de palais démantibulés, l'on sut que les premiers cas de peste avaient été reconnus dans plusieurs quartiers. Les fossoyeurs portaient à présent des masques sur le visage. Dans chaque maison, l'on brûlait des cassolettes d'encens et de plantes aromatiques pour tenter d'enrayer les effets de l'épidémie. Dès qu'une demeure était touchée par le fléau, les *imâm* venaient marquer les murs et ses habitants étaient mis en quarantaine. Le corps du mort était immédiatement brûlé.

Pourtant, l'on ne parvenait pas à enrayer le fléau. Chaque jour, chacun s'examinait avec anxiété pour voir s'il n'avait attrapé pendant la nuit l'un de ces terribles bubons, la marque de la *mort rouge*, comme on l'appelait. Une nausée, une migraine étaient des signes qui ne trompaient pas et qui vous faisaient aussitôt regarder avec épouvante par vos proches. Vous n'étiez plus seulement un malade que l'on pouvait plaindre, un moribond à peine en sursis, mais un ennemi, celui qui propageait la mort.

Et la peste continuait de frapper au hasard, les riches comme les pauvres, avec une impartialité peu rassurante. Au palais du Prince, Roxelane fit appeler le médecin qui lui inspirait le plus confiance, le vieux Rabi Salomon Nathan Eskenazi. Sa science était grande, ses avis écoutés. Il connaissait les plantes qui guérissent, savait réduire comme personne les fractures, sonder une blessure et la soigner avec ses baumes. Tout juif qu'il fût, c'était à lui que Roxelane avait confié la santé de Soliman, d'elle-même, de sa famille et de tout le sérail. Si Roxelane avait un caractère bien trempé et n'avait pas peur de grand-chose, elle redoutait deux maux plus que tout : l'âge qui venait de façon inexorable et commençait, insidieusement, à attaquer cette beauté dont elle avait été si fière, et la maladie, qui lui faisait horreur. Être malade lui apparaissait comme une faute de goût inacceptable et méprisante.

Nourisabah, qui avait bien vieilli et semblait à présent une matrone même si elle avait le même âge que Roxelane, introduisit le mage dans le salon que sa maîtresse venait de se faire aménager dans son nouveau palais édifié d'après les plans de Sinân. Plafond de cèdre ouvragé, murs décorés à l'*al ablak*, ces motifs ciselés dans la pierre que l'on colorait en remplissant les cavités de pigments, larges miroirs aux cadres d'argent composaient un décor d'un raffinement exquis. Le Hollandais Pieter de Coecke d'Alost avait amené à Constantinople les plus beaux spécimens de tapisseries des Flandres et Roxelane s'était enthousiasmée pour ces verdures, ces édens peuplés d'animaux fabuleux nés sur des métiers lointains. Tous les murs en étaient ornés. On avait ainsi l'illusion de se promener dans un parc enchanté. Le vieillard se prosterna jusqu'à terre et Roxelane le releva avec affection.

– Comment se porte ce matin le grand vizir Ayaz Pacha ? L'on m'a dit qu'il était souffrant, maître Salomon.

– Le grand vizir est mort dans la nuit, sultane, je n'ai par malheur rien pu pour lui, sinon adoucir ses souffrances avec des pilules d'opium. Son harem résonne de pleurs et de cris. Tu sais comme moi que le grand vizir avait beaucoup d'appétit pour ses femmes. C'était parfois un cauchemar que de visiter sa maison. J'y ai soigné jusqu'à quarante nourrissons à la fois. Et aujourd'hui, le pauvre homme laisse, dit-on, cent vingt orphelins.

– C'est beaucoup, dit Roxelane en souriant, puis elle prit un ton plus grave pour ajouter : la peste ?

– La peste.

– Ici, dans cet air plus sain qu'au centre de la ville, en bordure de mer, serons-nous épargnés ?

– Il vaudrait mieux que la famille impériale, le sérail et la cour se retirent au palais des Eaux Douces. L'épidémie gagne et la chaleur n'arrange rien. Respirer le plus possible les herbes que j'ai fait préparer, éviter tout contact avec la ville me semblent les précautions élémentaires, mais il faut partir rapidement. On ne peut rien contre la peste. La science même est impuissante.

– Même toi ?

– Même moi, sultane. La propreté la plus rigoureuse peut retarder la maladie, c'est tout. Elle se propage plus vite dans les quartiers pauvres, mais elle peut ensuite atteindre aussi les riches. Nul n'est à l'abri. Vois le sort de notre malheureux grand vizir.

– Merci de ton honnêteté, Salomon. Je voudrais aussi te consulter sur un autre sujet délicat. Le *pâdichâh* vient de promouvoir au poste de *beyerbey* d'Anatolie, un honneur considérable, un homme qui nous est très cher, un serviteur de la Porte à la fidélité sans tache, si remarquable que nous songeons à nous l'attacher par des liens plus forts encore. Il s'agit de Rüstem Pacha, auquel nous comptons donner en mariage notre fille, la princesse Mihrimah. Or un bruit fâcheux court sur la personne de Rüstem... Je te livre là de bien dangereux secrets, Salomon, tu dois m'assurer de ta parfaite discrétion.

Le vieil homme s'inclina profondément.

– Tu m'as depuis longtemps comblé de ta confiance, sultane, et je me suis toujours efforcé de te servir fidèlement, sans jamais t'abuser sur la portée de ma science. Quand je peux t'être utile, je le fais, quand je suis impuissant, je te le dis sans ambages. Ordonne et je m'efforcerai de t'obéir le mieux possible.

Roxelane le regarda avec affection. Ce vieux visage ruisselant de rides et marqué par la sagesse ne reflétait que la bonté et une science de l'âme humaine qui surpassait peut-être celle du corps. C'était grâce à Salomon et à ses potions, à ses onguents magiques qu'elle avait pu mettre au monde ses enfants sans effort et retrouver si vite sa belle vitalité. Il ne l'avait jamais abusée. Grâce à lui, son aîné Mehmed, toujours de santé délicate, qui toussait à chaque nouvel hiver, avait pu prendre du poids et grandir normalement. En revanche, le médecin n'avait par malheur su réduire la bosse de Djihângîr, le plus sensible et le plus doué de ses fils, le plus affectueux aussi. Pourtant, Djihângîr était également celui qui lui faisait le plus honte, car Roxelane prenait comme une malédiction divine d'avoir un fils bossu. Salomon s'était du moins sans cesse évertué à le fortifier. C'était pour elle une souffrance de chaque instant que de voir cet adolescent difforme, qui lui rappelait par sa présence qu'elle aussi pouvait accoucher d'un monstre... Soliman adorait Djihângîr, ainsi d'ailleurs que chacun de ses enfants, mais elle avait beau faire, elle-même n'y parvenait pas. Selon elle, il aurait mieux valu que son bossu ne vît jamais le jour, ce qu'elle ne pouvait avouer au vieil homme. Elle semblait triste tout à coup, égarée en ses pensées et Salomon crut devoir la consoler :

– Aux Eaux Douces, la peste ne te suivra pas, sultane. Que puis-je faire pour Rüstem Pacha ?

– On critique beaucoup ses modestes origines et on le nomme en secret « conducteur de porcs », mais l'Empire est ainsi fait que ce sont les plus humbles qui accèdent souvent aux plus hautes fonctions. Moi-même je n'étais que de la « chair vendue » avant mon mariage avec le sultan, tu le sais. Oublions les médisances. Seule m'importe une accusation plus grave. Certaines mauvaises langues le disent atteint de la lèpre et je ne voudrais jamais donner ma fille bien-aimée à un lépreux, même s'il est le plus admirable des hommes. Connais-tu un moyen infaillible pour t'assurer qu'il n'ait pas la lèpre, Salomon ? Bien entendu, tu dois agir avec discrétion, sans l'examiner. Je ne veux pas froisser Rüstem avec ce qui n'est peut-être qu'une calomnie.

– J'en connais un, ma sultane. Charge-moi de n'importe quel message pour Rüstem Pacha et j'irai moi-même le lui porter, puis je reviendrai te dire ce que j'aurai pu constater.

Pour fuir la peste, l'entourage de Soliman et le gouvernement s'installèrent donc aux Eaux Douces. De même, les familles aisées quittaient aussi Stanboul pour se réfugier dans les îles sur le Bosphore pendant que l'épidémie ravageait la ville.

Les trois sœurs de Soliman, toutes trois veuves pour raison d'État, s'étaient remariées car il ne convenait pas à une princesse impériale de demeurer sans époux. La préférée de Soliman, Hadice Sultan, avait épousé l'amiral Lütfi Pacha, qui était aussi poète émérite, érudit et historien de renom. Ce fut lui qui succéda à Ayaz Pacha, nomination qui déplut à Roxelane. Elle n'aimait guère voir devenir trop influentes les sœurs de Soliman. Celles-ci s'étaient toujours montrées distantes avec elle, lui faisant bien savoir que, pour elles, elle n'était qu'une esclave, même si elle avait rang de sultane. En outre, Hadice lui faisait un peu trop se souvenir d'Ibrâhîm et Roxelane craignait que tout ne recommençât comme avant. Sachant par expérience qu'il ne fallait jamais contrer Soliman de front, elle poussait ses pions avec patience. Aussi feignit-elle d'accueillir joyeusement cette nomination qui lui déplaisait tant. Avec impatience, elle attendait le retour de Salomon. Aussitôt rentré de sa mission en Anatolie, le médecin vint la trouver aux Eaux Douces.

– Alors, Salomon ? lui demanda-t-elle quand on l'eut introduit dans le kiosque où elle tentait de fuir la chaleur torturante de cet été finissant.

– Rüstem Pacha n'est pas lépreux, je puis l'affirmer à ma sultane.

– Tu en es sûr ?

– Sûr et certain, Hürrem Sultan.

– Comment as-tu procédé, raconte-le-moi.

– Ce fut facile, en vérité. J'avais emmené trois poux avec moi dans une petite boîte. Sans que Rüstem Pacha le voie, je les ai lâchés sur le col de son caftan. J'ai attendu le temps prescrit et j'ai pu constater que les poux se portaient toujours à merveille. Ils ne peuvent vivre sur les vêtements d'un lépreux. Le lendemain, le pacha se grattait furieusement la nuque. Les poux prospéraient. Il n'est donc pas lépreux [1] !

Roxelane s'étranglait de rire avec cette bonne humeur qui la faisait encore ressembler à une très jeune fille. Elle défit une bourse pendant à sa ceinture et la lança au vieil homme.

– Voici pour soulager tes malades, mon bon Salomon. Sois remercié du plaisir que tu me fais. Grâce à toi, les fiançailles de Mihrimah et de Rüstem vont enfin pouvoir être officielles.

Pendant que Sinân et la cohorte d'architectes sous ses ordres s'efforçaient de rebâtir la capitale encore plus belle qu'elle ne l'avait été, Soliman faisait porter

1. L'anecdote est racontée par l'historien Ali dans sa *Liste des Vizirs*.

aux quatre coins du monde des invitations aux noces de Mihrimah et aux fêtes de circoncision de ses cadets, les princes Bâyezîd et Djihângîr le Bossu, qu'il adorait pour son esprit. Il l'avait affectueusement surnommé Atlas, du nom du géant censé supporter le monde sur ses épaules. Tous deux avaient treize et douze ans. François Ier fut également convié. Soliman lui envoya un homme habile, Yunis bey, qui profita de l'occasion pour renouer avec le roi de France des relations cordiales. De part et d'autre, l'on renouvela les traités d'alliance et l'on se promit à nouveau une « affectionnée fraternité ».

7

Les chantiers s'achevaient à Stanboul. Sinân se surpassait pour décorer l'Hippodrome afin de rendre cette double cérémonie en tout point fastueuse – il fallait faire oublier aux Turcs les malheurs de l'incendie et de la peste. Enfin, tout fut prêt à la mi-novembre 1539 pour des festivités qui allaient durer quinze jours. Partout s'élevaient des arcs de triomphe ornés de palmes et des dernières fleurs. Des tapisseries et des soieries de Brousse pendaient des balcons que l'on venait de reconstruire. Une foule en vêtements de fête se pressait dans les rues de la capitale pour acclamer son sultan et les princes. Derrière les fenêtres grillagées d'or de la tribune impériale, l'on savait que se cachaient Roxelane, sa fille et sa suite. L'on redoutait sans la connaître cette sultane qui régnait depuis vingt ans sur le cœur de Soliman et pouvait tout dans l'Empire.

Ce fut l'habituelle débauche de parades militaires, de défilés des corporations, de prestations de musiciens, danseurs et bouffons, d'exhibitions des jongleurs et des dompteurs de bêtes féroces promenées en cages ou en laisse. Chaque nuit, mosquées, sérails et palais étaient brillamment illuminés par des torches. Partout, des moutons entiers étaient mis à rôtir et des vendeurs ambulants proposaient gratuitement aux badauds *boklava*, beignets au miel, sucreries et *cherbet*. C'était le sultan qui régalait !

Au soir des noces, Roxelane tint au-dessus de la tête de sa fille les pages saintes du Coran, comme la *vâlide sultan* l'avait fait pour elle avant son union avec Soliman. Pour elle, il ne s'était agi que d'un simulacre de noces, puisqu'elle n'était alors qu'une esclave. Sa fille était réellement mariée. C'était une princesse impériale à laquelle son époux devrait, sa vie durant, respect et fidélité. En outre, il n'aurait pas le droit d'avoir de harem. Roxelane bénit Mihrimah, l'embrassa avec tendresse. Elle se sentait émue en lui remettant le poignard à la garde de diamant, symbole de son autorité sur son époux. Il lui semblait revivre ce premier soir où elle était si fière d'avoir été enfin distinguée, où elle avait si peur pourtant de ne savoir plaire, inspirer de l'amour, puis s'attacher le *pâdichâh*... Que de chemin parcouru depuis lors ! Que de larmes versées, que de craintes vaincues ! Et quelle consécration pour elle en ce jour ! Mihrimah lui ressemblait tant qu'elle-même en était troublée. C'était le même front haut et bombé, le même nez à peine busqué, les mêmes larges yeux écartés, couleur d'ambre, la même bouche comme une rose. Pourtant, Mihrimah lui semblait bien jeune encore, si frêle, presque une enfant. Une haute coiffe pointue étirait son fin visage et elle disparaissait dans la lourde robe de brocart ornée de perles dont sa mère l'avait elle-même revêtue.

Mihrimah était fière de cette ressemblance qu'elle

cultivait. Sa mère, même si elle l'impressionnait et que l'on ne pouvait guère avoir d'intimité avec elle, était son idole. En toute occasion, la jeune fille cherchait à lui plaire. Comme elle, Mihrimah avait lu des auteurs difficiles et écouté ses précepteurs. Maintenant, elle avait peur de quitter l'entourage de sa mère. Celle-ci lui avait tant vanté cet époux qu'elle lui donnait que Mihrimah se sentait heureuse de ce mariage. Bientôt, dès le lendemain, elle s'installerait dans son propre palais, un palais tout neuf et fastueux que Rüstem s'était fait construire tout près du palais du Prince. Elle y aurait ses propres appartements et commanderait à une foule de serviteurs et de servantes. Ses moindres désirs seraient exaucés. Surtout, sa mère lui avait promis qu'elle pourrait revenir chaque jour au sérail embrasser ses parents et ses frères, ainsi que toutes ces femmes auprès desquelles elle avait grandi et qui formaient aussi sa famille.

Son fiancé l'effrayait un peu. L'on disait ce Rüstem Pacha qui ne riait jamais d'une gravité insolite. L'on ne pouvait le juger beau. D'une taille plus petite que la normale, il avait un teint trop brun, presque violacé. Son avarice était réputée, mais la petite princesse était assurée de ne jamais manquer de rien. C'était vrai qu'il avait des charges écrasantes et que sa mère, lui avait-elle dit, l'élèverait plus haut encore. Être princesse impériale et bientôt l'épouse d'un homme promis à de si grandes destinées grisait doucement Mihrimah. Sa mère avait dû parvenir seule au sommet, dans un univers dangereux où le moindre faux pas se payait par la mort. Mihrimah avait eu plus de chance. Cette chance, elle n'ignorait pas qu'elle la devait à la sultane.

Aussi offrit-elle à Roxelane un sourire très tendre, où elle mit tout son amour et toute son admiration.

– Je m'efforcerai toujours d'être digne de toi.

– Fais le bonheur de ton époux et tu feras le tien. Surtout, ne t'effraie pas de cette première nuit qui te rendra femme.

Sur ce chapitre, sa mère ne lui avait pas dit grand-chose, mais Nourisabah avait été plus explicite. Mihrimah savait à peu près à quoi elle s'exposait, même si l'idée de dormir nue près d'un homme si laid ne lui souriait guère. Enfin, sa mère avait ses raisons. Toute fille devait un jour ou l'autre se marier. Certaines très jeunes filles devenaient les seconde ou troisième épouses d'hommes vieux et bien plus laids que Rüstem. D'autres encore restaient à jamais esclaves dans le harem de son père ou dans un autre.

Roxelane prit sa fille par la main pour la conduire vers son époux. Rüstem se jeta à ses pieds pour baiser le bas de sa robe en murmurant :

– Je te dois tout, Hürrem Sultan.

C'était vrai.

L'*imâm* prononça brièvement les paroles rituelles et recueillit leurs signatures. Ainsi, ils étaient mariés. Mihrimah regarda hardiment son époux quand il écarta son voile, à présent qu'ils étaient unis. Il avait ce jour-là un bon sourire, inhabituel chez lui, et elle se promit de s'efforcer de l'aimer.

Quant à Soliman, il sanglotait en remettant sa fille unique à Rüstem. Ce n'était pas lui qui avait voulu ce mariage. Comme d'habitude, il avait fait confiance à Roxelane. Ce qu'elle décidait était bien. Désormais,

Rüstem était *dâmâd*, gendre du sultan, et entrait dans la famille impériale.

Le grand oublié de la fête, celui auquel tout le monde pensait sans oser prononcer son nom, était Mustafâ, le fils aîné de Soliman. Torturée à la pensée de le revoir et d'être à nouveau livrée à cette passion à laquelle elle ne pouvait résister et qui lui était un supplice, Roxelane n'avait trouvé qu'une parade : calomnier Mustafâ. Quand Soliman avait prétendu l'inviter aux noces, Roxelane, éperdue, avait chargé Rüstem de distiller habilement son venin. Rüstem, qui ne pouvait rien refuser à sa future belle-mère, avait évoqué avec prudence la trop grande popularité de Mustafâ auprès des janissaires et le danger encouru en le rappelant à Stanboul, où se trouvait concentrée la majeure partie de leurs troupes. Il avait parlé de mauvais conseillers qui s'employaient à attiser le goût pour le pouvoir du prince, avait exhibé de prétendus documents qui n'étaient que des faux, mais avaient suffi à Soliman. S'il y avait une chose que le sultan ne supportait pas, c'était que l'on s'en prît à son autorité. Rüstem avait dû frapper fort pour empêcher la venue de Mustafâ. Il avait compris que Roxelane, pour des raisons qu'il ignorait, n'aurait pas supporté de le voir.

L'on passa l'hiver 1540 à Andrinople, un séjour que Roxelane affectionnait entre tous car c'était là qu'elle avait connu des jours enchanteurs avec Soliman avant la fameuse révolte des janissaires. C'était là qu'elle l'avait le mieux aimé. Andrinople était un palais moins fastueux et plus familial que celui de Stanboul. Toute la cour ne s'y transportait pas et bien des dignitaires devaient rester pour leurs fonctions dans la capitale. Les forêts environnantes étaient giboyeuses. Avec ses fils, Soliman se livrait à son plaisir favori, la chasse. Souvent, Roxelane les accompagnait. Rüstem et Mihrimah étaient là aussi et Roxelane, qui ne s'était guère intéressée à ses enfants durant leur prime jeunesse, commençait à trouver du plaisir à la vie familiale qu'affectionnait tant Soliman.

Ce fut à Andrinople que l'intrigant Jérôme Lasczky vint trouver le sultan. Cet Hongrois qui avait soutenu la cause de Jean Zapolya avait été soupçonné du meurtre d'Aloisi Gritti, le fils naturel du doge et l'ancien grand ami d'Ibrâhîm. Cette affaire demeurée mystérieuse n'avait guère ému Soliman, mais avait valu, dans son pays, la prison à Lasczky.

– Roi des rois, lui dit-il en se prosternant, je viens te révéler des choses graves que je crois de mon devoir de t'apprendre. La légitimité turque est encore une fois menacée en Hongrie. Le roi a signé un traité secret avec Ferdinand de Habsbourg. Tous deux comptent se partager la Hongrie.

– Ces rois sont indignes de porter une couronne sur leurs têtes perfides ! s'écria Soliman. Ce sont des traîtres qui, sans crainte de Dieu ou de la parole donnée, ont rompu leur serment de fidélité au traité que nous avions signé. Merci de ta diligence. Ainsi, c'est à nouveau la guerre !

Ce jour-là, Soliman entra dans une de ces colères proverbiales que tous craignaient et que seule Roxelane avait le pouvoir d'apaiser. Dans les provinces de l'Empire, l'on commença des préparatifs pour une nouvelle campagne hongroise. Les généraux de ses armées ne cessaient de faire le va-et-vient d'Andrinople à Stanboul. De partout affluaient armes, poudre et canons, vivres et chevaux, convois et ravitaillement. Jérôme Lasczky se trouvait toujours à Andrinople, à se féliciter de sa popularité et des largesses du sultan, quand survint un autre messager, qu'il n'attendait pas. Il venait en grand secret informer Soliman que la reine Isabelle, veuve du roi Jean Zapolya, avait mis au monde un fils quinze jours avant la mort de son époux. Elle affirmait sous serment qu'il était bien son fils et requérait l'appui du Grand Turc pour faire reconnaître la légitimité de cet enfant et ses droits à la couronne de Hongrie. Soliman, ivre de rage, convoqua immédiatement Jérôme Lasczky, qui n'en menait pas large. Il hurla :

– Tes informations étaient très incomplètes, maudit intrigant. Tu ne m'avais pas parlé de ce fils. Hors de ma vue. Qu'on le fasse sortir avant que n'arrive un malheur !

Et Lasczky, tout penaud, délesté de l'or qu'on lui avait donné et bien content de s'en tirer à si bon compte, se hâta de quitter la Turquie avant que Soliman ne changeât d'idée. Un emprisonnement ou une exécution restaient toujours à craindre. Avec cet héritier, la guerre de Hongrie changeait de visage. Soliman, toujours chevaleresque, ne pouvait résister à l'appel d'une femme malheureuse.

Rüstem, qui savait que Mustafâ ne le portait pas dans son cœur, voyait avec inquiétude ces préparatifs guerriers. Le prince avait de nombreux amis dans l'entourage de son père et surtout parmi les janissaires.

Il avait appris le rôle joué par Rüstem dans son éloignement de la capitale et il pouvait fort bien désirer se venger. Aussi Rüstem résolut-il de s'ouvrir de ses inquiétudes à Roxelane. En sa qualité de *dâmâd*, il voyait librement sa belle-mère et il ne voulait surtout pas donner un caractère officiel à une audience devant rester secrète. Il n'en avait même pas parlé à sa femme. S'il aimait tendrement sa nouvelle épouse en laquelle il retrouvait la beauté de Roxelane et qui lui valait tant d'honneurs et une position si enviée, il ne lui trouvait pas les qualités politiques de sa mère. Elle était encore bien jeune...

Il profita d'une séance du *Diwân* à laquelle il n'assistait pas pour accompagner sa belle-mère. Elle souhaitait surveiller la construction d'une nouvelle mosquée qu'elle commençait de faire construire dans l'enceinte du palais. Avec sa gravité coutumière, il approuva les plans qu'on leur montrait, donna quelques indications à l'architecte pour réduire le coût de l'entreprise – toujours son souci d'économie. Sur le chemin du retour, il trouva enfin l'occasion qu'il cherchait. Comme Roxelane se plaignait de la guerre qui s'annonçait, il lui fit remarquer :

– Je redoute pour toi et tous les tiens, pour ta fille qui m'est plus chère que la vie, tu le sais, cette nouvelle absence du sultan.

– La guerre est toujours triste pour les femmes, qui restent et tremblent pour les absents, mais le *pâdichâh*, mes fils et toi, vous me reviendrez victorieux.

– Si Allah le veut. Il est cependant des périls intérieurs plus dangereux que les autres.

– De quoi veux-tu parler, Rüstem ?

– De Mustafâ. Je sais que tu le chéris comme un fils – Rüstem n'était pas tout à fait sûr que la comparaison pût convenir, mais il n'en avait pas trouvé d'autre. Pourtant, Hürrem Sultan, l'indulgence excessive est parfois dangereuse. Mustafâ, qui a ses espions à la cour, sait très bien qu'il nous doit son absence aux fêtes de la circoncision et au mariage. Il est follement populaire parmi l'armée et surtout auprès des janissaires. Même le peuple l'adule. Soliman et moi-même partis, tes fils également à la guerre, qui veillera sur toi et Mihrimah en notre absence ? La rumeur court que Mustafâ pourrait profiter de cette campagne pour venir se faire acclamer sultan à la place de Soliman. Alors, que vous arriverait-il, à toi et à Mihrimah ? Que deviendraient le *pâdichâh* et tes fils ? Pense aux lacets des Muets.

– Mustafâ nous aime.

Elle avait prononcé ces mots d'une voix expirante. Rüstem, qui avait enfin compris les sentiments qui l'agitaient, feignit de n'avoir rien remarqué.

– Mustafâ vous *aimait*, ma sultane. A présent, il a peur, il souffre de son isolement. Peut-être même craint-il pour sa vie. La peur peut beaucoup, tu le sais. Le Saroukhan est si proche de Stanboul que l'on y est en quelques heures à peine. C'est pourquoi l'on donne toujours le gouvernement de cette province au futur héritier du trône. Tant que Mustafâ y sera, je serai inquiet pour votre sort à toutes les deux.

Roxelane détournait les yeux pour qu'il ne vît pas qu'ils étaient pleins de larmes. Ce qu'il lui demandait là était une décision inhumaine, mais elle savait qu'il avait raison. Elle s'efforça d'affermir sa voix et répondit :

– Que préconises-tu ?

– Juste qu'on éloigne Mustafâ et qu'on le nomme gouverneur d'une lointaine province d'Asie Mineure. Il faudrait aussi que Soliman installât auprès de lui un homme sûr, qui le renseignerait sur tous ses agissements.

– Et qui sera gouverneur du Saroukhan ?

Roxelane ne posait la question que pour la forme, car elle avait déjà compris la pensée de Rüstem.

– Mehmed, bien sûr, répondit-il.

Son fils gouverneur du Saroukhan, cela signifiait du même coup qu'il serait officiellement l'héritier du trône. Alors, en cas de disparition de Soliman, elle serait enfin *vâlide sultan*, seule position vraiment sûre pour une femme dans l'Empire ottoman. *Vâlide sultan*, le rêve de toute une vie... Son ambition était plus forte que son amour et elle répondit à son gendre d'une voix qui ne tremblait pas, en le prenant familièrement par le bras :

– Parle au sultan, Rüstem, et emploie les moyens en ton pouvoir pour le convaincre.

C'était lui donner toutes les permissions. Dans les jours qui suivirent, Rüstem s'occupa de circonvenir les uns et les autres afin d'accumuler autour de Mustafâ un faisceau de preuves plus fausses les unes que les autres, lettres soi-disant interceptées, témoignages et serments fabriqués. En agissant ainsi, il risquait sa tête, mais il était allé si loin dans cette entreprise qu'il ne pouvait plus reculer. Et puis, il l'avait promis à Roxelane, ce qui, pour lui, valait tous les viatiques. Si

Soliman ne le croyait pas, il mourrait pour celle qui l'avait ébloui pour toujours.

La cour revint à Stanboul dès la fin de l'hiver. Rüstem avait tant fait que Soliman finit par lui céder. Il avait toujours été hanté par la peur que l'un de ses fils ne tentât de le supplanter et de lui voler son trône, comme son propre père, Selîm l'Inflexible, l'avait fait. Mustafâ était follement populaire, parce qu'il était beau, brave et intelligent. Mehmed, à dix-huit ans, était encore trop jeune pour devenir un rival et sa faible constitution ne le rendait pas redoutable. Aussi Soliman signa-t-il lui-même l'ordre de déplacement de Mustafâ, qu'il envoyait dans la lointaine province d'Amasya. Puis il organisa une séance spéciale du *Diwân*, au cours de laquelle il annonça avec solennité à tous les hauts dignitaires rassemblés :

– Notre fils bien-aimé, Mehmed-Khân, est nommé gouverneur du Saroukhan !

Pour Roxelane, tapie comme toujours dans son balcon secret, c'était une consécration. Son fils était enfin proclamé héritier du trône ! En ce jour où elle aurait dû se sentir si heureuse, pourtant elle pleurait. Cette destitution publique de Mustafâ alors qu'il n'était même pas là pour se défendre lui crevait le cœur. C'était son œuvre, et cependant elle n'en ressentait nulle joie, mais un sentiment poignant d'écrasement et de fatalité. Tout était trop injuste. Ce n'était pas la faute de Mustafâ s'il ressemblait tant à son père, quoique plus beau et plus jeune, et s'il avait rallumé en elle un tel feu. Tout était allé beaucoup trop loin, elle le comprenait. Aussi l'avenir lui semblait-il bien sombre en ce jour du triomphe de son aîné.

Qu'il était beau, pourtant, son Mehmed, si grand, si mince et si pâle, lorsqu'il s'avança vers le trône de son père, vêtu de son immense caftan brodé de fleurs d'or traînant derrière lui.

Parmi les dignitaires qui n'avaient pas été tenus dans le secret de cette décision arbitraire de Soliman, c'était la consternation. Jamais un sultan ottoman n'avait ainsi destitué son fils aîné. D'ordinaire, en cas de problèmes, tout était réglé par le fer ou par le terrible lacet des Muets. L'*agha* des janissaires surtout, qui prévoyait bien des remous parmi ses troupes avant le départ en campagne, était sombre. Lui-même adorait Mustafâ et se demandait si le *pâdichâh* n'avait pas perdu la tête. Infliger une telle humiliation au prince héritier pour l'amour d'une femme était une folie. Depuis l'incendie de la ville et l'installation de la favorite à l'intérieur du palais, tout allait mal. Le sultan confondait harem et politique. Une ancienne esclave gouvernait Soliman, donc l'Empire, ce que des soldats ne pouvaient comprendre, encore moins admettre. Il était vraiment temps de se faire tuer au combat...

Soliman, qui n'avait voulu prendre conseil de personne et encore moins écouter les remous de protestations occasionnés par cette nomination extraordinaire, se contenta de hâter les préparatifs de guerre. N'emmenant avec lui que Selîm et Bâyezîd, Mehmed restant au Saroukhan et Djihângîr étant trop handicapé pour supporter la fatigue d'une campagne, Soliman, toujours chevaleresque, se portait au secours de la reine Isabelle.

Comme la reine risquait de se trouver assiégée dans sa ville de Buda par les troupes de Ferdinand avant que l'armée ottomane ne fût arrivée, Soliman ordonna à ses pachas des marches hongroises de voler au secours de la veuve de Zapolya. En même temps, il envoyait une seconde armée à la frontière persane pour décourager son belliqueux voisin de toute tentative de conquête. L'effort de guerre se portait sur deux fronts à la fois. A marche forcée, Soliman envahissait à nouveau la Hongrie, reprenait Pest aux Autrichiens. Ce fut un massacre, car le sultan, furieux de cette nouvelle traîtrise des Autrichiens, ne fit pas de prisonniers. L'armée de Ferdinand, en déroute, laissait libre la route de Buda.

Roxelane, qui redoutait fort la légendaire beauté de la reine Isabelle, avait chargé ses habituels espions de lui rapporter les moindres faits et gestes de la veuve de Jean Zapolya. On lui raconta que la reine Isabelle avait fait dire au *pâdichâh* qu'elle l'attendait pour lui prêter hommage et le remercier. Par chance le sultan, choqué, lui avait répondu que la bienséance interdisait cette entrevue. En revanche, il avait voulu connaître le petit Jean Sigismond. Un tel vœu était un ordre. La reine, affolée, persuadée qu'elle ne reverrait jamais son fils vivant, avait pourtant obéi. L'on avait revêtu le bébé de ses plus beaux vêtements. On l'avait coiffé de sa petite couronne et placé dans une voiture magnifique. Sa mère l'avait embrassé comme si elle n'avait jamais dû le revoir. Sa nourrice, accompagnée de trois dames de la cour en splendides atours et de trois conseillers de la reine, avait franchi le pont-levis en poussant la voiture, puis le pont était resté baissé en signe de soumission. Une escorte de *sipâhi* avait accompagné la faible troupe jusqu'à la tente impériale, où elle avait pénétré avec crainte, croyant sa dernière heure venue. Soliman avait aussitôt soulevé l'enfant pour le baiser au front. Il avait parlé avec bienveillance à la nourrice et aux dames, puis fait appeler ses deux fils pour leur ordonner de donner un baiser à cet enfant en gage de l'amitié qu'ils lui porteraient quand, une fois parvenu à l'âge d'homme, il serait devenu leur ami et vassal.

Au tout début du mois d'avril 1543, le *kapudan pacha* Barberousse, à la tête de cent cinquante bâtiments, cent dix galères et quarante fustes, s'éloignait de Stanboul pour franchir les Dardanelles et cingler en direction des côtes italiennes. Il avait pour mission de rejoindre à Marseille le lieutenant général du Levant, François de Bourbon, seigneur d'Enghien, puis de guerroyer en Espagne contre son vieil ennemi Doria. Soliman voulait porter un coup décisif à Charles Quint en l'attaquant à la fois par mer et par terre. Le 23 du même mois et de la même année, Soliman fit ses adieux à son épouse. Avec toute son armée, accompagné de son cadet le prince Bâyezîd et dans le décorum habituel, il partait pour sa huitième campagne. L'archiduc Ferdinand n'avait pas compris la leçon et s'était à nouveau soulevé en Hongrie. L'on allait encore tuer un peu et piller beaucoup.

Au sérail, l'activité était intense. Roxelane, après

s'être occupée de former le harem et l'entourage de son fils Mehmed, gouverneur du Saroukhan, continuait avec Sinân à surveiller les nouvelles constructions. Grâce à Rüstem, qui jouait fidèlement son rôle et la tenait informée de tout, elle était à présent au centre d'une vaste toile politique. Chaque jour, des courriers arrivaient d'Italie ou de Hongrie. Barberousse, pour ne pas perdre la main, avait ravagé avec sa flotte les côtes de Calabre, de Sardaigne et de Corse, puis il avait pillé la ville de Naples. A Gaète, pour l'amadouer, le gouverneur, Don Diego Gaetano, lui avait offert sa fille en mariage à condition qu'il épargnât sa cité. Dona Maria n'avait que dix-huit ans, un teint de lait, les plus beaux yeux du monde et Barberousse, même s'il en avait alors près de soixante-dix, en tomba fou amoureux. Il l'épousa en grande pompe, se prenant encore pour un jeune homme.

– Quel vieux fou ! s'écria Roxelane en lui envoyant néanmoins ses félicitations, des chemises de soie et des robes de drap d'or pour la jeune épousée, ainsi qu'une cassette de bijoux.

Roxelane se faisait masser lorsque lui parvint, dans son écrin de soie, la missive d'Ambre, cette « portion d'homme » attachée au vieil amiral. Elle eut un sourire, car elle imaginait l'exaspération de Barberousse, qui devait le tolérer bien qu'il ne le supportât pas. A plus de quarante ans, Roxelane était encore très belle, même si sa taille s'était épaissie. Elle savait admirablement se mettre en valeur, portant à présent de longues tuniques de teintes plus sombres, qui l'amincissaient. Elle avait toujours ce ravissant visage au grand front bombé, aux larges yeux étirés sur les tempes et cette bouche délicieuse faisant penser à un fruit. La certitude d'être aimée sans partage de Soliman et de lui être indispensable, le goût du pouvoir et la réalisation de ses ambitions politiques mettaient un nouvel éclat dans ses yeux. Tous ses plans se réalisaient. Mehmed avait été reconnu comme le prince héritier, puisqu'il gouvernait le Saroukhan. Il serait donc le prochain sultan. Même s'il arrivait par malheur à Soliman de mourir en campagne, elle serait *vâlide sultan*, place indétrônable.

Parfois, sa passion pour Mustafâ venait encore la tourmenter. Le prince, qui lui rappelait trop Soliman quand il était encore jeune et lumineux, était loin. Aussi Roxelane s'efforçait-elle de ne plus y penser. Elle fit appeler sa fille, qui attendait dans la salle de réception. Mihrimah quittait chaque jour son palais pour venir voir cette mère à laquelle elle vouait une vénération naïve plaisant beaucoup à Roxelane. Loin de sa mère, la princesse avait l'impression de s'étioler. Quand Roxelane n'était plus là, il n'y avait plus autant de rires, autant de vie. Mihrimah était d'ailleurs comme une réplique de sa mère, même si elle était moins belle que celle-ci à son âge, moins intelligente, moins ambitieuse et moins impitoyable...

– Veux-tu me lire cette missive d'Ambre, ma fille ? J'aimerais savoir si le roi François de France a reçu notre *kapudan pacha* avec la considération qu'il faut. En l'honorant comme il convient, c'est devant ton père et toute la Porte qu'il s'incline... Bien sûr, il n'a pu venir en personne...

Mihrimah baisa la main de sa mère et s'assit devant elle sur ses talons pour lire la lettre :

« Très vénérée sultane, que la lumière d'Allah soit toujours sur toi et puisses-tu vivre mille ans,

Je me prosterne dans la poussière devant tes pas et baise le sol que tu as foulé... »

– Abrège les formules de politesse, Mihrimah, et viens-en aux faits.

– Bien, mère. « L'escadre de notre vénéré *kapudan pacha*, la paix soit sur lui, a donc mouillé devant Marseille la blanche. C'est une grande et orgueilleuse cité érigée face à la plus belle baie du monde. L'attendaient devant l'entrée du port les cinquante navires de François de Bourbon, seigneur d'Enghien, lieutenant général du Levant, un jeune et magnifique prince de vingt-trois ans, cousin du roi de France. Il monta à bord du vaisseau amiral et remit au *kapudan pacha* une épée d'honneur constellée de diamants et une fort belle vaisselle d'argent pour dona Maria. Il l'appela son ami et son cousin en l'embrassant de multiples fois. Puis il se tint près de l'amiral pendant tout le temps de la manœuvre, louant bien fort l'incomparable adresse de Barberousse, seigneur des mers. Il y avait à quai une suite de beaux chevaux richement harnachés et couverts de housses de grand prix que nous désigna le seigneur d'Enghien. C'était un autre présent du roi de France. Une innombrable foule de seigneurs et de dames en beaux atours se pressait sur les quais. Ils étaient venus voir l'amiral et la flotte du Grand Turc. Les dames montraient leurs visages et leurs gorges, comme cela se pratique dans ces contrées barbares.

« Pendant quinze jours pleins, ce ne fut qu'une suite de banquets, de parades, de spectacles et de tournois plus splendides les uns que les autres, mais cela ne faisait pas l'affaire de notre *kapudan pacha*, qui avait promis en présent de noces à sa jeune épousée une éclatante victoire sur Doria et Charles Quint, roi des Espagnes... »

Roxelane éclata de son joli rire.

– La leçon a porté ! Plus personne ne se risque à présent à appeler Charles Quint du nom d'empereur. Cela fâche si fort ton père ! Continue, Mihrimah.

– « Bientôt, Barberousse s'aperçut que, si le roi de France avait tout prévu pour les fêtes et les banquets, il avait oublié d'organiser le ravitaillement de nos équipages. Très vite, l'on manqua de tout et notre *kapudan pacha* ne décolérait pas. Il y eut quelques rixes entre nos hommes et ceux de la marine royale, elle-même pauvrement équipée et dépourvue de toute discipline. L'attente s'éternisait et notre amiral, dont la patience n'est pas la principale vertu, Allah l'ait en sa sainte garde, rugissait comme un lion et s'arrachait par poignées les poils de sa barbe en hurlant qu'on l'avait trompé. Il ne supportait pas d'être ainsi condamné à l'inaction. Il n'avait pas traversé les mers pour assister à des banquets ou des tournois, si magnifiques fussent-ils. Le capitaine Polin, baron de Lagarde, avait succédé au malheureux Rinçon comme ambassadeur de France auprès de la Porte. Ma sultane se souvient sans doute que ce gentilhomme espagnol avait péri deux ans plus tôt sur le Pô, par l'effet d'une affreuse traîtrise de Charles Quint, traîtrise que même le Pape condamna... »

– Je me le rappelle, en effet, dit Roxelane avec émotion. Ce fut un geste odieux du roi Charles, qui, sans tenir compte de son statut d'ambassadeur, fit capturer la barque de Rinçon alors qu'il rentrait à Stanboul.

– « Polin est aussi capable et fin politique que le regretté Rinçon. On dit qu'il sut montrer ses qualités de diplomate à notre *pâdichâh* lorsqu'il eut l'honneur de le rencontrer en Hongrie. En meilleure condition physique que son prédécesseur, qui était obèse, il émerveilla tout le monde par la rapidité de ses déplacements. N'était-il pas parvenu à voyager en seulement vingt et un jours de Stanboul à Fontainebleau, un record jamais égalé ! »

– Un homme étonnant, dit Roxelane, qui appréciait les beaux exploits.

– « Polin sut comprendre la juste exaspération de notre amiral, qui se sentait trahi. Et ce diable d'homme se précipita aussitôt à la cour de François Ier, mais il ne parvint pas à le convaincre de laisser Khayreddîn Barberousse et la flotte française attaquer Doria en Espagne... »

– Le roi de France est un allié bien timoré, fit remarquer Roxelane. Il voudrait, Mihrimah, que ton père abatte la besogne à sa place, qu'il brise la puissance des Habsbourg en Espagne comme en Hongrie. Lorsqu'il s'agit de respecter ses engagements, il louvoie, il hésite. Somme toute, il trahit tout le monde. Je n'aime pas ce roi François. L'Empire ottoman l'éblouit, car c'est aujourd'hui la première puissance militaire du monde, l'Empire le plus riche et le mieux organisé, le plus raffiné qui soit. En même temps, il lui fait peur. N'oublie jamais, ma chère fille, que pour le roi de France et toute la Chrétienté nous ne sommes que des Infidèles. En s'alliant avec ton père, le roi de France perd son âme, ce qui l'effraie fort.

Mihrimah regarda sa mère avec admiration. Tout paraissait si clair, si évident lorsque c'était Roxelane qui l'exprimait. La princesse comprenait cette passion du pouvoir qui animait sa mère. Elle lui savait gré de l'avoir associée à ses rêves en lui donnant pour époux l'homme le plus influent de l'Empire après son père. Roxelane n'avait pas été une mère douce et aimante. Au contraire, elle s'était toujours montrée exigeante et dure. Sa fille n'avait cessé de trembler à l'idée de lui déplaire. Elle aussi avait beaucoup plus étudié que les autres femmes ottomanes. Pourtant, à la différence de sa mère, elle était née sur les marches du trône. Elle était depuis sa naissance promise à un avenir doré. En sa qualité de princesse impériale, elle régnerait toujours sur son époux, qui lui devrait sa vie durant fidélité et obéissance. Elle ne se posait même pas la question de savoir si elle aimait Rüstem, cet homme dur, laid et peu aimable. Il était tout à sa dévotion, parce qu'elle était la fille de Roxelane. Cela lui suffisait. Plus d'une fois Mihrimah s'était demandé si son époux n'aimait pas sa mère en secret. Comment savoir si l'admiration inconditionnelle qu'il vouait à sa sultane, sa protectrice, celle qui l'avait hissé jusqu'au pouvoir, n'avait pas fait place à un sentiment amoureux ? Pourtant, Mihrimah n'en concevait aucune jalousie. Roxelane était une femme exceptionnelle, d'une grande beauté, surtout d'une intelligence et d'une ambition hors du commun. C'était naturel qu'on l'aimât et l'admirât. Qu'elle eût pu parvenir si haut en partant de si bas stupéfiait sa fille.

Rien n'avait été facile pour sa mère. Sa vie durant Roxelane avait dû se défier de toutes et de tous, trembler chaque jour qu'une nouvelle passion du sultan n'allât tout à coup réduire à néant tant d'efforts et tant d'acharnement. A présent, elle jouissait enfin d'une position assurée. Soliman ne faisait rien sans elle. Il ne pouvait se passer d'elle. Rüstem lui-même était tout à sa dévotion. Les cours des puissances étrangères savaient son nom, lui envoyaient des présents et des ambassades comme si elle avait été un homme. Jamais, dans l'Empire ottoman, l'on n'avait vu se déployer une telle puissance. Il y avait cependant un mal secret qui semblait miner sa mère, Mustafâ... C'était le sujet que l'on ne pouvait aborder, le nom qu'il ne fallait pas prononcer, même si Mihrimah chérissait toujours son demi-frère, si beau, si brave, si brillant. Un demi-frère plus affectueux pour elle que ses aînés, Mehmed et Selîm. Il lui était toujours apparu comme un dieu et, aujourd'hui encore, elle regrettait son absence.

– Te voici bien rêveuse, Mihrimah, tu penses à ton époux ? Il nous reviendra couvert de gloire et plus proche de son sultan, qui commence à beaucoup l'apprécier.

– Je sais ce que je te dois.

Mihrimah s'inclina pour lui baiser à nouveau la main. Le massage était terminé. Les servantes s'empressaient autour de leur maîtresse, lui présentant la robe et les bijoux qu'elle avait choisis avec ce soin mis au moindre préparatif. Roxelane les remercia avec son beau sourire lui ouvrant tous les cœurs, même si elle les méprisait un peu d'être si dociles et de se contenter si facilement de leur sort. Elle-même était d'une autre trempe.

– J'apprends tant quand je suis près de toi.

– Il faut toujours apprendre et ne jamais se contenter de ce que l'on a. On peut toujours aller plus loin et obtenir davantage de la vie. Ce que je te dis là est la clef de l'ambition, Mihrimah, mais pas celle du bonheur. Le bonheur, après tout, est-ce tellement important ?

Roxelane éclata de son rire si clair qui n'était nullement joyeux ce jour-là. Comme la demande n'appelait pas de réponse, Mihrimah poursuivit sa lecture.

– « Polin, tiraillé entre des intérêts si contraires, contenter notre *kapudan pacha* et ne pas fâcher son roi, obtint pourtant de François Ier un semblant de guerre. Comme le roi n'osait porter ses attaques jusqu'en Espagne et qu'il fallait bien occuper ces deux flottes, il fut décidé qu'on s'en prendrait à Nice, un port qui n'est pas loin de Marseille et qui appartient à Charles de Savoie, allié de Charles Quint. L'idée rallia tous les suffrages et parvint même à calmer Barberousse. Le duc d'Enghien n'ayant parmi sa maigre flotte que dix-huit galères, Polin réquisitionna dans les alentours d'autres bâtiments où il fit embarquer douze mille soldats qu'il plaça sous les ordres d'un condottiere, Léon Strozzi, un grand et valeureux capitaine. Il enrôla aussi de nombreux volontaires provençaux et commanda lui-même les forces françaises. Les deux flottes cinglèrent alors vers Villefranche, où l'on arriva le 5 août.

« Polin fit aussitôt envoyer à la ville de Nice une

députation commandée par Jean-Benoist Grimaldi, son second. Il ne doutait pas du succès de Grimaldi, la ville n'ayant que six compagnies d'arquebusiers et trois cents soldats. De plus, elle ne pouvait guère espérer de secours du faible duc de Savoie, qui avait déjà fort à faire pour maintenir la paix dans ses propres États. Polin eut cependant bientôt la douleur de voir le corps du malheureux Grimaldi se balancer aux remparts de la ville.

« Ivre de rage, Polin encercle la ville en installant trois redoutes sur les trois principales positions, la colline de Cimiez, les flancs du mont Boron et enfin les pentes du mont Gros. On débarque les janissaires, qui montent à l'assaut. On fait tonner les canons, mais la ville résiste toujours, à l'abri de ses puissantes murailles et de sa citadelle. Le 15 août, Barberousse lance ses cent vingt galères et les déploie tout autour de la cité. Magnifique spectacle que celui de notre flotte en action, de ces galères si rapides faisant pleuvoir leurs bombardes contre les murailles et se retirant aussitôt hors de portée des canons ennemis. Les murs éclatent bientôt comme des pastèques trop mûres sous les impacts des boulets. Une vague de janissaires culbute les défenseurs, plante notre drapeau qui flotte en haut des remparts. Alors que la défense ennemie fléchit, une lavandière du nom de Catherine Ségurane, son battoir à la main, suivie d'une troupe de femmes hurlantes, se précipite et arrache le drapeau. Ce fut un bel acte de folle bravoure... »

– J'aime et respecte le courage, murmura Roxelane.

– « Nice fléchissait et voulait se rendre. Les pourparlers avaient repris. Ce fut alors qu'il se passa ce scandale incroyable, impossible à imaginer dans les rangs de notre belle armée. Il n'y avait plus de poudre ! Pourtant, notre amiral avait personnellement veillé à l'embarquement des tonneaux de poudre à bord de l'escadre française, mais l'équipage les avait en secret remplis de vin. Du vin de Marseille ! Barberousse hurlait et s'arrachait la barbe par poignées. Polin et le duc d'Enghien, atterrés, se confondaient en excuses. Comment prendre une ville avec des tonneaux de vin ? Voilà pourquoi, ma sultane, la ville de Nice ne fut jamais nôtre en dépit de l'intrépidité de nos troupes. Singuliers alliés que nous avons là... Pour se faire pardonner ce lamentable échec, le roi François offrit à notre amiral de rester en France jusqu'à la fin de l'hiver. Barberousse accepta l'offre, pas fâché de savoir que son hébergement à Toulon coûterait au roi trente mille ducats par mois et qu'il devrait lever un nouvel impôt dans ses villes de Provence pour subvenir à nos besoins. Je crois que, d'ici peu, le roi de France se repentira amèrement de notre présence chez lui, car Barberousse, s'il a ordonné à son armée que l'ordre le plus strict soit observé et que la population ne souffre d'aucun dommage, a aussi recommandé de ne pas économiser les deniers du roi de France. Il n'est pas mauvais qu'il sache ce qu'il en coûte de nous bercer de fausses promesses [1]. »

1. Contrairement aux affirmations de Sandoval, le chroniqueur de Charles Quint, reprises ensuite par Michelet, la population de Nice ne souffrit d'aucun dommage. En revanche, l'hébergement de la flotte turque coûta cher à la Couronne, six mille livres à la ville de Lyon, six cents écus au Comtat Venaissin pour ravitailler les janissaires en pain frais et huit cent mille écus directement versés à Barberousse pour obtenir enfin son départ en avril 1544. Il fut même un moment question

A cette nouvelle, Roxelane éclata de rire et Mihrimah l'imita. Le rire se communiqua aux servantes, même si cette guerre lointaine les concernait assez peu.

– Je ne connaissais pas à Ambre ces talents de conteur, dit Roxelane. Le *kïzlar aghasï*, comme toujours, a été bien avisé de me le recommander pour le placer auprès de Barberousse. On dirait que les joies du mariage ont donné une nouvelle jeunesse à notre grand amiral. Tant mieux s'il fait payer cher au roi François ce siège inutile ! Les Habsbourg sont décidément la principale épine dans le talon de l'Empire. A peine ton père remporte-t-il une victoire qu'un nouveau coup se profile. Je le sais las de cette guerre. Toujours la même, qui renaît sans cesse...

Au mois de novembre, Soliman était encore en campagne. Un petit vent hargneux soufflait du Bosphore et décoiffait les cyprès des jardins. C'était une saison que Roxelane n'aimait guère, prélude à ces hivers qui lui semblaient rudes et interminables, où sa réclusion de femme lui pesait, même si elle sortait presque chaque jour du sérail et se promenait à sa guise dans *sa* ville. Pourtant, elle ne pouvait voyager en l'absence de Soliman. Quand il n'était pas là, elle devait se contenter de veiller aux affaires courantes de l'Empire et de tramer des plans qui ne pouvaient se réaliser qu'avec l'aval de Soliman. Cependant, son courrier

---

d'excommunier François Ier, tant son alliance avec le Grand Turc avait choqué la Chrétienté.

l'absorbait. Les multiples lettres qu'elle écrivait à Soliman, à Rüstem qui guerroyait avec son sultan, à Mehmed qui gouvernait au Saroukhan ou à Selîm qui se trouvait à Konya, l'occupaient. Sans cesse, elle voulait tout savoir, tout connaître, tout régenter. C'était sa façon à elle d'exister.

Quand on lui annonça un *peyk* arrivé du Saroukhan, elle le fit entrer avec impatience. A la vue du visage fermé du messager, de son vêtement noir, elle pressentit un malheur. Depuis plusieurs jours, son fils souffrait d'une toux persistante qui semblait lui arracher la poitrine, puis le sang était venu. Sa mère lui avait alors dépêché à Manisa Salomon, son meilleur médecin. La toux s'était un peu apaisée, mais l'hiver s'annonçait froid et humide. Mehmed était trop maigre, aussi maigre que son père, d'une morphologie délicate. Et maintenant, ce *peyk* était là, avec sa figure d'oiseau de malheur. Elle lui jeta rudement :

– Dis-moi sans ambages ce que tu dois m'annoncer, même si je devine que ce ne sont pas de bonnes nouvelles.

– Le seigneur Mehmed est malade, très malade, sultane.

– Je sais, ce n'est pas nouveau. Parleras-tu ?

– Mehmed-Khân a été rappelé dans le paradis d'Allah le soir du 8 châban, à l'heure de la prière, que Dieu ait son âme.

– Tais-toi. Et disparais !

Sans verser une larme, le visage mortellement pâle quoique impassible, Roxelane ordonna sèchement aux servantes qui se lamentaient de se taire. Tout le sérail fut vite au courant de la funeste nouvelle, mais elle ne voulut recevoir aucune condoléance. Roxelane se retira au fond de ses appartements et condamna sa porte. Elle n'était là pour personne, elle refusait de s'alimenter. Elle chargea même Nourisabah de faire obstruer ses volets pour ne plus apercevoir la lumière du jour, cette insulte à son malheur. Elle fit tendre ses murs de noir. Nul n'osait plus parler, encore moins rire ou chanter dans le sérail désolé. On n'osait pleurer non plus, car le moindre bruit exaspérait la sultane. Même sa fille ne parvenait pas à forcer sa porte. Pour Roxelane, la mort de Mehmed était un écroulement.

Sa naissance, vingt-deux ans plus tôt, avait enfin rendu possibles ses rêves les plus fous. Même si elle ne s'était jamais montrée très maternelle, elle avait chéri ce petit prince brun et délicat qui lui avait semblé une bénédiction du ciel. Grâce à lui, elle était enfin sortie de l'anonymat du harem, elle était devenue *bas-kadïn*... On l'avait alors respectée, elle avait eu la sensation d'exister, elle, cette « chair vendue » dont le sort semblait si peu sûr. C'était le *kïzlar aghasï*, jeune encore, qui avait solennellement présenté le bébé aux dignitaires et ministres de la Porte dans la salle du *Diwân* en disant :

– Voici un digne descendant du sang d'Osman.

Dès lors, Roxelane pouvait tout espérer. Sa chair d'esclave avait enfanté un prince. Son aîné avait sans doute peu de chances de succéder un jour à son père, mais qui pouvait savoir ? Puis Mehmed avait été fait gouverneur du Saroukhan à la place de Mustafâ, autant dire que Soliman l'avait déclaré héritier du trône. Et maintenant, Mehmed n'était plus... Roxelane sentait le désespoir l'envahir et se laissait enfin aller à pleurer.

Tant de combats, d'attentes désolées, de sacrifices, de complots pour en arriver là... Rien ne servait donc à rien. Mehmed était mort ! Bien sûr, il lui restait trois fils. Pourtant elle n'avait plus envie de lutter. Elle se sentait si lasse.

– Le *kïzlar aghasï* demande à te voir, ma sultane, lui dit Nourisabah en remportant d'un air désolé la nourriture à laquelle sa maîtresse n'avait pas touché.

– Je ne veux voir personne.

– Je ne suis personne, dit-il en entrant.

Il était devenu encore plus gros et ne marchait qu'avec peine. Ses cheveux crépus d'où pendaient toujours deux énormes nattes postiches avaient beaucoup blanchi. Son visage, malgré la graisse, était sillonné de rides. Il se prosterna devant elle et embrassa le bas de sa robe.

– Pardonne-moi de t'avoir désobéi, mais ton silence et ton chagrin m'inquiétaient. Il y a si longtemps que nous sommes ensemble entre ces murs. Tant de chemin a été parcouru depuis que j'annonçais la naissance de ton fils premier-né. Moi aussi, la mort de Mehmed-Khân me peine infiniment.

– Laisse-nous, Nourisabah. Tu as bien fait de venir, mon *kïzlar aghasï*, tu es la seule personne à pouvoir me réconforter. Parfois, vois-tu, je me demande si tout cela en valait seulement la peine.

Son geste, vague, désignait la pièce si raffinée, ornée de meubles et d'objets de prix, plongée pour l'heure dans la pénombre et tendue de noir. Au-delà s'étendait ce magnifique palais érigé sur la pointe de Saray Bournou. Là vivaient le sultan, sa famille, sa cour et son harem. Là, il gouvernait le plus puissant royaume du monde. Encore plus loin, il y avait tout l'Empire ottoman...

– Trois fils te restent, Roxelane, ainsi que ta fille, qui est mariée au futur grand vizir, tu le sais. Quand Soliman va apprendre la nouvelle et rentrer, il aura besoin de s'appuyer sur ta force et d'entendre ton rire. Tu dois rester pour lui la Joyeuse, celle dont le rire et la beauté l'ont séduit pour toujours.

– Ma beauté s'enfuit chaque jour davantage et mon rire est oublié !

– Permets-moi d'enlever ces voiles noirs et d'ouvrir ces volets. Je ne te laisserai pas t'enfermer vivante dans un tombeau.

Sans attendre sa réponse, le vieil eunuque s'était relevé. De son pas lourd, il tournait dans la pièce, arrachant les tentures de deuil et repoussant les persiennes clouées. Il voulait faire entrer à flots la lumière dans le salon où se tenait Roxelane. Il voulait l'arracher à sa fascination pour la mort.

Le soleil trop vif la blessa et Roxelane dut se protéger de ses deux mains avant de garder les yeux ouverts.

– Je dois être laide à faire peur...

Si elle avait à nouveau besoin d'être rassurée sur sa beauté, c'était qu'elle allait mieux. Le *kïzlar aghasï* s'assit à ses côtés, selon une habitude qu'ils avaient ensemble depuis longtemps, puis il lâcha son ultime argument :

– Tu as fait exiler le prince Mustafâ dans la province reculée d'Amasya, donc loin du trône et loin du cœur de l'Empire. Même dans la plus obscure des provinces, la nouvelle de la mort de Mehmed lui est parvenue. A l'heure qu'il est, sois sûre que Mustafâ en est averti.

– Qu'il le soit m'est égal. Je n'en peux plus, tu ne comprends pas que je n'en peux plus ? A quoi me servirait d'avoir encore du courage ?

– En l'absence de notre *pâdichâh*, on murmure beaucoup dans la ville. Tu ne veux pas savoir ce qu'il s'y raconte ?

– Dis toujours.

– Eh bien, on prétend volontiers que cette mort est un signe du ciel, une punition d'Allah châtiant l'éloignement injuste de Mustafâ. On ne sait au juste qui fait courir ces bruits. Peut-être l'*agha* des janissaires, peut-être le grand vizir, Soliman Pacha ? Quoi qu'il en soit, les bruits courent. Tu le sais comme moi, le *pâdichâh* est si respectueux des signes du ciel qu'il pourrait rappeler Mustafâ à Manisa.

– Jamais ! Mustafâ ne reviendra jamais !

Le vieil homme la regarda avec attention. Pour crier ce nom, elle avait eu à nouveau sa voix de passion. Tout intérêt politique n'était donc pas mort en elle, mais il y avait quelque chose d'autre, un sentiment trouble que Roxelane n'avouerait jamais. Et il se demandait, plus agité qu'il ne l'aurait voulu : « Se pourrait-il qu'elle l'aimât ? Oui, je ne peux me tromper, elle aime Mustafâ ! C'est donc cela. Elle ne le hait pas, bien au contraire, elle tremble de le voir et de se trahir. » En même temps, il ressentait, tout vieux, laid et eunuque qu'il fût, un sentiment torturant, une jalousie féroce. Jamais Mustafâ ne reviendrait si près de la capitale de l'Empire, si près de Roxelane, il s'en faisait le serment. Tout en feignant de n'avoir pas compris la nature de l'émotion de Roxelane, il lui parla d'une voix douce et rassurante, comme à une enfant qu'il faut apaiser :

– Quand le sultan rentrera de Hongrie, il faudra que tout soit clair dans ton cœur, ma sultane. Il faudra que tu aies décidé lequel de tes fils doit succéder à Mehmed-Khân. Le *pâdichâh* s'inclinera devant ton choix. Tu devras alors très vite faire nommer le gouverneur du Saroukhan, si tu ne veux pas que ce soit Mustafâ. Qui choisis-tu ?

– L'aîné est à présent Selîm, mais...

– Tu ne l'aimes guère, je le sais, et les nouvelles qui te parviennent régulièrement de Konya ne sont pas encourageantes, c'est sûr. Djelal bey, son favori, est un débauché qui ne fait qu'encourager le prince Selîm dans ses vices, pardonne-moi ma franchise. Tous deux sont ivres du matin au soir et du soir au matin. A tel point qu'on ne nomme plus Selîm que *sarhos*, l'ivrogne. Ils entretiennent des courtisanes et laissent les affaires de la ville péricliter. Ils ne sont même plus assidus à la mosquée, préférant ripailler tant et plus. Le prince Selîm ferait un piètre sultan quand Allah rappellera à lui notre *pâdichâh*. Tandis que le jeune Bâyezîd, qui s'est illustré en Hongrie, est déjà adoré de l'armée. Il est sage et sobre, d'un beau courage. Ses maîtres n'ont qu'à se louer de lui...

– Je sais tout cela aussi bien que toi, mon *kïzlar aghasï*. Pourtant, Selîm est à présent l'aîné. Mon pauvre Djihângîr, mon Bossu, est hélas hors de cause et n'aura jamais le moindre gouvernement. On ne peut mettre un infirme à la tête même d'une simple province. Nommer Bâyezîd au Saroukhan serait trop dangereux. Ce serait le faire passer avant deux princes plus âgés. On ne doit pas prendre ce risque. L'armée, les ministres, les vizirs se révolteraient. Et puis, je vois encore un défaut majeur à Bâyezîd, il ressemble trop à son père ! Comme lui, il est noble, loyal et franc. Il faut plus de ruse que cela pour régner. Il faut un esprit tortueux et retors, qui n'éprouve ni scrupule ni honte.

– Soliman n'est pas fait de la sorte, ma sultane, et c'est un grand sultan.

– Moi je suis ainsi, et je gouverne avec lui ! Ce sera Selîm, même si ce choix me désespère autant que toi.

Et Roxelane éclata de son rire de triomphe, un rire qui grinçait pourtant.

Comme l'avait prévu le *kïzlar aghasï*, la peine de Soliman fut profonde et dévastatrice. Durant cet hiver-là, on vit passer dans les cours du sérail la haute silhouette maigre, voûtée, désolée de Soliman qui allait sans voir quiconque, ne pouvant retenir ses larmes. Il n'assistait plus aux séances du *Diwân*, il ne recevait plus ses ministres. Outre Roxelane qui savait toujours le dérider et calmer un peu son chagrin, il n'y avait que deux personnes qu'il voyait avec plaisir : sa petite-fille Huma-Chah qui n'avait par bonheur pas hérité le disgracieux physique de Rüstem, son père, et ressemblait chaque jour davantage à sa mère, et Mimar Sinân. Chaque matin, Soliman s'enfermait des heures durant avec son ancien ingénieur des armées qui n'avait plus à se soucier que d'architecture. Sinân avait fait ses preuves avec la construction de la prestigieuse mosquée d'Édirne, l'Üc Serefli, coiffée d'une des plus grandes coupoles jamais vues. A présent, Soliman lui confiait ce qui restait à cette heure de deuil le plus cher de ses projets : édifier une mosquée grandiose pour célébrer la gloire de son fils Mehmed. Ce serait la mosquée de Chehzâde. Il fallait qu'elle fût d'une perfection un peu douloureuse afin de rappeler que l'on n'est que peu de chose dans la main de Dieu et qu'un prince promis aux plus hautes destinées peut soudain mourir, parce qu'il crache le sang et que l'on ne parvient pas à le guérir. Soliman avait déjà demandé à Sinân de faire sculpter un trône en miniature sur la tombe de Mehmed et d'y graver cette étrange et tragique épitaphe :

« Mehmed-Khân ! Celui qui devait être l'héritier du trône ! »

Sans ménager sa peine, Sinân, complice du rêve de beauté de son sultan, fit venir par chariots entiers des blocs de granit égyptien, du marbre de Paros et des colonnes antiques enlevées aux plus beaux sites grecs des rives turques de la Méditerranée. La majesté des dômes fut compensée par l'élégance des minarets. Des fenêtres ogivales laissèrent entrer la lumière à flots pour célébrer un jeune mort qui avait besoin de clarté. A l'architecture persane, Sinân emprunta l'effet décoratif de tuiles magnifiquement ornées. Toujours, Soliman exigeait de revoir un détail. Il voulait pour son fils mort plus de marbre, plus d'or, plus d'arabesques, plus de beauté enfin. A Mehmed, il aurait souhaité tout offrir.

Roxelane était désolée de voir Soliman se perdre dans cette tristesse excessive. Sans paraître prendre le moindre intérêt aux affaires de l'Empire, le sultan acquiesçait à tout ce qu'elle lui demandait. Il n'avait fait aucune difficulté pour nommer Selîm au Saroukhan et Bâyezîd en Karamanie. De même, il avait accepté sans y attacher beaucoup d'intérêt la destitution du grand vizir Soliman Pacha pour le remplacer par Rüstem. Roxelane soupçonnait l'ancien grand vizir de chercher à faire revenir Mustafâ, ce qu'elle désirait éviter à tout prix. Dès la nomination signée, elle appela sa fille pour qu'elle fût la première à annoncer la nouvelle à Rüstem. Elle lui dit de sa voix de commandement :

– C'est chose faite, Mihrimah, ton époux vient d'être nommé grand vizir. Quel effet cela te fait-il d'être mariée au second personnage de l'Empire ? Tu vas être fabuleusement riche, Mihrimah. Tes moindres désirs seront des ordres. Toi et ton mari, vous pourrez tout dans l'Empire, à la condition de nous être toujours fidèles.

Mihrimah se jeta à ses pieds, embrassant la main qu'on lui abandonnait.

– Comment pourrions-nous jamais trahir notre mère et bienfaitrice ? Tu n'as pas de serviteur plus dévoué que Rüstem. Pour toi, il se damnerait !

– Je ne lui en demande pas tant, mais il se damnerait aussi pour l'argent[1]. Veille à ce que cette passion ne

---

1. Quand Rüstem mourut, le 9 juillet 1561, c'était le plus riche personnage de l'Empire. Il possédait des richesses telles qu'on n'en avait encore jamais vu et qui revenaient à la Porte, comme c'est toujours le cas dans l'Empire ottoman. Il était propriétaire de huit cent quinze fermes, quatre cent soixante-seize moulins à eau, mille sept cents esclaves, six cents selles garnies d'argent, cinq cents ornées de pierreries et d'or, cent

lui fasse pas oublier qu'il est avant tout un serviteur de l'Empire, le premier, mais un serviteur tout de même.

– Il ne l'oubliera pas, ma mère.

– Quel est ton vœu le plus cher, Mihrimah, à présent que tu peux tout ?

– Je voudrais me faire construire une mosquée dans un lieu de notre ville que j'affectionne particulièrement, sur la sixième colline, d'où la vue sur le Bosphore est si belle. Il ne faudrait pas que cette mosquée soit trop riche ou trop solennelle, mais au contraire que les fidèles s'y sentent libres d'y prier comme en pleine nature. C'est si beau, la liberté !

– Tu n'es pas libre, Mihrimah ?

– Aussi libre que peut l'être une femme, et je te le dois, ma mère.

Un autre deuil assombrit bientôt la cour ottomane. Au tout début du mois de juillet 1546, Soliman apprit que son *kapudan pacha*, son grand amiral Khayreddîn Barberousse, qui était rentré à Stanboul et se faisait construire un magnifique palais pour éblouir sa trop jeune épouse, souffrait d'une affreuse dysenterie.

---

trente paires d'étriers d'or, sept cent soixante sabres garnis de pierreries, huit cents riches exemplaires du Coran, trente-deux pierres précieuses d'une valeur de onze millions d'*aspre*, cent millions d'*aspre* faisant deux millions de ducats, nous dit le baron de Busbecq, l'ambassadeur du roi Ferdinand. Le vaniteux personnage avait même fait inscrire ces mots sur le fronton de la Chambre du Trésor : « Sommes acquises par la diligence de Rüstem Pacha. »

Bientôt il fut si faible qu'il ne put plus se lever, même s'il voulait continuer à superviser la construction de nouvelles galères grâce auxquelles on lancerait en Méditerranée une ultime campagne navale à laquelle personne ne croyait plus, sauf lui. Soliman vint prendre de ses nouvelles dans son palais où les ouvriers s'affairaient encore. Épouvanté par la mine qu'il avait, il lui envoya, sur l'avis de Roxelane, Rabi Salomon. Le mage lui conseilla de partager sa couche avec de très jeunes enfants, dont la fraîcheur apaiserait la fièvre du vieux lion. C'était tout ce qu'il pouvait encore faire pour lui.

Enfin, Barberousse ressemblait au vieillard qu'il était à soixante-treize ans. La maladie l'avait rattrapé, même s'il avait toujours son menton volontaire et son regard fier. Le 4 au matin, en se réveillant, les enfants hurlèrent et ameutèrent le palais. Ils avaient dormi à côté d'un cadavre. Soliman fit de splendides funérailles à son grand amiral. Grâce à Khayreddîn Barberousse, le sultan avait aussi imposé sa loi sur toute la Méditerranée. Il s'était rendu maître de Tunis, d'Alger et de Tanger. Il avait fait trembler Gênes, Naples, Rome et la Sérénissime. Il avait ébloui François Ier de France et beaucoup inquiété Charles Quint. Oui, Barberousse l'avait bien servi, même s'il n'était guère discipliné et guerroyait plutôt en corsaire qu'en amiral. Avec la disparition du vieux lion des mers, la flotte ottomane perdait beaucoup et Soliman pleurait sans retenue en suivant son cercueil.

La mort de Mehmed puis celle de Barberousse assombrirent de façon définitive le caractère déjà tourmenté de Soliman. Il passait le plus clair de son temps dans les appartements de Roxelane, entouré de ses enfants et de sa petite-fille Huma-Chah. Seule sa famille parvenait encore à le dérider. Au désespoir de Roxelane, il se réfugia dans des pratiques religieuses de plus en plus austères. Il bannit le vin de sa table, lui qui avait tant aimé s'enivrer avec Ibrâhîm. Il ordonna de fondre l'or de sa vaisselle pour l'offrir au grand *müfti*, Kemalpasazade. Il fit même un bûcher de ses chers instruments de musique. Roxelane, pourtant, ne le suivit pas dans cette ascèse. Sans l'écrin de ses belles robes, de ses joyaux et de ses parures rebrodées d'or, elle serait devenue moins belle dans le regard de Soliman, elle que la quarantaine, les premières rides et un début d'embonpoint guettaient. Surtout, elle savait que Soliman, en dépit de ses goûts de dépouillement pour lui-même, prisait aussi, chez elle, un décor poussé à l'extrême degré de raffinement, les délicates enluminures des corans, les calligraphies exposées sur les étagères, les écritoires d'or, les meubles incrustés de nacre et d'ébène, les coussins précieux. Pour lui plaire, elle affichait cependant une dévotion accrue.

Au début de l'année 1547, trois ans après la nomination du prince Selîm comme gouverneur du Saroukhan, donc comme héritier présumé du trône, le frère du *Châh* de Perse, le prince Elkas Mirza, envoya à Stanboul une ambassade pour solliciter l'aide du sultan. Il avait si fort envie de devenir *Châh* à la place du *Châh*, éternelle histoire... Roxelane savait par ses espions que les janissaires, trop longtemps restés inoccupés depuis la dernière campagne de Hongrie, recommençaient à murmurer. Rüstem n'était pas très en faveur auprès d'eux. L'on disait beaucoup qu'il ne devait son poste qu'aux femmes, Roxelane, sa belle-mère, et Mihrimah, son épouse. On lui reprochait aussi d'être immensément riche et de ne songer qu'à embellir encore et toujours son nouveau palais de la rive est de Scutari. Même si Soliman ne voulait rien entendre et s'abîmait dans sa peine et sa crise religieuse, Roxelane, elle, entendait fort bien. Il fallait à la fois occuper l'armée et offrir à Rüstem une occasion de s'illustrer au combat pour le rendre enfin populaire. Elle qui, dix ans plus tôt, avait mis beaucoup d'ardeur à tenter d'empêcher le sultan de se lancer dans une campagne perse parce que l'exécré Ibrâhîm était le chef des armées prit ce soir-là sa voix la plus persuasive pour s'adresser à Soliman.

C'était l'heure paisible qu'il aimait entre toutes, lorsque le soleil s'abîme dans les eaux jaunes du Bosphore et que les ombres commencent à s'emparer de Saray Bournou, posant leur mystère sur les kiosques et les massifs. Mihrimah venait de les quitter avec sa petite fille. Une chanteuse murmurait sa complainte en grattant les cordes d'un *saz*.

– Cette alliance que nous propose le frère du *Châh* est une occasion inespérée, mon *pâdichâh*, lui dit-elle. Grâce à ses guides, notre armée pourra avancer en grand secret par des passes détournées. Tu tomberas sur le *Châh* à l'improviste. Tu me reviendras, ainsi que Rüstem, notre fils bien-aimé, couvert de gloire et toujours victorieux. Les richesses perses seront tiennes et tu seras, plus que jamais, le roi des rois, plus grand même que Darius. Devant ta route ne se dressera jamais aucun Alexandre !

Oublier sa peine en se lançant dans une nouvelle

campagne militaire, c'était tentant, bien sûr. Soliman aimait se retrouver parmi ses hommes, à la tête de la plus puissante armée du monde, dans cette virile atmosphère de combats, de marches et de bivouacs. Entrer en victorieux dans la citadelle que l'on vient de prendre sous les folles acclamations de ses soldats, oui, Soliman voulait encore goûter cette sensation rare. Cependant, il hésitait à se lancer dans une campagne aussi hasardeuse. Jusqu'alors, la Perse, en dépit des victoires remportées, avait continué à lui échapper. Bien sûr, si le frère du *Châh* l'assurait de son appui, tous les espoirs étaient permis. Une fois assis sur le trône de son frère, le nouveau *Châh* pouvait pourtant se retourner contre lui. On prend si vite l'habitude de la trahison...

En outre, Soliman n'avait jamais aimé s'engager dans une nouvelle guerre sans avoir assuré ses arrières et signé des traités de paix avec ses ennemis d'autrefois. Or le problème de la Hongrie n'était toujours pas réglé. L'agressivité et les prétentions outrées du nouvel ambassadeur de Charles Quint à Constantinople, Gabriel d'Aramont, faisaient comme toujours avorter toute velléité de signature de traité. Il y avait surtout les missives que ne cessait de lui envoyer le roi de France François Ier, comme toujours pris en tenaille entre les possessions espagnoles et autrichiennes des Habsbourg. Lui aussi lui réclamait son aide et il aurait voulu que le sultan de la Sublime Porte allât porter la guerre en Europe. Cette alliance avec le roi de France flattait et rassurait Soliman, qui ne voulait pour rien au monde y renoncer, même si la perspective d'une campagne persane ne pouvait que désoler François Ier.

– Je sais comme toi, ma Joyeuse, que mes armées ne doivent pas demeurer longtemps désœuvrées et qu'un sultan ottoman qui ne guerroie pas devient suspect à ses sujets. Il n'en faudrait pas plus pour prétendre que je vieillis...

– Pour moi, tu restes éternellement jeune, beau et séduisant, parcelle de mon âme.

– Tous mes sujets et surtout mes janissaires ne me voient pas forcément avec tes yeux, Roxelane !

Joignant son rire au sien, son meilleur atout pour séduire cet homme triste qui avait beaucoup vieilli depuis la mort de Mehmed, elle se laissa aller contre lui. Elle avait gardé sur lui ses pouvoirs et ne craignait plus ses jeunes rivales car Soliman ne les regardait pas. Il lui dit prudemment :

– Tu as raison, toi que l'on appelle à présent dans l'Empire « la dame de mes pensées » et « la maîtresse du maître de tous ». Je vais dire à Rüstem d'envoyer des messagers dans les provinces afin de préparer une nouvelle campagne.

Ce n'était qu'un demi-succès, puisque Soliman n'avait pas dit contre quel ennemi l'on allait guerroyer. Sans doute ne le savait-il pas lui-même ? Roxelane pouvait faire montre envers lui d'une infinie patience, même si elle était d'un naturel impétueux et que, de plus en plus souvent, la soif du pouvoir la taraudait. C'était aussi un jeu délectable que de pousser lentement ses pions et de savoir que, toujours, elle finirait par gagner. Elle était tellement plus calculatrice que lui !

Roxelane et Rüstem essayèrent par tous les moyens de tempérer la fougue de Gabriel d'Aramont et de l'inciter à plus de réserve dans ses prétentions. Les conseils portèrent leurs fruits et l'on signa enfin, le 19 juin 1547, le traité de Constantinople, un traité assurant la trêve pour au moins cinq ans. Charles Quint et Soliman s'engageaient à ne pas prendre les armes l'un contre l'autre durant ce temps, l'empereur acceptant même de lui verser un tribut annuel pour la portion de Hongrie qui lui appartenait encore. Dès lors, plus rien ne s'opposait à la campagne de Perse, qui fut solennellement annoncée au cours d'une séance du *Diwân* par Soliman en personne :

– Nous avons fait ce que l'honneur et la dignité de l'Empire exigeaient. S'il y a trahison, nous en remettrons la punition entre les mains d'Allah, Notre Seigneur.

Lui aussi se défiait du prince persan. Chose plus grave, ses espions lui avaient rapporté à diverses reprises une rumeur persistante concernant le prince Mustafâ, toujours relégué dans sa lointaine province.

– Le prince a envoyé divers messagers au *Châh* pour lui demander sa fille en mariage.

La rumeur courait, bien que l'on n'eût intercepté aucun messager, et Soliman, qui ne se souvenait que trop des propres soupçons injustes que son père, Selîm l'Inflexible, avait nourris contre lui, se refusait à condamner Mustafâ sans preuve. Il se contentait de le maintenir dans son quasi-exil et de l'entourer d'espions chargés de surveiller ses faits et gestes. En même temps, pour ne pas mécontenter François Ier, il envoya en France une lettre très amicale, l'appelant tant et plus « restaurateur de la Chrétienté », s'excusant assez platement de ne pouvoir répondre à ses vœux guerriers,

« la saison étant trop avancée », mais l'assurant de l'aide d'une armée de quarante mille hommes en Croatie et d'une flotte, « afin de protéger nos amis et de combattre nos ennemis, ainsi qu'il convient à notre dignité impériale ». Du traité de Constantinople ou de la prochaine campagne perse, Soliman ne soufflait évidemment mot. Tout n'est pas bon à dire, même et surtout à ses amis ! La lettre arriva après le 31 mars 1547, date de la mort de François Ier, qui ne connut donc pas la défection de son principal allié.

8

Au printemps 1548, l'armée ottomane était fin prête et Soliman se mit à la tête de ses hommes. Une nouvelle fois il s'opposait à Tahmasp et espérait une victoire décisive. Il pourrait ainsi en finir avec l'hérésie shiite que son père Selîm n'avait pas complètement jugulée. L'autorité de la Porte restait faible dans l'est de l'Anatolie, où les grands féodaux continuaient d'osciller, au gré du moment, du *Châh* au sultan et du sultan au *Châh*. Roxelane avait raison : il convenait d'exploiter cette querelle de famille au sein de la dynastie des Safavides. A la demande de sa Joyeuse, Soliman avait accepté qu'en son absence Selîm fût *kâymakâm* de Stanboul. Ne se trouvait-il pas déjà sur les marches du trône ?

A nouveau, Roxelane, la cour et le petit peuple de la cité assistèrent au beau spectacle de cette armée parfaitement organisée quittant sa ville pour se lancer sur les routes de l'Anatolie. On gagna Konya, la ville sainte des derviches, où Soliman fit ses dévotions dans la splendide mosquée aux céramiques turquoise puis Sivas et Erzurum, où le rejoignit Elkas Mirza. Le prince félon pressa le sultan d'attaquer Tabriz, la capitale d'où Tahmasp venait de s'enfuir. Dans sa haine aveugle pour le frère qu'il voulait tant détrôner, Elkas préconisait le massacre pur et simple de tous les habitants, ce que Soliman refusa avec hauteur.

Abandonnant à Rüstem le soin de nettoyer les places fortes entourant le lac de Van, Soliman descendit sur Alep pour y passer l'hiver, toujours précoce et rigoureux en Anatolie. Pendant ce temps, Elkas, occupé à puiser à pleines mains dans le trésor de son frère, s'attarda à Ispahan, où l'assiégea l'armée de son autre frère, Sohrab, resté fidèle à Tahmasp. Sa propre armée le livra à Sohrab. Dans un premier temps, Tahmasp épargna Elkas, se contentant de le faire enfermer dans la forteresse d'Alamut, puis il fut obscurément assassiné.

Sachant ses armées moins nombreuses que celles de Soliman, moins aguerries, médiocrement armées en face des redoutables canons turcs, Tahmasp appliquait avec obstination la tactique lui ayant réussi durant la précédente campagne : fuir le combat et toujours se dérober devant Soliman.

Au terme d'une guerre de vingt mois, Soliman rentrait dans sa capitale, comme toujours victorieux. Même s'il feignait de croire en sa victoire, même s'il la proclama hautement, elle restait cependant loin d'être décisive.

Pour remercier le ciel comme il le fallait, Soliman fit appeler Mimar Sinân. Lui aussi vieillissait, mais son talent ne cessait de s'affirmer. Édifier dans sa ville la plus belle mosquée qui fût était désormais l'idée fixe de Soliman. Il voulait allier à la majesté et à l'opulence d'Aya Sofya la légèreté et la grâce de la Chehzâde

Camii élevée à la mémoire de son fils Mehmed. La sienne, que l'on appellerait la Süleymâniye, se dresserait sur la troisième colline, la plus vaste. L'édifice religieux serait entouré de tout le complexe habituel d'hôpitaux, *medrese* et institutions charitables, plus imposant que les autres, évidemment. Soliman n'était-il pas le maître suprême de l'Empire ?

Sinân, aussitôt, se mit à l'œuvre. Chaque jour, il venait soumettre ses plans à Soliman. Et Roxelane, qui avait toujours eu un goût très sûr, se passionnait à son tour pour la création de cette mosquée, qui serait le testament spirituel de Soliman, un hymne à la beauté et à la foi, un jaillissement de ferveur, un cri montant vers le ciel.

Peu à peu, sur les plans de Sinân, la mosquée s'élevait. Dans l'esprit de Soliman, elle existait déjà. Sans fin, il en discutait avec Roxelane.

– Ma mosquée aura au moins deux minarets, disait Soliman.

– Pour dire ta gloire, mon *pâdichâh*, et pour aider ta prière à monter jusqu'au ciel, j'en verrais plutôt quatre. Ce seront de véritables collerettes de pierre agrémentées de balcons ouvragés. Vois, j'ai demandé à Sinân de modifier ses plans. Et j'ai pensé que l'on pourrait se servir des colonnes de l'Hippodrome... Ne te fâche pas, parcelle de mon âme, mais je voudrais pour toi ce qu'il y a de plus beau au monde.

Les audaces de Roxelane, admirablement servies par l'art de Sinân, enchantaient Soliman. Prendre les colonnes de l'Hippodrome pour orner la cour à portiques précédant la mosquée, c'était une idée de génie que lui n'aurait jamais osée. Roxelane riait et s'enflammait. Entre ses lèvres de conteuse et de magicienne, les mots s'envolaient, porteurs de sortilèges :

– La porte principale ouvrira sur la salle de pierre, de proportions impressionnantes, si parfaite que l'acoustique en sera étonnante, Sinân me l'a promis.

– Tu n'as prévu ni mosaïques ni faïences, à ce que je vois.

– Non, Soliman, ce sont des ornementations trop féminines pour toi. Nous avons plutôt pensé à des motifs peints à fresque et à des médaillons ornés de calligraphies, tu es si expert en cet art...

Avec fièvre, tous deux se penchaient sur les plans, changeant ici et là un détail, ajoutant de la beauté à la beauté, pour ce rêve de pierre ruisselant d'une mystérieuse harmonie, plein de grâce et en même temps d'une force sereine.

– Au-dessus du *mihrâb*, qui sera de marbre blanc sculpté, de même que le *minbâr*, des vitraux à fleurs éclabousseront tout l'édifice de lumière. Compte, mon *pâdichâh*, il n'y en a pas moins de cent trente-huit !

Au début de l'année 1550, en présence du *müfti*, du grand vizir, de tous ses enfants, mais sans Mustafâ, toujours exilé, devant Sinân et toute la cour, Soliman posait solennellement la première pierre de sa mosquée. Il n'y avait plus qu'à la construire.

Depuis deux ans déjà, les travaux se poursuivaient sous la conduite énergique de Mimar Sinân. La Süleymâniye commençait à jaillir du sol et ses murailles blanches s'édifiaient parmi une nuée d'ouvriers et une forêt d'échafaudages. Dès le début de l'année 1552, au sérail impérial et dans les provinces de l'Empire, l'on voyait flotter au bout d'un bâton peint les célèbres queues de cheval. C'était l'appel à la guerre.

A nouveau, Soliman voulait lancer ses armées à la conquête de la Perse et obliger Tahmasp à la bataille. Pourtant, le sultan ne prit pas cette fois la tête de ses armées, mais nomma Rüstem Pacha *serasker* en chef. Lui restait auprès de Roxelane et de Sinân. Il en avait parfois assez de la guerre. A cinquante-sept ans, il se sentait un peu las de ces campagnes toujours à recommencer. Rüstem et la lourde armée quittèrent la capitale, mais l'on s'arrêta non loin de Stanboul, à Aksaray, pour y prendre ses quartiers d'hiver, attendre la venue des convois et de nouvelles troupes recrutées dans les provinces les plus reculées de l'Empire, tout en continuant l'entraînement des hommes.

Le moral de l'armée n'était pas au beau fixe. Quoi qu'il pût tenter, Rüstem restait toujours aussi impopulaire. On lui reprochait son physique ingrat, son manque de prestance et sa répugnance manifeste à faire la guerre. Il était à l'évidence plus à son aise dans un bureau, en train de travailler à ses comptes et de surveiller avec un soin jaloux la bonne rentrée de l'impôt. Aussi les janissaires commencèrent-ils à murmurer, puis à crier :

– On veut le *pâdichâh* parmi nous ou bien, s'il est trop vieux pour guerroyer et préfère la compagnie de sa Russe au sérail, qu'il nous envoie son fils Mustafâ !

– Vive Mustafâ, longue vie au prince !

L'on n'était pas loin de la révolte déclarée. Si jamais les janissaires renversaient leurs marmites, tout était à craindre. Stanboul était si proche... Affolé, Rüstem fit appeler le militaire en lequel il avait le plus confiance, Semsi, *agha* des *sipâhi*, le corps rival des janissaires.

– Semsi, lui dit-il, galope sans tarder vers la capitale et rends-toi auprès du *pâdichâh*. Ne parle qu'à lui, ne fais confiance qu'à lui. Surtout, ne t'arrête pas en chemin. Tu réponds sur ta vie du message que voici. Que nul ne te voie t'entretenir avec le sultan ou l'on risquerait de comprendre ce qu'il se passe ici. Pars seul, ce sera plus discret, et surtout, hâte-toi.

Rüstem, qui n'était pas un guerrier comme l'avait été Ibrâhîm et qui ne brillait pas par son courage, aurait préféré être à la place de Semsi qu'à la sienne. Cependant, il était forcé de rester et de faire face à la situation. A tout hasard, il ordonna de distribuer double ration de vivres aux janissaires, ce qui les calma un peu.

Semsi ne ménagea pas sa peine et fut bientôt en vue des murailles de Stanboul, mais il attendit la nuit tombée pour se présenter à la porte du sérail et faire appeler le *kïzlar aghasï*.

– Ce que j'ai à dire au *pâdichâh* est si grave que cela ne souffre aucun délai, ordre de Rüstem.

– Suis-moi.

Soliman dormait déjà, car il avait pris froid et se sentait fiévreux. Cependant, le chef des eunuques noirs n'hésita pas à le faire réveiller. Le sultan reposait près de Roxelane, qui voulut assister à l'entretien, cachée à son habitude derrière un paravent. Elle voulait surtout connaître le message de son cher Rüstem. Soliman brisa le sceau de Rüstem, lut la lettre (sa main tremblait), puis la tendit à Roxelane. Enfin, il dit à Semsi d'une voix mourante :

– Retourne près du grand vizir, mon ami, et dis-lui

de lever le camp sans tarder et de revenir dans ma capitale. Assure-le que les fauteurs de troubles seront châtiés comme ils le méritent. Mon ordre ne souffre aucun retard.

L'*agha* des *sipâhi* se jeta aux pieds du sultan, embrassa le bas de sa robe de nuit et s'en fut. Quand il fut parti, Soliman s'abandonna à l'une de ses redoutables colères.

– Les janissaires acclament Mustafâ comme leur sultan, hurla-t-il, et il ne fait rien pour les calmer. Rüstem m'assure même qu'il entretient toujours des intelligences avec ce maudit Safavide. Dieu me préserve que, moi vivant, Mustafâ ose se couvrir d'une telle infamie !

Roxelane pâlit. Le message était clair. Pour la première fois depuis qu'elle le connaissait, Soliman menaçait l'un de ses enfants et la peine encourue ne pouvait être que la mort. En elle se livrait un combat déchirant. A cette heure si grave pour Mustafâ, elle sentait son ancien amour revivre, plus jeune et plus ardent que jamais, alors qu'elle avait cru que l'absence l'avait tué. Mustafâ avait aimé, il avait, disait-on, une favorite fort belle qui lui avait donné un fils. Sans doute avait-il depuis longtemps oublié Roxelane, même si elle avait parfois cru surprendre dans les yeux si noirs et si caressants du jeune prince une lueur qui disait beaucoup plus qu'une tendresse filiale. Elle avait vieilli, elle aussi. A présent que la cinquantaine approchait, Roxelane ne pouvait plus compter sur sa beauté, même si son rire sonnait toujours clair, si ses gestes étaient restés vifs et gracieux et ses yeux incomparables. Désormais, elle évitait de se regarder trop longtemps dans un miroir, car ce qu'elle y voyait la désolait.

– Je vais sommer Mustafâ de venir à Stanboul et de s'expliquer devant le *Diwân*. S'il ne le peut pas ou s'il ose me désobéir, la sentence sera la mort.

Mustafâ à Stanboul, c'était tout bonnement impossible à envisager pour Roxelane. Il voudrait revoir au moins une fois ses demi-frères et sa demi-sœur, il lui demanderait audience pour la supplier d'intervenir en sa faveur, et il ne le fallait pour rien au monde. Mustafâ devait garder le souvenir de sa belle-mère dans tout l'éclat de sa beauté et de sa jeunesse. Il y avait si longtemps qu'il n'avait paru à la cour de son père que la confrontation avec la vieille femme qu'elle était devenue semblait impensable à Roxelane. Tout valait mieux que cette humiliation. Roxelane le savait, jamais elle ne supporterait de lire le dégoût ou la pitié peut-être dans le regard de Mustafâ. Pour lui, elle voulait à jamais rester « la Magnifique ».

– Faire appeler le prince dans ta capitale alors que tu le soupçonnes de crimes si graves serait pour ta vie et pour les nôtres, celle de tes enfants et la mienne peut-être, un grand danger, mon *pâdichâh*, lumière de mes yeux. Tu soupçonnes Mustafâ d'avoir ourdi un complot auprès des janissaires pour te ravir ton pouvoir et ton trône. Si le complot est plus avancé que tu ne le crois, songe au péril.

– Que préconises-tu alors, ma Joyeuse, mon plus fidèle et plus sage conseiller ?

– Tu m'honores, Soliman. Il convient avant tout de ne rien brusquer et de ne pas agir avec trop de précipitation. Charge des hommes de confiance d'une enquête approfondie et discrète. Tu peux t'en remettre à Rüstem, il fait partie de la famille à présent et il aura à cœur de ne pas la voir éclaboussée par une infamie. Si Mustafâ est coupable, Rüstem le saura. Il sera alors toujours temps d'entendre Mustafâ. S'il a par malheur trahi, convoque-le loin de la capitale, donc loin du siège de l'Empire.

– Comme toujours, tu es de sage conseil, Roxelane. J'accorde donc un sursis à Mustafâ, le temps que Rüstem mène son enquête. Si mon fils est coupable, je serai sans pitié et il sera jugé comme n'importe lequel de mes sujets. Ne m'appelle-t-on pas aussi le Justicier ?

Roxelane respirait. En préconisant une enquête, elle gagnait du temps et, surtout, elle évitait de se trouver un jour face à Mustafâ, son amour interdit, sa folie et sa douleur. Pour sa propre sécurité, il valait mieux que Mustafâ fût déclaré coupable. Ainsi, Selîm serait sultan sans problème à la mort de Soliman, elle-même *vâlide sultan*. Elle réfléchissait vite. Quel âge avait donc Mustafâ ? Trente-cinq ans, déjà ? Ce n'était pas possible. Pourquoi sa propre jeunesse s'était-elle si vite enfuie ? Pourquoi sa légendaire beauté n'était-elle plus qu'un souvenir ? Pourquoi vouait-elle un tel amour à celui qu'elle n'avait pas le droit d'aimer ? Les larmes aux yeux, elle se détourna, mais Soliman avait vu le beau regard embué et il se méprit sur les raisons de ce chagrin.

– Je sais que tu as toujours considéré Mustafâ comme ton fils et l'as élevé comme s'il était tien, dit-il avec émotion. Je sais que ma douleur te peine, ma

Joyeuse qui pleure sur mes malheurs, mais sois assurée que je saurai être juste sans faiblesse.

– J'en suis sûre, parcelle de mon âme.

Dès le lendemain, Soliman s'asseyait devant son *divit*, son écritoire. Il tailla lui-même ses plumes avec le *kalembia*, trempa son *calame* dans l'encre et commença à jeter sur le parchemin, de son élégante écriture de lettré, des ordres aux gouverneurs des différentes provinces ottomanes. Puis il traça le *tughra*, le monogramme impérial, et il en fit briller les ors avec le *zermühre*, le polissoir. Il expliquait aux gouverneurs que, pour des raisons d'intendance, la campagne était remise à l'été prochain. D'autres messages suspendaient ou faisaient emprisonner plusieurs corps de janissaires, ceux qui avaient ouvertement pris parti pour le prince Mustafâ. D'autres encore réglaient avec la précision habituelle les modalités du retour de ses armées dans leurs différents casernements.

Rüstem commençait à trembler pour sa propre tête. Lui qui avait toujours connu sa belle-mère si forte et si sereine lorsqu'il s'agissait de parvenir au but qu'elle s'était fixé ne comprenait rien aux éternels atermoiements de Roxelane quand il était question de Mustafâ. Un jour, elle exigeait avec passion sa mort. Le lendemain, elle ne voulait plus en entendre parler et cachait mal ses larmes à la moindre allusion. Son enquête n'avançait guère et il n'avait rien trouvé permettant de compromettre de façon définitive le prince et le perdre une fois pour toutes dans l'esprit de Soliman. Aussi prit-il une décision extrême.

Il fit appeler un prisonnier persan puis lui commanda de contrefaire le sceau de Tahmasp et d'adresser à Mustafâ une fausse proposition d'alliance signée du roi perse. Ensuite, l'on raccompagna dans son cachot le prisonnier auquel Rüstem avait promis argent et liberté. Le soir même, le lacet d'un Muet mettait fin à la vie d'un témoin gênant. Rüstem tenait enfin la preuve dont il avait besoin. Il n'osa en parler à Roxelane. C'était un secret trop dangereux et il n'était pas sûr de ses réactions. Il préféra rejoindre Soliman dans sa bibliothèque et lui remettre la lettre, scellée, roulée dans son étui de soie. Il se prosterna et Soliman le releva avec affection. Même si Rüstem était d'une laideur gênante, même s'il était avide et aimait l'or plus que tout, c'était un bon serviteur de l'Empire, un travailleur acharné doté d'une mémoire implacable. Jamais Soliman n'avait eu trésorier plus zélé. Jamais l'or n'était aussi bien rentré dans les caisses impériales. Il vit le visage bouleversé de Rüstem, qui avait en fait très peur pour sa précieuse personne.

– Que t'arrive-t-il ?

– Un de tes espions, *pâdichâh*, a intercepté ce pli arrivé de Perse avant qu'il ne fût parvenu au prince Mustafâ.

– Donne vite.

Soliman le lut en silence, puis il le tendit à Rüstem avec accablement :

– Voici l'ultime preuve de la trahison de mon fils aîné. Cette fois, le doute n'est hélas plus permis. Va chercher le prince dans sa province et ramène-le ici, par la force s'il est besoin. Je ne puis attendre davantage. Il sera jugé et devra répondre de son forfait.

Rüstem s'inclina et sortit, préoccupé. Il aurait préféré que Soliman dépêchât le bourreau à Mustafâ. Ramener lui-même le prince à Stanboul lui semblait risqué. Mustafâ était jeune, brave et audacieux. De plus, il le savait innocent. N'allait-il pas tenter quelque coup d'éclat ? Cette fois, Rüstem ne donnait pas cher de sa propre peau. Il prit avec lui un détachement de dix mille *sipâhi* et quitta la capitale après avoir embrassé sa femme et sa fille comme s'il ne devait plus les revoir.

Rüstem chevauchait depuis deux jours seulement lorsqu'il vit un nuage de poussière à l'horizon. Il envoya aussitôt des éclaireurs qui revinrent, épouvantés, racontant en tremblant qu'il s'agissait de la cavalerie du prince. Mustafâ galopait vers eux à la tête d'un détachement de sept mille cavaliers. Et Rüstem, qui n'avait guère envie de mourir pour une si piètre cause, revint piteusement à Stanboul, sans Mustafâ.

Soliman attendait son gendre à l'entrée du sérail, tant il était impatient d'avoir des nouvelles, tant il tremblait d'apprendre la mort de ce fils qu'il ne parvenait pas à haïr. Mustafâ, en dépit de sa forfaiture, était si beau, si brillant, si follement brave, si instruit. Soliman se reconnaissait en lui, mieux qu'en n'importe quel autre de ses fils. Selîm surtout lui semblait méprisable, ivrogne sans grâce et sans joie.

– Tu reviens seul, à ce que je vois. Explique-toi.

– Pardonne-moi, mon *pâdichâh*, mais le prince m'attendait à la tête d'une véritable armée. Il aurait livré bataille, sois-en sûr.

– Tu n'as pas combattu, à ce que je vois. Dois-je en déduire que le prince est plus brave que toi ?

– Mes hommes ne m'auraient pas suivi. Déjà ils acclamaient le prince Mustafâ. Si nos deux armées s'étaient rencontrées, la mienne aurait déserté en faveur de ton fils. Alors, à la tête d'une force de près de vingt mille hommes, Mustafâ aurait déferlé sur ta capitale. Si j'avais engagé le combat, à l'heure qu'il est tu n'aurais peut-être plus de trône. Tu ne serais plus en vie. Tes propres enfants, tes petits-enfants, Hürrem elle-même seraient peut-être morts.

– En quelque sorte, tu m'as sauvé la vie, Rüstem ?

Il y avait beaucoup d'ironie dans la remarque de Soliman et Rüstem se dit qu'il devait vite reprendre l'avantage, faute de quoi il ne serait pas longtemps grand vizir et sans doute pas longtemps en vie.

Rüstem devinait aussi que Soliman, toujours avide de jolies prouesses guerrières, admirait la bravoure désespérée de Mustafâ, qui préférait mourir à la tête de ses cavaliers que subir un procès infamant. Aussi le grand vizir ajouta-t-il avec perfidie cette phrase qui, il le savait, blesserait profondément Soliman :

– A la vue de Mustafâ, mes *sipâhi* reprirent à leur compte les reproches des janissaires : « Le sultan est trop vieux, criaient-ils. Il s'est amolli dans l'amour d'une seule femme et ne sait plus faire la guerre. Il est temps pour lui de se retirer définitivement au sérail. Nous voulons un jeune prince. Que vive le *pâdichâh* Mustafâ ! »

– Ils ont osé, gronda Soliman, qui sentait sa rage revenir et n'admirait plus du tout son fils aîné.

Pour cette fois du moins, Rüstem serait sauvé.

Soliman se souvint des conseils de Roxelane. Ce n'était pas à Stanboul que l'on jugerait la trahison du prince, si jugement il devait y avoir. Il fallait hâter les préparatifs de guerre, affecter de vouloir au plus tôt l'invasion de la Perse et quitter la capitale. On s'affaira donc à équiper et entraîner l'armée. Au début de l'été, tout fut enfin prêt et Soliman fit ses adieux à Roxelane, puis il s'embarqua sur le caïque royal en compagnie de ses deux fils, Selîm et Bâyezîd. Sous le kiosque d'or surplombant le Bosphore, il devinait la silhouette de Roxelane, entourée de ses femmes. Elle devait avoir du mal à se retenir de pleurer. Même si son cœur saignait, Soliman se persuadait qu'il fallait en finir avec Mustafâ. Il y avait eu trop de soupçons, trop d'accusations, trop de haine sourde de part et d'autre. A présent qu'il savait que son père voulait le faire juger pour haute trahison, Mustafâ, qu'il fût ou non coupable, chercherait de toute façon à le supplanter et à s'emparer du trône.

Les pensées de Roxelane étaient bien sombres aussi. Une réconciliation entre Soliman et Mustafâ lui semblait désormais impossible. Si Mustafâ se rebellait vraiment et s'il l'emportait sur son père, qu'adviendrait-il d'elle-même et de ses enfants et petits-enfants ? Périraient-ils tous sous le lacet des Muets ? Dans le meilleur des cas, elle serait reléguée au palais des Larmes et n'aurait en effet plus qu'à pleurer. C'était affreux, mais il fallait tuer Mustafâ.

L'armée, à nouveau, traversa la Syrie et bivouaqua à Éregli. Ce fut là que Soliman envoya des émissaires à son fils aîné pour lui ordonner de se présenter devant lui afin de répondre de ses actes. « Si mon fils parvient à se laver des crimes dont il est accusé, promettait Soliman, il n'aura pas à craindre pour sa vie. » Par une autre route, mais beaucoup plus vite, le second vizir, Ahmed Pacha, qui avait toujours aimé le prince qu'il connaissait depuis sa naissance, dépêchait à Mustafâ un courrier en affirmant qu'il n'avait pas la moindre chance de convaincre son père. Sous aucun prétexte il ne devait se rendre à cette convocation.

Mustafâ, très pâle, lut les deux missives, celle de son père et celle de son oncle. Il lui déplaisait de fuir. Alors, il semblerait coupable. Et puis, il se savait si populaire parmi l'armée qu'il pensait ne rien risquer à l'intérieur du camp de son père. Les janissaires l'aimaient tant qu'ils auraient à cœur de veiller sur lui. Il fit pourtant venir son *müfti*, qui était aussi son ancien gouverneur, lui embrassa la main en signe de respect, lui montra les deux lettres et lui demanda :

– Dis-moi, que dois-je faire, à cette heure terrible où la suspicion d'un père va peut-être m'envoyer à la mort ? Toi qui connais mon âme, tu sais que je suis innocent.

– Ton cœur est fier, Mustafâ, écoute-le. Pour toi, qui es franc et loyal, mieux vaut exposer ta vie avec honneur que vivre sous une suspicion que tu ne pourrais supporter. Rends-toi à cette convocation.

– Je suivrai donc ton avis, mais donne-moi auparavant ta bénédiction.

Mustafâ embrassa Murâd, son fils unique, un bel adolescent de douze ans qui lui ressemblait beaucoup, et sauta sur son cheval. A la tête d'une faible escorte pour prouver ainsi ses intentions pacifiques, il galopa en direction du camp de son père. Quand il parvint à Éregli, il soufflait un vent violent et la pluie tombait par gros paquets serrés. Pourtant les janissaires l'attendaient et il ne put les empêcher de l'acclamer et de hurler son nom, ce qui était maladroit et risquait d'accroître l'irritation du sultan.

Rüstem ne se priva pas de rapporter aussitôt l'incident à Soliman, qui ne desserra pas les lèvres de la soirée. Cependant il ne fit pas appeler son fils. Celui-ci se retira avec ses conseillers sous la tente que l'on avait mise à leur disposition. S'il l'avait voulu, il aurait fort bien pu parcourir à cheval le camp de son père, soulever ses fidèles janissaires et tenter de prendre le pouvoir. Il y serait probablement parvenu, il était si follement aimé. L'armée, le peuple et bien des ministres auraient en effet souhaité être gouvernés par un sultan plus jeune. On en avait assez de la toute-puissance de Roxelane, Mihrimah et Rüstem qui, à eux trois, menaient en réalité l'Empire. Souvent, l'on avait l'impression que Soliman laissait faire et l'on commençait à murmurer de plus en plus fréquemment que c'était le sérail et non plus lui qui gouvernait. Avec Mustafâ, tout allait enfin changer.

Telle n'était pourtant pas l'intention du prince. Même s'il souffrait d'avoir été tenu depuis dix ans éloigné de son père et de sa famille, supplanté par Selîm, même s'il reprochait à son père d'avoir complètement banni sa mère de sa vie, à tel point qu'elle l'avait finalement suivi dans sa lointaine province, il vénérait toujours Soliman. C'était son père et son sultan. Il lui devait obéissance et n'aurait jamais songé à prendre les armes contre lui. C'était seulement contre ce pleutre de Rüstem que Mustafâ avait levé ses cavaliers, car il aurait préféré mourir que se rendre à un tel homme.

Tout était silencieux dans le camp. Beaucoup trop silencieux. L'on n'entendait plus un bruit. La pluie s'était calmée, mais le vent soufflait encore. L'on aurait dit que tout le camp était à l'affût d'on ne savait quelle catastrophe. Ses compagnons eux-mêmes, son écuyer et son conseiller, un jeune Vénitien, le cœur étreint par ce subit silence, hésitaient à se coucher.

– Partons quand il en est temps, murmura l'Italien.

– Ce serait lâche, dit Mustafâ. J'ai confiance en mon père. Quelle meilleure preuve de ma soumission et de mon amour puis-je lui donner qu'en venant le voir presque seul et sans armes ? Je me place ainsi en son pouvoir et ma loyauté est évidente.

– Il y a trop longtemps que ton père ne t'a vu. Et il y a plus longtemps encore qu'on s'efforce de te perdre à ses yeux.

– J'ai confiance, répéta Mustafâ.

Il dormit mal, pourtant, d'un sommeil agité, hanté de rêves funestes.

Soliman lui non plus ne dormait pas et ne savait plus à quoi se résoudre. Mustafâ était venu presque seul et sans armes. N'était-ce pas un signe de loyauté ? Il fit appeler Rüstem pour lui dire :

– Mon fils ne m'a pas trahi. Tu vois bien qu'il ne s'est pas dérobé.

– Pour mieux te tromper, *pâdichâh.*

Rüstem était affolé. Si Mustafâ rentrait en grâce auprès de Soliman, il n'aurait aucun mal à démontrer qu'il avait été accusé sur la foi d'un faux, un faux fabriqué par Rüstem et remis par lui à Soliman. D'un autre côté, il sentait le sultan si hésitant qu'il ne voulait pas sembler condamner seul le prince. Aussi eut-il recours à une solution prudente :

– Je comprends quels tourments t'étreignent, *pâdichâh*. Remets-toi dans la main d'Allah, fais appeler ton *müfti* et demande-lui conseil. En une heure si grave, Dieu parlera par sa bouche.

Rüstem ne crut pas utile de préciser à son sultan qu'il avait déjà remis au *müfti* de l'or, beaucoup d'or, de quoi apaiser la conscience la plus pointilleuse, et celle du saint homme, à l'évidence, n'était pas trop exigeante. Le *müfti* avait pour ordre de rassurer le sultan et de le persuader que Dieu voulait la mort de Mustafâ.

Soliman ne désirait pas exposer ses problèmes familiaux à Kemalpasazade. Aussi préféra-t-il s'adresser à lui sous forme de parabole.

– Quel est, lui demanda-t-il, le châtiment approprié pour un esclave qui aurait trahi les intérêts de son maître en son absence ?

– Qu'il meure dans les tortures, répondit l'homme de Dieu.

Le sort de Mustafâ était scellé.

Le lendemain matin, après la prière rituelle, l'on vint chercher le prince. Pour persuader son père de ses intentions pacifiques, il s'était habillé tout en blanc, la couleur de l'innocence. Blanc son turban dépourvu du moindre ornement. Blancs son caftan, ses bottes et son pantalon. Seuls l'accompagnaient son écuyer et son ami vénitien. Tous trois enfourchèrent leurs montures et les éperonnèrent pour leur faire gravir le tertre au sommet duquel se dressait la tente impériale, rouge et or. A leurs pieds s'étendait un petit bois traversé par une rivière. Le spectacle, au soleil levant, aurait été paisible si le même vent violent ne s'était à nouveau levé, faisant claquer les toiles des tentes. A la vue de Mustafâ, une immense clameur monta du camp. *Sipâhi* et janissaires faisaient voler leurs bonnets en l'air en signe de joie. D'un geste de la main, le prince réprima vite ces manifestations qui risquaient d'accroître l'exaspération de Soliman.

A l'entrée de la tente impériale, selon un usage immuable, deux gardes lui prirent ses armes, son sabre et son poignard. Nul ne devait se présenter armé devant le sultan. Quand ses amis voulurent le suivre sous la tente, les gardes les en empêchèrent et Mustafâ s'inclina en souriant, trouvant naturel que son père désirât lui parler seul à seul. Précédé d'un unique page qui lui montrait le chemin dans cet espace si vaste qu'il ressemblait à un vrai appartement, Mustafâ parvint jusqu'à la salle du trône. Il était ému à la pensée de retrouver ce père qui lui avait si souvent manqué, depuis dix ans qu'il en était séparé. Face à lui, il pourrait facilement se disculper de ces absurdes accusations de trahison. Il saurait l'émouvoir et parler à son cœur. Il était si heureux de le revoir.

La tente était sombre, mais c'était le même trône d'or massif enrichi de pierres précieuses. Le même décor riche et raffiné, divans bas couverts de soieries et de fourrures, tapis précieux et riches tentures aux exquises broderies. Il y avait même des fruits et des rafraîchissements disposés sur une table basse. Mustafâ mordit dans une grappe de raisins et attendit.

D'ordinaire, quand on le faisait entrer dans la salle du trône, son père s'y trouvait déjà assis, entouré de ses conseillers, de ses ministres et de sa cour. Ce jour-là, il n'y avait personne dans la salle. Même le petit page était reparti. Dehors, le vent soufflait avec une violence accrue. Il y eut des grondements de tonnerre et la pluie s'abattit soudain avec fracas. Mustafâ l'entendait crépiter sur la tente. Il lui sembla percevoir des cris et des appels, mais il crut s'être trompé. Pourtant, cette attente anormale commençait à l'oppresser. Si son père ne désirait plus le voir, on l'aurait prévenu. N'avait-il pas sa parole qu'on l'écouterait et qu'on le laisserait se disculper ?

Alors que Mustafâ se disposait à faire demi-tour et à demander ce qu'il se passait, il y eut comme un glissement furtif. Il se retourna pour apercevoir une silhouette massive, qui lui barrait la route. Puis il y en eut deux, trois, quatre, sept géants noirs qui glissaient sur leurs pieds nus et se précipitaient vers lui. Ils portaient des poignards aux longues lames recourbées, qui luisaient dans la semi-pénombre. Le plus grand, quant à lui, tenait un lacet, le terrible lacet des Muets. S'ils étaient sept, ce devaient être ceux qui avaient, disait-on, exécuté Ibrâhîm. Ibrâhîm, son ami de toujours, son confident, son protecteur et celui de sa mère... S'emparant d'un petit tabouret qu'il brandit devant lui en le faisant tournoyer comme une toupie, la seule arme qu'il eût trouvée dans la salle, Mustafâ s'efforçait de tenir les Muets à distance tout en se rapprochant de la sortie. S'il y parvenait, si les janissaires ou n'importe quel soldat le voyaient en si fâcheuse posture, l'armée se porterait immédiatement à son secours. Avec l'énergie du désespoir, Mustafâ essayait de parer les attaques des Muets. Un seul tabouret face à tant de poignards, ce n'était à coup sûr pas beaucoup. Il tentait encore de se persuader que son père n'était pour rien dans cet attentat, dans ce manque à une promesse. Soliman devait ignorer sa venue. C'était Rüstem qui avait seul tout manigancé, peut-être à l'instigation de Selîm, qui était un lâche et un ivrogne ? Aussi Mustafâ hurla-t-il avec force :

– Mon père, on m'assassine, viens à mon secours !

Déjà il était blessé de plusieurs coups à la jambe et au côté. Son bras gauche, tout sanglant, était hors d'usage. Cependant, il continuait à abattre son dérisoire tabouret sur une tête et sur une autre. Son cri affola les Muets – ceux-là n'avaient pas eu les tympans crevés. Puisqu'il appelait le sultan, c'était peut-être qu'il y avait eu un contrordre. Indécis, ils reculaient hors de portée des moulinets de Mustafâ sans plus oser l'assaillir.

Parfois, un éclair illuminait brièvement la tente. Et Mustafâ put voir que, derrière les tentures d'apparat, il y avait d'inhabituels molletons. Cette fois, le doute n'était plus permis. En dépit de ses promesses, son père s'était parjuré. Il l'avait attiré dans un lâche guet-apens. Soliman avait tout organisé pour le faire assassiner. Un gémissement d'épouvante s'échappa de ses lèvres. Pour ajouter l'horreur à l'horreur, il vit s'encadrer, dans une portière invisible jusque-là, le terrible visage de son père. D'une pâleur de mort, en proie à une colère folle qui ne masquait que la honte de son geste, Soliman hurla à ses Muets :

– N'achèverez-vous donc jamais la mission que je vous ai confiée ? Ne viendrez-vous donc jamais à bout de ce traître à cause duquel je n'ai pu passer une seule nuit de repos depuis dix ans ?

Les Muets entourèrent à nouveau Mustafâ et le pressèrent de toutes parts, le tabouret fut jeté au loin. Les poignards n'étaient même plus nécessaires. Le lacet entourait le cou du prince, qui ne luttait plus depuis qu'il avait vu son père. Ce fut Soliman qui détourna les yeux et rabattit la portière. Le lacet fit son office et Mustafâ s'abattit sur les genoux.

A l'entrée de la tente impériale, les deux amis de Mustafâ, son écuyer et le Vénitien, avaient été poignardés. Leurs corps gisaient dans la poussière et les janissaires commençaient à gronder en réclamant leur prince. Quand ils virent sa dépouille, jetée sur un simple tapis, les grondements devinrent hurlements et cris de douleur. Partout, dans l'immense camp détrempé par la pluie, l'on renversait les marmites, qu'on frappait à l'aide des cuillères en scandant :

– On a tué notre *Châhzadey* Mustafâ. Le sang appelle le sang. Que sa mémoire soit vengée !

– La tête de Rüstem. Nous voulons la tête de Rüstem.

Dans tout le camp, ce n'était plus qu'une seule et terrible clameur.

– La tête de Rüstem !

– Envoie-la-nous, *pâdichâh*, ou nous viendrons la chercher.

Rüstem, terrifié, s'était réfugié auprès de son beau-père et sultan, et Soliman, qui n'aimait guère les lâches, prolongeait un peu son attente. Pourtant, il ne pouvait faire condamner Rüstem sans se désavouer lui-même. S'il laissait les janissaires pénétrer sous sa tente, il risquait fort d'être également massacré. Alors Soliman coiffa son plus somptueux turban, ceignit son sabre enrichi de ses plus précieux joyaux, fit seller son cheval et apparut à l'entrée de sa tente, magnifique et dédaigneux. Tant d'audace, tant de courage tranquille apaisèrent immédiatement les janissaires. Il y eut encore quelques cris et ce fut le silence. Soliman s'écria d'une voix forte :

– Moi aussi, je déplore en ce jour la mort d'un fils. Ainsi le voulait la raison d'État. Pour vous complaire néanmoins, je vous annonce la destitution immédiate du grand vizir Rüstem Pacha. Il vient de remettre le sceau d'or, emblème de sa charge, à Ahmed, votre nouveau grand vizir.

C'était ce même Ahmed, oncle de Mustafâ, qui avait supplié le prince de se sauver et de ne pas se rendre à la convocation de Soliman. Ahmed n'avait d'ailleurs pas la moindre envie de remplacer Rüstem et de risquer ainsi d'encourir un jour les foudres de Roxelane. Il fallut que Soliman lui jurât sur des reliques sacrées de ne jamais le destituer pour qu'il acceptât finalement cette charge si dangereuse à exercer.

– Longue vie à Ahmed, criait-on de toutes parts. Mort à Rüstem.

– Le grand vizir est en fuite, dit encore le sultan. Je vous promets qu'il sera jugé à Stanboul sitôt qu'on l'aura retrouvé.

Les janissaires et les soldats durent se contenter de cette vague promesse. Dans le camp entier, en signe de deuil, les soldats abattirent leurs tentes, refusant de boire et de manger. Tous pleuraient leur prince.

Soliman ordonna de faire, dès le lendemain, de

splendides funérailles au fils qu'il venait d'assassiner. Tout en préparant pour la dépouille de Mustafâ les détails d'une cérémonie qu'il voulait grandiose, il dépêchait au jeune prince Murâd le chef de ses Muets avec un décret de mort signé de sa main. Le mot d'ordre fut de se comporter comme si le prince avait péri de mort naturelle et comme si le sultan portait le deuil d'un fils très aimé.

Pour suivre le cercueil du prince, les dignitaires avaient voilé leurs turbans d'un crêpe noir. Les *solak*, les archers de Soliman, avaient enlevé leurs panaches et s'étaient vêtus de grossiers tabliers bleus en signe de chagrin. Quand Soliman se pencha vers le cercueil où gisait la dépouille de son fils aîné, qui lui ressemblait jusque dans la mort, il avait pris dix ans. Son visage était hagard, ses lèvres tremblaient. Avec les *ulema*, il leva les bras vers le ciel pour le prendre à témoin de sa douleur et récita la sourate des morts, puis il fit distribuer de larges aumônes afin d'apaiser l'âme du prince assassiné. L'on brûla sur son corps de l'essence d'aloès, comme pour une dépouille royale. Avec Mustafâ disparaissait la gloire de l'Empire ottoman.

Quand le Muet arriva à Brousse, où séjournait l'enfant avec sa grand-mère, Gülbahar refusa de lui confier son petit-fils. Elle ne cessait de répéter :

– Où se trouve le prince Mustafâ ? Que lui est-il arrivé ? Pourquoi n'est-il pas là ?

Le Muet ne pouvait rien répondre. Par gestes, il montrait le message impérial à Gülbahar en lui faisant signe qu'il n'était destiné qu'à Murâd. L'adolescent embrassa sa grand-mère, enfourcha son cheval et suivit le Muet. Quand ils furent sortis de la ville, l'eunuque sauta à bas de sa monture, s'inclina devant Murâd en lui tendant le message dans son étui de soie barré du sceau impérial. L'enfant avait déjà compris. D'une main qui ne tremblait pas, il brisa le sceau et lut la sentence de mort, puis il dit avec calme en tendant son cou au lacet :

– J'obéis aux ordres du sultan, non parce qu'il me l'ordonne, mais parce que le ciel le veut ainsi. Mon père est mort, n'est-ce pas ?

Le Muet acquiesça, tout en hésitant à serrer le lacet. L'enfant était si beau et si résigné. L'eunuque trouvait cet ordre inique et avait envie de s'enfuir sans l'avoir exécuté. Pourtant, Murâd lui dit encore :

– Obéis, il y va de ta vie. Si tu ne le fais, un autre prendra ta place et agira peut-être plus cruellement que toi.

Alors le Muet serra le lacet, mais ses mains tremblaient et ses yeux étaient pleins de larmes.

A Stanboul, Roxelane n'avait aucune nouvelle de Soliman en dépit des courriers pressants qu'elle lui adressait et elle ne savait qu'imaginer. Un jour, elle croyait Mustafâ mort et, l'autre, elle l'imaginait vivant et triomphant, assis sur le trône de son père. Au palais couraient les pires bruits, mais tous se taisaient en voyant passer la sultane. Ce fut sa fille Mihrimah qui vint trouver Roxelane. Rüstem était rentré chez lui en secret et lui avait appris la mort de Mustafâ, sans lui dire toutefois la part qu'il y avait prise. Il n'osait se montrer à Saray Bournou. Là, n'importe quel janissaire risquait à tout moment de le reconnaître et de l'étriper pour venger son prince. Les deux femmes se tenaient seules dans le principal salon du pavillon qu'occupait Roxelane. L'on avait renvoyé les servantes et les eunuques. Comme elle n'avait jamais compris ce que ressentait exactement sa mère pour Mustafâ, Mihrimah annonça la nouvelle avec prudence.

– Mon père, l'ombre d'Allah sur cette terre, a été convaincu de la trahison de Mustafâ, dit-elle. Malgré sa peine, le sultan dut prendre les décisions qui s'imposaient.

– Ainsi, le *pâdichâh* a fait juger Mustafâ et il a été reconnu coupable ?

Mihrimah rougit. En s'obstinant à ne rien comprendre, sa mère ne l'aidait guère.

– Ce n'est pas ainsi que les choses se sont passées. Un procès public aurait terni le nom de notre maison. Il était inutile, puisque mon père avait réuni toutes les preuves de la culpabilité de Mustafâ.

– Raconte-moi ce qu'il est arrivé.

– Est-ce nécessaire, ma mère ? Tu es si pâle. Cela te ferait du mal. Sache que Mustafâ est mort.

– Et Murâd ?

– Qu'importe Murâd, tu ne le connais même pas.

– Parle, Mihrimah, je te l'ordonne et je t'interdis de me ménager. J'exige de tout savoir et je t'en voudrais, sache-le, si tu me cachais quelque chose.

Mihrimah n'avait jamais su résister à l'inflexible volonté de sa mère. Roxelane était tellement plus instruite, plus brillante et plus intelligente qu'elle, même si, de plus en plus souvent, elle lui faisait peur. Sa mère aimait le pouvoir pour le pouvoir. Elle aimait manipuler et faire plier les autres, avancer ses pions sur l'échiquier politique et tout décider dans l'ombre. C'était elle qui avait fabriqué Rüstem, Mihrimah ne le savait que trop, mais, à présent, son époux n'était plus qu'un proscrit qui devait se cacher dans son propre palais. Sans Roxelane, il n'était plus rien, un homme fini que n'importe quel misérable petit janissaire pouvait à tout instant foudroyer. Aussi parla-t-elle sans taire aucun détail. Puisque sa mère voulait savoir, elle saurait. Quand le récit fut achevé, Roxelane, très pâle, continuait à se taire. Sa fille s'inquiéta.

– Je vois que tu te sens mal. Je vais appeler Nourisabah.

– Inutile, je veux seulement être seule. A partir de ce jour, la cour est en deuil et je prendrai pour un affront personnel de voir quelqu'un le négliger. Laisse-moi, Mihrimah.

– Et Rüstem ? Ne peux-tu recevoir mon époux, lui montrer ta bienveillance et le rassurer ?

– Si Rüstem n'a fait qu'obéir aux ordres de son sultan, qu'a-t-il à craindre de lui ? Et s'il a tramé quelque méchant complot, il peut en effet tout redouter.

– Il t'a toujours bien servie !

– Il suffit, Mihrimah, laisse-moi, ou je vais croire que ton amour de l'or est plus grand que celui que tu as pour ta mère.

Restée seule, Roxelane s'abandonna à la violence de son chagrin. Ainsi, Mustafâ n'était plus, lui qui avait incarné la beauté, l'intelligence et le courage, lui qui avait été son amour secret et maudit. Mustafâ mort, elle pouvait enfin chérir sa mémoire et l'aimer avec fureur.

La cour prit le deuil du prince assassiné. Tous pleurèrent Mustafâ, sauf Selîm, qui n'avait jamais aimé un demi-frère qui lui était tellement supérieur. En revanche, Djihângîr le Bossu et Bâyezîd, revenu à Stanboul, se montrèrent bouleversés par cette mort tragique. Mustafâ avait toujours été pour eux le grand frère attentionné et tendre, celui qui leur avait appris à monter à cheval, à manier les armes et à chasser. Plus d'une fois ils avaient supplié leur père de le laisser revenir. De Mustafâ, le fier et le loyal, ils savaient n'avoir jamais rien à redouter. De Selîm au contraire, ils devraient à jamais se défier. Sitôt nommé sultan, Selîm n'aurait qu'une hâte, se débarrasser de deux frères devenus fort gênants. C'était la malédiction de leur lignée.

Quand il apprit la mort de son frère, Djihângîr dit amèrement :

– Nous sommes tous maudits. Que le sang de Mustafâ retombe sur notre maison.

Puis il fit tendre sa chambre de noir, se coucha et refusa tout aliment, ordonnant à ses serviteurs de condamner sa porte. Il ne put cependant empêcher sa mère d'entrer. Quand il la vit paraître sur le seuil de la pièce, perdue dans une longue robe noire, le visage blanc à faire peur, il la regarda avec douleur en lui disant :

– Jure-moi que tu n'es pour rien dans cette mort.

– Je l'aimais, Djihângîr.

– Que son sang retombe alors sur mon père. Puisque ses mains se sont souillées du sang de mon frère, je ne veux plus jamais le voir.

– J'ai écrit à ton père pour le prévenir de ta mauvaise santé. Il t'aime tendrement et rentre à Stanboul pour te supplier de vivre.

– Je ne le verrai pas, je serai mort avant.

Puis il cria avec désespoir :

– Il disait aimer aussi Mustafâ et vois ce qu'il est arrivé.

– Moi aussi, je te supplie de vivre.

– Je t'ai toujours fait honte.

– Plus maintenant, vis, mon fils.

– Tu vois bien que je me meurs.

Djihângîr disait vrai. Trois jours plus tard, il n'était plus. Dès le retour de son père, on l'enterra près de son frère Mehmed, mort dix ans plus tôt.

Il fallait de toute urgence une campagne guerrière pour permettre à Soliman de reprendre son ascendant sur ses ministres, les grands dignitaires de l'Empire et les *agha* de l'armée. Nombre d'entre eux regrettaient la fin de Mustafâ et appelaient tout bas leur sultan « assassin ». Surtout, personne n'aimait le prince Selîm, intelligent et retors sans doute, mais bouffi de graisse, toujours entre deux vins, pervers et dissolu. On lui préférait Bâyezîd, qui ressemblait à son père et que l'armée adorait déjà, car elle avait besoin d'un jeune prince follement brave à aduler. L'hiver de la même année 1554, Soliman repartit donc pour la Perse et fit une entrée solennelle à Alep. C'était une merveille que de voir cette armée en grand apparat pénétrer dans l'inexpugnable citadelle perchée sur son môle blanc, qui avait tant de fois résisté aux croisés.

L'on vit d'abord défiler les six mille cavaliers légers, les *sipâhi* vêtus d'écarlate, puis venaient les dix mille tributaires du Grand Turc, en caftans et bonnets de velours jaune, arc au côté. Quatre capitaines en velours cramoisi, ayant chacun sous ses ordres douze mille hommes d'armes, cimeterre à la main, heaume sur la tête, martelaient le sol de leurs pas. Ensuite marchaient les seize mille janissaires, le corps d'élite de l'armée, l'orgueil de Soliman, mais aussi son tourment. Ils étaient magnifiques, en manteaux bleu sombre, leurs hautes coiffures de velours blanc brillantes de pierreries. Au sommet de leurs coiffes, des plumes oscillaient au gré du vent. Mille pages d'honneur, en manteaux de drap d'or, précédaient Soliman qui chevauchait un coursier blanc, également caparaçonné de drap d'or. Fait extraordinaire, mais il fallait frapper les esprits, six jeunes femmes merveilleusement belles, montées sur des haquenées couvertes d'étoffes d'argent brodées de mille perles, le suivaient. Enfin, ce fut le tour du grand vizir et des autres pachas, flanqués de leur garde personnelle. Quatre mille cavaliers fermaient la marche [1]. Un tel déploiement de force et de luxe était surtout destiné à frapper les imaginations et à persuader les spectateurs que Soliman, même si des tragédies intimes l'avaient déchiré, était encore le maître du monde.

Au printemps, Soliman était prêt à attaquer une nouvelle fois son vieil ennemi Tahmasp. A Diyarbekir, avant de déployer son armée en ordre de bataille, il

1. Cette description est tirée du récit d'un voyageur anglais, Anthony Kenkinson.

harangua ses hommes en parcourant leurs rangs au galop.

– Nous devons anéantir une fois pour toutes ces ennemis de la vraie foi, ces hérétiques qui menacent l'islâm.

– Avec joie, nous suivrons notre *pâdichâh* au bout du monde ! hurlaient ses hommes.

Enfin, la tragédie de Mustafâ semblait oubliée. A nouveau, l'on adorait Soliman et l'on était prêt à mourir joyeusement pour son sultan. Selîm, moins ivre que de coutume, commandait l'aile droite et les troupes d'Anatolie, Mehmed Sokullu, le nouveau *beyerbey*, l'aile gauche et les armées de Roumélie. Soliman envoya à son rival une lettre de semonces qui commençait ainsi : « Chien d'hérétique, si tu n'acceptes pas de te conformer à la vraie religion, tu seras exterminé et je porterai la guerre sainte sur tes terres. »

Tahmasp, pour ne pas être en reste d'injures, répondit par une missive tout aussi enflammée : « Misérable lâche, ta force n'est pas dans la lance ou l'épée. Que serais-tu sans fusils et canons ? Tu n'existes que pour le pillage et l'incendie. »

D'injures en injures, de pillages en destructions, l'on n'arrivait toujours à rien, Tahmasp refusant comme d'habitude un affrontement général qui lui aurait été fatal. Il préférait se retirer devant le flot des armées de Soliman pour revenir dès que le sultan serait rentré chez lui. Au fond, Soliman se souciait assez peu de vaincre le *Châh* de Perse, son principal problème était surtout d'occuper ses armées et de regagner sa popularité perdue. Quand ce furent choses acquises, l'on songea à la paix. Tahmasp envoya de splendides présents à Soliman, ainsi que des propositions de traité. Il ne lui demandait que la permission, pour les pèlerins shiites, de se rendre librement sur les lieux saints de l'islâm, ce qui lui fut accordé. En mai 1555, l'on signa donc une paix qui garantissait des frontières enfin stables entre les deux puissances.

Au milieu du mois de ramadan 1555, il ne fut plus possible à Soliman d'ignorer une rumeur qui enflait et gagnait le pays entier : Mustafâ était en vie ! Il avait échappé au massacre ordonné par son père et rassemblé ses partisans. Son armée, déjà forte de plus de vingt mille hommes, avait tour à tour été vue à Salonique, dans les Balkans ou dans la vallée du Danube. Soliman avait toutes les raisons du monde de savoir que son fils était mort et bien mort. Il avait en personne assisté à son exécution, il l'avait contemplé avec douleur, étendu dans son cercueil, il l'avait vu mettre en terre. Pourtant, cette affaire du « faux Mustafâ » le bouleversa. L'aventurier se faisant passer pour Mustafâ avait à peu près la même taille que le prince et lui ressemblait beaucoup, au dire de ceux qui l'avaient approché. Cette histoire rappelait douloureusement à Soliman la période la plus noire de sa vie. Surtout, elle risquait de jeter à nouveau le trouble dans son armée, principalement parmi ses janissaires. Il fallait donc mater rapidement l'embryon de révolte, ce dont il chargea Pertev Pacha, l'époux de la veuve de son fils Mehmed.

Il y eut une traque en Turquie d'Asie, puis en Macédoine avant que Pertev ne parvînt à tendre une embuscade au faux Mustafâ alors qu'il s'approchait d'Édirne. Capturés, le faux prince et ses lieutenants furent soumis à la torture, puis pendus.

Après deux ans d'absence, Soliman, follement acclamé, fit une entrée triomphale dans sa capitale. C'était le 1er août 1555. Même s'il s'efforçait de sourire et de répondre aux vivats, tous remarquèrent la tristesse du sultan. L'on aurait dit que son visage s'était encore fermé depuis la mort de Mustafâ, puis de son Bossu. Très grand, très maigre et même émacié, il chevauchait en se tenant pourtant bien droit sur une selle constellée de pierreries et il avait encore belle prestance. Sa barbe et sa moustache étaient blanches, mais ses yeux très vifs avaient gardé leur éclat. A peine s'était-il retiré dans ses appartements – il n'avait pas encore vu Roxelane – qu'on lui annonçait la venue de Pertev Pacha.

– Qu'on le fasse entrer, ordonna Soliman.

Il avait retiré son haut turban et paraissait beaucoup plus petit, un simple bonnet de velours sur le crâne. Pertev se prosterna de tout son long et baisa le bas de la robe du sultan, attendant qu'on lui permît de se relever, redoutant ce qu'il avait à lui apprendre. Soliman le regarda avec affection.

– J'ai entendu dire que tu t'étais acquitté au mieux de ta mission. Sois-en remercié.

– Attends pour me remercier, mon *pâdichâh*, car tu ne sais pas tout et mon âme tremble de douleur à la pensée de ce que je dois te révéler.

– Parle, Pertev.

– Le faux Mustafâ m'a confié une abomination que j'ai peine à croire... Selon lui, c'est ton fils Bâyezîd qui fut l'âme du complot.

– Il a pu mentir pour me nuire avant de mourir.

– De tout mon cœur, je l'ai espéré. J'ai fait torturer

ses lieutenants. Le doute n'est, hélas, pas permis. Tous m'ont dit la même chose.

– Rien ne me sera donc épargné ! hurla Soliman. Je suis maudit dans ma descendance. J'ai dû supporter la trahison de Mustafâ, sa mort et celle de mon pauvre Bossu, et maintenant, c'est au tour de Bâyezîd de comploter contre son père. Laisse-moi, Pertev, tu m'as bien servi. Laisse un homme accablé par le sort...

Pertev Pacha s'inclina et sortit à reculons.

Soliman n'eut pas le courage d'affronter seul cette ultime tristesse et ce fut vers Roxelane qu'il alla chercher refuge, même s'il savait combien elle chérissait Bâyezîd. Avec accablement, il lui raconta ce que venait de lui révéler Pertev Pacha et lui dit pour conclure :

– Je devine que tu vas intervenir en sa faveur, ma Joyeuse, de même que tu as voulu laisser à Mustafâ le temps de se justifier. Hélas, il n'y avait pas de justification possible...

L'enquête sur la prétendue trahison de Mustafâ avait pourtant été vite bouclée, tous deux le savaient fort bien. Si Mustafâ n'était pas coupable, la responsabilité de Soliman comme celle de Rüstem auraient été accablantes. Sa mort aurait appelé d'autres morts. Et maintenant, c'était au tour de Bâyezîd de comploter contre son père...

– Je ne nie pas la faute de Bâyezîd, qui semble compromis dans cette révolte. Je n'excuse pas non plus son comportement, même si je peux le comprendre.

– Tu peux !

Soliman semblait suffoqué. Roxelane lui sourit avec tendresse et assena ses arguments.

– Oui, je peux, parcelle de mon âme. D'abord parce que je suis sa mère et que je l'aime, infiniment plus que Selîm, tu ne l'ignores pas. Bâyezîd, à présent que Mustafâ n'est plus, est le portrait vivant de ta triomphante jeunesse. Chaque fois que je le regarde, j'ai l'impression de te revoir à son âge. Ensuite, oui, je peux le comprendre. C'est la malédiction de notre lignée. Étant à présent ta femme légitime, j'en fais partie. Toute l'histoire des Osmanlis ne fait que répéter ces affreuses luttes pour le trône puisque, pour notre malheur, la loi de primogéniture est moins forte dans l'Empire qu'ailleurs. Étant donné la personnalité fort trouble de Selîm, je sais que Bâyezîd peut craindre un jour pour sa vie. Comprends-le, mon *pâdichâh*, cette révolte de ton fils, cette fois, n'est pas dirigée contre la personne sacrée de son père, mais contre Selîm. Bâyezîd redoute un frère qu'il ne parvient pas à aimer ou respecter, auquel il ne saurait se fier, alors qu'il n'a jamais cessé de vénérer son père.

– C'est toi qui m'as incité à faire de Selîm le gouverneur du Saroukhan, donc à le désigner comme mon héritier.

Roxelane eut un profond soupir. C'était en effet l'erreur qu'elle avait commise, mais il était trop tard à présent pour changer l'ordre de la succession au trône sans courir le risque de causer de profonds bouleversements dans l'Empire ottoman, de susciter peut-être une guerre civile à l'issue incertaine. Or Soliman, autant qu'elle-même, avait désespérément besoin de la paix pour panser ses blessures.

– Souviens-toi, le contexte était fort différent. Maintenant qu'il ne nous reste que deux fils, je ne puis supporter l'idée de devoir en sacrifier un ou de les voir se dresser l'un contre l'autre. Il faut absolument que, dans ta clémence, tu acceptes de pardonner à Bâyezîd, puis que tu t'efforces de les réconcilier. Si Bâyezîd obtient de son père un gouvernement assez éloigné de Stanboul pour qu'il ne soit jamais un obstacle au sultan régnant, s'il administre une riche province de façon autonome, comme un quasi-souverain, je le connais, il s'en contentera. Et Selîm n'aura alors plus de raison de nuire à un frère qu'il jalouse parce qu'il est plus beau, plus brillant et mieux aimé que lui.

Elle le regardait en souriant, sans trembler ou pleurer, des armes de femme qu'elle aurait méprisées en cet instant. Elle semblait si sereine, elle lui avait exposé les faits avec une telle clarté que dans sa bouche tout devenait évident. Lui non plus n'avait pas envie de perdre encore un fils. Lui aussi préférait Bâyezîd à Selîm. A présent qu'il vieillissait, Soliman avait besoin dc goûter à une joie qu'il ne connaissait guère : celle de la clémence. Autour de lui, depuis le début de son règne, il y avait eu bien du sang versé, bien des vengeances et des complots. Il avait perdu en bas âge la plupart des enfants qu'il avait eus de Gülbahar, puis il avait fait tuer Mustafâ. Avant, il avait sacrifié Ibrâhîm. Il était grand temps d'arrêter cette succession d'exécutions. Comme toujours, sa Joyeuse avait raison. Il allait apprendre à pardonner.

– Je vais, lui dit-il, convoquer Bâyezîd à Cabes pour lui annoncer que j'oublie ses fautes et que je le nomme gouverneur de Konya. Cabes est à quelques lieues de

Stanboul, ce n'est pas la capitale et notre entrevue pourra demeurer discrète... Konya conviendra à Bâyezîd. C'est une ville riche et sainte, où la renommée des derviches a attiré nombre de beaux esprits.

– Je t'accompagnerai à Cabes si tu le veux bien, mon *pâdichâh*.

La promptitude de la réponse arracha un sourire à Soliman. Roxelane n'avait guère confiance en lui !

– Tu m'accompagneras.

Il n'y avait pas de palais impérial à Cabes, carrefour commercial où ne passaient guère que les caravanes. Ce fut donc au caravansérail que Soliman donna rendez-vous à Bâyezîd. Pour Roxelane et sa suite, l'on avait réquisitionné la maison d'un riche marchand qui jouxtait le caravansérail. Tandis que la femme du marchand, ses filles et ses servantes, éperdues, ne savaient que faire pour être agréables à leur sultane et que la maison bourdonnait d'émotion, Roxelane s'était isolée avec Nourisabah. Toutes deux s'étaient assises dans l'embrasure d'une petite fenêtre garnie de *moucharabieh*. De là, nul ne risquait de les apercevoir, mais elles pouvaient guetter l'entrée du caravansérail. Roxelane n'avait qu'une peur : que son fils préféré n'osât pas se rendre à la convocation de son père. S'il lui désobéissait, Roxelane ne pourrait plus rien pour lui. En même temps, elle repensait à la mort tragique de Mustafâ et se demandait si Soliman tiendrait ses promesses. S'il se laissait emporter par la colère, il oublierait ses assurances de pardon.

L'on entendit un bruit de martèlement. Trois chevaux lancés à plein galop débouchèrent soudain sur la place ornée d'une fontaine. Là donnait l'entrée du caravansérail. C'était Bâyezîd, encadré de deux serviteurs. Il n'avait pas arboré le vêtement blanc qui n'avait guère porté chance à Mustafâ, mais sa tenue était restée sobre pour ne pas déplaire à son père et son turban ne s'ornait d'aucune plume. Roxelane se pencha par la fenêtre. Bâyezîd arrêta son cheval et leva la tête vers elle, les yeux pleins de larmes.

– Mère, tu es donc là. Je peux mourir à présent.

– Qui te parle de mourir ? N'aie aucune crainte, mon fils, ton père te pardonne. N'aie aucune crainte.

– C'est donc à toi que je dois la vie ! Sois-en remerciée.

Il s'inclina profondément sur l'encolure de son cheval, lui sourit et pénétra dans le caravansérail, dont la porte se referma après le passage des trois cavaliers.

Comme toujours, les galeries du rez-de-chaussée étaient réservées aux bêtes et aux serviteurs, tandis que le premier, l'étage noble, accueillait les marchands et leurs familles. Laissant son cheval et ses deux serviteurs, Bâyezîd monta l'escalier. Si sa mère ne s'était pas trompée, son père lui pardonnait.

L'on avait dressé une sorte d'auvent pour protéger Soliman du soleil, et tout l'étage lui était réservé. L'on avait disposé des divans confortables, des tables basses et des tapis précieux. L'endroit, isolé du monde extérieur, évoquait assez l'atmosphère confinée d'une tente guerrière, ce qui ne rassurait guère Bâyezîd. Son demi-frère Mustafâ n'avait-il pas été assassiné à l'intérieur de la tente impériale, alors qu'il était venu seul pour prouver sa loyauté ? Tout se répéterait-il toujours de la même inexorable façon ? Sa mère avait pu se tromper car Bâyezîd ne mettait pas en doute la tendresse qu'elle lui vouait. Il savait que sa mère l'aimait. Et puis, si Mustafâ était innocent, lui ne l'était pas. C'était vrai qu'il avait voulu profiter de cette révolte du « faux Mustafâ » pour, peut-être, s'emparer du trône. Il avait agi ainsi autant dans l'intérêt de sa mère que dans le sien. Il savait que Selîm, dès qu'il aurait le pouvoir, le ferait tuer et reléguerait leur mère au palais des Larmes. De *vâlide sultan*, Roxelane n'aurait jamais que le nom...

Il pénétra sous l'auvent, sa main portée en signe de respect à ses lèvres, à son front et à son cœur. Puis il se prosterna aux pieds du sultan. Soliman, dressé devant lui, paraissait immense et décharné, terrible. Sous le vaste turban blanc lui descendant au ras des sourcils, les yeux si noirs lançaient des éclairs et parlaient plus d'anathème que de pardon. Ils étaient enchâssés dans un réseau de rides compliqué qui rendait plus apparent le long nez busqué. Les joues décharnées venaient se perdre dans les poils de la barbe, à présent complètement blanche. Combien son père avait vieilli ! L'ombre de la mort semblait déjà sur lui.

– Ainsi, te voilà, fils orgueilleux et rebelle, qui ne crains pas de te dresser contre ton père, l'auteur de tes jours et ton seigneur ! tonna le vieillard.

– Je suis venu implorer ton pardon. Je serai désormais pour toi le meilleur des fils.

– Ainsi, tu reconnais ta trahison ?

Bâyezîd hésita un bref instant. Reconnaître les faits,

n'était-ce pas se désigner au lacet des Muets ? Les nier, c'était mentir et montrer sa félonie.

– Je reconnais, mon père, mais rien ne t'était destiné. Je t'ai toujours chéri et respecté, tu le sais...

– Selîm, n'est-ce pas ?

– Oui, Selîm. Selîm qui ne sera satisfait que lorsqu'il sera l'unique survivant. Selîm qui nous a toujours tous haïs. Selîm qui me fera périr quand tu ne seras plus, hélas.

Soliman se pencha vers lui, le releva et l'étreignit. La voix enrouée, les yeux embués, il répétait :

– Ta mère t'aime tant, Bâyezîd, et moi aussi. Je te protégerai de Selîm. Je te donnerai une riche province à administrer, d'où tu n'auras plus à redouter ton frère, mais il faut me promettre à l'avenir d'être loyal.

– Je promets, mon père, et que le ciel me foudroie à l'instant si mon cœur est impur.

– Je te donne Konya et sa province, Konya, la ville sainte, la cité des arts et de la poésie. C'est un présent que tu peux apprécier à sa juste valeur, toi qui es poète, toi qui es presque aussi instruit que ta mère.

C'était un beau compliment. Soliman frappa dans ses mains et quatre serviteurs entrèrent aussitôt sous la tente improvisée, portant du *kawa*, un grand choix de *cherbet* et de pâtisseries. Soliman prit une coupe et la tendit à son fils avec un sourire indéfinissable. Bâyezîd nota le sourire et crut sa dernière heure arrivée. A coup sûr, le *cherbet* était empoisonné. Pourtant, il prit bravement la coupe, s'inclina derechef et avala d'un trait le breuvage glacé, étonné d'être encore en vie.

Si Roxelane était satisfaite d'avoir réussi à sauver son fils préféré et de l'avoir réconcilié avec son père, il lui restait pourtant une tâche importante à mener à bien. Rüstem, son gendre, s'il n'était plus un proscrit, n'avait pas recouvré la place dangereuse, mais enviée, de grand vizir. Or ce poste était toujours occupé par le vieil Ahmed Pacha, auquel le sultan avait promis, pour le décider à accepter cette fonction, de ne jamais le destituer. Ahmed savait bien des choses quant à l'amour immodéré que Rüstem vouait à l'argent. Ne l'avait-il pas empêché de s'approprier le trésor de Mustafâ avant de s'enfuir piteusement, quand les janissaires avaient réclamé sa tête à Soliman ? Mihrimah ne cessait de presser sa mère de faire rentrer Rüstem en grâce.

– Tu peux tout sur mon père, lui dit-elle. Il n'écoute que toi, il n'aime que toi. Tu as sauvé mon frère Bâyezîd, sois-en à jamais remerciée. Or mon époux, qui t'a bien servie, est toujours éloigné du pouvoir. Est-ce juste ?

– Tu ne manques de rien, Mihrimah. Ta fortune n'a pas été entamée par cette disgrâce, j'y ai veillé.

– Je sais ce que je te dois et, si je ne manque de rien, Rüstem, quant à lui, manque de tout quand il n'a rien à faire pour la gloire du *pâdichâh*.

– Et pour la sienne aussi ! C'est vrai que le temps a passé, que les plaies trop vives se sont peu à peu refermées. Je parlerai au sultan, mais tu connais sa promesse à Ahmed...

Il n'y avait qu'un moyen de rendre son poste de grand vizir à son époux, Mihrimah l'avait compris. Elle n'avait rien d'autre à reprocher à l'actuel grand vizir que d'occuper une charge qui aurait dû revenir à Rüstem, ce qui suffisait à le lui faire haïr avec passion. Ce jour-là, elle n'insista pas davantage, de peur de fâcher sa mère. Les jours suivants, elle revint souvent à la charge avec un acharnement ressemblant fort à celui de la sultane. Pour avoir la paix et aussi pour remettre au pouvoir un homme qui lui était tout dévoué, Roxelane accepta d'en parler à Soliman. Celui-ci l'écouta, puis la regarda avec étonnement :

– Je croyais que tu étais comme moi lasse du sang répandu.

– Je le suis, quoique je n'aime guère voir pleurer ma fille et se désoler mon gendre. Après avoir été grand vizir, tu sais que Rüstem ne peut se contenter d'un poste quelconque. Même premier vizir, pour lui, ce n'est pas assez.

– Ahmed mourra donc, puisque tu le veux. J'en aurai cependant du chagrin.

Le 12 silkidi 962, le 28 septembre 1555, le grand vizir traversait d'un pas vif la cour de Saray Bournou pour présider la prochaine séance du *Diwân*. Comme il s'apprêtait à entrer « sous la Coupole », le chef des gardes l'arrêta. Il lui tendit un rouleau de soie et lui montra la corde de son arc en lui disant :

– Le *pâdichâh*, ombre de Dieu sur cette terre, a ordonné ta mort. Fais ta prière, Ahmed Pacha, avant que je ne t'exécute.

– Je mourrai donc, puisque le sultan le désire, mais que ce soit de la main d'un ami.

Il prit la corde qui pouvait faire office de lacet et la tendit au second vizir, avec qui il était très lié.

– Obéis au sultan, mon ami.

– Je ne puis, je t'aime trop pour te prendre la vie.

– Je le ferai à sa place, puisqu'un ordre du *pâdichâh* est sacré, dit un autre ministre.

– Merci de me rendre ce service. Étrangle-moi, puis relâche la corde pour que je puisse encore une fois savourer la vie et le parfum de l'air du soir. Ensuite, serre d'un seul coup.

Ainsi mourut Ahmed Pacha, pour ne pas rendre son sultan parjure. Dès le lendemain, le sceau d'or retourna à Rüstem.

En août 1556, la Süleymâniye, que l'on décrivait comme le plus bel édifice religieux de Stanboul, était achevée. Cette merveille d'audace et de pureté semblait jaillir de sa cour triangulaire, plantée d'arbres. Différents édifices l'entouraient sans lui nuire, cantine pour les étudiants pauvres, hospices et écoles. Ce furent des jours de liesse dans la capitale de l'Empire. C'était le triomphe de Sinân et, encore plus, celui de Soliman, qui laissait un splendide témoignage de sa foi. Les colonnes de granit rouge évoquaient des troncs puissants, mais la hardiesse des dômes était un chef-d'œuvre de grâce et de légèreté.

– Qu'Aya Sofya paraît lourde et trop solidement arrimée à la terre quand on la compare à la splendeur de ta mosquée, mon *pâdichâh*, murmura Roxelane. C'est le symbole de ton règne et de ta ferveur. Rien ne pouvait mieux parler de toi au ciel que ce rêve de pierre.

Toujours, elle savait trouver pour lui les mots enchanteurs, sa Joyeuse.

L'hiver 1557 avait été particulièrement dur. Soliman avait d'abord souffert d'un refroidissement et Roxelane avait décidé que l'on se transporterait à Andrinople, où le climat était plus clément et le palais plus exigu, donc plus facile à chauffer. Elle avait toujours chéri cet endroit, qui lui rappelait tant de jours heureux, ses premiers mois d'intimité avec Soliman, pendant qu'Ibrâhîm guerroyait en Égypte. C'était là que le sultan lui avait avoué pour la première fois qu'il l'aimait. C'était là qu'elle avait commencé à espérer se l'attacher pour longtemps – elle n'osait rêver pour toujours. Rüstem et Mihrimah étaient demeurés à Stanboul et elle faisait confiance à son gendre pour administrer l'Empire en leur absence. Enfin, elle se sentait en paix, presque heureuse. Le souvenir de Mustafâ ne la torturait plus. Ses fils avaient cessé de s'affronter et Bâyezîd, fidèle à sa promesse, se tenait tranquille à Konya.

Dans les yeux de Soliman, toujours aussi amoureux mais plus tendre qu'autrefois, elle ne se sentait pas vieillir. Même si les drames et les deuils ne l'avaient pas épargnée, quand elle regardait en arrière, sa vie ressemblait à un conte. Que de chemin parcouru depuis qu'on l'avait enlevée à son petit village si pauvre ! Si elle y était restée, elle serait aujourd'hui une vieille paysanne flétrie et illettrée, alors qu'elle était la maîtresse de l'Empire !

Au début de mars, la neige avait fondu. Un vent presque chaud soufflait d'Asie et Soliman, enfin guéri, décida que l'on rentrerait à Stanboul. Le changement ne déplaisait pas à Roxelane, elle qui était si longtemps demeurée immobile au harem, prisonnière de l'enceinte sacrée du sérail. Ce temps aussi lui paraissait bien lointain. L'on se mit en route. Roxelane et ses femmes voyageaient en litières fermées, Soliman et sa cour chevauchaient au galop. L'on se retrouvait au bivouac du soir. Puis il y eut un incident stupide. Une roue de sa voiture se brisa. On dut effectuer une réparation de fortune à la nuit tombée, sous la pluie, et Roxelane prit froid.

Quand on arriva à Stanboul, elle toussait à faire peur et grelottait de fièvre. On la coucha. Nourisabah fit bassiner son lit, calfeutra toutes les fenêtres, la recouvrit de couvertures de fourrure, mais la fièvre ne s'apaisait pas. L'on envoya chercher le vieux Rabi Salomon, qui marchait avec peine et n'avait parfois plus toute sa tête. Pourtant, Roxelane ne consultait que lui. Comme d'habitude, il l'ausculta à travers l'ouverture d'un drap et la trouva brûlante de fièvre. Il ordonna la pose de sangsues, qui l'apaisèrent un peu. Cependant elle restait très faible et la toux la déchirait toujours.

– Les poumons sont pris, dit-il d'une voix désolée à Soliman, et je crains...

– Soigne-la bien, Rabi Salomon, et ta fortune est faite.

– Hélas, si je le pouvais...

– Je ne guérirai pas, mon *pâdichâh*, lumière de mes yeux. Je sais que mon heure est venue. Préviens mes enfants et fais venir Bâyezîd s'il en est encore temps. Cela m'attriste de t'abandonner ainsi.

– Et Selîm ?

Soliman sanglotait et Roxelane lui pressa la main.

Elle avait envie de rire. Pendant si longtemps, elle s'était battue pour assurer sa survie, persuadée que Soliman mourrait avant elle, et voilà qu'elle partait la première. Toute sa vie, elle s'était efforcée de devenir *vâlide sultan*, et ce rêve fou n'avait pas de raison d'être, puisque Soliman paraissait toujours solide, sec et noueux, sans doute bien ridé, mais encore vaillant. Ainsi, c'était elle qui s'en allait. La mort ne lui faisait pas peur. Elle avait eu une belle vie et aurait aussi une belle fin, sans regrets inutiles, sans remords pour ronger l'âme. Mourir à cinquante-quatre ans, toujours chérie du sultan, après tout, c'était un sort enviable. Elle ferma les yeux, épuisée. L'on n'entendait dans la pièce que les pleurs étouffés de Soliman, en ce 15 avril 1558. A deux heures de l'après-midi, Roxelane n'était plus.

Soliman se sentait abandonné. Cette fois, il était vraiment seul.

Il fit baigner, puis oindre d'aloès, d'aromates et d'ambre gris le corps de Roxelane. On la revêtit d'une robe de drap d'or et on l'enferma dans son cercueil. D'ordinaire, les sultanes n'étaient pas enterrées avec les sultans, mais Roxelane n'avait pas été une femme ordinaire. Même dans la mort, Soliman voulait lui offrir les plus grands honneurs. Son cercueil, enveloppé d'une soie vert et or, fut porté par les vizirs jusqu'à la Süleymâniye. Il y demeurerait tant que Sinân n'aurait pas construit pour cette morte tant aimée un mausolée. Il fallait qu'il fût digne de la Magnifique. Sinân, dont les œuvres devenaient les témoins des bons comme des mauvais jours du règne de Soliman, se mit aussitôt au travail. Dans la cour même de la Süleymâniye, il fit bâtir un mausolée octogonal, où Soliman reposerait un jour près de celle qu'il avait idolâtrée et pour laquelle il bravait encore les coutumes pourtant si rigides de la cour ottomane.

– J'ai tant de chagrin, ne cessait-il de répéter, que je pense en mourir. Elle seule m'a jamais aimé et compris.

Épilogue

Roxelane morte, l'inimitié entre les frères s'intensifia. En secret, chacun s'armait et recrutait des partisans pour un affrontement qui paraissait inévitable. Soliman, absorbé dans sa douleur, ne voulait rien voir, rien savoir. De façon involontaire, ce fut Rüstem Pacha qui relança les hostilités entre les frères ennemis. Il détestait le second écuyer de la cour, Lala Mustafâ, lui reprochant surtout d'avoir été le protégé d'Ahmed Pacha, son ancien rival. Or Lala Mustafâ était un chaud partisan de Bâyezîd. Dans l'unique but de lui nuire, Rüstem le nomma grand maître de la Maison de Selîm. Lala Mustafâ, plus ambitieux que fidèle, changea vite de camp et profita de sa position pour proposer à Selîm de perdre Bâyezîd, qui ne se méfierait pas de lui au nom de leur ancienne amitié. Lala Mustafâ envoya donc une lettre à Bâyezîd en lui offrant ses services pour l'aider à faire disparaître Selîm, ce que Bâyezîd accepta naïvement. Une seconde lettre du prince, fort outrageante pour Selîm, était accompagnée d'un vêtement et d'un bonnet féminins, ainsi que d'une quenouille. Selîm s'empressa de montrer ces lettres à son père qui dut oublier sa douleur pour sévir. En souvenir de Roxelane et de l'amour qu'elle avait pour son fils cadet, Soliman se contenta de changer Bâyezîd de poste. De Konya, il irait à Tralozon, plus éloigné de Stanboul et de son frère. Or tous les partisans du prince se trouvaient rassemblés dans la région de Konya. Aussi Bâyezîd refusa-t-il d'obéir à son père. Cette fois, c'était la rébellion ouverte, ce que Soliman ne pouvait tolérer.

Déchiré par ce nouveau drame, le sultan envoya pourtant à Selîm des renforts de troupes, janissaires, *sipâhi* et canons, ainsi que son meilleur général, le troisième vizir Mehmed Sokullu Pacha. L'affrontement eut lieu près de Konya. Les troupes de Bâyezîd, très inférieures en nombre, mal armées, mal dirigées, furent défaites. Désormais, Bâyezîd n'était plus qu'un proscrit. S'il était fait prisonnier, il serait jugé comme rebelle et tué par les Muets, comme jadis Ibrâhîm et, plus récemment, son demi-frère Mustafâ. Réunissant les derniers vestiges de son armée, à peine vingt mille hommes, il partit pour la Perse avec son harem, ce qu'il restait de la cour et ses quatre fils aînés. A l'automne 1559, il était à Érivan, où il fut reçu avec honneur. De là, il se rendit à Tabriz, où *Châh* Tahmasp ne fut que trop heureux de l'accueillir fastueusement et de lui souhaiter la bienvenue en lui offrant de riches présents, chevaux, plats d'or et d'argent, pierreries en quantité. Bâyezîd constituait un otage de choix.

Tant de générosité cachait le plus sordide des calculs. A peine Bâyezîd était-il installé dans le palais que Tahmasp mettait à sa disposition que ce dernier envoyait un courrier à Soliman. Il voulait savoir ce que valait Bâyezîd pour le sultan. Les messages secrets entre les deux souverains se multiplièrent. Les intentions de Tahmasp se précisaient. Il était tout disposé à remettre un fils rebelle à son père pourvu que Soliman lui rendît Bagdad, ce que le sultan n'acceptait à aucun prix. L'on n'arrivait à rien. Tahmasp réduisit alors ses prétentions, de l'argent suffirait à la sordide transaction.

Si Bâyezîd était toujours traité somptueusement, on lui avait cependant retiré gardes et soldats. En fait, il n'était plus qu'un prisonnier aux mains de Tahmasp, qui ne cherchait qu'un prétexte pour le livrer à Soliman.

Lors d'un banquet que le *Châh* offrit à son hôte en septembre 1561, l'un des chambellans de Bâyezîd, un certain Mahmud Pacha, s'approcha de Tahmasp pour le mettre en garde contre un fils qui avait trahi son père. Le prétexte était fallacieux. Que pouvait Bâyezîd, ainsi isolé dans un pays étranger ? Tahmasp feignit pourtant la plus grande peur et sortit précipitamment. Furieux, Bâyezîd prit son épée et trancha d'un seul coup la tête de l'ami qui l'avait trahi. Deux compagnons de Mahmud Pacha affirmèrent alors très haut que Bâyezîd les avait chargés de faire tuer Tahmasp. Dans le désordre et l'affolement ambiants, le *Châh*, pour « protéger » son hôte, le fit aussitôt arrêter. Le reste de ses familiers, un millier de personnes, fut massacré. L'on n'épargna que les femmes, dont on fit des esclaves.

Tahmasp avait promis à Bâyezîd de ne jamais le remettre à son père. Aussi se contenta-t-il de lui faire raser la barbe et les cheveux en signe d'infamie, de le revêtir d'un caftan usé jusqu'à la trame. On l'emmena dans la ville de Kazwin avec ses quatre fils. Là, les Muets de Selîm les étranglèrent tous les cinq.

Ce beau fait d'armes valut à Tahmasp l'envoi par Soliman de trois cent mille pièces d'or et par Selîm de cent mille.

Il restait néanmoins un fils à Bâyezîd, un bébé de trois ans, qui était resté à Bursa. Et Soliman, qui ne voulait pas que demeurât en vie un prince qui pourrait plus tard venger son père, le sacrifia lui aussi. Il lui envoya un Muet. Quand l'eunuque parut dans la pièce où se trouvait l'enfant avec sa nourrice, ce dernier lui sourit, se précipita vers lui, passa ses petits bras autour du cou du gros Noir et l'embrassa. Le pauvre Muet s'évanouit d'effroi, puis il s'enfuit pour ne pas avoir à accomplir sa mission. L'on dut en envoyer un second et tout rentra dans l'ordre... Celui-ci n'avait, par bonheur, pas le cœur aussi tendre !

Depuis la mort de Roxelane, Soliman semblait indifférent à tout. On le voyait errer comme une ombre désolée, le visage tragique et sillonné de rides. L'on aurait dit qu'il ne faisait plus que se survivre à lui-même. Pourtant, il affirma d'un ton serein à l'ambassadeur de Venise Marcantonio Donini :

– Je remercie Allah d'avoir pu vivre assez longtemps pour voir mes sujets délivrés de la guerre entre mes fils. Je passerai dorénavant mes jours en paix. Si le contraire s'était produit, j'aurais vécu et serais mort désespéré.

Soliman avait enterré son seul amour, fait tuer ses deux fils et six de ses petits-fils, perdu en juillet de la même année 1561 son gendre, le grand vizir Rüstem, mort d'hydropisie... Il abandonna l'organisation de son harem à sa fille Mihrimah, qui s'intéressait davantage aux petits problèmes internes de la cour qu'à la politique extérieure. Elle n'avait jamais eu l'intelligence de sa mère, son machiavélisme, comme l'on commençait à dire en Italie. Elle n'avait pas non plus son goût pour le pouvoir. Ce fut le troisième vizir, Mehmed Sokullu Pacha, celui qui avait vaincu Bâyezîd, que Soliman nomma à la place de Rüstem.

Après tous ces deuils et tous ces drames, Soliman aurait aimé goûter un peu de paix, cette paix qu'il espérait si fort, comme il l'avait dit à l'ambassadeur de la Sérénissime. Or les fantômes de ses deux fils assassinés ne cessaient de le tourmenter. Aux frontières de l'Empire, ses éternels ennemis devenaient menaçants. Si Charles Quint s'était éteint la même année que Roxelane – il y avait trois ans qu'il ne gouvernait plus son immense empire et vivait retiré dans un monastère –, son fils Philippe II semblait tout aussi belliqueux envers la Porte. N'avait-il pas chargé son capitaine général de la mer, Garcia de Toledo, de rassembler une imposante flotte de cent cinquante navires et seize mille soldats ? A l'automne 1564, Garcia vint assiéger avec sa formidable flotte la forteresse turque narguant l'Espagne entière depuis huit ans, le *penon* de Vélez, véritable épine plantée en pleine Andalousie. Le *penon* fut évidemment pris et l'Espagne clama bien haut sa victoire.

Soliman ne pouvait laisser passer une telle insulte sans réagir. Son entourage, enchanté de le voir émerger de son apathie, l'encouragea dans ses projets guerriers. A nouveau, les chantiers navals de Turquie bourdonnèrent d'une intense activité. Au début de l'année

1565, l'armada turque était enfin prête, rassemblant deux cents bâtiments, dont cent cinquante galères de combat. En octobre, elle quittait la mer de Marmara avec à son bord neuf mille *sipâhi*, cinq mille janissaires et quinze mille *azâb*. A pleine vitesse, elle doubla le cap Passero, au sud de la Sicile. Le 19 mai, elle parvenait devant Marsala, au sud-ouest de l'île.

Le commandant en chef de la flotte turque était un vieillard de soixante-dix ans, Mustafâ Pacha, dont la famille avait jadis régné sur l'Anatolie. Il s'entendait mal avec le *kapudan pacha* Piyâle. Les Turcs s'emparèrent bientôt de l'île de Malte, à l'exception des forts Saint-Elme, Saint-Ange et Saint-Michel, où s'était retranchée la faible armée du grand maître La Valette. Contre l'avis de l'amiral, Mustafâ Pacha fit débarquer devant le fort Saint-Elme vingt mille hommes et cinq canons. Le pilonnage commença. Pourtant, les Turcs mirent trois semaines à emporter le bastion. Quand ils y entrèrent enfin, il n'y avait plus un seul survivant. Les cent trente chevaliers et les trois cents soldats qui l'avaient bravement défendu étaient tous morts et gisaient parmi les décombres. Trois semaines pour prendre avec vingt mille combattants une forteresse défendue par moins de cinq cents hommes, ce n'était guère brillant...

Dragut, le brillant second de Barberousse, était mort pendant le siège et La Valette, le grand maître de l'ordre de Malte, avait reçu d'Espagne et du Pape de nombreux renforts : onze mille fantassins acheminés sur quarante navires et quatre-vingt-dix galères parties de Séville.

Ivre de rage, Mustafâ Pacha, qui avait déjà perdu

cinq mille hommes, fit clouer sur des planches les cadavres des défenseurs du fort Saint-Elme et les jeta devant les remparts des deux autres bastions. Pour toute réponse, La Valette ordonna de massacrer les Turcs prisonniers, leur fit couper la tête et se servit des crânes comme de boulets de canon.

Mustafâ Pacha commanda alors une attaque générale et, le 15 juillet, Hassan, *beyerbey* de Tunis, se lança à l'assaut du fort Saint-Michel avec six mille guerriers. Ses pertes furent énormes – il n'eut que cinq cents survivants –, mais le fort continuait à résister.

Début septembre, La Valette reçut de nouveaux renforts, de Sicile cette fois, soit neuf mille six cents hommes. Mustafâ lança une ultime attaque, pour l'honneur. Ses partisans, découragés, n'obéissaient plus. La plupart se couchaient par terre en refusant de combattre. Le 12 septembre, l'escadre quittait Malte après avoir perdu vingt mille soldats. C'était un désastre, même si la flotte ottomane restait intacte.

Pour racheter cette cuisante défaite, Soliman, en dépit de son âge, de sa tristesse et de sa fatigue, devait absolument entreprendre une nouvelle campagne et se mettre cette fois à la tête de ses troupes. N'était-ce pas le premier devoir du *gazi*, du successeur des califes ?

Des incidents en Hongrie, l'éternelle Hongrie, lui fournirent le prétexte qu'il cherchait. La reine Isabelle était morte en 1559, Ferdinand en 1564, mais son fils Maximilien contestait la suzeraineté de celui d'Isabelle, Jean Sigismond, qui devait régner sous la protection de la Porte. Maximilien prit Tokay et Serencs tandis que les Turcs ripostaient en s'emparant de plusieurs villes croates.

Le 1er mai 1566, ce fut un vieillard épuisé qui quitta Stanboul pour se rendre à Belgrade. N'ayant plus la force de monter à cheval, Soliman voyageait en litière. Il partait pour un voyage harassant de quarante-neuf jours avant de parvenir aux portes de Belgrade. Soliman avait alors soixante et onze ans, mais il en paraissait davantage. Sa cuisse douloureuse, rongée depuis quelque temps par la gangrène, ne cessait de le faire souffrir. Le temps était désastreux. Les fleuves, gonflés par des pluies diluviennes, avaient emporté tous les ponts que l'on tentait de reconstruire. Stoïque sous la douleur, Soliman refusait de s'arrêter.

Après Belgrade, l'on passa avec difficulté le Danube pour gagner la rive gauche du fleuve. Ce fut là que Soliman accueillit avec faste le jeune prince Jean Sigismond venu lui rendre hommage. Soliman l'attendait, assis sur son même trône d'or enrichi de pierreries que l'on transportait partout avec lui. Arriva l'escorte du prince, précédée de cent janissaires. Ensuite venaient quarante jeunes nobles hongrois, puis le chambellan, le grand maréchal et les trois maîtres de cérémonie. Quatre pages tenaient l'étrier de Jean Sigismond qui mit pied à terre devant le trône. Comme d'habitude, on lui jeta sur les épaules des pelisses d'honneur avant de le transporter en le tenant sous les bras jusqu'au sultan, devant lequel il se prosterna. Soliman, avec un effort douloureux, mais sans rien montrer de sa souffrance, se leva deux fois pour l'embrasser et l'appeler « mon cher fils ». Jean Sigismond demandait qu'on lui cédât les territoires situés entre la Tisza et la Transylvanie, ce que Soliman lui accorda en lui offrant des armes précieuses et un cheval richement harnaché. Le prince reparti, ce fut Grantrie de Granchamp, l'ambassadeur du roi de France Charles IX, qui vint saluer de la part de son maître le Grand Turc.

Ayant appris que le comte Nicolas Zrinyi avait tué à Szigetvar un dignitaire de la Porte en le plaçant devant une bouche de canon pour le décapiter, Soliman décida de venger cette offense en détruisant Szigetvar. Dans l'immense plaine s'étendant entre le Danube et la Tisza, les champs étaient inondés, les ponts détruits. On s'enlisait dans les fondrières où les canons et les lourds chariots chargés de vivres et de munitions ne pouvaient plus passer.

Enfin, le 5 août, l'on parvint devant la ville où s'étaient retranchés neuf mille hommes, forts de cinq cents canons. Soliman se hissa sur un cheval pour sommer la citadelle de se rendre. On lui répondit par des boulets et il commanda de commencer le siège. La ville résista un mois. Quand il n'y eut plus debout que le donjon de la forteresse où s'étaient réfugiés Zrinyi et les derniers combattants, celui-ci, voulant mourir en héros, épingla son plus beau diamant sur une coiffure noire, enfourcha son cheval et fit une sortie désespérée. Il chargea les Turcs à la tête des six cents cavaliers qui lui restaient. Pourtant, il ne trouva pas la mort au cours de cette charge héroïque. Fait prisonnier, il fut, sur l'ordre de Soliman, traîné devant un canon et décapité par un boulet, comme l'avait été avant lui le dignitaire turc.

Ce fut la dernière victoire de Soliman. A la nuit tombée, comme il regagnait la tente impériale après cette exécution, il bascula soudain de son cheval et roula dans la poussière. Le grand vizir Mehmed

Sokullu Pacha le fit aussitôt porter sous sa tente en minimisant l'incident. L'on appela le médecin de Soliman, qui n'était plus le vieux Salomon, mort peu après Roxelane. Il se pencha sur le visage rouge et congestionné, qui ne respirait plus. Le médecin ne put que constater la mort et lui ferma les yeux. Comme il se relevait pour commencer les bruyantes lamentations en usage à la mort d'un sultan, Sokullu fit un signe bref. Un Muet sortit de l'ombre, un lacet à la main. C'était la nuit du 5 au 6 septembre 1566.

Après la discrète exécution du trop bruyant médecin, Sokullu donna l'ordre d'embaumer le corps du sultan en grand secret, puis il le fit attacher à son trône, son sceptre à la main, les armes qui ne lui serviraient plus à rien posées comme c'était l'usage près du trône. Un cordon de Muets entourèrent la tente impériale et personne n'osa s'étonner à voix haute. De temps à autre, Sokullu, son secrétaire Feridun bey ou le porte-sabre du sultan, Cafer Aga, qui savait fort bien imiter la signature de Soliman, entraient dans la tente et feignaient de s'entretenir avec le mort. En même temps, un *peyk* galopait à vive allure vers Kütahya, où résidait à présent Selîm, pour l'avertir de la mort de son père et lui demander de rejoindre sans tarder l'armée à Belgrade. Et Selîm, le gros et mou Selîm qui détestait tellement l'effort, qui avait la guerre et les armées en horreur, partit aussitôt à vive allure pour Belgrade avec son escorte.

Le 8 septembre, le *Diwân* se réunit comme si rien n'était arrivé. Cafer Aga avait rédigé de belles lettres « autographes » aux gouverneurs des provinces de l'Empire, au Khân de Crimée, au *Châh* de Perse et aux principaux souverains d'Europe pour leur apprendre l'éclatante victoire de Soliman sur Maximilien de Habsbourg. La ville prise n'avait qu'une importance très secondaire, mais qu'importait ? L'on distribua des récompenses aux différents *agha* de l'armée pour calmer les rumeurs qui commençaient à circuler dans le camp. L'on envoya la tête de Zrinyi au gouverneur de Buda pour qu'il la fît parvenir à son maître Maximilien. Afin d'occuper les soldats, on les chargea de reconstruire les remparts de Szigetvar et de bâtir une mosquée pour obéir aux vœux du *pâdichâh*, qui voulait y prier Allah dès que sa cuisse irait mieux.

Quarante-trois jours s'écoulèrent ainsi avant que Sokullu ne donnât l'ordre du départ. L'on se dirigea alors vers Belgrade, où Selîm arrivait. Sokullu, rassuré, annonça enfin la mort de Soliman aux chefs des armées et aux dignitaires de l'Empire. Il fit rappeler les lecteurs du Coran, qui se massèrent devant la tente impériale et commencèrent à réciter et à chanter la prière des morts :

– Toute domination s'en va. Tous les hommes connaissent un jour leur heure dernière.

– L'Éternel seul n'est point atteint par le temps ni dompté par la mort.

Les soldats les plus proches de la tente avaient compris : leur *pâdichâh* n'était plus. Celui qui les avait gouvernés pendant quarante-six ans et qui avait mené dix campagnes avait disparu. Plus jamais ils ne verraient passer cette haute silhouette voûtée et tragique. Plus jamais, ils n'acclameraient leur *Kânûnî*, qu'ils préféraient à présent nommer « le Magnifique ». Du camp entier montaient gémissements et lamentations.

Les soldats, en signe de deuil, arrachaient leurs tentes et se vêtaient de loques.

Le lendemain matin, avant le lever du soleil, les ministres et les dignitaires s'enveloppèrent la tête de bandeaux noirs. Les hommes de la garde personnelle du sultan mirent leurs tristes tabliers bleus. Au lever du soleil parut Selîm, tout vêtu de sombre. Le cercueil de Soliman fut déposé sur un chariot et Selîm s'en approcha, mains levées vers le ciel. Les *muezzîn* entonnèrent à nouveau la prière des morts. Quand ce fut achevé, Selîm se retira sous sa tente. Aussitôt s'élevèrent des murmures de protestation parmi les janissaires. Il n'avait pas parlé du rituel *bakhchîch*, du don de joyeux avènement.

Le lendemain, Selîm dut faire distribuer des gratifications que l'on jugea insuffisantes, mais tous avaient hâte de rentrer à Stanboul et l'on ne dit rien.

Selîm voulait faire une entrée triomphale dans la capitale de l'Empire qui était enfin le sien. Aussi décida-t-il de camper avec son armée aux abords de la ville pour laisser le temps à Sokullu de tout organiser pour ce jour de liesse. Les janissaires, décidément mécontents, mirent la nuit à profit pour beaucoup s'enivrer. Quand le cortège s'ébranla, le matin de bonne heure, ils serrèrent les rangs, refusant de laisser passer le nouveau sultan et sa suite. Tous s'excitaient, criant à qui mieux mieux. Quelques enragés jetèrent même à bas de leur monture le *kapudan pacha* et le second vizir, puis on s'en prit au grand vizir, qui se dégagea en lançant le contenu de sa bourse à ses assaillants. Contraint de céder, Selîm promit d'augmenter les soldes militaires. Ensuite, pour achever d'imposer le calme, il fit couper quelques têtes et tout rentra dans l'ordre. Ce fut alors que deux juges de l'armée vinrent lui présenter, en très humble remontrance, leur souhait que fût maintenue l'interdiction de consommer du vin que Soliman avait promulguée quelques années plus tôt. Ils tombaient vraiment mal. Pour bien le leur faire comprendre, Selîm leur envoya le bourreau. Cela faisait toujours deux têtes de plus à exposer à l'entrée de Saray Bournou.

Restait à s'occuper des funérailles de Soliman. Elles furent très simples, comme le veut l'islâm. Son corps embaumé fut placé dans son tombeau, au côté de celui de son épouse Roxelane.

> Il s'est alors levé, le soleil triomphant
> Qu'on voudrait célébrer, au son de l'olifant.
> Enfin, éveille-toi, très puissant roi de gloire,
> Endormi sous la tente au ciel garni de moire.
> Mais sur sa joue flétrie s'est posé le destin
> Au banquet de la vie, s'arrête le festin.
> Atteinte par la mort, sa lèvre desséchée
> Est close à tout jamais, comme une fleur séchée.

Ainsi chanta pour Soliman le poète Bâkî.

Lexique des mots turcs ou arabes cités

'adjemi, kalfa : servantes du harem
'adjemi oghlan : novice janissaire
agha ou *kiaya* : chef
akindjï : mercenaires appelés aussi les Écorcheurs
al ablak : technique de décoration consistant à garnir de pâte colorée les creux d'une sculpture
anterï : gilet très ajusté des femmes
apodytaire : salle du hammam où se trouve le fourneau
azâb : fantassin
bakh kalfa : femme esclave-chef chargée de l'éducation des nouvelles recrues du harem
bedestân : construction abritant un marché
bey : gouverneur, titre honorifique
beyerbey : gouverneur d'une province de l'Empire jouissant de ses revenus
bogtcha : armoire pour serrer les vêtements
bok lava, *ekmed kadaïf*, *gâvrek*, *gurabiye*, *güzelme*, *lokma*, *simit*, *tchurek* : gâteaux turcs
bostândjï bachï : chef de la garde du sultan
buerek : pâté en croûte

çalâa : prière que l'on récite cinq fois par jour
calame : plume
camî (pluriel : *camîler*) : poète baladin nommé aussi « pèlerin d'amour »
canoun : sorte de cithare
çaron : jeûne du mois du ramadan
carshï : ensemble de constructions abritant un marché
Châh : titre royal le plus souvent donné au roi de Perse
châhâda : récitation de la profession de foi
Châhzadey : titre du prince héritier
chalvâr : pantalon bouffant
chaouch bachï : chef du pouvoir exécutif
chaushe : prévôt
cherbet : sorbet ressemblant plutôt à une boisson glacée
cheykh ül-islâm : chef des juges religieux de Stanboul
dâmâd : gendre du sultan
defterdâr : ministre des Finances
delï : cavalier montagnard
divit : écritoire
Diwân : Conseil des ministres et, par extension, la salle où a lieu ce conseil
djouma : nuit de l'union (le vendredi), nuit où le sultan reçoit une nouvelle favorite
drogmân : gouverneur tunisien
ebekadïn : guérisseuse
emïn : responsable d'un chantier naval
fazali : poème
ferace : long manteau sans manches
gözde : femme ayant attiré l'œil du sultan et passé au moins une nuit avec lui
guretchï : lutteur turc
h'âdj : pèlerinage à la ville sainte de La Mecque
h'âdjî : maître (celui qui a fait ce pèlerinage)
hasnedâr usta : gouvernante des enfants impériaux tant

qu'ils restent au harem, soit jusqu'à l'âge de sept ans pour les garçons, et jusqu'à leur mariage pour les filles

hasobad hasï : chef de la Chambre Intérieure

hayalî : montreur de marionnettes d'ombre

hekîm bachï : chef des médecins

helvet : littéralement « solitude », cri des eunuques destiné à libérer le chemin du sultan quand il se rend au harem

hourî : jeune vierge offerte en récompense au guerrier valeureux dans les jardins d'Allah

ikbâl : littéralement « enfant du bonheur », favorite

imâm : chef de prière de la mosquée

imâma bayildî : littéralement « l'imâm qui s'est évanoui de joie », plat de légumes frits

kâdî : juge religieux

kadïn ou *baskadïn* : favorite ayant donné un fils au sultan

kahvehane : établissement où l'on boit du café

kalembia : instrument servant à tailler les plumes

kandjar : poignard à lame incurvée

Kânûnî : surnom de Soliman signifiant « le Législateur »

Kânûnîme : code de la loi ottomane

kapanidja : robe de cérémonie

kapïdjï bachï : bourreau impérial

kapudan pacha : grand amiral

karagheuz : marionnette d'ombre

kavoulouk : meuble de présentation formé d'étagères

kawa : café

kâymakâm : gouverneur de Stanboul en l'absence du sultan, c'est-à-dire régent

kazân : marmite des janissaires

kethüda : amiral en second

khân : entrepôt

Khân : titre honorifique du sultan

khas odabachï : grand maître de la Chambre Intérieure

khâsseki : sultane

khatib : religieux chargé de réciter la prière du vendredi

kiaya : chef
kiayabey : ministre de l'Intérieur
kïbar muderisim : enseignant religieux
kïzlar aghasï : chef des eunuques noirs responsable du harem impérial, troisième personnage de l'Empire après le sultan et le grand vizir
lala : gouverneur-précepteur
mangal : brasero en métal
mastic : pâte odorante nettoyant les dents et parfumant l'haleine
medrese : école religieuse
meze : ensemble d'entrées servies dans une multitude de récipients
mihrâb : niche située à l'intérieur de la mosquée et indiquant la direction de La Mecque, la ville sainte du Prophète
minbâr : chaire où prêche l'imâm
mollâh : docteur en droit canonique
moucharabieh : croisillons de bois ou de fer occultant les fenêtres pour permettre aux femmes de regarder à l'extérieur sans être vues
muezzîn : religieux montant au minaret pour appeler les fidèles à la prière
müftî : interprète du droit canonique musulman
muhtasîb : contrôleur des marchandises vendues dans un marché
ocak : foyer des janissaires
oute : sorte de luth
pâdichâh : titre du sultan régnant
pasbân a' bekdji : gardien de nuit
peyk (pluriel : *peykler*) : courrier du sultan
rahât loukoum : sorte de pâte de fruits très sucrée
re'îs-effendi : ministre de la Chambre Extérieure
rusma : pâte épilatoire
sakka : porteur d'eau
sandjakbey : commandant des troupes de province

sarhos : ivrogne ; surnom donné au prince héritier Selîm
serasker : chef suprême de l'armée
siladhdâr : porte-sabre
sipâhi : cavalier, seconde troupe d'élite, souvent rivale des janissaires
solak : archer
sünnet : littéralement « noces », fêtes de la circoncision
sürme : fard à paupières
taife i devshirme : émissaire du sultan chargé d'enlever ou d'acheter les enfants chrétiens, futurs esclaves ou janissaires
tarpou : coiffe des femmes
temenah : salut musulman consistant à s'incliner profondément en portant la main droite à ses lèvres, à son front et à son cœur
tepidaire : salle voûtée et surchauffée du hammam
tepsi : plateau de cuivre, d'or ou d'argent
tourshou : condiment très épicé
tughra : signature du sultan, véritable œuvre d'art de calligraphie richement ornementée
ulema : docteur de la loi
usta : chef féminin des servantes du harem
vakf : fondation pieuse
vâlide sultan : mère du sultan régnant, maîtresse du harem
yali : palais
yaprâk dolmasi : feuille de vigne
yasmâk : voile pendant de la coiffe des femmes
yenitcheri : janissaire, corps d'élite de l'armée ottomane composé d'enfants chrétiens la plupart du temps enlevés à leur famille, parfois vendus par leurs parents
zekâa : acquittement de l'impôt religieux rituel
zermühre : polissoir servant en calligraphie à faire briller les ors

Chronologie

	Dans l'Empire ottoman		*Hors de l'Empire*
1494	Naissance de Soliman. Naissance d'Ibrâhîm.	1494	Naissance de François Ier. Découverte de l'Amérique par Christophe Colomb.
		1497	Vasco de Gama découvre la route maritime des Indes orientales.
		1500	Naissance de Charles Quint.
1504	Naissance de Roxelane.		
		1509	Avènement de Henry VIII.
1512	Avènement de Selîm Ier.		

1514	Victoire des Ottomans sur les Safavides à Çaldiran.		
		1515	Avènement de François Ier, victoire de Marignan.
1516	Victoire des Ottomans sur les Mameluks.	1516	Charles Quint roi d'Espagne.
1517	Selîm Ier entre au Caire.		
		1519	Charles Quint élu empereur.
1520	Mort de Selîm Ier, avènement de Soliman.		
1521	Soliman prend Belgrade.	1521	Excommunication de Luther.
1522	Soliman conquiert Rhodes.		
1523	Ibrâhîm devient grand vizir.		
		1524	Mort de Châh Ismâ'îl, avènement de Châh Tahmasp.
1525	Ibrâhîm pacifie l'Égypte.	1525	Défaite de Pavie, François Ier prisonnier.
1526	Bataille de Mohács.	1526	Bataille de Panipat en Inde, début de la dynastie moghole.
		1527	Sac de Rome par Charles Quint.

1529	Barberousse prend Alger. Soliman assiège Vienne.	1529	Traité de Cambrai.
		1530	Charles Quint couronné empereur.
		1531	Henry VIII rompt avec Rome.
1532	Campagne d'Autriche.		
		1533	Avènement d'Ivan le Terrible.
1534	Conquête de Bagdad. Barberousse prend Tunis.		
1535	Charles Quint reprend Tunis.		
1536	Assassinat d'Ibrâhîm ; Ayaz Pacha grand vizir ; mort de Djihângîr. Capitulations.		
1537	Guerre contre Venise.		
		1538	Trêve de Nice.
1539	Bataille de Prevesa, mort d'Ayaz Pacha, Lütfi Pacha grand vizir.		
1541	Soliman à Buda, Lütfi Pacha déposé et remplacé par Soliman Pacha.		

1543	Expédition de Barberousse en France, Soliman en Hongrie.		
1544	Soliman Pacha déposé et remplacé par Rüstem.	1544	Traité de Crépy-en-Laonnois.
1545	Trêve entre Soliman et Charles Quint.	1545	Ouverture du concile de Trente.
1547	Paix de Constantinople, occupation de Sanaa.	1547	Mort de François Ier. Mort de Henry VIII. Henri II roi de France.
1548	Campagne de Soliman en Iran.		
1550	Début de la construction de la Süleymâniye.		
1551	Dragut prend Tripoli.		
1553	Assassinat de Mustafâ.	1553	Mort d'Édouard VI, avènement de Marie Tudor.
1554	Campagne de Soliman en Iran.		
1555	Exécution d'Ahmed Pacha, Rüstem à nouveau grand vizir.	1555	Paix d'Augsbourg.
1556	Début de la campagne de Hongrie.	1556	Abdication de Charles Quint.
1558	Mort de Roxelane.	1558	Mort de Charles Quint, mort de Marie Tudor, Elizabeth Ire reine d'Angleterre.

1559	Guerre entre Bâyezîd et Selîm.	1559	Paix de Cateau-Cambrésis, François II succède à Henri II.
1560	Prise de Djerba.	1560	Charles IX roi, Catherine de Médicis régente.
1561	Assassinat de Bâyezîd, mort de Rüstem, Ali Pacha grand vizir.		
1562	Traité avec Ferdinand.	1562	Début des guerres de religion en France.
		1564	Mort de Ferdinand Ier, avènement de son fils Maximilien.
1565	Siège de Malte, mort d'Ali Pacha, Sokullu Pacha grand vizir.		
1566	Campagne ottomane en Hongrie, mort de Soliman, Selîm II sultan.		

Bibliographie

P. ACHARD, *La Vie extraordinaire des frères Barberousse*, Paris, 1939.

V. V. BARTHOLD, *Histoire des Turcs d'Asie centrale*, Paris, 1945.

N. BELDICEANU, *Le Monde ottoman dans les Balkans, 1502-1566*, Londres, 1976.

F. A. BELIN, *Relations diplomatiques de la République de Venise avec la Turquie*, Paris, 1877.

P. BELON, *Les Observations de plusieurs singularitez et choses mémorables trouvées en Grèce, Asie, Judée...*, Paris, 1553.

T. BITTAR, *Soliman l'empire magnifique*, Gallimard, collection Découvertes, 1994.

L. DE BOISGELIN, *Malte ancienne et moderne*, Marseille, 1905.

A.G. DE BOSBECQ, *Lettres*, Paris, 1748.

J. DE BOURBON, *La Grande et Merveilleuse et Très Cruelle Oppugnation de la noble cité de Rhodes*, Paris, 1527.

V. L. BOURRILLY, « Antoine Rinçon et la politique orientale

de François Ier », *Revue historique*, CXIII, 1913 ; « L'ambassade de La Forest », *Revue historique*, LXXVI, 1902.

G. Brandi, *Charles Quint et son temps*, Paris, 1951.

E. Charrière, *Négociations de la France dans le Levant*, Paris, 1840-1860.

J. Chesneau, *Le Voyage de M. d'Aramon*, Scheffer, Paris, 1887.

A. Clot, *Soliman le Magnifique*, Librairie Arthème Fayard, 1983.

P. Coles, *La Lutte contre les Turcs*, Paris, 1969.

J. Deny et I. Melikoff, *L'Expédition en Provence de l'armée de mer du sultan Suleyman sous le commandement de l'amiral Khayreddîn Pacha dit Barberousse*, Turcica I, 1969.

F. Dowley, *Soliman le Magnifique*, Payot, 1930.

O. Ferrara, *Le XVIe siècle vu par les ambassadeurs vénitiens*, Paris, 1954.

A. Gabriel, *Les Étapes d'une campagne dans les deux Iraq d'après un manuscrit turc du XVIe siècle*, Syria IX, 1928.

R. Giraud, *L'Empire des Turcs célestes*, Paris, 1960.

B. Grekov et A. Iakoubovski, *La Horde d'Or*, Paris, 1939.

G.-J. Grelot, *Relation nouvelle d'un voyage à Constantinople*, Paris, 1680.

R. Grousset, *L'Empire des Steppes*, Paris, 1939 ; *La Face de l'Asie*, Paris, 1955.

G. Halil, *Éducation des princes ottomans*, Bulle, 1895 ; *Les Sultans ottomans*, Paris, 1901-1902.

J. von Hammer-Purgstall, *Histoire de l'Empire ottoman depuis son origine jusqu'à nos jours*, traduit de l'allemand par J.J. Hellert, Paris, 1835-1848.

J. de Hammer, *Histoire de l'Empire ottoman depuis son origine jusqu'à nos jours*, Paris, 1836.

E. Homsy, *Les Capitulations et les chrétiens aux XVIe et XVIIe siècles*, Paris, 1956.

M. Izzedin, *Les Eunuques dans le palais ottoman*, Orient 24, 1962.

H. Jenkins, *Ibrahim Pacha. The Great Vizir*, New York, 1911.

J.A. Joly, *Vie de Barberousse, général des armées navales de Soliman II, empereur des Turcs*, Avignon, 1817.

Vicomte de Jonquière, *Histoire de l'Empire ottoman*, Paris, 1914.

F. Köprülü, *Les Origines de l'Empire ottoman*, Paris, 1935.

J. de La Gravière, *Les Corsaires barbaresques*, Paris, 1887 ; *Doria et Barberousse*, Paris, 1886.

Melek Celâl Lampé, *Le Vieux Sérail des Sultans*, Istanbul, 1959.

A. Lefaivre, *Les Magyars pendant la domination ottomane en Hongrie (1526-1722)*, Paris, 1902.

Duc de Lévis-Mirepoix, *François Ier*, Paris, 1953.

R. Mantran, *Istanbul dans la seconde moitié du XVIIe siècle*, Paris, 1962 ; *La Vie quotidienne à Constantinople au temps de Soliman le Magnifique*, Le Cercle Historia, 1971 ; *Histoire de l'Empire ottoman*, Fayard, 1989.

F. de Mézeray, *Histoire générale des Turcs*, Paris, 1662.

Abbé Mignot, *Histoire de l'Empire ottoman, depuis ses origines jusqu'à la paix de Belgrade, en 1740*, Paris, 1771.

Lady Montagu, *L'Islam au péril des femmes*, Paris, 1981.

E. Morin, *Une capitale musulmane sous Soliman le Magnifique, Istanbul*, Albin Michel Jeunesse, 1987.

A. Navarian, *Les Sultans poètes*, Paris, 1936.

N. de Nicolay, *Les Quatre Livres de Navigations et Pérégrinations orientales*, Lyon, 1568.

X. de Planhol, *Le Monde islamique, Essai de géographie religieuse*, Paris, 1957.

R. Puaux, *François Ier turcophile ?*, Paris, s.d.

J. SAUVAGET, *Alep*, Paris, 1941 ; *Introduction à l'histoire de l'Orient musulman*, Paris, 1961.

W. SPERCO, *Roxelane épouse de Soliman le Magnifique*, Nouvelles Éditions latines, 1972.

V. STIRCEA, *La Sultane Roxelane*, Éditions Rencontre, 1969.

A. STRATTON, *Sinân*, Londres, 1961.

J.B. TAVERNIER, *Les Six Voyages en Turquie, en Perse et aux Indes*, Paris, 1681 ; *Relation de l'intérieur du sérail*, Paris, 1687.

J. URSU, *La Politique orientale de François Ier*, Paris, 1908.

N. WEISSMANN, *Les Janissaires*, Paris, 1957.

K. PACHA ZADETH, *Histoire de la campagne de Mohács*, trad. Pavet de Courteille, Paris, 1869.

Topkapï à Versailles, Trésors de la Cour ottomane, 1999, Éditions de la Réunion des musées nationaux.

Soliman le Magnifique, 1990, Galeries nationales du Grand Palais.

Du même auteur :

UNE FAUSSE SORTIE, roman, René Julliard.

UNE ÉTOILE QUI DANSE, roman, René Julliard.

L'OMBRE CLAIRE, roman, Pierre Belfond.

MÉTRO CHARONNE, roman, Olivier Orban.

LES DIEUX ET LES CHIENS, roman, Pierre Belfond.

L'ŒIL D'OSIRIS, roman, Pierre Belfond.

PEAUX D'HOMMES, essai, Paul Vermont.

UNE CROISIÈRE EN ENFER, roman, Pierre Belfond.

MONSIEUR LE MARQUIS, roman, Pierre Belfond.

D'AZUR ET D'HERMINE, roman, Pierre Belfond.

LES MIRAGES DE NAPLES, roman historique, Robert Laffont.

LE DERNIER DUEL, roman, René Julliard.

THÉRÈSE D'AVILA IVRE DE DIEU, roman historique, Robert Laffont.

L'ÉLUE DU PALAIS, roman, Belfond.

MES VÉNÉNEUSES, nouvelles, Séguier.

LA COCARDE NOIRE, roman historique, Plon.

GRANDE ET PETITES HISTOIRES DU CAFÉ, nouvelles, Pégase.

Cet ouvrage a été composé par
I.G.S. - Charente Photogravure à L'Isle-d'Espagnac (16)

Composition réalisée par IGS

Imprimé en France sur Presse Offset par

BRODARD & TAUPIN

GROUPE CPI

La Flèche (Sarthe).
N° d'imprimeur : 25801 – Dépôt légal Éditeur : 49561-10/2004
Édition 01
LIBRAIRIE GÉNÉRALE FRANÇAISE – 31, rue de Fleurus – 75278 Paris cedex 06.
ISBN : 2 - 253 - 10989 - 4